혜우
김혜힐

인소의 법칙

13

인소의 법칙

유한려 지음 솔 그림

it BOOK

제57조. 불안한 예감은 틀리는 법이 없다(하)

불안한 예감은 틀리는 법이 없다(하)

나를 바라보던 모두의 표정이 술렁였다. 경악, 슬픔, 배신감, 분노. 시야가 빙빙 돌며 표정들이 뒤섞여 무엇이 누구의 감정인지조차 알아볼 수 없었다.

나는 눈을 가리며 말을 이었다.

"은지호 네 말이 맞아. 난 진작부터 알고 있었어. 여기가 소설 속이라는 걸."

그리고 나는 눈을 가리고 있던 손을 치웠다. 반여령의 눈에 맺힌 눈물을 보며 내가 말을 맺었다.

"……여령이, 너를 처음 만났을 때부터."

여령이가 떨리는 목소리로 물었다.

"그럼 단이 네 말은, 네가 태어났을 때부터 그 사실을 알고 있었다는 거야?"

그제야 실수를 깨달은 나는 정정했다.

"아, 미안. 내 말은, 우리가 중학교 입학하던 그날부터를 말한 거야."

"그러고 보면 단이 너, 중학교 입학식 날 기억을 잃어버렸다고 했었지."

그렇게 말하는 여령이의 얼굴 위로 혼란스러운 표정이 떠올랐다. 그녀는 이제야 내가 지금까지 가장 두려워했던 가정에 생각이 미친 모양이었다.

그녀가 창백해진 얼굴로 물었다.

"그럼 너는 누구야? 너는 정말로 내가 알던 단이……."

그 물음을 들은 나는 가만히 안도의 한숨을 내쉬었다.

예전 같았으면 이 질문에 몹시 두려워하며 벌벌 떨었겠지만, 다행히 지금은 아무 망설임 없이 대답할 수 있었다.

내가 차분히 대답했다.

"설명하긴 어렵지만, 지금의 나는 네가 태어나서부터 알던 내가 맞아. 또, 이 세계가 소설이라는 걸 알고 있는 나도 내가 맞고. 그리고 내가 3월 2일마다 오가던 세계는……."

"……이 세계가 '소설'로써 존재하는 세계. 그 세계에서 우리는 소설 속 인물이니까, 현실에는 존재하지 않는 게 당연하지."

돌연 끼어들어 슬픈 얼굴로 그렇게 말한 사람은 주인이었다. 그의 얼굴을 찬찬히 살펴본 내가 대답했다.

"그 말이 맞아. 작가 이름이 노아리라는 걸 알게 된 것도 그 세계에서야."

"……."

"그렇다고 해도, 내가 아리를 만나기 전에 알고 있었던 건 이 세계가 소설 속이고 너희는 그 주인공이라는 것뿐이었어. 너희가 말하지 않은 사정이나 앞으로 일어날 일들까지 다 알고 있었던 건 아니야."

물론 그렇다고 해도 인터넷 소설의 법칙들로 인해 앞으로 일어날 일을 완전히 파악할 수 없었던 건 아니지만, 그에 대해 떠벌릴 순 없는 노릇이었다.

작게 한숨을 쉰 내가 다시 말했다.

"다만 소설 속이니까 뭔가 심상치 않은, 규모가 큰 일이 너희를 중심으로 일어날 거란 건 알고 있었지. 내가 너희를 무작정 피하려고 한 건 그 때문이었고. 난 평화롭게 살고 싶었고, 더욱이 그땐 여령이에 대한 기억도 없었으니까."

자포자기한 심정으로 나는 과거의 내 생각들을 순순히 털어놓았다.

그때, 딱딱하게 굳어진 목소리가 내 말을 잘랐다.

"사실은, 그런 게 아니지?"

"뭐?"

나는 퍼뜩 고개를 들었다. 시야 끝에 걸린 여령이의 젖은 얼굴은 가슴이 섬뜩할 정도로 아름다웠다. 그러나 그보다도 나를 섬뜩하게 한 것은, 그녀의 두 눈 가득 맺힌 원망이었다.

그녀가 울면서 말했다.

"사실은 그런 게 아니지."

"……."

"네가 처음에 우리를 피하려고 했던 건, 무슨 일에 휘말리기 싫은 것보다도 우리가 너한테 '사람'이 아니었기 때문에. 상처 입혀도 아무 상관 없는 존재라서……."

거기까지 말한 여령이는 갑자기 스스로의 말에 찔리기라도 한 듯, 두 손으로 입을 틀어막으며 괴롭게 헐떡였다.

그러더니 다시 고개를 든 그녀가 내게 간절한 눈빛을 보내기 시작했다. 마치 방금 자기의 말을 부정해 달라는 것처럼.

하지만 나는 여전히 아무 말도 할 수가 없었다. 왜냐하면, 그녀의 말은 전혀 거짓이 아니었으므로.

내가 침묵을 지키자 반여령의 두 눈이 새카만 절망으로 뒤덮였다. 외면하듯 고개를 돌리는 나를 믿을 수 없다는 듯 보던 반여령은 갑자기 무슨 생각에선지 노아리를 향해 고개를 돌렸다.

그녀가 떨리는 목소리로 물었다.

"네가 작가랬지? 그럼 하나만 물어보자."

노아리는 잠자코 고개만 끄덕였다. 그녀의 정수리 위로

반여령의 예리한 물음이 내리꽂혔다.

"너는 왜…… 은형이 운명을 이렇게 만들어 둔 거야? 무슨 특별한 이유가 있어?"

반여령의 말은 여전히 애원하는 것처럼 들렸다. 미워하기 싫으니 제발 뭔가 그럴듯한 이유라도 대 달라고.

그에 대한 노아리의 대답은 나와 같은 침묵이었다.

그러자 반여령의 언성이 점차 높아졌다. 말투도 더욱 과격해졌다.

"왜 그런 거야! 대체 왜, 하필 은형이한테……! 아무런 죄도 없는 사람한테 그래서는 안 되잖아! 그런데 어째서 은형이 같은 사람한테……."

반여령의 눈이 급기야 분노로 달아오르자, 은형이가 만류하듯 그녀의 팔을 붙들었다. 놔! 날카로운 외침과 함께 여령이가 은형이의 팔을 뿌리쳤다.

어쩌면 여령이는 단지 은형이의 참혹한 과거 때문에 그토록 분노한 것은 아닌 것 같았다.

그보다는 자신을 둘러싼 세계가, 자신을 이루는 모든 것이 절대적인 지고한 존재도, 단순한 우연도 아닌 눈앞의 소녀. 지극히 평범하고 자신과 별다를 것 없는 사람에 의해 이루어졌다는 사실 때문에.

그것은 아마도 내가 소설 속 인물이라는 것을 깨달았을 때의 절망감과도 닮아 있을 것이다.

그때였다. 반여령의 박력에 밀려 어깨만 떨던 노아리가 마침내 입을 열었다.

"그건…… 가상 세계를 현실과 흡사하게 만들고자 할 때, 모든 사람의 이야기는 다를 수밖에 없으니까요."

그녀의 말에 방 안에 일순 침묵이 찾아왔다.

노아리가 눈을 내리깐 채, 짐짓 차분하게 말을 이었다.

"행복한 사람만 있을 수는 없어요. 이유 없이 분에 넘치게 행복한 사람이 있듯이, 이유 없이 불행한 사람도 얼마든지 존재할 수밖에……."

거기까지 말한 노아리가 문득 고개를 들어 반여령을 보았다. 그 시선을 받은 반여령의 눈빛이 일렁였다.

"그 반대의 예로 당신이 있잖아요. 완벽한 외모, 손 하나 까딱 안 해도 우수한 성적, 뛰어난 운동 신경…… 당신은 아무런 노력도 하지 않고 모든 걸 가졌잖아요? 그, 그러니 반대로 권은형 같은 사람이 존재하는 것도, 어쩔 수 없는……."

그러자 반여령이 다시 버럭 외쳤다.

"그럼 이딴 거 다 도로 가져가! 그런 건 아무래도 상관없으니까, 은형이 행복한 과거나 돌려내!"

몹시 분노한 듯 잔뜩 일그러져 있던 반여령의 미간이 이윽고 풀렸다. 동시에 크게 부풀어 오른 눈물이 그녀의 턱 아래로 떨어졌다.

그녀가 갑자기 힘 빠진 목소리로 말을 이었다.

"그러기 위해서 내가 가진 모든 것을 대가로 치러야 한다면, 그렇게 할게. 그러니까 제발……."

반여령이 애원하는 모습을 본 노아리의 얼굴은 오히려 전보다도 더 창백하게 질렸다. 꼭, 자기가 과거에 돌이킬 수 없는 끔찍한 실수를 저질렀다는 것을 이제야 깨달은 사람처럼.

"여령아, 그만 됐어."

그때였다. 잠자코 듣고 있던 은형이가 반여령과 노아리의 사이로 끼어들었다.

은형이를 본 반여령이 믿을 수 없다는 듯 물었다.

"하지만 저 애 말처럼 행복한 사람이 존재하는 만큼 불행한 사람 역시 존재해야 한다면, 그래서 나 때문에 네가 불행해진 거라면 어떡해?"

"그건 단지 통계적 숫자에 불과해. 여령아."

은형이의 태도는 이 와중에도 믿을 수 없이 침착했다.

"하지만……."

그렇게 말하며 물기 고인 눈으로 바닥을 노려보는 반여령의 눈가를 은형이가 손을 뻗어 닦아 주었다.

그러면서 그가 천천히 말을 이었다.

"저 애가 정말로 작가라면, 이 세계의 '신' 같은 거라면, 저 애가 내게서 가져간 게 많기는 해. 그건 사실이야."

"그것 봐! 너도 역시……."

퍼뜩 고개를 들며 외치던 여령이의 말을 은형이가 잘랐다.

"그래도 여령아. 너를 내 앞에 데려다준 것도 저 애잖아."

"……."

"그런데 내가 어떻게 저 애를 단지, 원망만 할 수 있겠어."

그의 말이 끝남과 동시에 아득한 정적이 찾아왔다. 정적 속에서 믿을 수 없다는 듯 눈을 부릅뜬 것은 나 역시 마찬가지였다.

여령이에 대한 은형이의 마음이 몹시 깊다는 것은 전에도 이미 수차례 확인했었다. 하지만, 언제나 발만 얕게 담그던 물웅덩이의 깊이를 이제야 처음으로 깨닫게 된 것 같았다.

그의 사랑은 바람에 흔들리는 꽃이라든가, 혹은 출렁이는 파도보다는 차라리 무엇이든 삼켜 버릴 바다 같았다.

모두의 시선 속에서 은형이가 남 일처럼 차분히 말을 이었다.

"이 사태에 대한 내 의견은 이래. 나는 단이에게도, 아리에게도 아무런 말도 하지 않겠어."

"왜……?"

염치없다는 것을 알면서도 나는 그렇게 물을 수밖에 없었다. 그러자 내게로 시선을 맞춘 은형이가 힘없이 웃었다.

"이미 일어나 버린 일은 어쩔 수 없다고 생각해. 그게 실제로 일어난 일이건, 활자로 일어난 일이건 간에, 이미 바꿀 수 없다는 건 변하지 않겠지."

그렇게 말하며 은형이가 담담히 머리카락을 쓸어 넘겼다. 그의 눈은 가라앉아 있었고, 손끝 하나 떨리지 않았다.

그가 차분히 말을 이었다.

"내가 어릴 적에…… 몇 번이나 그 일을 바꿀 수 있길 기도했다고 생각해?"

"……."

"다신 그런 가망 없는 소망으로 밤을 지새우고 싶지 않아. 그런 괴로운 시간을 보내는 게, 우리 중 누구에게도 득될 게 없다는 걸 아니까."

그리고 다시 눈을 들어 나와 시선을 맞춘 그가 미미하게 웃으며 덧붙였다.

"하지만 역시 웃는 건, 아직 좀 힘이 드네……."

그와 동시에 그의 입가에 걸려 있던 미소가 씻은 듯이 사라졌다.

낯설 정도로 무표정한 얼굴로 바닥만 보던 그가 이윽고 다시 나를 보더니 말했다.

"미안해, 모처럼 오랜만에 모였는데. 아무래도 오늘은 이만 가 봐야겠어."

나는 두 손을 가슴에 댄 채 가만히 고개만 내저었다. 그러자 여태껏 아무 말도 없던 유천영을 돌아본 그가 물었다.

"천영아, 너는 어떡할래? 따로 올래? 아니면 같이?"

그에 나는 몹시 긴장하며 유천영을 돌아보았다.

무슨 생각을 하는지 모를 푸른 눈이 깊게 잠겨 있었다. 이윽고 천천히 고개를 내저은 그가 은형이를 따라 걸음을 옮겼다. 나를 망설임 없이 휙 지나쳐 현관으로 향하는 그의 잔상이 내 눈 안에 오래도록 남았다.

그렇게 순식간에 두 사람이 우리 집에서 사라졌다. 눈인사조차 없었지만, 그런 것을 기대할 처지가 아니었기에 아쉬운 마음은 들지 않았다. 다만, 누가 바늘을 가지고 들쑤시는 것처럼 머리가 몹시 아파 왔다.

나는 쓰러질 것 같은 몸을 억지로 지탱한 채 주인이를 바라보았다.

팔짱을 끼고 뭔지 모를 생각에 잠겨 있던 그는 현관문이 닫히자마자 말했다.

"지호 네가 나한테 했던 말들…… 이제야 무슨 뜻인지 알 것 같아."

최근에는 거의 들어 본 적이 없는 무거운 목소리였다. 은지호가 짐짓 대수롭잖게 물었다.

"그래?"

주인이가 못된 장난에라도 당한 것처럼 힘없이 웃었다.

"나는 너한테 아무것도 모른다고 했지만, 사실은 그렇지 않았어. 이미 한 번 진실을 알아낸 다음, 그게 내가 도저히 감당할 만한 게 아니라는 걸 깨닫고 일부러 내 머릿속에서 지운 거지."

"……."

아무 대답 없는 은지호에게 주인이가 허탈한 표정으로 물었다.

"나는 전에도 이런 적이 있는 거지? 어머니, 아니…… 그 여자 때."

"……그래."

침묵 끝에 은지호는 어렵사리 수긍했다. 주인이가 한결 거침없이 말을 이었다.

"그래서 너를 기어이 납치당하게 해 놓고도 아직도 이런 짓을 저지르다니, 정말 정신 못 차린 건 나였어."

머리칼을 헝클어트리며 그렇게 말하는 주인이를 보며 은지호는 찝찝한 표정을 지었지만, 아무 말도 하지 않았다.

어쩌면 그저 괴로운 현실에서 도망칠 수 없어 차선책으로 잊는 것을 택한 그에게, 그런 비난은 다소 과하다고 생각하고 있는지도 몰랐다.

사실 그런 생각을 하고 있는 것은 나도 마찬가지였지만, 나는 그것에 대해 말할 권리가 없었다. 단지 침묵하는 것밖에는.

그리고 노아리를 돌아본 주인이가 마침내 선언했다.

"은형이는 괜찮다고 해도, 내가 안 괜찮아."

우습게도 그 짧은 말에서 거의 그에 대한 모든 걸 읽을 수 있었다. 언제나 세상 사람들을 선과 악으로 나누고 주변 사람들은 선한 쪽, 자기는 악한 쪽으로 규정하는 심리. 선한 쪽이 당하는 부조리에는 민감하게 반응하면서 자기가 당하는 부조리는 오히려 수긍하는 태도. 자신을 제외한 다른 모든 이들에게 향하는 정의감.

괴로운 듯 얼굴을 구긴 주인이가 말을 이었다.

"나는 도무지…… 내 친구가 그런 일을 당하게 한 사람과 마주 보며 편히 웃을 수는 없어서."

"이해해요."

노아리가 대답했다. 그녀는 이미 이 모든 것을 예상했다는 듯 초연한 얼굴이었다.

어쩌면 이것도 작가로서의 관록일까? 나는 그녀를 조마조마한 마음으로 쳐다보았다.

기도하듯 모은 두 손의 손톱자국이 손등에 팰 정도로 힘을 준 채, 그녀가 말을 이었다.

"예상하고 있었어요. 아니, 당신이 진실 대부분을 알아차렸다고 생각했을 때, 그때부터 계속 의아했어요. 어째서 아직 저를 내치지 않는 건지. 오히려 좋아한다고 말하는 건지……."

"……."

"이게 당연해요. 당신을 이렇게 만든 것도 나예요."

아무런 말이 없는 주인이를 보며 노아리는 쓰게 웃었다.

"개인은 경멸하면서도 인간이란 존재에 대한 애정 자체는 결코 버릴 수 없도록 만들었죠. 소소한 행동 같은 것은 삐뚤어져 보이더라도 결국 궁극적인 목표는 선으로 향하도록, 제가 그렇게 만들었어요. 친구조차 완전히 믿지 못하면서도 친구에게 고통을 준 사람은 결코 용서할 수 없게. 그렇게."

잠자코 그녀의 말을 듣던 주인이가 조용히 입을 열었다.

"하나만 물어보자."

"네. 말씀하세요."

"내가 너를 싫어하게 돼도, 너는 여전히 나를 좋아해?"

주인이가 기묘할 정도의 무표정으로 던진 질문의 의도를 나는 파악할 수 없었다.

침묵 끝에 노아리의 고개가 위아래로 흔들리자, 주인이의 입가에 옅은 미소가 번졌다.

내가 그 모습을 믿을 수 없다는 듯 바라보는 가운데, 그가 말했다.

"다행이다."

"……."

"마지막까지 못돼 먹어서 미안해."

그렇게 말한 주인이가 천천히 돌아섰다. 신발을 신고 다시 몸을 일으킨 그가 현관 앞에 서서 말했다.

"다신 내 눈에 띄지 마. 이번에는 진실을 알고서도 외면

한 내 탓도 있으니 그냥 넘어가지만, 다음에 만났을 때는 내가 어떻게 반응할지 나도 잘 모르겠으니까."

"그래요."

노아리는 여전히 아무런 고통도 느끼지 못하는 사람처럼 대답했다. 체념하듯 눈을 감은 그녀가 덧붙였다.

"그럴게요."

그제야 주인이가 비로소 나를 보았다. 노아리에게 하던 것과는 달리, 내게는 작게 손을 흔들어 인사를 남긴 그가 천천히 문을 닫았다.

주인이에게 인사를 받았는데도 마음이 놓이긴커녕, 노아리에 대한 죄책감이 심장을 내리눌렀다. 나는 쿵쾅대는 가슴께에 손을 얹으며 크게 한숨 쉬었다.

이제 거실에 남은 사람은 나와 노아리와 반여령, 그리고 은지호뿐이었다.

한동안 아무도 말을 꺼내지 않았다. 폭풍 속에서 겨우 구조된 사람들처럼 진이 빠진 채 버티고 서 있는 게 고작이었다.

그러다 마침내 은지호가 입을 열었다.

나는 천천히 시선을 들었다.

"아무 예고도 없이 이런 중요한 사실을 밝힌 건 미안해."

그를 빤히 보던 내 얼굴 위로 잠시 어처구니없다는 표정이 스치고 지나갔다. 망설이던 내가 결국 물었다.

"그런 말을 할 거면 왜 이런 거야?"

이럴 거면 차라리 당당하게 굴기라도 하지.

내가 그를 원망하거나 추궁할 입장이 결코 못 된다는 건 잘 알고 있었다. 지금 누구보다도 충격과 배신감을 느끼고 있는 건, 여태껏 살아온 세계가 모조리 소설 속이었단 걸 알게 된 이들일 테니까. 내가 그것을 알면서도 몇 년 동안이나 숨겨 왔다는 사실, 따라서 이들을 몇 년 동안이나 소설 속 인물로 대했단 사실과 더불어서.

그러니 은지호가 내게 화를 내긴커녕 사과한 것이 다행인데도 불구하고, 약간의 원망이 샘솟는 것은 어쩔 수 없었다.

그러자 눈을 짧게 감았다 뜬 은지호가 대답했다.

"알게 된 이상 말하지 않을 순 없었어. 차라리 모르는 게 더 나을지도 모른단 걸 알면서도…… 우리를 둘러싼 이 거대한 기만이 언제까지 갈지 아무도 모르니까."

"……."

"우리가 지금까지 살면서 만났던 사건 사고들, 운명의 장난이라고 생각했던 게 사실은 한 사람의 장난이었단 것 따위, 나도 알고 싶지 않았어. 그랬더라면, 이런 무력감은……."

말하던 와중 어금니를 꽉 깨물며 주먹을 세게 쥐는 은지호를 나는 한 대 얻어맞은 기분으로 쳐다보았다.

그랬지, 내가 이 세계가 소설이란 것을 확신하게 된 건 중학교 1학년 때, 아직 삶의 기복이랄 게 없을 시기였지만 은지호는 달랐다.

그는 태어나서부터 남다른 환경에 둘러싸여 자랐고, 소설의 주연 중 하나답게 고등학교 때도 상당한 풍파를 겪었다.

그런 그에게 이 모든 게 한 사람의 장난이었을 뿐이니 납득하란 진실은 감당하기 어려울 것이다. 은형이와 마찬가지로.

더군다나 그는 자신의 운명을 스스로 개척해 가는 것에 상당한 자부심마저 가진 사람이었다.

그때 은지호가 불쑥 말했다.

"또 하나, 두려워서 견딜 수 없는 건…… 지금까지 나 스스로 선택했다고 생각했던 것들이, 사실은 죄다 남의 의지로 이루어졌을지도 모른다는 거야."

"그건……."

내가 이 세계가 소설 속이란 것을 알고 가장 두려워했던 것도 그것이었기에 나는 할 말이 없었다.

쉽사리 말을 꺼내지 못하고 입술만 달싹이는 내게 그가 말했다.

"그나마 나를 견딜 수 있게 하는 건, 적어도 지금까지 내가 했던 선택 중에 납득 가지 않는 건 없다는 거야. 다시 생각해도, 내 선택들은 대개 합리적인 이유를 기반으로 이루어졌어. 단."

말을 멈춘 그가 시선을 들어 나를 보았다.

"널 좋아하게 된 걸 빼고는."

그러니까 아마도 그건……. 은지호가 눈가를 지그시 누르며 중얼거리는 말을 듣고 나는 아무 말도 할 수 없었다. 비로소 그가 지금 어떤 오해를 하고 있는지 깨달았기 때문이었다.

그는 지금, 자기가 나를 좋아하게 된 게 원작 소설에 그렇게 쓰여 있기 때문이라고 착각하고 있었다.

아니, 그게 말이 돼? 나는 입을 벌렸다. 누가 여령이를 두고 나 같은 사람을 주인공으로 골라 소설을 쓰겠어?

게다가, 누군가를 좋아하는 게 단지 소설 속 내용에 따라서만 정해질 거라면 주인이와 아리는? 아리는 심지어 소설 속에 나온 인물조차 아니잖아?

하지만 내가 그럴듯한 반론을 꺼내기도 전에 은지호가 다시 말했다.

"어처구니가 없는 건, 내가 지금 화가 나긴커녕 이 와중에도 네 눈치만 보고 있단 거야. 기회가 되자 네게 미안하단 말부터 건넬 정도로."

"……."

"도저히 화를 낼 수가 없어. 아마도 권은형이 말했던 것과 비슷한 이유겠지."

고통스럽다는 듯 눈을 감은 그가 짧게 말했다.

"너를 좋아하게 된 걸, 도저히 후회할 수가 없어."

"……."

"너를 좋아하기 이전의 나로 돌아가서 생각하는 게 전혀 불가능해."

그리고 그가 다시 눈을 떴다.

방금 그 말이 거짓이라도 되는 것처럼, 그는 빠르게 돌아서서 신발을 신고 집을 나가 버렸다. 문 닫히는 소리에 '이만 갈게.' 하는 소리가 섞여 들려왔는지 어쨌는지, 나는 전혀 알 수가 없었다.

그게 신호라도 된 것처럼 반여령 또한 집을 나갔다.

갑자기 거실에 노아리와 둘만 남게 되자 나는 무슨 말을 해야 할지 몰랐다.

한참 동안 천장만 보던 내가 간신히 입을 뗐다.

"아리야, 미안해."

"네?"

휙 고개를 돌린 노아리가 이상한 소리를 들었다는 양 나를 보았다.

"나 때문에 모든 게 밝혀져서."

할 수만 있다면 무엇을 대가로 써서건 시간을 되돌리고 싶었다. 고작 수첩 하나 제대로 간수 못 한 걸 가지고 이 모든 게 밝혀질 줄 알았다면. 절대 그렇게 허술하게 행동하진 않았을 텐데. 만전의 만전을 기해도 모자라단 걸 알았더라면.

어두운 얼굴을 하는 내게 노아리는 뜻밖에도 웃어 보였다. 잠깐, 웃어? 나는 내 눈을 의심했다.

하지만 정말로 노아리는 이제까지 본 것 중에 가장 후련해 보이는 얼굴이었다.

"'등장인물' 하나 때문에 모든 게 밝혀졌다고요? 그건 비약이에요."

그렇게 말하며 스스럼없이 웃는 노아리에게서 나는 짙은 체념을 읽었다.

내가 더듬대며 말했다.

"아니, 그것 때문에 모든 게 밝혀진 건 사실……."

"제가 받은 비난들은 그저, 제가 이 글을 썼기 때문인걸요."

나는 답답함에 나도 모르게 목소리를 높였다.

"아니, 하지만 네가 이 글을 쓸 때 이런 일들이 실제로 일어날 거라는 걸 어떻게 알았겠어?"

내가 애써 해명해 봤지만 노아리에게는 닿지 않는 것 같았다.

잠시 시선으로 허공을 더듬으며 혼자만의 생각에 잠겨 있던 그녀가 천천히 말을 꺼냈다.

"저 일단 글쓰기 강의는 그만 나갈게요. 어차피 다음 주까지였으니, 가족 여행이나 무슨 사정이 있다고 하면 이해해 주시겠죠. 그렇게만 말씀해 주세요."

"아니, 너……."

"글 같은 건 혼자서도 쓸 수 있으니까요. 그보다는 어서 돌아갈 방법을 찾아야겠어요."

모든 일에 소극적인 태도를 보이던 노아리가 뜻밖에도 대범한 태도로 그렇게 말하는 것을 보며 나는 깨달았다.

그러고 보면 노아리, 이곳에 들어올 때는 고작 중학교 3학년이었다는 것 같은데. 〈해가림〉이라는 소설은 그 전에 썼다는 얘기구나. 그렇다면 그녀에겐 혼자서 글을 쓰는 게 누군가에게 지도받아 글을 쓰는 것보다 훨씬 익숙하겠지.

새삼스런 깨달음에 침묵하는 내게 노아리가 다시 웃으며 말했다.

"전 아무렇지도 않아요. 어차피 저도 돌아가면 전부 잊힐 것 아닌가요?"

나는 또 한 번 말문이 막혔다.

내게는 무엇보다 두려웠던 그 일이 노아리에게는 유일한 위안이라니.

정말로 이 세계에 어떤 흔적도 남기고 싶지 않은 거야.

먹먹한 감상에 잠기는 내게 그녀가 덧붙였다.

"제가 돌아가면 저와 있었던 일 대부분이 잊히는 거니까, 어쩌면 이 일 자체도 모두의 기억 속에서 잊힐지도 몰라요. 그러면 이 세계가 소설이라는 것도 다들 잊어버리겠죠."

"아니, 저기……."

"그러면 언니를 둘러싼 마찰들도 모두 해결되겠죠. 너무 걱정하지 마세요. 그냥, 제가 무사히 돌아가기만을 빌어 주세요."

은형이의 과거에 대한 추궁과 주인이의 절교 선언까지, 나보다도 심한 일을 당한 것은 본인인데도 그녀는 오히려 나를 위로하려 했다. 그에 내가 말문이 막혀 입만 달싹이는 사이, 그녀는 혼자 씩씩하게 가방을 챙기더니 신발을 신고 문밖으로 나갔다.

마침내 혼자가 된 나는 한동안 멍하니 서 있다가, 천천히 웅크리며 바닥에 주저앉았다.

내가 작게 중얼거렸다.

"머리 아파……."

* * *

노아리는 내게 강의에 못 나가는 이유를 대신 전해 달라고 부탁했지만, 강의에 못 나간 것은 나도 마찬가지였다.

도대체 뭐가 문제였는지, 그다음 날 나는 개도 안 걸린다는 여름 감기에 걸렸다. 아니, 뭐가 문제인진 너무도 잘 알겠지만.

벌레가 머릿속을 갉아먹는 것처럼 아파서 아무것도 할 수가 없었다. 두통에 진저리 치다 잠들면 언제나 거대한 송충이가 내 몸을 사각사각 갉아먹는 꿈을 꾸었다. 열이 어느 정도 떨어지고 나서도 두통은 도무지 가시질 않았다.

핸드폰도 확인할 수가 없었다. 어차피 읽어 봤자 제대로 답장도 하지 못했을 것이다.

아픈 지 삼 일째 되는 날엔 꿈에 송충이로도 모자라 처녀 귀신까지 나왔다. 우리 반 교실 천장에 달라붙은 처녀 귀신이 긴 머리카락을 뻗어 내 몸을 칭칭 감쌌는데, 나는 꿈에서 깨고 나서야 내 몸을 휘감은 머리카락이 실은 반여령의 것임을 깨달았다.

그녀는 내 몸 위에 상체를 통째로 엎드리고 잠들어 있었다.

이러니 내가 그런 꿈을 꿀 수밖에. 가만히 납득하던 내게 그녀의 잠꼬대가 들려왔다.

"단아…… 죽지 마…… 죽으면……."

"……."

그 무렵 나는 여령이를 깨우기로 했다. '죽으면' 다음으로 나올 말이 '안 돼'인지, '쫓아간다'인지 듣기가 무서웠기 때문이었다. 반여령의 성격을 생각해 보면 둘 다일 가능성도 있었다.

내가 그녀의 어깨를 흔들자, 벌떡 일어난 그녀는 내가 깨어 있는 것을 보고 화들짝 놀랐다. 이윽고 큰 눈에 눈물이 고이더니, 매끄러운 볼 위로 주룩주룩 흘러내렸다.

여령이가 서럽게도 울면서 말했다.

"단아, 죽으면 안 돼."

나는 그런 그녀의 어깨를 작게 토닥였다.

"여령아, 그냥 우리 엄마 아빠처럼 개도 여름 감기는 안 걸린다고 날 비웃어도 괜찮아."

"내가 너한테 어떻게 그래!"

내가 무슨 범죄라도 권한 것처럼 서럽게 외친 그녀는 이윽고 다시 눈시울을 붉히더니 말했다.

"단아, 미안해."

나는 어처구니없어하며 물었다.

"아니, 왜?"

도대체 은지호도 그렇고, 반여령도 그렇고, 기왕 모진 말을 할 거라면 끝까지 밀고 나가지. 왜 스스로 버티질 못해서 내가 사과해야 하는 상황인데도 늘 먼저 사과하는 거야?

천천히 고개를 내저은 내가 말했다.

"아니야, 여령아. 네가 그때 했던 말 다 맞아. 처음에 내가 너희를 진심으로 대하지 못한 건 사실이니까."

"하지만 그건 우리가 싫어서가 아니라, 우리가 소설 속 인물이기 때문이었잖아. 말 그대로의 의미로."

뜻밖에도 담대한 말투에 나는 놀란 눈으로 그녀를 올려다보았다. 눈물을 닦아 낸 그녀가 흔쾌한 어조로 덧붙였다.

"우리가 소설 속 인물이라서 소설 속 인물로 여겼다는데, 뭘 어쩌겠어."

놀랍도록 의연한 태도였다. 적어도 며칠은 더 혼란스러

워하거나 절망에 빠져 있을 줄 알았는데.

그러다 문득 여령이의 지난날의 행적들을 떠올린 나는 실소했다. 아니, 그러고 보면 여령이는 항상 이랬었지. 심지어 나와 함께 납치당했을 때조차.

여령이가 다시 말했다.

"그래도 언제인가부터는 우리를 진짜 사람으로 대한 거잖아. 우리가 상처받을까 봐 신경 쓰고, 더는 밀어내지 못해서 받아 줬잖아."

그제야 나는 조금 웃을 수 있었다.

"그야 당연하지."

그러나 그건 사실 내가 그들을 진짜 사람으로 여기기 시작했기 때문이 아니었다.

단지, 그러지 않고서는 못 견딜 만큼 그들이 사랑스러워서.

환히 웃은 여령이가 내 목을 끌어안았다.

"난 이걸로 됐어."

그녀에게 목을 졸린 나는 한숨처럼 가는 목소리로 말했다.

"미안해. 계속 말해야지 했는데 결국 말 못 했어. 도저히 용기가 안 나서."

"괜찮대도."

그러고도 여령이는 한참 동안 내 목을 끌어안고 있었다. 슬슬 답답해진 내가 이것은 사실 사과를 빙자한 고문인지, 아닌지 헷갈릴 즈음에야 포옹을 푼 여령이가 물었다.

"다른 애들이랑은 어떻게 됐어?"

"아, 아리는……."

나는 반여령이 노아리에 대해서도 궁금해할 거라고 생각해서 말한 건데, 그녀의 안색이 대번에 나빠졌다.

고개를 휘휘 내저은 그녀가 말했다.

"미안, 단아. 나한테 그 애 얘기만은 하지 말아 줘."

"어……."

"너에 대해서는 받아들일 수 있어도, 그 애에 대해서는…… 난 도저히 안 될 것 같아."

여령이가 이불 위로 내려놓은 손을 움켜쥐며 하는 말에 나는 잠자코 있다가 고개만 끄덕였다.

당사자인 은형이가 괜찮다고 말했어도, 그를 아끼는 사람으로서는 결코 넘길 수 없는 일이라는 것을 나도 머리로는 이해하고 있었다. 더군다나 우정을 목숨처럼 여기는 여령이라면 더욱더.

잠시 입을 다문 나는 빠르게 화제를 넘겼다.

"은형이랑 주인이는 나에 대해서는 아무렇지도 않은 것 같아."

"그렇구나. 다행이다."

크게 안도의 한숨을 내쉬는 그녀에게 내가 말을 이었다.

"문제는 그 둘인데."

그 둘이라는 게 누구를 말하는 건지 곧바로 깨달은 여령이는 얼굴을 굳혔다.

나는 한숨을 내쉬며 방금 꺼낸 핸드폰을 내려다보았다.

오랫동안 충전기에 연결된 채로 방치되어 배터리만 가득한 핸드폰에는 아니나 다를까 연락이 수십 개 쌓여 있었는데, 대부분은 8반 친구들이 보낸 것이었고 루다가 개인적으로 보낸 것도 꽤 되었다.

거기에 유천영과 은지호의 흔적은 조금도 없었다. 나가기 전에 내게 눈인사조차 남기지 않던 유천영을 생각하면 이상하진 않았다. 도대체 무슨 생각인 거지?

그리고 은지호도. 나는 연락처 사이에 박힌 그의 이름을 물끄러미 보았다.

그의 오해를 풀어야 하는데, 그러기 위해선 노아리의 증언이 필수였다. 하지만 그날의 폭로로부터 며칠 지나지도 않은 지금, 괜히 그녀를 그의 앞에 세워서 무슨 사달이 날지, 또 애초에 자기 판단에 확신이 강한 그가 우리 말을 믿기나 할지, 또 노아리에겐 그럴 기력이 남아 있을지 하는 것도 문제였다.

그는 화나지 않았다고 했다. 적어도 내게는.

그것에 모든 희망을 걸고, 차분히 대화할 기회를 기다려야 하는 걸까? 하지만 시간이 지날수록 오해는 깊어지기만 할 텐데.

아, 모르겠다. 갑작스런 폭로 탓에 머리가 터진 것은 이쪽도 마찬가지였다. 결국, 머릿속이 어지러울 지경이 돼서야 나는 생각하던 것을 그만두고 자리에 누웠다.

아무튼 지은 죄가 있으니 이쪽에서 먼저 연락할 수는 없었다. 이마를 꾹꾹 짚던 나는 문득 이쪽을 걱정스럽게 바라보는 여령이에게 물었다.

"여령이 넌 어때? 어디 아픈 데는 없어?"

아무래도 내가 지금 아픈 건 신체적 문제가 아니라 정신적 충격 탓인 듯한데, 정신적인 충격이라면 여령이도 나 못지않게 받았을 것이다. 어쩌면 은지호고 유천영이고 죄다 연락이 없는 것도 그 때문일지도 모르고. 뭐, 너무 희망적인 생각이긴 하지만.

그때 여령이가 말했다.

"응? 이상한 데는 딱히 없는데, 아, 그러고 보니 심장이."

"뭐? 심장?"

그렇게 말한 나는 다급히 몸을 일으켰다. 스트레스를 받으면 심장 박동 수가 급격히 증가하기도 하는데, 사건이 있던 날로부터 계속 그랬다고 하면 벌써 삼 일 넘게 지속됐다는 얘기였다. 그거야말로 내 감기와는 비교도 안 되게 위험한 거 아니야?

내가 황급히 그녀의 손목을 잡으며 병원에 가자고 말하려는 찰나, 그녀가 심각한 얼굴로 덧붙였다.

"이상하지, 그때 그날 이후로 말이야. 은형이만 생각하면 심장이 빨리 뛰고 얼굴에 열이 몰리는데…….”

이마를 구긴 나는 가만히 중얼거렸다.

어, 설마. 아니, 진짜 설마. 은형이가 쌍욕 하는 것만큼이나 말도 안 되는 일이 일어나는 건가?

여령이가 진지한 얼굴로 말했다.

“이거 혹시…….”

맙소사, 나는 당장 심장이라도 튀어나올 것 같은 입을 두 손으로 억눌렀다. 이제 본인 감정까지 자가 진단 하는 거야? 둔함의 대명사 반여령이?

극한의 긴장 속에서 마침내 대답이 들려왔다.

“부정맥인가?”

“…….”

순식간에 긴장이 풀린 나는 한 손으로 이마를 가리며 깊게 한숨을 내쉬었다. 아, 역시. 반여령은 반여령이었다.

반여령을 돌려보낸 뒤, 나는 간신히 손을 움직여 밀린 연락에 느릿느릿 답장하기 시작했다.

주인이와 은형이의 안부를 묻는 메시지에 아파서 답장을 하지 못했다고 대답하자 괜찮냐는 물음이 돌아왔고, 나는 거의 다 나았다고 대답하는 한편 이런 걱정을 받을 자격이 있나 하는 생각이 들어 시큰거리는 가슴께를 눌렀다.

노아리에겐 나도 아파서 글쓰기 강의에 못 나갔다고, 선생님께 네가 결석한 이유를 전해 주지 못해 미안하다고 메시지를 보냈지만 답장이 없었다. 어쩌면 돌아가는 방법을 찾는 것 때문에 여태껏 바쁜지도 몰랐다. 마지막으로 그녀가 눈에 보였던 열의는 보통이 아니었으니까.

피로한 두 눈을 꾹꾹 문지른 나는 루다에게도 답장을 보냈다.

그러자마자 답장 대신 전화가 와서 깜짝 놀랐다.

"여보세요?"

얼떨떨해진 내가 묻자, 건너편에서 다급한 목소리가 들려왔다.

[많이 아파? 집에 먹을 건 있고?]

그제야 나는 웃음을 되찾고 말했다.

"당연하지. 엄마가 죽 끓여 주셨어."

[죽만 먹으면 지겹지 않아? 윤정인네랑 찾아갈까?]

혼자 놀러 오겠다고 하면 부담스러울 거란 걸 아는 그의 배려가 돋보였지만, 나는 괜찮아, 아니야란 말만 되풀이했다.

당장은 루다를 볼 면목이 없었다. 내가 지금까지 사대천왕과 여령이를 속여 온 것과 마찬가지로, 루다를 비롯한 8반 친구들을 속여 온 것도 사실이니까.

올해 3월 다시 바뀌었던 세계에서 그들이 사라졌던 것을 생각하면, 그들 역시 소설 속 인물인 것은 분명했다. 비록 어떤 소설인지는 아직 몰라도.

그러고 보니 새삼 별장에서 들었던 김혜힐의 의미심장한

말이 마음에 걸렸다. 노아리에게 물어볼까 하는 생각이 잠깐 들었지만, 노아리가 나타나고부터는 도무지 나 스스로 뭘 판단할 의지가 없구나 싶어 그만두고 말았다.

무엇보다도, 이제 노아리를 거짓말 탐지기처럼 이용하는 것도 그만둬야 할 때였다. 이미 너무 늦었는지도 모르지만.

그러자 비로소 또 다른 사람에게 생각이 미쳤다.

"주인이……."

나는 작게 중얼거리며 무릎에 고개를 파묻었다.

잘되길 바랐는데.

조그만 체구로 용케 자기 양어머니와 맞서 싸워 준 노아리를 보는 주인이의 눈빛은 무척이나 반짝였다. 정작 노아리는 주인이의 마음을 믿지 못하는 것 같았지만, 나만은 주인이의 그런 눈빛이 타인을 향한 것이 처음이라는 것을 알고 있었다.

하지만 이제는 영영 이루어질 수 없는 일인가…….

나는 문득 손을 뻗어 탁자에 놓여 있던 '일주일마다 권은미의 병세가 완화된다.'고 적힌 쪽지를 집어 쓰레기통에 던져 넣었다.

* * *

시간은 놀랄 만큼 빠르게 흘렀다. 개학 전날, 나는 아직도 가시지 않은 두통에 진저리 치며 빈 가방에 스프링 노트와 필통을 대충 쑤셔 넣었다.

아, 혹시 하교할 때쯤엔 추울지 모르니까 카디건도 가져가야지. 나는 회색 카디건을 잘 개어 가방 안에 쑤셔 넣었다. 벌써 9월이니까 말이야.

그리고 나는 가방을 끌어안고 바퀴 의자 위에 털썩 앉아 의자를 빙빙 돌렸다. 내가 중얼거렸다.

"이제 여단 오빠 수능도 두 달밖에 안 남았네."

여단 오빠 수능이 끝난 다음에는 곧바로 우리 차례가 된다.

실제로는 아직 고3이 아닌데도 수능이 1년 남았다는 것만으로 실질적 고3 취급을 받는다는 것을 작년 여단 오빠를 보고 배웠다.

그러니 이젠 정신 바짝 차려야만 해. 이젠 더 밝혀질 비밀도 없으니, 이 세계가 소설이니 사실이니 하는 고민은 접어 두고 이번에야말로 공부를……. 그렇게 중얼거리며 스스로의 뺨을 툭툭 치던 나는 두통이 더 심해지자 금세 그만두고 말았다.

심란해진 나는 두 손을 내리고 바닥만 물끄러미 바라보다 중얼거렸다.

"학교 가기 싫다."

그리고 인상을 쓴 나는 다시 되뇌었다. 정확히는, 이런 상태로는 학교에 가고 싶지 않아.

작년엔 학기 중에 싸우는 바람에 마음이 정리되지 않은 상태로 학교에서 종종 마주쳐야 했다. 그것도 그것대로 꽤 괴로웠지만, 내내 얼굴을 보지 않다가 개학 때문에 강제로 마주 볼 생각을 하니 이것도 이것 나름대로 끔찍했다.

게다가 2학기 때도 수준별 수업은 계속될 테고, 그들은 상반을 놓칠 리 없고 나는 상반을 놓쳐서는 안 되니 우리는 필연적으로 같은 교실에서 수업을 들을 수밖에 없는 운명이었다.

3학년이 가까워졌으니 영어와 수학 비중은 더 늘어나면 늘어났지, 줄어들진 않았겠지. 나는 한숨을 내쉬었다. 게다가 축제까지…….

우리 학교는 보통 10월 정도에 축제가 열리는데, 해마다 근소하게 차이가 있다고 했지만 이번 해에도 아마 비슷할 것이다. 작년에 그들과 싸워서 축제 때 서로의 교실에 얼굴을 비치지 않았던 것을 떠올린 나는 더더욱 착잡해졌다.

올해만은 정말 그러기 싫었는데. 내년에는 3학년이니까 축제는 사실상 이게 마지막인 거잖아.

하지만 더는 날 보기 싫다는데 여기서 내가 뭘 더…….

"아, 모르겠다."

결국 몸서리치며 침대로 돌아온 나는 이불을 뒤집어썼다.

그렇다고 그들에게 무작정 미안하다고 하기에도 문제가 있었다.

그들이 내가 그들에게 진작 사실을 밝히지 않은 것 때문에 화가 난 건지, 아니면 여령이의 경우처럼 이 세계가 소설이라는 것 그 자체에 충격을 받은 건지도 나는 아직 확실히 알지 못한다. 이런 상황에서 '미안해.' 하며 사과를 했다가는 '뭐가 미안한데?' 따위의 역풍이나 맞게 되는 수가 있었다.

이불을 뒤집어쓰고 끙끙대다 말고 나는 간신히 그들의 근황을 알아낼 방법을 떠올렸다. 은지호는 잘 모르겠지만, 유천영 정도라면 확실히 알 수 있을 것 같았다.

나는 당장 핸드폰으로 인터넷에 접속해 유천영의 이름을 검색했다. 그러자 폭포수처럼 쏟아져 나온 기사들이 내 화면을 가득 채웠다.

가장 많은 기사는 〈검은 비〉 종영 기념 인터뷰에 관한 것이었다.

아, 그러고 보니 연기를 그만둔다는 것은 밝혔으려나? 그렇게 생각하던 내 시야에 문득 기사 하나가 날아와 박혔다.

[유천영, 컬쳐팝(CULTURE POP) 소속사와 계약…… 〈달링즈〉 예린과 한 식구 된다.]

나는 눈을 크게 뜬 채 잠시 숨을 멈추고 있다가, 기사 전문 읽기를 클릭했다. 기사에서는 유천영의 인터뷰를 짧게 인용하였는데, 그 어디에도 은퇴에 대한 내용은 없었다.

대신 그는 촬영장에서의 여러 비화를 털어놓고, 도와주신 분께 감사를 표하며, 그중에서도 특히 많은 도움을 주었던 예린의 제안으로 소속사에 속하게 되었다고 설명했다.

정갈하게 다듬어진, 도무지 지난주에 우리 집에 와서 온갖 말실수로 우리를 웃겨 주던 사람과 동일 인물이라고는 믿기 힘든 인터뷰 내용을 보다가 나는 핸드폰을 덮었다.

내가 가라앉은 목소리로 중얼거렸다. 아, 그랬지.

"연기를 그만두는 건 나를 좋아해서라고 했으니까……."

다르게 말하자면, 나를 좋아하지 않으면 연기를 그만둘 필요는 없는 거구나.

문득 누군가 긴 바늘을 미간에 쑤셔 넣은 것처럼 이마가 끔찍하게 아팠다. 핸드폰을 던지듯 놓은 나는 그대로 이불을 뒤집어쓰고 누워 잠들었다.

눈물은 나지 않았다.

제58조. 알아서 바뀐 게 아니라, 네가 바꾼 거잖아

알아서 바뀐 게 아니라, 네가 바꾼 거잖아

은지호 없이 반여령과 나, 단둘이서만 등교하는 것은 꽤 오랜만이었다.

손깍지 끼고 낙엽이 뒹구는 골목길을 걸어 내려가며 도란도란 얘기하는 사이사이, 나와 반여령은 왜인지 아무도 없는 뒤를 자꾸만 돌아보았다.

문득 그런 내 행태를 깨달은 나는 한숨을 푹 내쉬었다. 나 참, 도대체 얼마나 익숙해진 거냐고. 막상 있을 때는 자동차든 본인 때문이든 눈에 띄는 게 부담스러웠는데, 빈자리가 이렇게 크게 느껴질 줄이야.

마침내 학교에 도착한 반여령과 나는 7반과 8반 사이 복도에서 인사를 나누었다. 때마침 7반 앞문을 열고 나오던 은형이가 우리를 발견하곤 인사를 건넸다.

"단아, 여령아. 안녕."

복도 창으로 쏟아진 가을 햇살을 받은 그의 피부가 투명하게 빛났다. 나는 그의 얼굴을 자세히 살폈다. 눈가에도, 안색에도 잠을 설친 흔적은 느껴지지 않았다.

그제야 나는 안도하며 말했다.

"안녕. 어디 가?"

"아, 비품 점검을 하는데 빗자루가 두 개나 모자라서. 방학식 날 누가 다른 반 가서 빗자루 싸움 하다가 그대로 놔두고 와 버린 것 같아."

"앗, 그거 맞는 것 같아. 완전 그럴듯해."

방학식 날의 혼돈을 떠올리며 내가 대답하자, 은형이도 '그렇지?' 하고 말하며 빙긋 웃었다.

"그래서 일단은 다른 반 한번 먼저 돌아보려고. 잘 들어가."

"으응."

"여령이도."

답지 않게 건조한 어조로 그 이름을 입에 담은 은형이가 힐끗 우리 쪽을 보더니 그대로 스쳐 지나갔다. 아무래도 여령이에게서 천천히 멀어지겠단 그의 전략은 이번 학기에도 유효할 모양이었다.

멀어지는 은형이의 뒷모습을 보며 나는 괜히 쿵쾅거리는 가슴께를 눌렀다. 방금, 꼭 신입생이 은형이를 처음 본다면 이런 느낌이지 않을까 했어.

세상에서 가장 완벽한 사람의 앞에 서 있는 것만 같아서, 괜히 무슨 실수라도 하지 않을까 걱정되고.

거리감을 가지고 바라본 은형이는 이렇게나 다른 사람이구나. 멋쩍음에 목덜미를 긁적이던 나는 옆에서 아직도 굳어 있는 반여령을 보고 깜짝 놀랐다.

“여, 여령아! 너 왜 그래?”

“단아. 어떡해.”

뒤늦게 나를 돌아본 그녀가 내 팔을 잡으며 울먹였다.

“나 진짜 부정맥인가 봐.”

“여령아, 진정해. 그거 아니야…….”

차마 반여령에게 지금 당장 ‘그거 너 은형이 좋아하는 거야.’ 하고 말할 엄두는 나지 않았다. 괜히 섣불리 끼어들어 두 사람 사이를 망쳐 버릴까 걱정되고, 타이밍도 타이밍이고.

무엇보다도, 이런 건 스스로 깨달아야 의미가 있는데…… 울상이 된 반여령의 얼굴을 보며 나는 한숨을 내쉬었다.

과연 반여령이 스스로 자기감정을 깨닫는 날이 올까? 그것도 그것대로 의문인데 말이야. 차라리 내가 틈을 봐서 말해 주는 게 나을지도.

반여령과 헤어져 교실 문을 열어젖히자, 익숙한 교실 정경이 나를 반겼다. 방학이 끝나고 학교에 오는 일은 아무리 많이 해도 익숙해질 것 같지 않다.

“어, 함단이 왔냐!”

"야, 함단이, 너 윤정인네랑 계곡 갔다 왔다며!"

윤정인이 내게 인사를 건네자마자 나랑은 그리 친하지 않은 남자애 하나가 버럭 소리를 질렀다.

어, 뭐, 어물거리는 내게 윤정인이 외쳤다.

"야, 말은 바로 해라! 우리가 함단이랑 계곡을 같이 가 준 거예요. 어? 같이 가 준 거라고."

그러자마자 곳곳에서 반박이 솟구쳤다.

"야, 웃기지 마. 너는 권은형 노리고 간 거잖아!"

"어허, 우리 자기 앞에서 그게 무슨 소리야! 그치, 자기야?"

짐짓 호통친 윤정인이 이민아를 돌아보자, 책상 위에 다리를 꼬고 걸터앉아 있던 이민아가 잠시 눈을 굴렸다. 그러더니 그녀는 곧 장난기 어린 미소와 함께 답했다.

"아아, 그렇지. 물놀이할 때도 팀 나누는데 가장 먼저 나 아니고 권은형 데려가고 말이야."

"아, 아니, 그건!"

곳곳에서 '야, 심했다!', '쟤 진심 권은형 노리고 간 거 아님?' 같은 소리가 터져 나오는 가운데 윤정인이 과장되게 놀라는 표정을 했다. 그러더니 그는 갑자기 고개를 떨구며 착잡한 얼굴로 말했다.

"알았어. 자기가 그렇게 싫다면……."

그가 다음으로 꺼낸 말에 나는 그만 헛기침을 터트렸다.

"권은형한테 헤어지자고 하고 올게!"

"콜록, 콜록."

내가 기침하는 것도 아랑곳하지 않고, 뭔가를 결심한 표정을 지은 윤정인은 씩씩하게 뒷문으로 걸음을 옮겼다.

"미친놈아, 어디 가!"

"누가 쟤 좀 말려! 권은형이 우리 반 단체로 또라이들인 줄 안다고."

"이미 늦은 거 아니야?"

그런 소리가 다급하게 오가는 가운데, 간신히 기침을 멈춘 나는 구석으로 걸음을 옮겼다. 몰라, 난 내 마음의 안정이나 찾아야겠어…….

그래도 모든 것이 변한 가운데 윤정인의 또라이력만은 변하지 않았다는 사실이 조금은 위안이 되었다. 가방을 책상 옆에 걸고 자리에 앉는 내게 김 쌍둥이가 인사를 건넸다.

"안녕."

"어, 안녕."

"가족 여행 갔었어? 개학하기 직전에 연락이 잘 안 되길래."

김혜힐이 하는 말에 나는 눈을 크게 떴다가 곧 고개를 내저었다. 내가 머쓱해하며 대답했다.

"어, 아니. 사실은 좀 아팠었어."

"아아, 그랬구나. 지금도 안색이 별로 안 좋네."

"그러고 보니 연락 많이 했었지. 왜?"

나는 비로소 의아했던 점을 물었다. 다른 이들의 연락은 딱히 아무런 용건도 느껴지지 않는 것이 대부분이었던 반면, 김 쌍둥이의 경우엔 뚜렷한 목적이 느껴졌다.

김혜우가 짧게 친 뒷목을 매만지며 말했다.

"네 그 아이디어 꽤 좋더라고. 그래서 우리도 해 볼까 싶었거든."

나는 의아하게 눈을 깜빡였다.

"응? 뭘?"

"아는 사람 다 데려오는 모임. 캠프까진 아니더라도, 사실 그런 기회 아니면 언제 한번 소개하겠어. 벌써 같은 학교 다닌 지도 2년인데."

"소개라니? 누굴?"

내가 다시 한번 의아하게 되묻자, 김혜우가 그때까지도 민망한 표정을 하고 있던 김혜힐을 가리켰다.

"얘 남친."

"아!"

"겸 우리 중학교 동창."

그러네, 같은 학교 다닌다는 걸 알면서도 여태껏 서로 대화는커녕 얼굴조차 모르고 있었다.

벌써 2학년 2학기나 됐는데 말이야.

김혜힐이 여전히 조금 민망한 듯한 얼굴로 말했다.

"그래도 서로 얼굴 정돈 아는 게 좋지 않을까 싶어서. 그리고……."

"그리고?"

"서로 좀, 닮은 점도 있고."

김혜힐이 마지못한 듯 꺼낸 말에 나는 고개를 기웃거렸다. 닮았다고? 혜힐이 남친과 내가?

나는 누굴 닮았다는 말을 들을 만큼 흔한 성격은 아니었다. 아무래도 중학교 때 이 세계에 떨어지며 겪은 여러 가지 일과, 그로 인해 얻은 방어적인 태도가 나를 아주 밝은 것도, 그렇다고 어두운 것도 아닌 복잡한 성격으로 만들어 버린 것 같았다.

그런 나와 닮은 사람이 있다니. 신기한데.

그때 내 머릿속에 문득 섬광 같은 기억이 스치고 갔다. 1학년 때 교실에서 나 때문에 싸움이 붙었을 때 이수연이 김혜힐에게 쏘아붙였던 말.

그러고 보니, 김혜힐 남친이 정신과를 다닌다고 했나? 아직 얼굴 보지도 않은 사이에 사적인 정보를 알아 버린 것만 같아 마음이 무거웠다.

황급히 고개를 내저은 나는 고개를 들고 말했다.

"아, 아무튼 난 언제라도 좋아. 아무 때나 소개해 줘. 너희 친구면 되게 괜찮은 애일 것 같아. 특히, 김혜힐 남친이면."

그러자 둘은 아무 대답 없이 싱긋 웃기만 했다. 그때 마침 담임 선생님이 들어오고, 조례가 시작되면서 대화는 끝났다.

한 달 만에 봐도 변함없이 잘생긴 노민찬 선생님의 얼굴을 빤히 올려다보며 나는 생각했다. 아리는 잘 지내려나?

아리의 냉대에도 헌신적인 태도를 잃지 않는 노민찬 선생님의 모습에서 나는 그의 이면을 보았다고 생각했다. 상처받는 데 익숙한 사람. 은형이와 마찬가지로.

그러나 쾌활한 얼굴로 조례를 이어 가는 그의 모습에서 그런 낌새는 전혀 찾아볼 수 없었다.

선생님이 칠판에 글씨를 쓰다 말고 문득 우리를 돌아보며 말했다.

"2교시부터는 수업한다. 시간표 잘 확인하고 이끌어라, 반장."

"아, 넵."

황급히 대답하는 윤정인 뒤에서 각종 아우성이 터졌다. 아아아, 선생님! 선생님이 그들에게 밉지 않게 눈을 흘겼다.

"너희도 이제 예비 고3이야. 어리광 부리지 마."

"마음만은 신입생이에요!"

그에 기가 찬다는 듯 허, 하고 웃은 선생님이 빙긋 웃더니 교실을 나갔다.

아이들은 우르르 앞으로 몰려들어 방금 선생님이 게시판에 붙이고 나간 시간표와 수준별 반 명단, 청소 구역 같은 것을 확인했다. 그 사이에 끼어 게시판을 확인한 나는 작게 혀를 찼다.

역시나 사대천왕과 반여령 중 누구도 수학 영어 상반을 놓치지 않았군. 게다가 바로 2교시가 수학, 5교시는 영어였다.

과연 예비 고3이라 불리는 만큼 수능 비중이 큰 과목에 시간을 더 쏟게 할 모양인지, 영어와 수학은 거의 매일 빠지지 않고 들어 있었다. 너무해, 나는 울상을 지으며 자리로 돌아갔다.

회의를 통해 청소 구역 배정을 빠르게 마치고, 교과서를 배부하자마자 다시 잡담 타임이 돌아왔다. 애들은 네댓 명씩 모여 장안의 화제에 대해 떠들기 바빴다.

그 화제에는 당연히 유천영의 소식도 끼어 있었다.

"야, 유천영 예린네 소속사 들어간다며?"

"그니까! 원래 있던 소속사에서 예린 때문에 옮기는 건가? 둘이 그럴 정도로 친해?"

"아니, 유천영 원래는 소속사 없었는데 이번에 새로 들어가는 걸걸?"

"아, 그래? 어쨌든 따라 들어갈 정도면 꽤 친하다는 거 아니야? 솔직히 컬쳐팝이 아이돌 소속사지 배우 소속사는 아니잖아."

그렇게 말한 것은 몇 년 동안 한 아이돌을 좋아하면서 그쪽 바닥에서는 제법 잔뼈가 굵은 애였다. 나도 올해 초에 그녀가 아이돌 멤버 중 하나의 생일이라고 케이크를 사 와서 한 입 얻어먹은 기억이 있었다.

누군가 그녀의 식견에 흥미를 느낀 듯 되물었다.

“아, 그래? 컬쳐팝 그래도 꽤 크지 않아?”

“그건 그런데 거기 사장이 장사꾼이라고 말 많잖아.”

“원래 회사 사장은 장사꾼 마인드여야 하는 거 아니야?”

그 말에 그녀가 답답하다는 표정으로 대답했다.

“아니야. 뭔가…… 소속된 아티스트들을 존중 안 하고 돈 될 곳에 막 굴리는? 팬들 입장에선 그런 게 보인다고.”

“뭐? 그런데 왜 들어갔대? 발해에서 유천영을 그런 데 들여보낼 리가 없잖아.”

“몰라. 그냥 예린 있다니까 들어간 거 아니야?”

그러더니 대뜸 화살 끝이 내게로 날아왔다. 단이야! 하는 소리에 흠칫 놀란 내가 그쪽을 돌아보자, 그들이 일제히 내게 손짓해 댔다. 마침 나도 신경 쓰이는 화제였지만, 내게 마땅히 건네줄 정보가 없는 것 같아 못 끼고 있었다.

“예린이랑 유천영 많이 친해?”

역시나였다. 가까운 곳에 엉덩이를 붙이고 앉자마자 돌아오는 질문에 나는 애매한 표정을 하고서 대답했다.

“어, 그건 나도 잘…….”

“아, 진짜? 너한테도 말 안 해?”

나는 뺨을 긁적이며 대답했다.

“으응, 애초에 그쪽 일 얘기를 잘 안 해서. 나도 어디까지 말하고 다녀도 되는지 모르니까 차라리 말 안 해 주는 게 낫다 싶긴 한데."

"하긴 그것도 그래. 우리가 한 말이 크게 소문으로 번져서 기사화되면 어떡해? 막, 손해 배상 청구 들어오고."

그러더니 그들은 문득 떠오른 듯 화제를 바꾸어 물었다.

"그러고 보니 전에 체육 대회 때 그 일, 아직 기사 터진 거 하나도 없지?"

"어? 어, 응."

"동영상 조회 수는 벌써 100만 가까이 찍었던데, 그것도 누가 막고 있는 걸까? 한울일까 발해일까?"

나도 그건 좀 의문이었다. 잠시 고개를 기울이고 있던 나는 문득 뒤에서 들려오는 목소리에 고개를 돌렸다.

"왜 나일 거라곤 생각 안 하는데?"

뒷문을 통해 들어오며 그렇게 말하는 사람은 다름 아닌 루다였다. 루다를 보고 다들 당장에 얼굴이 펴서 푸념을 해 댔다.

"루다야! 왜 이렇게 늦게 와!"

"너 있었으면 교과서 나르기 그거 몇 초도 안 돼서 끝나는데, 너 때문에 힘도 약한 우리가 개고생했잖아!"

"뭔 몇 초야, 내가 초능력자도 아니고."

루다가 어처구니없어하든 말든 애들은 여전히 루다에게 매달려 징징거렸다. 나는 신경질적으로 팔을 털어 내는 루다의 모습을 멍하니 쳐다보았다.

원래부터 인기가 좋았던 루다였지만, 체육 대회 끝나고서는 거의 신격화된 것 같았다. 확실히 그때 날뛰던 모습을 생각하면, 아무래도 루다가 우리와 같은 인류라는 것을 믿기 힘들어진다.

아, 좀 비켜 보라니까. 손 치우라고. 투덜거리며 붙잡는 손을 털어 낸 루다가 내 쪽으로 다가오며 물었다.

"단아, 아픈 건 좀 괜찮아? 다 나았어?"

"어, 응. 열은 다 내렸어."

나은 지 3일도 더 됐어. 그렇게 덧붙였는데도 루다는 심각한 얼굴로 내 이마에 손등을 가져다 대 본 뒤에야 표정을 풀었다. 그러는 그에게 내가 물었다.

"어쩌다 늦었어?"

"아, 오늘이 개학 날인 걸 내가 빤히 아는데 형이, 아니, 루카스가 계속 내일이라고 고집부리잖아. 하도 당당하게 그러니까 나도 긴가민가 싶어지고. 그래서 다시 옷 갈아입고 가방도 내려놨는데, 아무래도 이상해서 다시 전화해 보니까 맞대서. 루카스가 바로 태워다 줬어."

자연스럽게 튀어나온 '형'이라는 호칭을 굳이 루카스라고 정정하는데도 나는 둘 사이가 걱정되긴커녕 루다가 귀엽게만 보였다. 꼭 좋아하는 게 빤히 보이는데 싫어한다고 고집부리는 어린애 같아서.

그때 루다의 뒤에서 물음이 튀어나왔다.

"야, 루다야. 그게 무슨 소리야? 네가 기사를 막았다니? 발해 그룹도 아니고 한울 그룹도 아니고."

그에 고개를 돌린 루다가 아무렇지도 않게 대꾸했다.

"내가 막아 달라고 했는데? 우리도 그 정도 힘은 있어."

그러자 다들 납득하긴커녕 푸하, 하며 큰 소리로 웃어 댔다.

이루다가 미미하게 미간을 좁히며 물었다.

"뭐냐, 그 반응은?"

"에이, 말도 안 돼. 이루다."

남학생 중 하나가 손을 내저으며 말했다.

"잘생겼고 공부도 잘하고 운동도 잘하는데 거기다 재벌 2세라고? 그럼 네가 진작 사대천왕에 편입됐지, 왜 아직까지 일반인이겠어?"

"푸흡."

공격당한 건 루다였는데 반응한 건 나였다. 아니, 하지만 아무래도 방학이다 보니 사대천왕 소리를 들은 건 꽤 오랜만이었단 말이야. 황급히 두 손으로 입을 가린 나를 물끄러미 쳐다보던 루다가 고개를 돌렸다.

루다가 질문한 남자애를 향해 담담한 얼굴로 말했다.

"그 사대천왕인지 나발인지 하는 타이틀은 필요하지도 않고 갖고 싶지도 않지만, 나 재벌 2세인 건 맞는데? 다국적 경호 기업인 REED사 후계자."

"뭐라굽쇼."

"아, 후계 자리는 최근 새로 생긴 형이란 사람한테 넘겨줬지. 그러니 난 그냥 후계자 동생이네."

그가 아무렇지도 않게 덧붙인 말에 모두의 눈이 튀어나올 듯 휘둥그레졌다. 바쁘게 시선을 주고받던 그들은 이윽고 사시나무처럼 덜덜 떨리는 목소리로 물음을 던졌다.

"자, 잠깐. 그럼 전에, 하늘색 머리카락에 포카리스웨트 같은 꽃무늬 셔츠 걸치고 온 사방을 뛰어다니던 카메라맨이……."

루다가 이마를 찡그린 채 씹어뱉듯 말했다.

"정말 인정하기는 싫지만, 그놈이 현 REED사 후계자야. 이름은 루카스."

"세상에나."

주섬주섬 품에서 핸드폰을 꺼내어 각자 뭔가를 검색해보던 애들이 대박을 외쳤다. 아닌 게 아니라 이윽고 그들이 내민 핸드폰 화면에는 하늘색 머리카락의 루카스가 이제니를 수행하는 장면이 선명하게 찍혀 있었다. 이런 인터넷 소설의 세계에서도 하늘색 머리카락은 워낙 특이한 탓에 부정할 수도 없었다.

마침내 사실을 확인한 이들이 입을 모아 외쳤다.

"야, 잠깐. 이런 이루다가 사대천왕에 끼지 못하는 건 아무래도 이상한 거 아니야?"

"옳소! 이건 8반 차별이다."

"그런데 지금 사대천왕 중엔 마땅히 빠질 사람도 없잖아."

그들의 토론을 들으며 나는 창백한 얼굴로 생각했다. 그깟 사대천왕이란 칭호 따위가 이들에겐 이토록 중요하단 말인가? 더군다나 그 칭호를 받게 될 이루다 본인이 그런 칭호 필요하지도 않고 갖고 싶지도 않다고 했는데?

그러나 무슨 이유에선지, 몹시 분개한 애들은 자유 시간인 지금을 틈타 다른 반에 가서 이 사실을 알리겠다고 했다.

비장한 얼굴로 떠나는 그들을 이루다는 딱히 말리지 않았다. 아니, 그보다는 별 관심도 없어 보였다.

대신에 그는 나를 사선으로 내려다보며 다정하게 물었다.

"스터디는 계속 안 해도 돼? 난 시간 많은데. 학원도 안 다니고."

"어, 저기……."

지금 네 학교에서의 칭호가 바뀌려는 참인데 괜찮은 거니?

그렇게 묻고 싶었지만, 책상에 걸터앉아 날 내려다보는 이루다의 얼굴이 너무 상냥하게 반짝이는 통에 나는 단 한 마디도 할 수 없었다.

* * *

내가 학기 중까지 스터디 하는 건 너무 민폐 끼치는 것 같아 거절하고, 루다가 침울해하는 사이 우리 학교 사대천왕은 오대천왕으로 바뀌는 역사적 순간을 맞이하였다.

당장 다음 쉬는 시간부터 복도에 새로운 사대천왕, 아니, 오대천왕을 구경하기 위해 온 사람들이 쫙 깔렸다. 우리 학년은 물론이고, 1학년과 3학년 학생들도 간혹 보였다.

마침 이동 수업을 위해 우리 반에 오던 학생들은 그 사이에 끼어 곤란해했다. 그중에는 반여령과 은형이도 있었다.

"이게 뭐야? 왜 이렇게 사람이……."

본인이 사람을 끌어당기는 체질인 탓인지, 사람 많은 것을 싫어하는 반여령이 미간을 좁혔다. 은형이가 그런 여령이의 어깨를 자연스럽게 감싸며 보호하는 게 내 눈에 띄었다.

여령이는 대번에 눈을 부릅뜬 채 빳빳하게 굳었다. 그러거나 말거나, 은형이는 곤란한 듯 눈썹을 찡그리며 혼잣말할 뿐이었다.

"오늘 하루면 괜찮겠지만 계속 이런 식이면 곤란하겠는데. 뭔가 대책을 찾아봐야 할까……."

어쩌면 그 대책을 찾는다는 것 또한 학생들 전체의 불편보다는 여령이를 위해서임을 쉽게 짐작할 수 있었다.

나는 그들을 향해 손을 흔들었다.

"여령아, 은형아."

"단아!"

환해진 얼굴로 신나게 뛰어온 여령이가 내 옆에 앉고, 당연한 듯 은형이가 내 뒤에 앉았다. 뒤따라 들어온 주인이도 여느 때와 같이 쾌활한 얼굴로 인사했다.

"엄마. 잘 지냈어? 아팠던 건 괜찮고?"

"응. 나야 뭐."

나는 웃는 얼굴로 대답했다. 아직 두통이 남아 있다는 얘기를 꺼낼 수 있을 리 없었다.

마치 며칠 전의 그 일이 꿈이라도 됐던 것처럼 굴고 있지만, 여전히 나보다도 속이 복잡한 건 이들일 텐데.

등교를 제대로 한 것도 신기할 지경이었다. 나 같으면 어차피 정해진 이야기에 따라 살게 될 뿐인데 이게 다 무슨 소용이냐고 학교도 안 나왔을 것 같아.

그러다 문득 뭔가를 깨달은 내가 물었다.

"은지호는?"

그러자 주인이는 급소를 찔린 사람처럼 어두운 얼굴을 했다.

나는 가슴을 쇠사슬로 옥죄는 것 같은 불안감을 느끼며 물었다.

"어디 아픈 거야?"

"아냐, 엄마."

그리고 주인이는 잠시 침묵하다 덧붙였다.

"나도 모르겠어. 나랑도 말을 안 하려고 해."

"……."

"아무튼 이 문제는 각자 다른 삶을 살아온 만큼, 각자 다른 방식으로 받아들일 수밖에 없다는 건 이해했거든? 대화 같은 걸로 풀 수 있는 게, 남이 이래라저래라 할 수 있는 게 아니라고. 그래서 어차피 개학하면 얼굴을 볼 수밖에 없을 테니 그때까지 기다리려 했는데."

주인이가 어두운 얼굴로 말을 이었다.

"설마 학교를 안 나올 줄은 몰랐어. 은지호가 지금까지 학교를 빠진 적은 단 한 번도 없고, 회장님도 결코 두고 볼 분이 아니니까 당연히 나올 줄 알았는데."

"……."

"어째서일까. 사실을 제 입으로 밝힌 건 그 녀석이니, 가장 충격이 적은 것도 그 녀석일 텐데."

"음. 그 얘기는 됐어…… 유천영도?"

내가 은형이를 돌아보며 물은 말에 은형이는 천천히 고개를 끄덕였다. 그가 차분한 목소리로 말을 이었다.

"그런데 천영이는 연락 안 되는 게 본인 의사인지 아닌지 모르겠어."

"뭐?"

"집에 돌아갔는데, 본가에서 사람이 와 있었거든. 그래서 우리는 집에 있고 천영이만 본가로 돌아가게 됐는데, 이튿날 갑자기 컬쳐팝과 계약했다는 기사가 뜨질 않나…… 모르겠어. 일이 어떻게 된 건지."

그리고 은형이가 핸드폰 화면을 내밀자 나는 놀라서 입

을 벌렸다. 물론 천하의 모범생인 은형이가 핸드폰을 내지 않은 데 대한 놀라움도 컸지만, 그보다는 내가 모르는 사이 단톡방에 새로 나타난 메시지 때문이었다.

['알 수 없음' 님이 채팅방을 나갔습니다.]

사람 수를 세어 봤지만 확실히 5명으로 줄어 있었다. 나머지 사람은 전부 있으니 '알 수 없음'으로 표시된 사람은 유천영이 분명했다.

나는 눈을 내리깔고 생각했다. 핸드폰 번호를 바꿨는데 우리한테조차 알려 주지 않았다는 얘기야? 그것도 은형이한테까지?

어째서 이렇게까지 하는 걸까. 이게 진실에 대한 유천영의 대답일까? 나는 눈을 질끈 감고 고개를 숙였다.

하지만, 유천영 너는…….

'나는 한 번 좋아한 건 끝까지 좋아해.'

그렇게 말했었잖아.

역시 내가 그의 기대를 배신했기 때문에? 나는 여행 때 그와 단둘이 나누었던 대화를 떠올렸다.

'네가 너의 모든 비밀을 거의 말한 거 알아. 이제는 정말 한두 개의 비밀밖에는 남아 있지 않다는 것도.'

'나는, 네가 숨기고 있는 마지막 비밀이란 게, 정말 사소한 거였으면 좋겠어. 어이없어질 정도로 사소한 거.'

드물게 괴로운 듯한 얼굴로 그렇게 말하던 그를 떠올리자, 그가 이렇게 하는 것도 어쩔 수 없는 일이라고 여겨졌다. 내가 숨기고 있던 비밀은 결코 사소한 게 아니었으니까.

나는 한숨을 내쉬며 어깨를 축 늘어뜨렸다.

* * *

2학기는 시작부터 곧 다가올 9월 모의고사 준비 때문에 다 같이 정신이 없었다. 10월 초에 있을 축제에 대한 기대감도 어수선한 분위기에 한몫했다.

벌써부터 몇 반이 뭘 할 생각이라더라, 몇 반은 뭘 한다더라 하는 소문이 오가고 있었다. 우리도 같이 밥 먹는 무리에 반장이 끼어 있으니만큼 몇 번이나 얘기가 오갔다.

"귀신의 집 어때?"

밥 먹다 말고 윤정인이 불쑥 꺼낸 얘기에 나는 놀라서 눈을 깜빡였다. 확실히 '귀신의 집'은 매해 한 반에서는 무조건 할 정도로 인기 많은 종목에 속했다. 하지만…….

김혜힐이 나와 같은 점을 염려했다.

"다른 데선 안 한대?"

"뭐, 아직 말 나온 데는 없던 모양이던데? 일단 우리가 선점해 놓지 뭐."

그러더니 윤정인은 갑자기 의기양양해진 목소리로 말했다.

"야, 그리고 우리 반은 강점이 있잖냐."

"갑자기 웬 강점?"

"우리는 진짜 폐교를 갔다 왔잖아! 그것도 다 같이. 그러니까 우리도 모르는 사이에 이미 사전 조사가 된 거지."

윤정인이 스스로를 가리키며 당당하게 외친 말에 눈을 크게 뜨는 것도 잠시, 나는 납득하며 고개를 끄덕였다. 작년 여름에 있었던 담력 체험을 말하는 거라면, 그건 그렇지.

확실히 그때 우리가 폐가 체험을 제대로 하긴 했지. 그리고 나는 잠시 아련한 표정을 지었다.

그때 우리가 다녀온 곳이 사실은 세계 7대 불가사의 이상으로 말도 안 되는 곳이었다는 것을 이들은 알고 있을까?

물론 모르겠지. 그때 다른 세계로 넘어가 얼굴 없는 회색 남자를 본 것은 나와 주인이 뿐이니까.

그때를 회상하며 허허, 헛웃음을 짓던 나는 문득 날아온 물음에 고개를 돌렸다.

"넌 어때?"

"어? 나야 뭐, 별 상관없긴 한데."

어쨌든 그 사건이 내게 별다른 트라우마를 남긴 것은 아니었다. 담력 체험 다시는 안 한다 정도의 교훈을 남겨 주긴 했지만, 그거야 그 일을 겪고 나면 누구도 다시 하고 싶진 않을걸.

그때 윤정인이 문득 떠오른 것처럼 말했다.

"그런데, 생각해 보니까 그럼 이지한은 축제 때 우리 반 못 데려오겠다."

그에 김혜힐이 아무렇지도 않게 대꾸했다.

"응, 그렇겠지 뭐. 그래도 귀신의 집은 음식 만들고 그러는 반에 비해선 비교적 편한 축에 속하잖아? 구조물만 잘 설치하면 그다음에는 귀신 역 맡은 애들 몇몇만 빼면 자유롭게 돌아다닐 수 있고. 고생도 적게 하고."

"그치. 다른 반 녀석 하나 때문에 우리가 그런 편한 장사를 접을 순 없잖아."

좋아, 이걸로 결정! 다음 회의 때 적극 추진해야지. 혼자서 지껄이는 윤정인에게 내가 어리둥절한 얼굴로 물었다.

"그런데 이지한이 누구야?"

"헐, 까먹었냐? 김혜힐 남친이잖아."

"아."

이런, 세상에. 반에서 제일 친한 친구 남친 이름을 까먹고 있었다니. 얼굴을 붉히며 고개를 숙였던 나는 김혜힐이 다정하게 내 등을 토닥여 주자 간신히 다시 고개를 들었다.

"괜찮아. 내가 남친 얘기 하는 거 별로 안 좋아해서 일부러 안 꺼낸 거거든."

"그래도."

"남친 얘기보다는 다른 주제로 얘기하는 게 더 재밌어, 난."

태연하게 말하는 그녀를 보며 천천히 고개를 끄덕인 내가 다시 물었다.

"그런데 담력 체험에 그 애 얘기는 갑자기 왜 나온 거야?"

"아……."

그러자 나를 제외한 모두의 얼굴이 흐려졌다. 왜 그러지? 그들의 시선을 마주한 나는 눈을 굴렸다.

나와 이민아를 제외한 나머지 이들은 전부 같은 중학교 출신이라는 게 이제야 실감이 났다. 더군다나 이민아는 윤정인에게 이미 얘기를 들어 알고 있는 눈치였다.

난처한 듯 뒷머리를 긁적이던 신서현이 마침내 입을 열었다.

"이지한 말이야, 어두운 학교를 못 견뎌 해. 영화관이든 놀이공원 귀신의 집이든 다른 어두운 곳은 잘만 돌아다니는데."

"어두운 학교만?"

"응. 그래서 걔는 야자도 안 하거든."

"어어……."

"전교에서 꽤 유명한 얘기인데, 너는 소문 못 들었구나."

그렇게 말한 신서현이 혼자 중얼거렸다. 못 들은 게 오히려 잘된 걸지도. 소문에는 쓸데없는 말까지 따라붙는 게 보통이니까 말이야.

나는 천천히 고개를 내저었다.

"응, 전혀 몰랐어."

"아무튼 그래서 걔는 축제 때 우리 반에 못 온다는 거야. 아무리 낮이라고 해도, 빛들 구멍을 다 막아 둬서 어두운 교실을 걔가 견딜 수 있을 리 없으니까."

덧붙인 설명에 나는 다시 고개를 끄덕였다. 이제야 그들이 했던 말을 이해할 수 있었다.

어쩌면 이지한이 정신과에 다니는 것도 그런 이유 때문일까? 어두운 학교가 무서워 야자도 하지 못한다는 게 확실히 보편적인 일은 아니니까.

하지만 어쩌다 그렇게 된 걸까? 나는 턱을 괴었다.

다른 어두운 곳은 다 되는데 학교만 안 된다고? 도대체 무슨 계기가 있어서?

바로 그때 내 생각을 읽기라도 한 것처럼 윤정인이 말했다.

"중학교 땐 안 그랬는데 왜 그렇게 된 건지 모르겠어."

"뭐?"

"갑자기 중학교 끝나고 나니까 그렇게 돼 있었는데. 영문을 전혀 모르겠어. 기껏 짚이는 거라고 해 봐야."

그리고 한 박자 쉰 윤정인이 말을 맺었다.

"……다 같이 담력 시험을 한 것밖에 없거든."

"뭐?"

놀라서 되묻는 내게 윤정인이 손을 내저으며 대답했다.

"아니, 전에 우리처럼 폐교를 간 것도 아니고 기껏해야 우리 중학교에 내려오는 전설을 한번 시험하러 가 봤던 것뿐이거든. 게다가 아무 일도 없었고."

그때 김혜힐이 뾰족한 목소리로 끼어들었다.

"아무 일도 없었긴? 그때 우리 다 같이 교장실 쪽 거울벽 앞에서 기절해서 발견됐잖아. 지역 신문 사장 딸이 우리 학교였던 걸 다행으로 알아. 안 그러면 우리 실명까지 전부 기사 나갔어."

"아, 아, 맞다."

"맞다라니? 너 설마 그걸 까먹고 있었던 거야?"

내가 몹시 어처구니없어하며 물었다. 도대체 자기가 기절해서 발견됐던 일을 까먹다니 믿기지 않았다.

윤정인은 태연하게 뒷머리를 긁적이며 대답했다.

"아니, 하지만 아무것도 기억이 안 나는 걸 어떡하냐. 나한테 그날은 그냥 담력 시험하려다 다 같이 잠이나 퍼 잔 날이라고."

"지한이가 그 이후로 어떻게 됐는데."

김혜힐이 뾰족하게 쏘아붙이는 말에 김혜우가 그녀의 어깨를 토닥였다. 야, 야. 진정해. 그리고 김혜우는 태연하게 덧붙였다.

"아무튼 본인이 말 안 하려는데 별수 있나. 우리 반에서 그런 괴현상이 일어날 일은 절대 없으니 맘 놓고 준비나 하자고."

"그래, 그래."

대충 수긍하던 나는 맞은편에 앉은 신서현의 얼굴을 보고 눈을 크게 떴다. 그는 왜인지 뭔가 생각에 잠긴 얼굴을 하고서 빈 식판을 내려다보고 있었다.

그러다 나와 눈이 마주치자, 그는 부자연스러울 정도로 뻣뻣하게 내 시선을 피했다.

나는 눈썹을 찡그렸다. 도대체 무슨 일이지?

교실로 돌아온 우리는 남은 점심시간을 이용해 간단한 회의를 개최했고, 거의 만장일치로 귀신의 집 기획안을 통과시켰다.

윤정인이 신나서 말했다.

"야, 이제 다른 반 갈 때마다 열심히 입 털고 다녀라. 귀신의 집 우리 거라고, 아무도 넘보지 못하게 해."

"그래, 그래."

대강 동조하는 말들 뒤로 다른 말이 불쑥 솟았다.

"다음 시간 영어네."

"아, 이동 수업 너무 귀찮아."

투덜대는 말소리를 들으며 나 역시도 자리에 앉았다. 영어 상반 수업은 우리 반에서 진행하기에 별다른 준비는 필요 없었지만, 적어도 마음의 준비 정도는 해야 했다.

유천영과 은지호가 학교에 나오지 않은 지도 벌써 일주일이 지났다. 그들이 오늘 나오지 않았어도 문제, 나왔어도 문제였다.

가끔 내게 두 사람의 행방을 묻는 사람도 많았지만, 나는 어떠한 대답도 할 수가 없었다. 그러자 다른 이들도 슬슬 방학 때 우리 사이에 무슨 일이 있었다고 깨닫는 눈치였다.

눈을 질끈 감고 잇새로 숨을 고르던 나는 소란을 느끼고 퍼뜩 고개를 들었다. 그런 내 눈에 은지호를 필두로 은형이와 반여령, 주인이가 천천히 걸어 들어오는 것이 보였다.

일주일이나 학교에 없었던 주제에, 돌아오자마자 당연한 듯 은지호는 선두에 서 있었다. 누구도 그에 대해 의문을 품지 않는 듯했다.

"나 없는 사이에 니들 꼴이 어땠을지 알 만하다."

한 손을 주머니에 찔러 넣고 태연하게 걸어오며 은지호가 하는 말에 주인이가 가시 박힌 미소와 함께 대답했다.

"1년쯤 더 안 나와도 괜찮은데."

"나 졸업하지 말라고?"

"하하, 들켰네."

눈을 찡긋하는 주인이 뒤에서 은형이가 담담한 어조로

말했다.
"적어도 연락이라도 해 주지 그랬어. 걱정했잖아."
"아, 미안. 나 핸드폰 보는 버릇 안 들어 있는 거 알잖아. 생각할 거리가 생기니까 아예 손도 안 대게 되더라고."
"그래도 그렇지. 네가 우리를 생각했다면 그렇게는 하면 안 돼. 단이도 얼마나……."
은형이가 눈썹을 찡그리며 말하던 그때, 마침 은지호와 나의 눈이 마주쳤다.
짧게나마 시간이 멈춘 것 같은 착각이 들었다.
다음 순간, 은지호가 입매를 허물어뜨리며 자연스레 말을 건넸다.
"함단이, 잘 지냈냐."
"어, 아니."
"잘 지냈다는 거야 못 지냈다는 거야."
거짓말처럼 돌아오는 대답이 꿈인지 현실인지 믿기지 않았다. 내가 새삼 내 볼을 꼬집어 보려는 그때였다.
평소라면 틀림없이 제대로 된 대답을 들을 때까지 추궁했을 은지호가 내게서 고개를 돌렸다. 그러더니 그는 내게서 두 줄 떨어진 자리에 교과서를 놓고 앉았다.
순간 침묵이 흘렀다. 나와 반여령, 은형이와 주인이는 잠시 곤혹스러운 시선을 교환했다.
물론 우리는 다섯 사람이었으므로, 은지호가 내게서 두

줄 떨어진 곳에 앉는 것은 이상한 일이 아니었다. 내 옆에 반여령이 앉고, 뒤에 은형이와 주인이가 앉으면 은지호가 앉을 자리는 마지막 자리뿐이다.

하지만, 은지호와 유천영이 내게 고백한 이후로 우리 사이에서는 암묵적인 타협이 있었다. 은지호와 유천영이 바로 내 뒷줄에 앉고, 은형이와 주인이는 그 뒷줄에 앉는 것이었다.

그런데 은지호가 지금, 처음으로 지정된 자리를 벗어났다.

"야, 너……."

혼자 기막혀하던 주인이가 나를 힐끗 보더니 군말 없이 내 뒷자리에 앉았다. 이윽고 정신을 차린 은형이가 주인이 옆에 앉았다. 어떻게든 남들 눈에는 이상해 보이지 않는 자리 배치가 됐다.

나는 고개를 돌리며 안도의 한숨을 내쉬었다.

어쨌든 은지호와 인사는 나누었으니 그걸로 된 걸까? 아니, 하지만 방금 그게 남들 눈을 의식해서 던진 허례였을지 어떻게 알지? 대화를 나눠 봐야 할까? 하지만 그가 원치 않으면?

그런 생각에 주먹을 꽉 움켜쥐던 나는 왠지 옆얼굴이 따끔따끔해서 고개를 돌렸다. 맞은편 줄에 앉은 루다가 턱을 괴고 나를 빤히 보고 있었다. 그가 나를 한 번, 은지호를 한 번 보더니 입 모양으로 물었다.

"무슨 일 있었어?"

"어, 그렇긴 한데."

"저 새끼가."

루다가 다짜고짜 자리에서 일어나며 은지호를 향해 이를 드러내는 바람에 나는 기겁했다. 아니, 루다야.

그가 말했다.

"방학 때 나 빼고 따로 본 것도 졸라 빡치지만 간신히 참고 있었는데, 한 놈은 아예 연락 두절이고 다른 놈은 모르는 척을 해?"

나는 그런 거 아니라고 말하려 했으나 하필 그때 선생님이 들어오신 탓에 실패했다. 대신에 눈짓 발짓으로라도 무슨 말을 전달하려고 했지만, 루다가 이글이글 타는 눈으로 칠판만 노려보는 탓에 별수 없었다.

수업이 끝나자마자 쌩하니 자기 반으로 가 버리려던 은지호를 루다가 덥석 잡아챘다.

루다를 돌아본 은지호가 눈썹 끝을 추켜올렸다.

"뭐야?"

"학교 끝나고 옥상으로 올라와."

다분히 삥 뜯는 깡패 같은 말에 나는 입을 막고 안절부절못했다. 한편, 다른 애들도 놀라서 수군거리기는 마찬가지였다.

"지금 이루다가 은지호한테 싸움을 건 거야?"

그러자 소문은 자연스럽게 다른 방향으로 진화했다.

"야! 이루다랑 은지호가 오대천왕의 대장 자리를 놓고 싸움을 벌인대!"

그게 아니야! 나는 그렇게 외치고 싶은 마음을 애써 참았다. 아무렴 나에 얽힌 일이 밝혀지기보다는 그런 식으로 소문나는 게 백배는 나았다.

아니, 하지만 오대천왕. 오대…… 고개를 푹 숙이고 오그라든 손가락을 애써 펴는데, 은지호의 냉랭한 목소리가 내 귀를 찔렀다.

"싫다면?"

"네가 싫든 말든 나는 네놈이랑 꼭 좀 얘기를 해야겠으니까 따라 나오라고."

그리고 루다는 살벌한 목소리로 덧붙였다.

"지금 하자는 건 입으로 하는 대화지만 거절하면 몸으로 하는 대화가 될 수도 있어. 어떡할래?"

잠시 생각하는 듯하던 은지호는 이윽고 어깨를 으쓱하고는 말했다.

"야만적이기는."

그 말을 끝으로 그는 빙글 몸을 돌려 교실을 나가 버렸다.

그런 그의 뒷모습을 보며 나는 오래된 공포에 사로잡혔다.

은지호에게서 낯익은 그림자를 본 것만 같았다. 내가 중학교 1학년 때 처음 만났던 그의 모습을.

반여령의 모습을 풀어진 얼굴로 보고 있다가도 나와 눈만 마주치면 표정을 바꾸어 대번에 싸늘한 눈빛을 하고, 그것도 모자라 날카로운 말을 쏘아붙이고.

그의 그런 태도가 바뀌었던 것이 정확히 언제였는지는 기억나지 않았다. 다만 그가 갑자기 태도를 바꾸어 내게도 반여령에게 하는 것처럼 잘해 주기 시작했을 때, 아니, 잘하진 않아도 적어도 평범하게 대해 주기 시작했을 때 무척 놀랐던 것만은 기억이 난다.

나는 솔직히 말해서 그때의 은지호가 내게 이유 없이 날을 세우든 말든 별로 상처받지 않았었다. 왜냐하면 반여령 말마따나 그때의 그들은 내게 '소설 속 인물'에 불과했고, 따라서 은지호가 여주인공도 아닌 내게 그런 태도를 보이는 것은 당연하다고 생각되었으니까.

그런 그가 갑자기 손바닥 뒤집듯 태도를 바꾸었을 때, 내가 물이 거꾸로 흐르는 것을 본 듯한 충격을 받은 것은 어쩔 수 없었다. 마치 믿고 있던 어떤 과학 상식이 간단히 뒤집힌 것만 같았다.

그렇게 해서 바뀐 은지호는 전과 같은 사람이라고는 도저히 믿을 수가 없었다. 그는 또래처럼, 아니, 때로는 또래 애들 이상으로 짓궂었고, 장난기 넘쳤으며, 편했다.

그래서 나는 그가 예전과 같은 모습으로 돌아갈 수 있을 거라고는 한 번도 상상해 본 적이 없었다.

하지만 방금, 그의 모습을 보면서 나는 그가 그럴 수 있을지도 모른다고 처음으로 생각했다.

그런 생각에 사로잡힌 나는 뒷문 근처에 서서 꼼짝도 하지 못했다. 씩씩대며 돌아서다 그런 나를 발견한 루다가 내 손목을 잡으며 말했다.

"왜 그래?"

간신히 고개를 내저은 나는 그를 이끌고 인적이 드문 계단 쪽으로 향했다. 뒤통수에 따끔따끔한 누군가의 시선이 박히는 것 같았지만 애써 무시했다. 어차피 이 자리에 너무 많은 사람이 몰려 있어 누구의 시선인지도 짐작할 수 없었다.

아무도 없는 층계참에 이르러 내가 말을 꺼냈다.

"왜 은지호랑, 싸우고…… 그러지 마."

내 입에서 제대로 된 문장조차 되지 않는 말이 조각조각 흘러나왔다. 루다는 그런 나를 관찰하듯 뚫어져라 보다가 말했다.

"하지만 저 자식 태도가 너무 재수 없잖아. 일주일 동안 누구의 연락도 안 받고 학교도 안 나온 주제에 태연한 척 인사나 하고. 그러고 나서는 또 곧바로 거리 두고."

그의 말을 듣고 나는 입안이 바짝바짝 마르는 것을 느꼈다. 루다가 만약 우리 사이에 오간 대화를 안다면 지금 같은 태도는 결코 보일 수 없을 텐데.

내가 뭘 숨기는지도 모르면서. 그렇게 생각하자 폐가 찔린 것처럼 아파 왔다.

심호흡하며 고개를 내저은 나는 다시 입을 열었다.

"내가 잘못한 게 있어서 그래."

"뭘 잘못했는데."

인상을 찌푸린 루다가 단도직입적으로 물었다. 그의 성격에 걸맞게 시원시원한 질문이었다.

나는 나도 모르게 허탈한 미소를 띠며 대답했다.

"나도 내가 그걸 대답할 수 있으면 좋겠어."

"말하지 못할 만큼 잘못한 일이야? 내가 널 오해하는 게 사실을 듣는 것보다 나을 만큼?"

"응. 엄청 끔찍해."

"그래? 그럼 말하지 마. 아무튼 나는 그 자식을 오늘 족칠 거니까."

"뭐?"

내가 당황해서 물었지만 루다는 결심을 바꿀 마음이 전혀 없는 듯했다. 마치 사냥감이 있는 곳을 노려보듯 7반 쪽을 바라보다가, '그럼 됐지?' 하고 돌아서는 그를 내가 붙잡았다.

나는 다급히 말했다.

"내가 뭘 했는지도…… 우리 사이에 무슨 일이 있었는지도 모르면서."

"그건 괜찮아. 내 주먹은, 아니, 내 말의 위력은 그런 거랑은 상관없으니까."

방금 주먹이 말보다 먼저 나오는 걸 들은 것 같은데. 잠시 고민하던 나는 고개를 내젓고는 다시 말했다.

"아무튼 그러지 마."

"아, 걱정하지 마. 엄밀히 말하자면 단이 너 때문에 그러는 건 아니니까."

그 말에는 잠시 솔깃했다. 고개를 퍼뜩 든 내가 물었다.

"진짜야?"

"응. 은지호가 단이 네 기분을 나쁘게 해서 내 기분도 같이 나빠졌거든."

"아, 진짜."

장난치지 말라고. 내가 울상으로 하는 말에 루다가 그제야 입가에서 미소를 지우고 내 어깨를 토닥였다. 알았어, 미안해. 장난 안 칠게. 사실 딱히 장난은 아니었지만, 아무튼.

그리고 그가 덧붙였다.

"나한테 이유를 말하는 것도 싫고 내가 이유를 모르고 끼어드는 것도 싫다면, 다른 방법이 있어."

"뭔데?"

나는 움찔하며 고개를 들었다.

루다가 이보다 더 간단한 일은 없다는 양 자신 있게 말했다.

"나 대신 네가 나가."

"뭐?"

숨이 턱 막혔다.

루다는 여전히 태연한 표정을 지우지 않고 되풀이했다.

"얘기를 해 봐. 둘이서."

그러더니 돌연 그의 눈 위로 한 줄기 싸늘한 기운이 스쳤다.

"나는 그놈이 너랑 아예 멀어지지도, 그렇다고 예전처럼 대하지도 않으면서 너 혼란스럽게 하는 꼴 못 봐 주겠으니까."

"그게 왜……."

"너는 나보다 그 녀석이랑 더 오래 봤으니까. 그렇다고 그게 불만이란 건 아니야. 아니, 사실은 불만인 거 맞지만. 아무튼."

루다가 구겨진 얼굴을 하고서 중얼거렸다.

"그렇게 너한테 평소와는 다르게 대해서 네 신경 다 잡아먹는 거, 못 봐 주겠어. 너랑 오래 알고 지낸 그놈만 쓸 수 있는 방법인 거잖아."

"루다야."

"신경질 나."

나는 어떤 말도 하지 못하고 입술만 달싹였다.

루다는 정말이지 듣는 사람이 부끄러워질 정도의 말만 턱턱 내뱉었다. 본인도 부끄럽지 않은 건 아닌지 귀와 목이 벌겋게 달아올라 있었다.

머쓱한 듯 목덜미를 매만지던 루다가 다시 입을 열었다.

"나도 너랑 그놈이랑 단둘이 대화하게 두긴 싫지만, 이 상태로 두는 게 더 싫어. 며칠을 끌지 도무지 모르겠으니까. 그놈은 너랑 제대로 대화할 생각조차 없어 보이는 것 같던데."

"……."

할 말을 잃어버린 내게 루다가 다시 말했다.

"단이 네가 모르는 것 같은데, 그놈 겉보기처럼 막 자신감 넘치고 그런 성격 아니야. 아니면 왜 너랑 무슨 일 터질 때마다 말로 풀 생각을 안 하고 피하기만 하겠어? 전에 너…… 위장 연애할 때도 그렇고."

갑자기 튀어나온 주제에 나는 놀란 눈으로 그를 보았다. 내 위장 연애 사건이 루다에게 있어서 유쾌할 리 없었다. 어쨌건 나는 그 일을 계기로 여단 오빠와 사귀었었으니까. 그런데도 그는 나를 납득시키기 위해 굳이 그 얘기를 꺼냈다.

미간을 미미하게 좁힌 루다가 말을 이었다.

"그놈이 그런 일이 눈앞에 닥칠 때마다 써먹던 단골 수법이 뭐였어? 며칠 동안 말도 없이 잠적했다가, 갑자기 멀끔해진 얼굴로 나타나서 '이젠 됐어. 다 정리됐어.'라고 말했지? 겉으로 보기엔 그래 보이니 항상 넘어갔겠지만, 차분히 생각해 보면 그게 말이 된다고 생각해? 너랑 말한 적도 없고, 아무것도 해결된 게 없는데 혼자서 정리하긴 뭘 정리해?"

"그건……."

더듬거리며 흘러나오던 내 말을 루다가 다시 잘랐다.

"내가 보기엔 그놈, 자기 자신조차 속이고 있는 거야. 그냥 일단 눈앞에서 치워 놓고 계속 괜찮다고 시뮬레이션하다가, 오래 안 봐서 잠깐 괜찮아지니까 진짜 그런가 보다 하고 넘긴 거라니까? 이래서 이론만 머릿속에 넘치는 놈들은 안 된다는 거야."

"……."

간단히 내 말문을 가로막은 그가 말을 이었다.

"여기까지 말한 김에 한 가지 더 덧붙일까? 내가 보기에 걔는 실패하는 상황 같은 걸 머릿속에 그려 본 적이 없는 사람 같아. 그러니까 하나도 대비가 안 된 거지."

"뭐?"

이 말이야말로 나는 이제껏 한 번도 생각해 본 적이 없는 말이었다. 은지호가 실패에 대비가 안 된 사람 같다니, 그게 무슨 뜻이지?

은지호는 어떤 상황에서건 우아하게 처신할 줄 알았다. 다른 말로 하자면 그는 어떤 상황에 처해도 결코 추하게 군 적이 없었다. 그는 담담하게 자신이 할 수 있는 최선의 일을 했고, 설령 안 된다고 해도 그걸로 만족했다. 아니, 하지만…….

나는 문득 깨달았다. 사실상 그걸 실패라고 할 수 있나? 내 말은, 실패란 게 치명적이기 위해선 그걸로 인해 잃는 게 있어야 할 텐데…… 걔가 그런 치명적인 실패를 겪은 적이 있나? 그래서 평정심을 잃어버린 적은?

걔는 어쩌면 실패 앞에서도 평정심을 유지한 게 아니라, 단지 평정심을 유지할 수 있는 일에만 실패한 게 아닐까?

루다가 내 생각을 읽은 것처럼 말했다.

"내가 솔직히 체육 대회 끝나고 우리 셋이 고백할 때, 걔가 노력 운운하는 얘기 듣고 얼마나 우스웠는지 알아? 내가 보기엔 걔는 지금까지 노력해서 못 이뤄 본 게 없어. 그러니까 노력도 거리낌 없이 할 수 있는 거지. 보상이 당연히 주어질 줄을 아는데 누가 노력을 안 해? 그러니까 걔는 중간에 포기하는 사람의 심리 같은 건 이해 못 하는 거야."

"……."

"누구나 노력으로 안 되는 게 있어. 아주 사소한 것부터 큰 것까지도."

나는 멍해진 채 루다의 말에 집중했다.

"예를 들면 난 어렸을 때 플룻을 잘하고 싶었거든. 플룻이 생긴 게 너무 마음에 들어서. 은색으로 반짝거리는 것부터 길이가 긴 것까지. 그런데 피아노 건반 위에서는 잘만 움직이는 손이 플룻 앞에서는 계속 꼬여 버리는 거야. 결국 플룻은 때려치우고 피아노를 익혔지."

섬세한 생김새의 손을 뒤집어 보이며 말하던 그가 문득 목소리를 바꿨다.

"그래도 그런 건 노력으로 커버할 수 있는 반면에, 루카스는 어땠지? 루카스는 사실 꿈이 그리 크지 않았어. 바란 것은 안정된 생계와 가족, 단 둘뿐이었는데도 그걸 위해 밀림에 뛰어들어야만 했잖아."

"……."

"누군가에겐 당연한 게 누군가에게는 몇 배의 시간을 들이거나, 심지어는 목숨을 바쳐도 못 얻을 게 되기도 해. 그런데 뭐? 노력하는 데 더 자신이 있어?"

여전히 말이 없는 내 앞에서 루다가 가만히 한쪽 입꼬리를 올렸다.

"웃기고 있네. 그놈은 자기가 지금까지 노력해서 못 얻은 게 없다는 것 자체가 타고난 운이라는 걸 알아야 해."

"루다야. 이제 됐어. 나, 네가 하려는 말이 뭔지 이해했어."

나는 옅게 웃으며 말했다. 아무리 좋은 의도라고는 하지만, 은지호의 숨겨진 면에 대해 계속 얘길 듣는 것은 마음이 편치 않았다. 한편으로는 나를 위해 이렇게 열을 내 주는 루다에게 고마운 마음이 들었다.

멋쩍은 듯 금색 머리칼을 몇 번 매만진 루다가 말을 이었다.

"아무튼 그래서, 내 생각엔 그놈이 처음으로 마주친 실패가 너 같아."

"뭐?"

"그러니까 어쩔 줄을 몰라서 계속 도망만 치는 것 같다고. 자기 머릿속이 정리될 때까지."

"……."

"아, 다시 생각해도 웃기는 놈이네, 이거. 입으로는 세상 담대한 척을 다 하더니, 실제론 너한테 고민을 다 떠넘기고 도망치는 것밖에 못 해?"

조소하듯 말한 루다는 팔짱을 끼더니 고개를 기울이며 다시 말했다.

"이 녀석이 이번에도 이러는 걸 보니, 네가 혹시 시원하게 찼어? 아니면 뭐, 우린 절대로 안 될 것 같다는 말을 했다든가."

그에 잠시 천장을 바라보던 나는 고개를 내저었다. 그런 말은 분명 한 적이 없다. 그러자 루다의 얼굴에 언뜻 아쉬운 기색이 스쳤다.

그때 내가 다시 말했다.

"그렇게 오해받을 만한 소지의 일은 있었지만."

"아."

"얘기, 그래, 네 말대로 얘기를 해서 오해를 풀면 될 것 같아. 그치만……."

나는 새삼 가슴 깊은 곳에서 밀려오는 잊고 있던 두려움에 압도당했다. 천천히 심호흡하며 마음을 가다듬은 내가 입을 열었다.

"내 생각에, 걔는 네가 말한 장소에 안 나올 것 같아."

"왜?"

"내가 보기엔, 걔는 이미 날 더 이상 안 좋아하는 것 같아."

침묵이 흐르자 나는 황급히 덧붙였다. 눈에서 느꼈어. 진짜야.

그에 루다가 의아하게 말했다.

"눈이라니……."

"걔가 날 보는 눈빛이 중학교 때랑 똑같았어. 뭐라고 할까, 나를 자기 같은 사람하고는 완전히 다른 사람으로 취급하는 것 같은 눈. 친해지고 나서는 한 번도 그런 눈으로 본 적 없었는데, 이번에는 느껴졌어. 그러니까 틀림없어."

루다는 잠시 내 어깨를 붙잡고 있다가 천천히 물었다.

"그러니까 네 말은, 그 자식이 널 만나기 전으로 돌아간 것 같단 거야? 널 좋아하기 전으로?"

나는 한 손으로 내 눈을 가리고 고개를 끄덕였다. 절망하는 모습을 들키고 싶지 않은데, 왜 이런 당연한 일에 마음이 욱신거리는 건지 모르겠다.

그가 더 이상 나를 따뜻하게 봐 주지 않을 거란 사실을 깨달았으니까. 이제 더는 그에게 작은 잘못을 하고도 웃거나, 껴안는 것으로는 결코 퉁칠 수 없으리란 것을 깨달았으니까. 어차피 내가 그의 고백을 거절하면 언젠가는 일어나야 했던 일인데도, 왜 그런 걸 예상치 못했다는 것처럼 이렇게 힘든지.

그때였다. 침묵 사이로 고민에 빠진 듯한 루다의 목소리가 불쑥 끼어들었다.

"아니, 그건 아닐걸."

나는 비로소 눈을 들고 물었다.

"왜?"

"너랑 나랑 나올 때 방금…… 나와. 분명히 나올 거야."

루다가 뭔가 맘에 걸리기라도 하는 것처럼 황급히 말을 마무리 지었지만, 나는 추궁하지 못하고 고개만 끄덕였다. 어차피 루다의 말이 사실이 아니라고 해도 변하는 것은 없었다. 나는 그가 보여 준 실낱같은 희망이라도 어떻게든 움켜잡고 기회로 만들어야만 했다.

문득 수업 시간까지 얼마 남지 않았다는 것을 깨달은 나는 황급히 돌아섰다. 그런 나를 루다가 손을 내밀어 붙잡았다.

나는 뒤를 돌아보았다. 몇 계단 위에 선 루다의 눈이 복잡한 빛으로 일렁이고 있었다.

그렇게 파도처럼 일렁이는 눈으로 나를 마주 보던 루다가 이윽고 조용히 말했다.

"아, 내가 1학년 때와 같은 인간이었으면 차라리 좋았을 텐데."

"갑자기?"

우연한 사건으로 가면이 벗겨지고 숨겨진 모습이 드러났

을 때, 더 이상 거짓으로 사람을 대하지 않아도 된다며 오히려 개운한 얼굴을 했던 건 그였다.

갑자기 한 걸음 물러난 루다가 내 손목을 놓아주고는 말했다.

"단아, 가 봐. 난 조금 더 있다가 들어갈게."

"아, 응."

나는 루다를 힐끗힐끗 보다가 도로 교실로 향했다. 그의 미소가 왠지 몹시 복잡해 보인다고 생각하면서.

* * *

홀로 서 있던 이루다는 문득 계단 아래에서 날아온 천진한 목소리에 시선을 내렸다.

"와아, 형."

"뭐냐, 너. 스토커냐?"

이루다가 미간을 구기거나 말거나, 우주인은 생글생글 웃는 낯이었다. 어쩌면 방학이 지나도 변함없이 이렇게 재수가 없을까, 생각하던 이루다는 문득 그의 눈가가 조금 짙어진 것을 보고는 깨달았다. 잠을 못 잤나.

아무튼 제 알 바는 아니었다. 이를 악물며 휙 고개를 돌리는 이루다에게 우주인이 말했다.

"엄마와 형이 나누는 대화의 보안을 걱정해서 따라온 파수꾼이라고 해 줘."

"웃기시네, 정작 그러는 자기는 대화 내용을 다 들었으면서."

"그야 당연하지."

"허."

헛웃음 짓는 이루다에도 아랑곳하지 않고 우주인은 방긋방긋 웃으며 말을 이었다.

"은지호에 대한 통찰이 꽤 인상 깊었어, 형. 나는 알고도 가만히 뒀는데, 형은 그걸 두드려 깨고 끄집어낼 생각을 하는구나. 확실히 지금까지 가만히 둬서 달라진 게 없었으니, 그게 진짜 정답일지도 몰라."

"네 친구란 놈 예뻐서 해 주는 거 아니니까 착각 마라. 어디까지나 단이가 그깟 놈 때문에 수척해져서 돌아다니는 꼴을 못 봐 주겠어서 이러는 거니까."

이루다가 으르렁대듯 덧붙인 말에 우주인은 즐거운 듯 눈을 더욱 휘며 대답했다.

"하지만, 그게 결과적으로는 지호를 도와줄 일이 될 거란 걸 알잖아."

"그야 그렇지."

순순히 대답하면서도 이루다는 긴장하며 상체를 꼿꼿이 세웠다. 저놈이 기분 나쁠수록 더욱 환하게 웃는다는 사실을 잘 아는 탓이었다.

우주인이 아까보다도 밝아진 얼굴로 물었다.

"그런데도 상관없어?"

"그렇다니까."

"형."

갑자기 기운이 뚝 떨어지듯 낮아진 목소리에 이루다는 푸른 눈을 크게 떴다.

몇 계단 아래에 선 우주인이 지독하게 어두운 눈으로 이쪽을 올려다보고 있었다. 문득 그의 입술이 비틀리며 아까보다 낮은 목소리가 흘러나왔다.

"왜 형조차 나 같은 인간이 아닐까. 그러기는커녕, 갈수록 달라 보이기만 하고."

"뭐?"

"그래도 괜찮았어. 왜냐하면, 이제야 이해받을 수 있는 사람을 찾았으니까. 완전히 나와 같진 않더라도."

"개소리는 개랑 해 줄래?"

이루다가 미간을 좁히며 하는 말에도 우주인은 끝까지 자리를 비키지 않았다. 이쪽을 응시하던 우주인의 황금빛 눈동자가 더욱 깊어졌다.

그러더니 그가 불쑥 뱉은 말에 이루다는 당황했다.

"자기는 날 사랑하면서 정작 나는 자길 미워해도 괜찮다니, 도대체 그런 말이 어디 있어?"

"뭐?"

"나는 그 애여야만 하는데, 그 애는 왜 그렇게 태연하지? 내가 아니어도 그 애를 좋아해 줄 사람은 많으니까? 하지만 나는 그 애뿐인데, 그렇게 만든 건 그 애인데 왜. 이건 공평하지 못하잖아."

"뭐라는 건지 모르겠는데. 너 평소에도 그랬지만 오늘은 진짜 미친놈 같다."

그제야 고개를 든 우주인이 평소처럼 빙긋 웃더니 말했다.

"형."

"응."

"난 형이 진짜 싫어."

"……."

단 한마디 말로 이루다에게 깊은 타격을 선사한 우주인이 걸음을 옮겨 사라졌다. 그제야 정신을 차린 이루다는 허, 하고 헛숨을 들이켰다.

"저놈도 친구 따라 사춘기가 왔나."

그것밖에는 할 말이 없었다.

* * *

우리 학교 학생들이 오매불망 기다렸던 은지호와 이루다의 빅 매치는 아쉽게도 이루어지지 못했다.

마지막 수업이 끝나기 직전 쉬는 시간, 은지호가 우리 반 교실로 직접 찾아와 이렇게 말했기 때문이었다.

"오늘은 안 되겠고, 내일 보자."

"뭐가 다른데?"

굳이 말하자면 체육 대회나 축제 등 학교에서만 할 수 있는 일들에 관심이 있을 뿐, 수업을 듣느니 시험 성적을 올린다느니 하는 학생의 본분에는 별 관심이 없는 루다는 도무지 영문을 모르겠다는 얼굴이었다.

그러나 나는 은지호의 입에서 나올 다음 말을 알 것도 같았다.

팔짱을 끼며 뒷문에 몸을 기댄 은지호가 태연하게 말했다.

"내일 모의고사라서."

"야! 이거 미친놈 아냐!"

목에 핏대를 세운 루다가 빽 소리를 질렀다. 그러자 은지호는 벌써부터 냄새를 맡고 승냥이 떼처럼 모여 있던 애들을 둘러보더니 조소와 함께 말했다.

"그럼 모의고사 성적에 신경 쓰는 대부분의 보통 애들도 전부 미친놈이냐? 모두가 너처럼 적당히 해도 1등급이 나오는 건 아니거든."

"누가 할 소릴 하는 거야? 그러는 네놈이야말로 무슨 노력을 했다고……!"

은지호가 인상을 쓰며 루다의 말을 잘랐다.

"내가 노력파라는 걸 왜 못 믿는지 모르겠네. 그래도 우리 방학 때 스터디 하면서 서로의 여러 모습을 보지 않았나?"

대답이 나온 것은 입을 떡 벌리고 시퍼런 얼굴로 굳어 있는 루다가 아니라 다른 쪽이었다.

"스터디를 했다고? 지호 님과 루다 님이?"

"두 분 다 스터디 같은 건 필요 없으실 텐데 어째서……! 설마, 그때부터 루다 님의 범상치 않음을 알아보고 오대천왕에 들어갈 자격이 있는지 시험해 보신 건가?"

"그게 분명해! 틀림없어."

그들의 수군거림을 듣던 나는 푸르죽죽한 얼굴로 중얼거렸다. 아니야, 틀렸어…… 완전 틀렸어. 저 둘은 그냥 서로 잘되는 꼴을 보기 싫어서 방해하기 위해 나온 것뿐이야.

그러자 새삼 은지호와 이루다, 유천영 세 사람이 나를 사이에 두고 경쟁하던 날들이 아주 머나먼 옛날처럼 느껴졌다. 그뿐인가, 유천영은 연락이 되지도 않는걸.

그사이 너무 많은 것들이 변해 버렸다.

내가 팔등으로 눈을 가리고 침통한 표정을 짓는 사이, 루다의 막무가내인 말이 들려왔다.

"야! 아무튼 오늘 봐. 나는 오늘 일을 오늘 못 풀면 내일까지 찝찝해 죽어 버릴 테니까 오늘 풀자고."

"네 감정을 왜 나한테 책임지라 마라야? 네가 뭐라 하든 나는 오늘 시간 안 되니까 정 못 견디겠으면 벽 보고 명상이라도 하든가. 마침 잘됐네, 어차피 넌 인내심 부족하잖아."

그렇게 말하고는 씩 웃는 은지호를 보며 나는 깨달았다.

은지호가 한때 유건을 롤 모델로 여겼다는 말, 무슨 뜻인지는 알겠군. 하지만 조용히 재수 없는 것까지 따라 할 필요는 없지 않을까, 은지호?

본래 고상하게 빈정거리는 것이 은지호의 싸움 방식이기는 했다. 그러니까, 아마도 중학교 때쯤까지는.

미간을 짚고 있던 내게 루다의 기차 화통 삶아 먹은 듯한 고함 소리가 날아왔다.

“개자식이, 애초에 네가 찝찝하게 굴어서 내가 기분이 상했다는데 이게 왜 온전히 내 감정이고 내 문제야? 돌은 지가 던져 놓고! 빨리 안 와!?”

그렇게 말하며 루다는 나를 힐끗 보았다.

그 시선을 보고 나는 깨달았다. 루다가 지금 말하고 있는, ‘오늘 못 풀면 내일까지 찝찝해서 죽어 버릴’ 사람은 다름 아닌 나인 것이다.

실제로 별로 틀린 말도 아니었다. 오늘 은지호가 학교에서 이렇게 구는 걸 봤는데, 변변한 대화 한 번 못 하고 집에 돌아간다면 나는 아마 잠도 못 잘 테니까.

그때 루다가 다시 빈정거렸다.

“그래, 단이가 나랑 단둘이 사라지든 말든 너는 내일 시험 성적이 중요하시다? 그놈의 잘난 미래 때문에? 하긴, 그렇겠지.”

"짊어진 게 없는 입장이면 함부로 말하지 마."

은지호가 처음으로 불쾌한 기색을 드러냈다.

그에 루다는 입꼬리를 더욱 당기며 한껏 비웃었다.

"없기는 개뿔, 반평생 시달리다가 이제야 겨우 벗어난 입장이거든? 내가 정말 네 입장에 대해 모를 거라고 생각해?"

그러더니 갑자기 목소리를 서늘하게 바꾼 루다가 내뱉었다.

"진심이 아니었으면 차라리 그렇다고 말해. 사람 헷갈리게 하지 말고."

"뭐?"

"따라오면 아까 단이랑 나랑 둘이 가서 무슨 얘기 했는지 알려 주지. 하지만 넌 그래도 시험 쪽을 택하겠지?"

"……."

은지호가 대답하지 않는 것을 본 루다의 눈이 더욱 가늘어졌다.

그가 입꼬리를 비틀며 말했다.

"네가 진심이었으면 말이야, 너는 지금 여기서 이러고 있을 게 아니라 나보다 더 열을 내면서 옥상으로 따라오라고 내 멱살을 잡아챘어야 해."

"모든 사람이 너 같은 방식을 선호하진 않아."

은지호가 한참 만에 목이 졸린 사람처럼 대답했다.

루다가 매서운 기세로 받아쳤다.

"웃기고 있네. 진심이 아니면 차라리 그렇다고 말해. 갑자기 태도 바꿔서 상처 주지 말고.”

“…….”

“본인 감정이니까 본인이 책임을 져라? 잠잠히 있던 호수에 돌 던지고 분탕질한 건 너야. 어디서 혼자 입을 싹 씻어? 방금까지 요란하게 물장구쳐 놓고 나와서 입 싹 씻으면 없던 일이 되냐?”

“……그 이유 때문이라면 더더욱 오늘은 안 돼.”

“뭐?”

갑자기 들려온 은지호의 말에 루다의 눈썹 끝이 성큼 추어 올라갔다.

고개 돌린 은지호가 단호히 말을 맺었다.

“진심의 여부가 그렇게 중요하다면.”

“아, 그러니까 본인도 본인 감정에 확신이 없으시다? 이거 진짜 개새끼 아니야!”

루다가 버럭 외치는 말을 무시하고 은지호는 빙글 몸을 돌렸다.

나는 그런 그를 여전히 복잡한 눈으로 응시했다. 이렇게 공개적인 자리에서 저런 모멸을 삼키는 것은 은지호답지 않았다. 혹시 무슨 말 못 할 다른 이유가 있는 걸까?

천천히 걸음을 옮기는 은지호의 등을 향해 루다가 다시 외쳤다.

“하여간, 똑같은 놈들끼리 모여 가지고! 사람을 무슨 감정의 쓰레기통 취급하고 앉아 있어."

그에 걸음을 멈춘 은지호가 반 바퀴 정도 몸을 돌렸다. 한쪽 눈썹을 치켜올린 그가 미심쩍어하며 물었다.

"그건 또 무슨 소리야?"

"몰랐냐? 네 친구, 방금 나한테 지랄하고 갔는데. 보니까 상태가 보통 안 좋아 보이는 게 아니던데, 오죽 주변에 털어놓을 데가 없으면 나한테 그러냐?"

"……우주인이?"

"그래. 너는 그 녀석 일에도 '네 감정 문제니까 네가 알아서 해.' 했나 보지?"

그에 은지호는 마치 루다를 노려보듯이 하며 말이 없었다. 한참 만에 복잡한 시선을 거둔 그가 천천히 말을 맺었다.

"그건 내가 알아서 할게."

"당연한 걸 뭘 선심 쓰듯 말하고 있어."

얼른 꺼져. 루다가 하는 말에 은지호는 더 들을 가치도 없다는 듯 몸을 돌렸다.

얘기를 마치고도 아직도 화가 풀리지 않은 듯, 씨근거리며 어깨를 들썩이는 루다를 보다가 나는 은지호를 쫓아갔다.

아무리 그래도 내일까지 아무런 얘기도 나누지 않고 참자니 너무 막막했다. 그가 나를 대하는 태도를 보고 작은 실마리라도 얻어야 할 것만 같았다.

내가 소매를 붙잡자 은지호가 반사적으로 쳐 내려다 말

고 흠칫했다. 그때를 틈타 내가 입을 열었다.

“루다 말뜻 오해하지 마.”

우리에 대한 것을 말하고 싶었지만, 아직은 용기가 없어서 그 말부터 튀어나왔다.

은지호는 뭐가 마음에 안 드는지 한쪽 눈썹을 치켜올렸다.

“오해? 무슨 오해?”

“루다가 아까 그렇게 말한 거. 루다가 주인이를 싫어해서가 아니라, 너한테 주인이의 상태에 대해 알려 주고 싶어서 그랬을 거야. 말과 행동이 거칠어서 그렇지, 실은 착한 애란 거 알잖아.”

은지호가 루다와 방학 때 온종일 본 사이란 것을 의식하며 내가 설명했다. 그러자 은지호는 의미 모를 눈으로 나를 빤히 보다가 대답했다.

“알아, 아니까 문제라고. 그보다 너…….”

“뭐?”

“아니, 됐다.”

입술만 달싹거리다 그만둔 그가 갑자기 한 손을 불쑥 내밀었다.

“내일 보자.”

그렇게 말한 그가 내 머리를 헝클어트렸다. 그 일상적인 손짓이 윤정인의 별장에서 자고 일어난 이튿날, 소파에서 내 머리를 쓰다듬던 그의 손길을 떠올리게 해서 견딜 수가 없었다.

나는 던지지 못할 질문들을 입속으로 떠올렸다.

너는 대체 무슨 생각을 하고 있는 거야? 어쨌건 너는…… 아직 나를 좋아한다고, 나한테 화나지 않았다고 했잖아.

그런데 왜 갑자기 태도를 바꿔? 게다가 학교에 3일이나 안 나오다니, 생전 안 하던 짓까지. 도대체 무슨 일이 일어나고 있는 거야? 네 마음속에서.

그러나 나는 그것을 물어볼 입장이 아니었다. 거침없이 따지거나 화를 내는 것은 루다처럼 진실을 모를 때에만 가능했다.

아니, 루다가 진실을 알았더라면 정말로 저렇게 내 편을 들어주었을까? 듣고 화낼 것 같으면 차라리 말하지 말라고 한 건 그였지만, 나는 왠지 사기라도 친 듯한 기분이 들어 찝찝하기만 했다.

루다가 은지호와 뒷문에서 한바탕 맞붙었던 얘기는 그 즉시 화제가 되었다. 우리 반으로 돌아가니 온통 그 얘기뿐이었다. 수업 시간에도 툭, 툭 하며 서로의 책상 사이로 쪽지 날아다니는 소리가 끊기지 않았다.

루다는 늘 그렇듯 자기가 공개적인 토론의 대상이 되었는데도 전혀 관심 없다는 얼굴로 턱을 괴고 창밖만 보고 있었고, 흔들리는 것은 나뿐이었다. 마음속에서 아주 검고 무거운 액체가 느리게 소용돌이치는 듯한 느낌이었다.

그러다 문득 고개 숙인 나는 작게 중얼거렸다.

"아, 어쩌면 내일로 미뤄진 게 다행일지도."

도무지 얼굴을 보고 제대로 얘기할 자신이 없었다.

* * *

집에 가서 잠깐 눈을 붙인다는 게 그대로 쭉 잤다. 고등학생 신분에 간만에 오래 잤으면 푹 자기라도 하든가, 꿈에서는 좀비 떼에 쫓기어 폐허가 된 도시를 온종일 뛰어다녔다.

혹시 하는 두려운 마음이 든 나는 인터넷에 '좀비 꿈'이라고 검색해 보았다. 다행히 뭔가에 쫓기는 심리가 반영된 심리몽이라고 했다. 아무튼 예지몽은 아니란 거지? 그제야 안도의 한숨을 내쉰 나는 중얼거렸다.

"하하, 전에 여단 오빠 때문에 한창 복잡했을 때도 담력 체험했던 학교에 다시 가서 얼굴 없는 남자한테 쫓기는 꿈을 꾸고 말이야."

진짜 쫓기는 꿈이 심리몽이 맞긴 한가 봐. 신기하네. 그렇게 생각하며 나는 침대를 벗어났다.

언어 영역 시험지를 받을 때부터 예감이 썩 좋지 않았다. 그야 전날에 공부를 하지 않았으니 그럴 만도 했다. 다행히 언어 영역이 끝나고 다른 애들과 답을 맞혀 보니 얼추 평소 보는 정도로 본 것 같았다. 그냥 난이도가 어려웠던 것뿐이었다.

수학과 외국어도 그리 어렵진 않은 기분이었다. 점심시간에 잠깐 급식실에서 마주친 유천영을 제외한 사대천왕과는 평소와 다름없는 인사를 나누었다.

“시험 잘 봤냐?”

평소처럼 대수롭잖은 말투로 그렇게 묻는 은지호에게 나는 어쩔 줄 몰라 하다가 대답했다.

“괜찮게 본 것 같아. 그러는 너는?”

“……유천영 오늘도 안 왔어. 얘 모의고사까지 빠져도 괜찮은 거냐?”

갑자기 화제를 돌리는 그의 모습에 나는 의아해졌다.

나는 눈을 찡그리며 생각했다. 은지호가 다른 말도 아니고, 시험 잘 봤냐는 말에 대답을 피할 이유는 없잖아. 성적은 그의 자부심을 이루고 있는 것들의 주축인데.

내가 상처받을까 봐서? 내가 반여령과 함께 산 세월이 몇 년인데 새삼 그와 비교당하는 것을 꺼릴까 봐?

내가 어리둥절한 얼굴로 그를 올려다보는 사이, 은형이가 우리 대화에 끼어들었다.

“아마 안 괜찮을 텐데.”

“유천영한테서 여전히 연락 없어?”

“응.”

"얘 진짜 어디 납치당해 있는 거 아니야?"

반여령과 내 납치 사건 이후로 '납치'란 말을 쉽게 입에 올리지 않는 은지호가 그럴 정도면 심각하게 가능성을 고려하고 있다는 뜻이었다. 다른 애들 역시 가능성 있단 얼굴로 고개를 주억거렸다.

우리는 결국 아무런 의문도 해결하지 못한 채 찝찝한 얼굴로 교실로 들어왔다.

그렇지, 어찌 됐든 멀쩡히 학교 나오고 심지어 시험에 신경 쓸 여유까지 있는 은지호보다는 학교에도 나오지 않고 있는 유천영을 걱정해야 하는 거구나.

나는 한숨을 내쉬었다. 얘는 진짜 어디서 뭘 하고 있는 거람.

그러나 그런 내 생각은 청소 시간이 되기도 전에 산산이 부서졌다.

자체 시험 채점 기기를 갖고 있던 우리 학교에서는 여전히 당일 본 모의고사 점수를 그날 공개했다.

윤정인이 나눠 준 자그마한 띠지를 건네받고 남몰래 들여다본 나는 안도의 한숨을 내쉬었다.

아, 다행이야. 평소보다 못 보지 않았어. 아니, 오히려 잘 본 정도인데? 10등 정도 올랐으니까.

공부 안 했는데도 이 정도라니, 나도 이제 나름 안정기에 접어든 게 아닐까? 반여령이나 은지호 정도는 언감생심이고 나는 이 정도만 나와도 만족할 자신이 있단 말이야.

그런 생각을 하며 내심 흐뭇하게 웃던 나는 복도에서 들려오는 소리를 듣고 놀라 눈을 크게 떴다.

"야! 은지호가…… 2등이래!"

하필이면 목소리 사이에 —아마도 성적표 때문일— 온갖 괴성이 섞여 잘 들리지 않았다. 그러나 일부만으로 뜻을 유추하기엔 충분했다.

무슨 일인가 싶어 잠시 귀를 기울였던 윤정인도 곧 심드렁한 표정으로 돌아와 대꾸했다.

"쟤는 무슨 당연한 소리를 놀랍다는 듯이 하고 있는 거야? 뭐 큰일 난 줄 알았네."

"그러게. 걔가 전교 2등이자 전국 2등인 건 우리 학교 공식이잖아."

막 성적표를 받던 김혜힐이 새삼스럽다는 듯 말하던 찰나, 밖에서 다시 한번 외침이 터졌다.

그것을 들은 나는 눈을 동그랗게 떴다.

"은지호가 뒤에서 전교 2등이래!"

"그럼 뒤에서 전교 1등은 누군데?"

누군가 물은 말에 우렁찬 대답이 들려왔다.

"유천영!"

뭐? 눈을 부릅뜬 나는 주먹을 움켜쥐었다. 뭐야, 대체 뭐가 어떻게 돌아가는 거야?

유천영이 전교 뒤에서 1등인 거야 어쩔 수 없다. 걔는 이번 시험 때 아예 학교를 나오지 않았으니까!

하지만 은지호는 분명 오늘 등교했고, 그가 이번이라고 시험을 대충 쳤을 리도 없었다. 며칠 전만 해도 루다와 단둘이 대화할 수 없는 이유에 시험 준비란 핑계를 댔던 애인걸.

그런데 왜?

내가 기겁해서 어쩔 줄 모르는 사이, 교실 안 공기는 빠르게 달아올랐다. 놀란 목소리가 들려왔다.

"은지호가 전교 2등이 아니고 전교 뒤에서 2등이라고? 진심?"

"어, 교무실에서 난리 나서 듣고 오는 길인데 막 전 과목 5점 7점 그렇대. 그 점수면 거의 9등급이지."

"밀려 쓴 거 아니야?"

누군가 물은 말에 정보원이 고개를 내저었다.

"아니, 밀려 쓴 거 아니래. 선생님들도 당황해서 답지 붙들고 패턴 분석을 해 봤는데 아예 겹치는 게 없더래. 그냥 순수하게 푼 거지."

"그런데 그렇게 나왔다고? 아니, 전교 2등에 전국 2등 하던 애인데 기본기가 있잖아. 그런데 뭘 어떻게 하면 그렇게……?"

"몰라. 나도 좀 알고 싶다."

온 반이, 아니, 온 학교가 은지호에 대한 얘기로 떠들썩했다. 하락도 차이가 어지간해야 하락이라고 부르지, 이건 거의 추락에 가까웠다.

그러다 누군가 떠드는 소리를 듣고 나는 퍼뜩 고개를 들었다.

"루다야, 너 어제 은지호한테 싸움보다 시험이 더 중요하냐고, 네가 무슨 노력을 한다고 말한 거 가서 사과해."

"뭐, 뭐?"

루다가 토끼 눈을 뜨며 펄쩍 뛰었다.

"아니, 지금 보니까 엔간한 노력파가 아닌 것 같아서. 전교 2등 하던 애가 단번에 저렇게 됐잖아."

그 말을 들으며 나는 책상 밑으로 꽉 쥔 주먹에 힘을 주었다.

저렇게 말하는 애는 자기 딴에는 은지호를 배려해서 하는 말일지도 모르지만, 결국에는 이 사태를 재밌게 여기고 있는 것에 불과했다. 그가 말하는 태도에서 평소의 거리감 같은 것은 전혀 느껴지지 않았다.

이 학교의 모두가 은지호를 어려워했다. 타고난 그대로 완벽한 데다 본인 노력으로 더더욱 빛났기에 일개 고등학생이라고는 믿을 수 없는 고고한 자존심마저 비웃음의 대상이 되지 않았다.

그런데 그 완벽함이, 불패 신화가 단숨에 깨졌다.

이제 이 학교 학생들에게 은지호는 더 이상 범접할 수 없는 대상 따위가 아니었다.

나는 눈을 꾹 감고 한숨을 내쉬었다. 저런 말을 듣고 상할 은지호의 자존심도 자존심이지만, 나는 다른 게 더 걱정이었다.

은한수 회장님.

옆에서 보는 사람이 무서워질 정도로 은지호를 매섭게 몰아붙이던 그가, 이런 성적을 받아 온 은지호를 용납할까?

만약 용납할 수 없다면? 당연히 은지호에게 이 세계가 소설이라는 것을 알게 한 내게도 일부 책임이 있지 않을까?

어떡하지? 도대체 어떻게 해야 이 상황을 해결할 수 있지? 이미 나온 성적을 되돌릴 수도 없고. 머리가 터질 것 같았다.

급기야 '아리에게 부탁하면 뭔가 되지 않을까?' 하고 염치도 없는 생각을 떠올릴 찰나, 갑자기 교실 뒤쪽이 소란스러워졌다. 나는 고개를 돌렸다.

"이루다, 나와."

돌아본 곳에는 은지호가 뒷문에 기대어 서 있었다. 스스로 팔짱을 낀 채, 어제와 한 치도 다르지 않은 태연한 표정을 짓고서.

나는 순간 내 뜻이 하늘에 닿아 시간이 돌아가기라도 했나 하고 생각했다. 그러지 않고서야 세상에, 전국 2등을 하던 애가 뒤에서 전교 2등을 했는데 저런 표정을 하고 있는 게 말이나 돼? 조금 흘러내린 은색 머리카락으로 이마를 가리고 있는 그는 꼭 까마귀 떼들 사이의 한 마리 학 같았다.

이마로 흘러내린 머리카락을 거추장스럽다는 듯 쓸어 넘긴 그가 태연히 재촉했다.

"나오라고. 어제 못 한 얘기 마저 해야지."

"야! 너…… 너 잠깐만."

덜컹 소리를 내며 의자를 내팽개치고 달려간 루다는 그의 앞에서 잠시 굳어져 어쩔 줄 몰라 했다.

그의 입이 열리기도 전에 은지호가 웃으며 빈정댔다.

"왜? 전교 2등이 아니라 뒤에서 전교 2등한테는 어제 함단이랑 했던 말 못 가르쳐 줘?"

맙소사, 나는 한 손으로 입을 막았다. 이 상황에서 스스로의 처지를 가지고 농담할 여유까지 있다니.

루다가 펄쩍 뛰었다.

"아, 조용히 해! 그딴 거 아니니까."

그러더니 그는 푸른 눈을 데굴데굴 굴리며 조심스레 물었다.

"야, 진짜 혹시나 해서 묻는 건데, 네 성적 그렇게 나온 거 내 탓인 건……."

"맞으면 어쩔 건데."

"아악!"

은지호가 태연히 한 말에 이루다가 또다시 펄쩍 뛰었다. 그가 괴로운 표정으로 찬란한 금색 머리칼을 벅벅 긁는 모습을 보며 나는 묘한 표정을 했다.

아니, 어찌 됐든 이 일이 루다 네 탓이 아닌 건 자명하잖아. 무엇보다도 은지호는 정말 루다 탓일 경우엔 저렇게 툭툭 장난치듯 말하는 대신, 조용히 묻고 넘겼을 거다. 이유가 어찌 되었든, 결과가 미흡한 건 그 자신의 미흡함 때문이라 생각하는 그니까.

마침내 생각을 정리한 내가 입을 열었다.

"은지호."

"응?"

내 부름에 나를 돌아본 그는 뜻밖에도 꽤 즐거운 듯한 얼굴이었다. 그의 검은 눈 안에서 별처럼 반짝이는 장난기가 보였다.

이 와중에 장난칠 기운이 있단 말이야? 나는 속으로 혀를 내두르곤 물었다.

"루다 놀리지 말고. 그보다 진짜 무슨 일이야? 너 어디 아팠어?"

그렇게 말한 내가 그의 이마 위에 손을 가져갔다. 당연히 우리 사이에 할 수 있다고 생각해서 한 행동이었다.

그때 은지호의 손이 내 손목을 붙잡아 내렸다.

나는 얼어붙은 채 두 눈만 깜빡였다. 여전히 내 손목을 한 손으로 붙든 채, 은지호가 옆에 있던 루다를 향해 고개를 돌렸다.

"너 때문 아니니까 걱정 말고. 네 탓이면 네가 책임지기라도 할 거냐? 귀엽네."

그에 자신이 놀림당했다는 것을 깨달은 루다가 버럭 외쳤다.

"닥쳐."

"우주인이 널 졸졸 쫓아다니는 이유를 알 것도 같다. 걔 작고 귀여운 거 좋아하거든. 전에 그 애도……."

거기까지 말한 은지호가 문득 서늘한 표정이 되어 입을 닫았다.

"아니, 이건 내가 할 소리가 아니네."

작게 중얼거린 그가 이루다를 향해 다시 말했다. 그래서 얘기는 할 거냐 말 거냐? 그에 '할 거야!' 하고 버럭 외친 루다가 은지호를 따라가기 전 나를 향해 속삭였다.

"시간 끌 테니 먼저 옥상에 가 있어."

나는 황급히 고개를 끄덕이곤 후다닥 걸음을 옮겨 옥상으로 통하는 가장 빠른 길로 향했다. 뒤에서 루다가 외치는 소리가 희미하게 멀어졌다.

"따라오면 가만 안 둔다! 앞으로 두 시간은 옥상에 아무도 얼씬하지 마."

*　*　*

두 사람보다 먼저 옥상에 도착한 나는 새삼스런 감상에 빠져 옥상 이곳저곳을 살폈다.

최유리와의 일도, 은형이와 윤정인이 처음 대화를 나누었던 일도, 내가 반휘혈에게 같이 밥 먹자고 했던 일도 전부 여기서 일어났다. 그러니 이 옥상은 인터넷 소설에서의 그 역할을 톡톡히 한 셈이다.

카메라도, 녹음기도, 얼굴에 신문지를 덮고 있는 불량 학생도, 아무도 없다는 것을 확인한 나는 걸음을 옮겨 문이 보이지 않는 곳에 숨었다. 그러기 무섭게 철문이 삐걱 열리며 은지호와 이루다가 옥상으로 들어왔다.

"이제 얘기해 봐. 어제 함단이가 널 데려가서 무슨 말을 했는지."

"말의 내용보다는 단이가 너와 나 둘 중에 날 붙잡고 데리고 갔다는 게 중요한 거 아니야?"

가르쳐 주겠다고 말한 게 언제였냐는 듯 이죽거리는 루다를 향하는 은지호의 목소리가 사나워졌다.

"잔말 말고 약속이나 지켜. 나도 지금 인내심이 남아 있는 게 아니라서."

"왜? 시험 때문에?"

은지호가 먼저 그것을 가지고 농담했기 때문인지, 루다도 흔쾌히 빈정거렸다. 그에 은지호의 목소리가 더욱 낮아졌다.

"그딴 건 안 중요해. 그보다도……."

"그딴 거? 어제는 시험공부 해야 한다며 칼같이 집에 돌아가더니."

"그런 게 아니었어."

"아니긴?"

루다의 물음에 은지호는 대답하지 않았다.

침묵이 길어졌다. 그러다 문득, 루다의 나른하고 느릿느릿한 목소리가 침묵을 깨었다.

그 무렵 나는 벽 뒤에서 걸어 나왔기에, 그가 하는 양을 볼 수 있었다. 그가 한 손을 내저으며 말했다.

"아, 됐어. 너랑 얼굴 길게 맞대고 있기도 싫으니까 궁금하면 직접 물어봐. 어제 나랑 무슨 얘길 했는지."

"뭐?"

"저기 오잖아."

루다와 배턴 터치하듯이 나타난 나는 나를 향하는 은지호의 휘둥그레진 눈에 대고 멋쩍게 웃었다. 안녕.

그는 대답하지 않았다.

"난 나가 본다."

이루다가 바람같이 나감과 동시에 문이 쾅 닫혔다.

문밖에서 '싸움 결과? 오대천왕의 대장 자리? 그딴 걸 어떻게 알아! 시끄러워. 안 때렸거든!' 그런 식의 외침이 들리는가 싶더니 이윽고 잠잠해졌다.

나는 조용히 눈을 들어 은지호를 보았다.

"은지호."

그는 여전히 뜻 모를 얼굴을 하고 나를 보고 있었다.

그러다 그는 불현듯 꿈에서 깨어난 사람처럼 눈을 깜빡이더니, 손을 내밀어 내 손을 잡았다.

그러면서 그가 하는 말에 나는 놀라서 눈을 크게 떴다.

"왜 여기 있어? 얼른 내려가자."

"뭐?"

"얼른."

"야, 잠깐. 뭐야!"

은지호가 문을 열기 전 나는 간신히 한 발로 그것을 저지하는 데 성공했다. 다른 애들이 분명히 이루다와 싸우러 올라간 은지호가 왜 나와 있는지 의아해하겠지만, 그것보다도 나는 그와 대화할 기회가 사라진다는 것 자체가 싫었다.

내 거부에도 불구하고 은지호가 재차 말했다.

"얼른 내려가자니까. 왜 여기 있는 거야?"

왜 여기 있냐고? 마음의 준비가 안 된 상태에서 갑작스럽게 내가 나타났으니 싫을 만은 했지만, 이렇게까지 단호하게 말할 줄은 몰랐다. 나는 더듬더듬 내뱉었다.

"난, 그냥 너랑…… 얘기하고 싶어서."

"뭐?"

"아, 그리고 루다한테는 내가 부탁한 거야. 그러니까 루다한테 뭐라고 하지 마."

퍼뜩 정신을 차린 내가 루다 대신 변명하자, 은지호가 아랫입술을 깨물었다. 나를 지그시 보던 그가 다시 말했다.

"왜 하필 여기야? 여기가 어떤 곳인데."

그 물음에 나는 이맛살을 찌푸렸다.

여기가 어떤 곳이냐니, 그저 평범한 학교 옥상일 뿐이잖아.

은지호에게 이 옥상에 얽힌 뭔가 잊지 못할 추억이 있는 걸까? 확실히, 이 소설의 주축인 사대천왕 중 하나인 그니까 말도 안 되는 상상은 아니었다.

그때 그가 다시 말했다.

"여기 네가 최유리한테 밀려서 계단에서 구를 뻔했던 장소야."

"어……."

"너 옥상으로 오르는 계단 얼마나 높은지 모르지. 너 그때 잘못했으면 허리나 목 어디 한 군데 어떻게 됐을지도 몰라."

백지장처럼 핏기가 싹 씻겨 내려간 얼굴로 그렇게 말하는 그를 보며, 나는 뒤통수를 한 대 얻어맞은 것 같은 기분이었다. 내가 얼얼한 기분으로 그를 바라보는 사이, 더듬

더듬 내 손목을 고쳐 잡은 그가 재촉했다.

"얼른 내려가자."

누가 보면 고소 공포증이라도 있다고 오해라도 할 것 같은 모습이었다. 그를 빤히 올려다보던 내가 물었다.

"나 때문에 그래?"

"그럼 당연하지! 넌 대체, 그때 네가 최유리하고 같이 있는 꼴을 보고 내가 얼마나 놀란 줄……."

"너 아직도 내가 걱정돼?"

빠르게 쏟아지는 말을 자르고 내가 물었다.

은지호가 휘둥그레진 눈으로 나를 보았다. 이윽고 그가 이마를 크게 찡그렸다.

"왜 그런 당연한 걸 물어? 왜, 아예 이렇게 말해 줄까?"

그가 떨리는 눈으로 아직도 내 손목을 잡고 있는 제 손을 응시했다.

"자꾸만 그날로 다시 돌아가는 꿈을 꿔. 최유리가 널 떠미는데, 난 그날처럼 널 붙잡지 못하는 거야. 아주 조금 늦는 바람에."

뜻밖의 말에 나는 눈을 크게 떴다. 은지호는 아랑곳하지 않고 말을 이었다.

"까마득한 계단을 굴러와서 엉망이 된 네가 내 발치에 부딪혀 원망스런 눈으로 날 올려다보면, 난 항상 거기서 잠이 깨. 내가 그 꿈을 꾸고 일어나면 하루 종일 얼마나 끔찍한 기분일지, 예상이 가?"

그가 붙든 손목을 통해 손의 떨림이 전해져 왔다.

나는 이제 막 물에서 건져진 사람처럼 창백하게 질린 입술과 힘이 들어가 파르르 떨리는 턱을 바라보았다.

마지막으로 은지호가 한 자 한 자 씹어뱉듯 말했다.

"알겠으면 제발, 여기서 내려가자. 나, 지금 너랑 여기 있는 것만으로 무서워 죽겠으니까."

그의 말은 거짓이 아니었다.

세상에 두려울 것 하나 없던 은지호가 겨우 옥상 따위를, 내가 이곳에 같이 있다는 이유 하나만으로.

나는 기분이 묘해진 채 잠자코 그가 이끄는 대로 따랐다.

옥상에서 학교 안으로 향하는 문을 열자, 다행히 루다가 전부 쫓아낸 덕인지 입구는 텅 비어 있었다.

옥상으로 통하는 계단을 완전히 내려오고 나서야 은지호의 안색이 조금 나아졌다. 이곳에도 사람이라곤 전혀 오가지 않았다. 온 학교가 텅 빈 것 같은 적막이 우릴 감쌌다.

내려오고부터 은지호를 계속 빤히 보고 있던 나는 마침내 입을 열었다.

"말해 봐."

은지호가 기습이라도 당한 것 같은 표정으로 나를 돌아보았다.

"뭐?"

"뭐가 됐든."

나는 결심한 얼굴로 말을 이었다.

"그냥 네 솔직한 마음을 말해 줘. 네가 지금 나와 있었던 일에 대해서, 또 나에 대해 어떻게 생각하는지."

"잠깐. 갑자기 뭐……."

나는 그의 말을 끊고 말을 이었다.

"생각해 봤어. 네가 갑자기 내게 연락도 하지 않고 피해 다니고, 학교에 안 나오기까지 했던 게 뭘 뜻하는지."

황당해하는 듯한 시선 속에서 내가 덧붙였다.

"그런데 네가 전에도 이랬던 적이 한 번 있잖아. 여단 오빠랑 내가 사귄다고 했을 때."

"……."

비로소 나를 보던 은지호의 눈이 가라앉았다. 나는 시선을 아래에 두고 말을 이었다.

"루다가 그러는데, 루다가 보기에 너는 실패 같은 걸 해 본 적이 없을 거래. 너는 노력하는 것에 자신 있다고 했지만, 실은 노력해서 실패한 적이 없기 때문에 그렇게 말할 수 있는 거라고. 그에 따른 보상이 당연히 돌아올 걸 알기 때문에 그럴 수 있는 거라고."

"뭐? 잠깐, 그 자식이 대체 나에 대해 뭘 안다고 그런 말을, 그것도 너한테……."

은지호는 몹시 억울해하는 듯했지만, 나는 그의 말을 끊고서 다시 말했다.

"아무튼 루다 말의 결론은, 네가 처음 마주한 실패가 나일 거라는 거야. 그래서 나와의 사이가 맘대로 안 될 때마다 날 피해 다니는 거라고. 나는 어쩌면 그 말도 일리가 있다고 생각해. 내가 보기에도 넌 한 번도 실패한 적이 없는 것 같거든."

갑자기 조용해진 그에게 내가 물었다.

"그냥, 내가 싫어졌으면 싫어졌다고, 말이라도 해 주면 안 돼? 네가 이 세계가 소설 속이란 걸 알아서 그러는 건지, 아니면 나에 대한 마음이 바뀌어서 그러는 건지, 심지어 내가 친구로서도 용납할 수 없을 만큼 싫어져서 그러는 건지 갈피를 못 잡겠어."

잠시 입술을 깨문 나는 다시 말을 이었다.

"완전히 정리되지 않은 생각이라도 괜찮아, 평소의 너처럼 완벽하게 보이지 않더라도, 침착해 보이지 않더라도. 감정이 폭발할 것 같아서 말 안 하는 거면 그냥 그래도 돼. 소리를 지르든 화를 내든, 어차피 나도 내가 엉망일 때 너희 붙잡고 한탄한 적 많잖아."

손을 내밀어 그의 소매를 붙든 내가 꺼져 가는 목소리로 덧붙였다.

"그러니까 그냥 좀, 말해 주면 안 돼? 무슨 생각을 하고 있는 건지."

나는 그냥, 너무, 불안해.

내 말이 적적한 복도를 울렸다. 한동안 창문을 타 넘는 석양빛 외에는 아무것도 움직이지 않았다.

시간이 멈춘 것 같은 침묵 속에서 은지호가 언뜻 입을 달싹인 것 같았다. 화들짝 놀란 나는 고개를 들었다.

눈을 마주친 그는 뜻밖에도 전혀 속을 읽을 수 없는 얼굴이었다. 좋아하는 여자나 친구라기보다는 마치 옷에 잔뜩 흙을 묻히고 온 다섯 살짜리 조카를 보듯이, 나를 보던 은지호가 천천히 말했다.

"내가 학교에 오지 않은 건."

나는 숨죽이고 가만히 고개만 끄덕였다.

"시험할 필요가 있어서였어."

"뭘, 나를?"

만약 정말 그런 거라면 기어코 주먹 한 대는 꽂아 주겠다는 마음으로 되묻자, 그는 가만히 고개를 내저었다.

그가 한심하다는 얼굴로 대답했다.

"설마 너겠냐. 내 행동 범위지."

"설마……."

"내가 자유 의지로 행동할 수 있는 범위."

자기 손을 예술품 감정이라도 하는 듯이 석양빛에 비춰 본 그가 말을 이었다.

"내가 정말 소설 속 인물이라면, 내가 모든 것이 완벽하도록 설정된 건 틀림이 없잖아."

"……."

정말이지 예상치 못한 타이밍에 튀어나온 재수 없는 발언에 나는 가만히 인상을 썼다.

나는 움찔거리는 주먹을 누르며 그를 보았다.

창가에 서서 쏟아지는 석양빛 속에 파묻힌 그는 과연 그 말을 부정하기 어렵게 완벽한 모습이기는 했다.

그가 말을 이었다.

"나는 어릴 때부터 지금까지 단 한 번도 학교를 빠진 적이 없으니까, 일단 거기서부터 시작해 봤어. 일주일도 못 가 집에서 쫓아내겠다는 서슬 퍼런 협박에 굴복해야 했지만 말이야."

"……."

"그리고 시험도."

그 말에 나는 퍼뜩 고개를 들었다. 방금까지 그가 시험을 망친 것이 나 때문이라면 어떻게 해야 하나 하는 생각이 머릿속을 온통 굴러다니고 있었는데, 지금 뭐라고?

"이곳이 소설 속이란 걸 알고 나니까, 내가 전국 2등을 한 번도 놓치지 않은 게 이상하다는 생각이 들었어. 그래서 이것도 시험해 봤지. 과연 아무렇게나 찍어도 전국 2등이 나오는지."

"허……."

"뭐, 결과는 보다시피."

어깨를 으쓱한 은지호가 아쉽다는 듯 덧붙였다. 공부는 계속해야 할 모양이야, 아깝게 됐네. 그에 내가 버럭 소리를 질렀다.

"너 내가 얼마나 걱정한 줄 알아! 그리고 다른 애들도. 다른 애들도 지금쯤……."

"알아. 나중에 돌아가면 전부 다 설명할 거야."

"도대체 왜 그랬어? 왜……."

그렇게 말하던 나는 다시 주먹을 말아 쥐었다.

그의 이상 행동들에 대한 의문은 풀렸다고 해도 아직 가장 중요한 것이 남아 있었다.

나에 대한 것.

그는 나를 왜 피했는지, 나를 대하는 태도를 왜 순식간에 바꾸었는지에 대해서는 전혀 설명해 주지 않았다.

나는 입술을 깨물었다. 역시 그건 설명하고 싶지 않을 만큼 부정적인 이유라서일까? 차라리 내가 듣지 않는 편이 낫다고 여겨서?

그때, 나직한 말소리가 내 귀에 꽂혔다. 나는 멍하니 고개를 들었다.

"시험해 볼 필요가 있는 게 하나 더 있었어."

부쩍 무거워진 분위기에 내가 긴장하며 되물었다.

"그게 뭔데?"

"너를 좋아하는 걸 내 의지로 그만둘 수 있는지."

"……."

"이것만은 절대로 안 되더라."

담담히 실패를 고하는 그의 말을 들으며 나는 안도하기보다는 분한 마음이 들었다. 차라리 그가 원하는 대로 나를 좋아하는 걸 그만둘 수 있었더라면 좋았을 거란 생각이 들었다.

주먹을 움켜쥐며 나는 결심했다. 그에게 절대 밝히지 말아야지. 그는 나를 좋아할 운명이 아니라고, 그런 내용은 그 소설 속에 없다고는 절대로.

그렇게 되뇐 나는 붉어진 눈을 하고서 물었다.

"왜? 아무리 생각해도 좋아할 구석이 없는 나를 네가 좋아하게 된 게 마음에 안 들어서? 아무리 이성적으로 생각해 봐도 말이 안 돼서?"

"잠……."

"바보야, 그런 생각이 든 것부터가 나를 더 이상 좋아하지 않게 된 거잖아. 넌 어떻게 네 마음도 몰라?"

내가 날카롭게 쏘아붙이자 은지호의 얼굴이 이 이상 흐트러질 수 없을 정도로 흐트러졌다.

당황으로 물든 그의 얼굴에 대고 내가 다시 쏘아붙였다.

"그럼 그냥 차라리 나를 더 이상 좋아하지 않게 됐다고 말을 해! 이런 식으로 알게 되는 게 더 최악이야. 네가 날 좋아할 이유가 없다는 소리를 네 입으로 듣는 게 더.”

“야, 잠깐. 무슨 소릴 하는 거야. 나 그런 말 한 적 없어.”

“뭐가 없…….”

“내가 고작 그런 이유로 이런 짓을 할 것 같아? 지난 며칠은 나한테도 고문이었어. 넌 내가 너한테 왜 내가 아니라 이루다를 데리고 간 거냐고 얼마나 쏘아붙이고 싶었는지 모르지?”

그가 갑자기 목소리를 바꾸어 하는 말에 나는 흠칫 놀라 눈을 크게 떴다.

그런 나를 복잡한 눈으로 보던 은지호가 다시 말했다.

“난 내가 널 좋아하는 마음이 온전히 내 마음인 줄 알았어. 그런데 그게 아닐 수 있다잖아.”

“…….”

“소설 속 설정에 불과할지도 모른다잖아.”

“그러니까 넌, 누가 너를 아무 이유 없이 날 좋아하도록 만든 게 불쾌해서…….”

더듬더듬 이어지는 내 말을 듣던 그가 답답한 듯 고개를 내저었다. 아니, 그런 게 아니라.

“이런 식으로 내 의지가 아닌 채 시작된 마음이라면, 또 이런 식으로 내 의지가 아닌데도 갑자기 끝나 버릴 수 있는 거잖아.”

나는 방금 내 귀에 들려온 말을 믿을 수가 없어 떨떠름하게 그를 올려다보았다.

한참 만에 내가 내뱉었다.

"……뭐?"

그가 심각한 얼굴로 말을 이었다.

"내가 너한테 그런 짓을 해도 괜찮냐? 난 안 괜찮아. 누가 나한테 그런 짓을 시킨다고 생각하기만 해도 치가 떨려."

거기까지 말한 은지호가 천천히 손을 들어 제 눈을 가렸다.

"그래서 이게 내 마음대로 되는지 안 되는지 시험해 봤는데, 이것만은 도무지 불가능해서……."

"……."

"함단이 넌 진짜, 지금까지 어떻게 버텼냐? 여기가 소설 속이란 걸 알고, 우리가 단지 등장인물이란 걸 알고."

갑자기 날아온 물음에 나는 눈을 크게 떴다.

마침내 눈가를 가리고 있던 팔을 치운 그가 애써 웃는 것이 분명한 얼굴로 입꼬리를 끌어 올렸다.

"난, 네가 갑자기 네 뜻이 아닌 누군가의 의지로 인해 내게서 돌아설 수도 있다는 생각만 해도 겁이 나서 참을 수가 없는데."

"은지호, 너 그거 걱정 안 해도 돼."

그 무렵 마침내 참을 수 없어진 내가 말을 꺼냈다.

그의 표정이 다시 흐트러졌다.

"뭐?"

"소설 내용은 이미 바뀌어 있거든."

나는 울 것 같아진 얼굴로 말을 이었다.

"원래 소설에서 우리는 친구가 아니야. 너는 내가 아니라 반여령을 좋아해."

내 말에 은지호는 어쩔 줄 모르는 사람처럼 가만히 굳어졌다.

나는 그에게 반복해서 말했다.

"이미 다 바뀌었어. 네가 모르는 사이 알아서 바뀌었어. 그러니까 걱정 안 해도 돼, 아무것도."

"……아니."

잠자코 내 말을 듣던 은지호가 갑자기 고개를 내저었다. 나는 그가 그렇게 다감하고 부드러운 표정을 짓는 것을 오랜만에 보아서 입을 조금 벌렸다.

다정한 눈으로 나를 내려다보던 그가 나직이 말했다.

"알아서 바뀐 게 아니라, 네가 바꾼 거지."

"……."

"사람 하나 사귀는 일에도 가치를 재고 따지던 나를, 원하는 거라곤 하나도 없던 유천영을, 자기를 숨기는 법밖에 모르던 우주인을, 자기는 틀림없이 불행해질 거라고 믿던 권은형을, 자긴 결코 진정한 친구를 사귈 수 없을 것 같다던 반여령을."

나는 눈을 크게 뜨고 가만히 얼어붙은 채 그의 말을 들었다.

"네가 바꾼 거잖아, 네 노력으로."

그렇게 말한 그가 아까의 나보다도 더 울 것 같은 표정을 지었다.

갑자기 그가 다시 입을 달싹여 무슨 말인가를 중얼거렸다. 그러더니 그가 눈만 들어 나를 보았다. 그의 눈 안에서 검은 바다가 일렁이고 있었다.

"어떡하지, 나 지금 너……."

그가 무슨 말을 하기도 전에, 그가 할 말을 알아차린 나는 팔을 내밀어 그를 끌어안았다. 우리 집 현관에서 자주 했던 그 가벼운 포옹은, 은지호가 손을 마주 내밀자 뜨거운 것으로 변했다.

"진짜 어쩌지, 너를……."

내 허리를 안고, 내 어깨에 뜨끈해진 이마를 파묻은 은지호가 어쩔 줄 몰라 하는 목소리로 중얼거렸다.

"네가 내 것이었던 적도 없는데, 널 다른 사람한테 절대로 못 준다는 생각이 드는 게."

그가 물기 어린 목소리로 말을 맺었다.

"머리가 어떻게 돼 버린 것 같아."

정적 속에서 우리는 그렇게 한참을 안고 있었다.

나는 은지호의 등허리를 붙잡은 손에 힘을 주었다.

스킨십에는 꽤 익숙한 편이라고 생각했다. 반여령은 감정이 격해지면 누구든 덥석덥석 안는 편이었고, 주인이야

인사가 포옹일 정도였다. 루다와는 내가 그를 남장 여자로 오해하던 시절엔 자주 편하게 안겨 있곤 했고, 사귀는 사이였던 여단 오빠와는 말할 것도 없다.

은지호의 경우에도 그것은 마찬가지였다.

인터넷 소설에서의 지난 세월을 통해 나는 그가 수려한 얼굴을 불쑥 내밀어도 놀라긴커녕, 웃음이나 터트리는 애가 되어 있었다. 은지호가 이런 내 반응을 내심 못마땅해한다는 것도 잘 안다.

그런데 오늘은 달랐다.

나는 창문으로 쏟아지는 석양빛을 의식하며 내 어깨에 기댄 그의 머리칼을 쓰다듬었다.

주변에 흘러넘친 석양빛이 죄다 그의 감정 같았다. 미처 말에 담지 못한 감정들이 우리 주위로 흩어져 포위하고 있는 것처럼 숨이 막혔다.

그가 나를 껴안고 싶다고 말하기 전부터 나는 그의 마음을 닿을 듯이 선명히 읽을 수 있었다.

어쩌면 이렇게 선명하지? 나는 낮게 중얼거렸다. 어떻게 다른 사람의 감정이 이렇게나 선명하게 느껴지는 걸까. 색채를 가지고 형태를 지닌 것처럼. 사람은 자기가 아닌 남의 마음 같은 건 느낄 수 없도록 되어 있는데. 분명히 그럴 텐데.

그의 떨림이 내게도 옮아 온 것처럼 심장이 두근두근 뛰었다. 이어 심장의 두근거림은 팔을 타고 손끝으로, 뺨과 귀로 옮겨 갔다. 그의 등을 어설프게 감싸고 있는 손가락에서도 맥박이 뛰기 시작했다.

그가 그 사실을 알아차리면 어쩌지 걱정할 즈음, 다행히 그가 먼저 내게서 떨어져 나왔다.

그는 조금 붉어진 것 같은 눈가를 매만지며 말했다.

"내가 삽질하는 거 알면 진작 좀 말해 주지 그랬어."

"네가 삽질하는 건지 내가 진짜로 싫어진 건지를 내가 어떻게 알아?"

내가 억울한 표정을 짓자, 그는 그도 그럴듯하다는 듯 고개를 끄덕였다.

"하긴, 넌 오히려 원작 소설의 내용을 알고 있었으니까 날 의심할 수밖에 없던 거겠지. 내가 널 좋아하는 것에 대해선, 틀림없이 뭔가 잘못된 거란 생각이 들었을 테고."

"그래."

"함단이."

느닷없는 부름에 나는 고개를 들었다. 은지호가 어느새 따뜻해진 눈으로 나를 보며 웃고 있었다.

그가 한 손을 뻗어 내 손을 잡았다.

"넌 진짜 대단한 애야."

"왜 또 그래, 갑자기."

그렇게 말하며 나는 민망한 표정을 지었다. 다른 사람도 아니고 은지호가 내게 대단하다고 말하는 상황이라니, 상상도 해 본 적 없다. 아마 내가 아닌 누구라도, 그에게서 이런 말을 들으면 놀림받고 있다는 생각밖엔 안 들 것이다.

"우리가 소설 속 내용처럼 갑자기 돌아설까 봐 항상 두려웠던 거잖아."

그의 입에서 책을 읽은 듯 나오는 내 마음에 나는 움찔했다.

"그런데도 우리 곁에 남아 준 거고."

"어……."

괜히 민망해진 나는 고개를 돌렸다. 창밖만 노려보던 나는 문득 다시 말을 꺼냈다.

"아니야, 너도 대단해."

은지호가 의아한 듯 한쪽 눈썹을 추켜올리며 나를 보았다. 나는 그에 대고 얄밉게 씩 웃어 보였다.

"네 자유 의지를 확인해 보겠답시고 전교 2등 하던 성적을 단숨에 뒤에서 전교 2등까지 내팽개쳤으니."

"아아."

"내가 너라면 진짜 심장 떨려서 못 해. 야, 게다가 우리 석 달만 있으면 고3이야!"

그렇게 말하며 내가 은지호의 등을 철썩 쳤다. 하지만 은지호는 그런 건 아무 문제도 안 된다는 양 대수롭잖게 말했다.

"그런 건 상관없을 정도로 내가 자유 의지로 어디까지

바꿀 수 있는지가 중요했다니까.”

“진짜 나 때문에?”

나는 은지호가 이루다와의 대면을 굳이 시험 이후로 미룬 것을 떠올리며 물었다. 진심의 여부가 중요하다면 더더욱 시험 이후에 대화할 수밖에 없다고 그랬었지.

그러자 특유의 삐뚜름한 미소를 떠올린 은지호는 내 손을 잡은 채로 걸음을 옮겼다. 사람이 많은 복도로 가기가 무섭게 그는 아무 일 없었다는 듯 빠르게 손을 놓았다.

7반과 가까운 8반 복도로 향하자, 복도에 있던 모두의 시선이 우리에게 꽂혔다. 특히 그 중심에 있던 은형이의 눈빛이 어마 무시했다.

그는 우리를 발견한 즉시 조금 화난 얼굴로 다가오며 외쳤다.

“지호야! 너 대체 어디 갔었던 거야. 루다랑 얘기 끝났으면 바로 돌아왔었어야지.”

“왜? 내가 난생처음 맛보는 실패에 너무 큰 충격을 받았을까 봐 걱정됐어?”

은지호가 평소처럼 웃으며 하는 말을 듣고 나는 슬쩍 이마를 짚었다.

아, 내가 루다의 말을 듣고 실패를 모른다느니 어쩌느니 운운한 거 은근히 앙심 품고 있었구나. 자기 행동이 그런 식으로 비쳐진 것에 화가 난 거야.

하지만 제대로 설명하지도 않고 피해 다니기만 하는데 오해하지 않고 배겨? 내가 슬쩍 그를 향해 다시 눈을 흘기는데, 은형이가 하얗게 굳어진 얼굴로 외쳤다.

"성공이나 실패 같은 게 중요한 게 아니라, 변화가 그 정도 되면 누구라도 무슨 일 있나 걱정해!"

"아, 미안."

은형이가 다른 누구보다도 우리의 변고에 민감하다는 사실을 깨달은 은지호가 빠르게 사과했다.

그럼에도 은형이의 표정은 풀리지 않았다. 잠시 굳은 눈으로 은지호를 위아래로 훑어본 그가 아까보다는 부드러워진 목소리로 물었다.

"뭐가 어떻게 된 거야?"

"아, 그거. 걱정하지 마. 그냥 일부러 찍었을 뿐이니까."

그에 은형이는 물론이고 주위에 몰려 있던 다른 애들도 대번에 황당하다는 얼굴을 했다.

"뭐?"

"입학하고 이제까지 한 번도 전교 2등을 안 놓쳤으니까, 궁금하잖아. 만약 다른 등수를 맞으면 어떻게 되는 건지."

"은지호 쟤도 좀 또라이 아니야?"

그렇게 말한 것은 은형이가 아닌 이 사태를 구경하고 있던 누군가였다.

그는 모두가 자신을 돌아보자 흡, 소리 나게 숨을 삼키더니 재빨리 뒤로 물러났다. 그런 그의 얼굴을 기억하려는 듯 유심히 살펴본 은지호가 다시 고개를 돌렸다.

한편 은형이는 조금 복잡한 듯한 표정인 것이, 아무래도 은지호의 행동에 숨은 의도를 알아차린 것 같았다. 소설 속 설정에서 벗어나면 어떻게 되는지 시험하기 위해 그랬다는 것을.

잠자코 침묵하는 은형이를 향해 은지호가 빙긋 웃으며 물었다.

"너만은 내 말뜻 이해하지? 권은형?"

"지호야."

"응."

은지호와 마찬가지로 화사하게 웃은 은형이가 아침 햇살처럼 부드러운 목소리로 말했다.

"앞으로 일주일 동안, 나한테 말 걸지 마."

"뭐? 아니 잠깐……."

제 할 말만 마치고 휙 돌아서는 은형이에게 은지호가 당황한 얼굴로 물었다.

"우리 이제 곧 축제 준비 기간인데? 그런데 반장이랑 말을 안 하면 어떻게 준비를 하라는……."

"일주일 동안 봐서 그때도 마음에 안 들면 일주일 더 연장이야."

"아, 권은형!"

"네가 천영이가 아닌 걸 다행으로 알아. 천영이였으면 집에 들어오지도 못하게 했어."

아까의 온기는 흔적도 찾아볼 수 없이 냉기 풀풀 날리는 목소리로 쏘아붙인 은형이가 자리를 떠나고 나자, 복도에는 기묘한 침묵만이 감돌았다.

잠시 후, 누군가 그 침묵을 뚫고 중얼거리는 소리가 들려왔다.

"오대천왕의 대장은 사실 은지호도 이루다도 아니고, 권은형 아닐까?"

상당히 신빙성 있는 말이군. 나는 조용히 고개를 끄덕였다.

* * *

학교가 끝나고, 우리는 모처럼 방과 후에 모여 대화를 나누는 시간을 가졌다.

그동안 우리가 너무 편협하게 생각했다는 생각이 들었다. 그러니까, 우리는 우리 자신도 모르게 은지호와 유천영, 둘 중 한 사람만 빠져도 우리 사이에 제대로 된 회의가 이루어질 리 없다고 믿고 있었던 것 같다. 대화는 반드시 그 둘을 대동하고 여섯 사람이 온전히 모여야만이 이루어질 수 있다고.

그러나 생각해 보면 그럴 리 없었다.

주인이가 학교 끝나자마자 바람같이 사라지는 바람에 회의는 주인이 대신 루다를 끼워 다섯 명이서 진행했다. 정확히는 나와 반여령, 은지호, 은형이, 루다 이렇게 다섯 사람이었다.

은형이는 본격적으로 회의에 들어가기에 앞서 나와 은지호를 보며 말했다.

"두 사람 문제는 잘 해결된 거야? 더는 신경 안 써도 되겠어?"

"응, 그냥 서로 오해한 거였어."

내가 한 손을 들어 올리며 말하자 은지호가 턱을 괴며 투덜거렸다.

"그러게 좀 미리 말해 줬으면 되는 걸 말이지."

나는 순식간에 들고 있던 손의 방향을 바꾸어 은지호의 등을 내리쳤다. 그는 조금 움찔했지만 어쨌건 지은 죄가 있어선지 가만히 있었다.

그런 우리 두 사람을 루다가 조금 떨어진 곳에서 복잡한 눈으로 쳐다보는 것이 느껴졌다. 지금 이 상황이 마음에 들지는 않지만, 어쨌건 스스로 벌인 일이므로 감당하겠다고 다짐하는 듯한 눈빛이었다. 나는 그와 눈이 마주친 틈을 타 미안하다는 표정을 지었고, 그는 고개를 내저었다.

그리고 은형이가 입을 열었다.

"그럼 우리한테 남은 문제는 총 두 가지야. 하나는 당연히 천영이에 대한 일.”

그렇게 말한 은형이가 테이블 위에 올려놓은 두 손을 깍지 끼며 가볍게 한숨을 내쉬었다.

은형이와 함께 있자니 단지 방과 후 카페에 모인 것뿐인데도 전교 회의라도 하는 것처럼 느껴졌다.

한 박자 쉰 은형이가 말을 이었다.

“두 번째는 다름이 아니라 주인이 일이야. 주인이가 요즘 이상한 건 맞는데, 아무에게도 상담하지 않으려 하잖아. 지호나 단이 너에게마저도.”

“아, 응.”

나는 고개를 작게 끄덕이곤 생각에 잠겼다.

그러게, 주인이가 속내를 드러내는 사람은 대개 은지호 아니면 나였는데, 이번에는 그렇지 않았다.

그게 의미하는 바는 아마도 두 가지겠지.

하나, 그 고민거리에 내가 연관되어 있거나.

둘, 그 고민거리가 그 스스로 생각하는 악한 면과 맞닿아 있어 내게는 차마 보여 줄 수 없다거나.

어쩌면 둘 다일 가능성도 있고 말이야.

은형이가 루다를 돌아보며 말을 이었다.

“그나마 우리 중에 그것에 대해 조금이라도 들은 사람은 루다뿐인 거지?”

“저기, 일단 한 가지는 알 것 같아.”

그렇게 말한 것은 회의가 시작된 이래로 내내 듣고만 있던 반여령이었다. 우리 모두의 고개가 그녀를 향했다.

"잘은 모르겠지만 사랑 운운한 걸 보면, 주인이를 그토록 복잡해지게 한 사람은 노아리 아니야?"

"노아리? 아아, 전에 별장에 우주인이 데려왔던 그?"

빠르게 되물은 루다가 미간을 좁혔다. 그가 낮은 목소리로 덧붙였다.

"어디서 또 괴롭히기 좋아 보이는 애를 데려왔나 싶었는데."

반여령이 화들짝 놀라며 물었다.

"뭐? 주인이가 그 애 좋아하는 거 아니야? 분명히 접어게임에서."

반여령의 순수한 마음으로는 아무래도 주인이의 좋아하는 방식은 이해하기 어려운 영역에 속하는 듯했다. 그녀에게는 저돌적으로 사랑을 바치거나 마음을 숨기고 맴도는, 두 가지 사람만 있었을지언정 주인이처럼 천천히 조여드는 사람은 없었을 테니까.

주인이가 노아리에게 했던 짓을 떠올리며 나는 복잡한 얼굴을 했다.

나를 원래 세계로 데려갈 생각 하지 말라 협박하는가 하면, 불량품 열쇠고리를 기념품이랍시고 챙겨 주며 그녀의 반응을 시험했지.

그러나 어쨌건 나조차 챙겨 주지 못한 노아리와 가장 많은 시간을 보낸 것은 여름 이래로 언제나 그였고, 그는 노아리를 계속 좋아하고 싶어서 그녀가 작가란 사실을 스스로의 머릿속에서 지우기까지 했었다.

그 감정을 도대체 뭐라고 정의해야 할까?

어쩌면 당사자들조차 모를 것이다.

그때, 상념을 가르고 루다의 목소리가 들려왔다. 나는 다시 고개를 들었다.

"무슨? 걔 그런 애 좋아하잖아. 찌르면 찌르는 대로 솔직하게 반응이 오는 애. 체육 대회 때 끼고 있을 때부터 알아봤어. 하여간 성격 나쁘다니까."

그렇게 말한 다음, 이루다는 돌연 미간을 좁히며 중얼거렸다.

"어라, 잠깐만. 그럼 일단 좋아하긴 하는 건가? 괴롭히기 좋아서 좋아하는 것도 좋아하는 것에 속하긴 하는데."

그때, 은형이가 조용한 목소리로 끼어들었다.

"……난 주인이의 취향이나 연애 방식에 대해선 알고 싶지도 않고 궁금하지도 않지만, 그 전에 주인이가 그 애를 좋아했던 건 확실하다고 생각해."

"왜?"

"안 그래 보여도 벽이 높은 애야. 우리 외의 다른 사람이 어떤 방식으로든 그렇게까지 깊게 영향을 주는 건 본 적이 없어."

"으음."

루다가 침음하며 시선을 떨구는 가운데 나 역시 작게 동의했다. 반여령이 의아한 얼굴로 물었다.

"그렇다면 그게 그 애가 ……라서 그럴 가능성은?"

이루다를 제외한 우리 세 사람은 그녀의 입 모양이 '작가'라고 말하는 것을 보았다. 의미를 알 수 없는 말에 루다는 미간을 좁혔지만, 우리는 재빨리 고개를 내저었다.

내가 말했다.

"아마도 단순히 그런 이유는 아닐 것 같아. 그게 계기가 되긴 했겠지만. 아무튼 그 애는 주인이를 '완전히' 아는 거의 유일한 사람이니까."

이어서 은지호가 말했다.

"하지만 바로 그 이유 때문에 우주인이 그 애를 떠났지. 윤리 의식 없어 보이는 그 녀석한테도 도무지 용서할 수 없는 지점이란 게 있거든."

"나는 주인이가 용서하지 못한 건 아리보다 스스로가 아닐까 싶어."

나와 은지호에 이어 그렇게 말한 사람은 은형이였다. 모두의 시선이 그에게 쏠렸다.

어느새 빈 컵을 손등으로 테이블 구석으로 밀어 놓으며, 그가 말을 이었다.

"아리가 그런 일을 했다는 것보다도, 그런 일에 눈감고 그 애를 계속 좋아하려 한 자기 자신 때문에."

"……."

"하지만 나는 전에 말했다시피, 주인이가 아리를 좋아한다고 해도 전혀 아무렇지 않거든. 오히려 응원하고 싶은 마음이야. 주인이가 누굴 진짜 좋아할 수 있을 거라곤 솔직히 상상하지 못했으니까."

팔짱을 끼고 듣던 은지호가 불쑥 끼어들었다.

"걔 앞에 가서 그런 말 하면 걔는 자기가 널 신경 쓰이게 했다고 생각해서 스스로를 더 혐오할걸."

"내가 걱정하는 게 바로 그 부분이야."

여느 때처럼 부드럽게 대꾸한 은형이는 갑자기 반여령을 돌아보더니 물었다.

"여령아, 너는 어떻게 생각해?"

"어? 어……."

왜인지 다른 생각에 빠져 있던 듯한 여령이가 현실로 돌아와 눈을 깜빡였다.

은형이가 덧붙였다.

"주인이가 그 모든 일에도 불구하고 아리에게 가는 것에 대해서."

"……그 애가 너나 또 다른 누군가의 과거를 불행하게 만들었다고 해도, 그게 그 애가 불행하길 바랄 정당한 이유가 되지 않는다는 건 알아. 아니, 불행해야 마땅한 사람 같은 건 아무도 없어."

여령이는 조금 분한 표정인데도, 은형이는 눈을 내리깔며 도리어 기쁜 듯 웃었다.

"응."

"아리라는 애가 주인이를 원할지는 잘 모르겠지만, 주인이한테 아리가 필요하다는 건 알아. 그러면 내가 말릴 이유가 전혀 없잖아."

"그래."

"아니, 애초에 이건 내가 좋다 싫다를 말할 문제가 아니야. 그럴 권리도 없고. 왜 나한테 갑자기 이런 걸 물어본 거야?"

여령이가 돌연 고개를 들며 억울한 듯 되묻자, 어느새 턱을 괴고 그녀를 지그시 보고 있던 은형이가 대답했다.

"여령이 네 그런 점을 참 좋아해."

"풉."

"콜록."

루다가 마시고 있던 블루 레모네이드를 반쯤 뱉어 냈다. 그의 입가에 한 줄기 파란 액체가 흘러내렸다. 나 또한 고개를 돌리며 콜록콜록 기침을 해 댔다.

간신히 정신을 차린 나는 고개 돌려 반여령의 얼굴을 확인했다. 아니나 다를까 그녀의 얼굴이 곧 터질 듯이 빨개져 있었다.

그때 탕, 소리와 함께 테이블을 때리고 일어난 루다가 외쳤다.

"젠장, 이럴 거면 회의는 너희끼리 해! 아까부터 뭐야? 자기들끼리만 알고 있는 얘기만 해 대질 않나, 이젠 갑자기 고백까지. 야, 내가 네 연애질 봐 주려고 여기 이러고 있는 줄 알아?"

한편 그 말을 들은 은형이는 전혀 짚이는 게 없다는 표정이었다. 그가 무구한 눈으로 루다를 올려다보았다.

"고백이라니? 그게 무슨?"

그러더니 그는 흠칫 놀라서 여령이를 돌아보고는 몹시 당황한 듯 말했다.

"아, 미안. 방금은 이성적인 의미가 아니라 순수하게 친구로서의 의미로 말한 건데, 여령이 너는 불쾌했겠다. 아니, 당연히 불쾌했겠지. 미안해, 내가 배려가 부족했어."

"아니……."

"괜찮아? 내가 여기서 나갈까? 아니면, 자리를 바꿔 앉으면……."

반여령은 여전히 터질 듯 붉어진 얼굴로 아무 말도 못 하고 있었다. 이러다간 여령이가 정말로 풍선처럼 펑 터져 버릴지도 모르겠다고 생각한 나는 황급히 화제를 돌렸다.

"유천영! 유천영에 대한 얘기를 하자."

"아…… 그래."

그에 긴가민가한 눈빛으로 여령이를 유심히 살피던 은형이가 느리게 고개를 돌렸다. 이것으로 됐다고 생각한 나는 안도의 한숨을 내쉬었다.

하지만 이윽고 우리 테이블은 다시 무거운 침묵에 휩싸였다.

그도 그럴 것이, 유천영의 일에 대한 것이야말로 우리로서는 말할 수 있는 게 전혀 없기 때문이었다.

* * *

결국, 우리는 어느 문제 하나 변변한 결론을 내지 못하고 헤어졌다.

그럼에도 불구하고 회의하기 잘했다는 생각이 든 것은, 어쨌거나 모두 함께 모여 얘기를 나눔으로써 우리 사이가 예전처럼 돌아갔다고 느껴졌기 때문이었다. 이 세계가 소설이라는 것이 밝혀지기 이전으로.

이 세계가 소설이건 말건 그런 건 중요하지 않았다. 우리 사이는 여전히 그대로였다. 아니, 정확히는 '우리' 중에서 유천영은 아직 빼야겠지만.

한숨을 내쉬며 가방을 멘 나는 카페 문 쪽을 돌아보고 작게 놀랐다.

"어, 비 오네."

"비? 진짜네. 언제부터 온 거지?"

"차 부를 테니까 타고 가. 어차피 어두워졌으니까 데려다줄게."

고개를 기웃하는 반여령과 나를 향해 말한 은지호가 익숙한 듯 기사님께 전화를 걸었다.

그러는 동안 나는 은형이를 향해 물었다.

"은형아, 너는 어떻게 할 거야?"

"아, 나는 우산 있어."

과연 준비성 만점의 남자. 은형이는 아마 초등학교 때 준비물 같은 것도 한 번도 빼먹어 본 적 없겠지. 나는 맨날 알림장에 적어 놓고 죄다 까먹었는데.

그때 마이를 벗은 루다가 어쩐지 결연한 표정으로 우리에게 말했다.

"그럼 잘 가."

"응, 루다야. 그런데 너 마이는 왜……?"

미심쩍은 얼굴로 묻는 내게 루다가 담담한 목소리로 답했다.

"가끔 비 맞아 줘야 사람이 면역력이 생겨."

"아니, 무슨 소리 하는 거야. 루다 너는 진짜로 생길 수도 있을 것 같긴 하지만 그러지 마."

정색하며 말한 나는 은지호를 힐끗거리기 시작했다. 어쩌지? 한 사람만 더 데려다 달라고 부탁해도 괜찮을까?

그때 은형이가 루다를 향해 우산을 내밀었다.

"뭐야? 이건 네 우산……."

"아, 괜찮아. 내 우산은 따로 있어. 이건 천영이 주려고 들고 다니는 우산이야."

"……네가 무슨 보모냐? 아니면 가정부 로봇?"

은혜를 입고도 감사하긴커녕, 질린 표정을 짓는 루다에게 은형이가 더욱 짙은 미소와 함께 말했다.

"나는 천영이가 과학 기술이 발달한 현대 사회에 태어나서 천만다행이라고 생각해……."

"뭔데. 갑자기 왜 아련해지는데."

"원시 시대에 태어났으면 천영이는 진작 죽었어."

"나도 별로 좋아하는 놈은 아니다마는, 그게 친구가 할 소리냐?"

루다가 질린 표정으로 대꾸하거나 말거나, 은형이는 아련한 표정으로 창밖을 보다가 다시 중얼거렸다.

"아, 정말 걱정이네. 어디서 혼자 비 맞고 다니는 거 아닌가 몰라."

"야, 가자. 앞에 차 도착했대."

때마침 통화를 마친 은지호가 우리 쪽으로 다가와 그렇게 말했다. 우리는 부산스럽게 인사하며 비로소 각자의 방향으로 헤어졌다.

차 안에서 은지호는 우산이 없는 우리 둘을 위해 각각 새

우산을 하나씩 꺼내 주었다. 괜히 장난이 치고 싶어진 내가 '우산 장사해?' 그렇게 묻자, 은지호도 씩 웃으며 돈 내라며 농담을 했다. 그런 그를 보며 평소처럼 열이 받기보다는, 모든 것이 이전으로 돌아갔다는 신호 같아 기쁘기만 했다.

기사 아저씨가 받쳐 주신 우산 아래로 조심히 내린 우리는, 그 즉시 새 우산을 펼치고는 은지호를 향해 손을 흔들었다. 내일 봐! 차가 단지 입구 너머로 사라지고 나서야 우리는 천천히 걸음을 옮겼다.

우산을 털어 내고 현관으로 들어온 나는 우렁차게 인사했다.

"다녀왔습니다."

그러는 나를 향해 부엌에서 나온 엄마가 놀란 얼굴을 했다.

"너 시험 잘 봤나 보네? 모의고사 보는 날인데도 목소리가 이렇게 밝은 걸 보면."

"응, 엄마. 나 저번보다 10등 올랐어!"

기껏 가슴을 펴고 의기양양하게 외쳤는데 어째 엄마의 반응은 썩 좋지 않았다.

애매한 얼굴로 우물쭈물하는 엄마를 보며 나는 미간을 좁혔다. 왜 그러지? 내가 시험을 못 봐도 더 이상 화내지 않겠다고 결심하셨으니만큼, 내가 시험을 잘 봐도 더는 기뻐하시지 않기로 한 건가? 하지만, 나로서는 조금 기뻐해 주시는 편이 동기 부여도 되고 좋은데.

음, 이건 너무 칭찬만 받고 잔소리는 피하려는 심본가? 하긴, 내 인생 내 성격이니 어쩔 수 없지. 멋쩍게 뒷머리를 긁적이던 나는 방으로 들어가려다 부엌에서 흘러나오는 음식 냄새를 맡고 다시 걸음을 멈추었다.

내가 엄마를 향해 돌아서며 물었다.

"엄마, 혹시 저녁밥 했어? 나 밖에서 친구들이랑 밥 먹고 온다고 했는데."

"응? 응."

"엄마도 먹고 들어온다고 했고, 아빠는 회식이라며?"

"단아, 너무 놀라지 마."

엄마가 갑자기 꺼낸 말에 나는 눈을 찌푸리며 부엌을 향해 걸음을 내디뎠다. 도대체 내가 우리 집에서 놀랄 일이 뭐가 있다고.

그러다 식탁에 앉아 젖은 머리를 하고 숟가락을 놀리는 인영을 보고, 나는 놀라서 걸음을 멈추었다.

멍하니 있던 내 입에서 한참 만에 한마디가 굴러떨어졌다.

"야."

나는 손가락을 들어 정면을 가리키며 말했다.

"네가 왜 여기 있어?"

그는 최근 며칠간 종적을 감추었던 유천영이었다.

그는 내 물음에 대답하는 대신, 젓가락으로 반찬을 집으며 태연하게 딴소리나 했다.

"시험 잘 봤어? 축하해."

지금이 그런 거 축하할 때야? 나는 어이없어하며 말했다.

"아니, 지금 내 시험이 중요한 게 아니고……."

"너한테는 시험 중요하잖아."

유천영이 특유의 푸른 눈으로 나를 보며 당당하게 하는 말에 나는 잠시 말문이 막혔다. 그야 중요하긴 하지만…….

"우리 학교 성적 올리기 힘들잖아."

"아니, 그런데 지금 그런 게 중요한 게 아니고……."

도대체 뭐라고 해야 할지 몰라 침통한 표정을 짓고 있던 내가 무의식중에 대꾸했다.

"너 이번에 전교 등수 망한 거 알고는 있냐……."

그에 대답한 것은 유천영이 아닌 우리 엄마였다. 옆에 의자를 끌어다 놓고 밥 먹는 유천영의 모습을 흐뭇하게 지켜보던 엄마가 눈을 동그랗게 뜨고는 되물었다.

"어머, 진짜? 천영아, 왜 그랬어?"

그 물음에 나는 황급히 손을 내저었다.

"아니, 얘 진짜 실력은 아니고, 시험 자체를 안 봐서."

"아, 나는 또."

내 대답을 엄마가 대수롭잖게 넘기자 나는 미간을 좁혔다. 왜 저렇게 너그러우시담?

턱을 괸 엄마가 웃으며 말했다.

"요즘 드라마 끝나서 차기작 찾는다고 바쁘구나? 〈검은 비〉 엄청 성공했으니까 제의도 이것저것 들어올 테고 말이야. 그렇지?"

"……네."

잠시 석연치 않은 침묵이 흐른 뒤, 유천영이 느리게 고개를 끄덕였다. 나는 눈을 가늘게 뜨고 그런 그를 바라보았다.

아무래도 저거 거짓말 같은데? 진실이었다면 대답하는 데 1초도 걸리지 않았을 것이다.

그러자 엄마는 본격적으로 눈을 빛내며 궁금했던 것들을 묻기 시작했다.

"그러고 보니까 아줌마 인터넷에서 소식 봤는데, 예린이랑 같은 소속사 들어갔다며? 예린이 때문에 들어간 거니? 둘이 많이 친해?"

"네."

"그렇구나. 촬영장 분위기 좋았겠다."

"엄마! 나 유천영이랑 얘기 좀."

그 무렵 결국 참을 수 없어진 나는 유천영의 손목을 잡아챘다. 마침 밥그릇을 비운 유천영은 '잘 먹었습니다.' 하고 우리 엄마에게 꾸벅 고개를 숙이더니, 순순히 나를 따라 방으로 들어왔다.

방문을 철컥 닫은 나는 잠시 숨을 고르다가 고개를 들었다. 분명 그가 마지막으로 우리 집에 온 지 2주가 안 되었는데도, 내 방 한가운데 있는 그의 모습이 몹시 낯설게 느껴졌다.

마치 텔레비전이나 포스터 속에서 불쑥 빠져나온 사람을 보는 것만 같았다.

무거운 정적 속에서 마침내 내가 입을 열고 말했다.

"학교는 왜 안 나온 거야? 오늘 모의고사였는데."

"안 가겠다고 했어."

안 가겠다고 했다고? 나는 미간을 좁혔다. 물론 유천영네야 은지호네와는 달리 놀라울 만큼 자유방임주의임을 알고는 있지만. 설마 모의고사 날까지 학교에 안 보낼 줄은 몰랐는데.

내가 말했다.

"그래도 모의고사는 봐야지. 이제 2학년도 얼마 안 남았는데."

그러자 잠시 눈을 내리깐 유천영이 담담하게 말했다.

"나한테 그런 건 별로 중요하지 않다는 거 알잖아."

"그야…… 그렇지만."

나는 망설이다 일단 수긍했다. 하지만 내 머릿속은 혼란으로 가득 찼다.

유천영한테 심지어 모의고사도 별로 중요한 게 아니었단 말이야? 그럭저럭 구색은 갖추기에 신경은 쓰는 줄 알았는데.

내가 허탈해하며 물었다.

"대체 너한테 중요한 게 있긴 하냐."

반쯤 중얼거리듯 했는데도 용케 그 물음을 들었는지, 유천영이 나를 보며 대답했다.

"있어. 일단은 너."

그러자 다시 침묵이 찾아왔다.

나는 들려오기가 무섭게 흩어지는 그의 말을 붙들려 애쓰다가, 고개를 내젓곤 컴퓨터 쪽으로 향했다. 컴퓨터 의자에 털썩 앉은 나는 침대 쪽을 손짓했다.

그가 침대 가장자리에 순순히 앉기가 무섭게 내가 말했다.

"난 네가, 나한테 꼼짝없이 화난 줄 알았어."

"왜?"

유천영은 전혀 모르겠다는 얼굴이었다. 나는 그의 천연덕스러움에 감탄하는 한편, 약간의 억울함을 느끼며 대답했다.

"내가 숨기고 있던 비밀이 결코 사소한 게 아니었으니까."

"아."

잠시 침묵하던 유천영이 대답했다.

"사소한 게 아니긴 했지."

"그런데?"

"전에 말했잖아. 남한테 중요한 것이 나한테도 중요하다는 보장은 없다고."

"그건 그런데……."

"나는 상관없어."

내가 아무런 대답이 없자, 유천영이 아까보다 단호해진 목소리로 말했다.

"나는 아무런 상관 없어."

지그시 입술을 깨물며 고개를 든 나는 유천영이 어떤 얼굴을 하고 있는지 자세히 살폈다. 과연, 그의 눈빛은 그가 몇 주 전에 별장에서 내게 보내던 것과 완전히 같았다.

한참 그를 노려보던 나는 마침내 온몸에서 힘이 빠져 털썩 주저앉아 등받이에 기댔다. 유천영이 갑자기 실 끊긴 인형처럼 힘이 풀린 나를 의아하게 보았다.

나는 허탈하게 웃으며 말했다.

"아……. 나 지금까지 대체 뭐 한 거래."

묵묵히 듣는 유천영의 앞에서, 나는 두 손으로 내 얼굴을 감싸며 중얼거렸다.

"대체 지금까지 뭘 걱정한 건데, 나는……."

나로서는 허무해질 수밖에 없었다. 은지호도 유천영도, 결코 내가 생각했던 그런 이유로 내게서 등 돌렸던 게 아니었다.

가장 두려운 비밀을 들킨 대가가 고작 이거라니. 며칠간의 침묵과 사소한 오해. 이럴 거였다면 차라리 우리가 만났던 몇 년 전에 미리 밝혀 두는 게 훨씬 낫지 않았을까?

내가 아는 이들 중 내 예상과 같이 반응한 이들은 하나도 없었다. 그게 좀 다행이기도 하고, 한편으로는 내가 이들을 이렇게 몰랐나 싶어 어이없기도 하고.

마침내 완전히 긴장이 풀린 나는 의자 등받이에 깊숙이 몸을 기대며, 지금까지 궁금했던 것들을 거침없이 물었다.

"화도 안 났으면서 그때는 왜 인사도 안 하고 갔어?"

두어 번 눈을 깜빡인 유천영이 태연히 대답했다.

"권은형을 그 애랑 떨어뜨려 놔야 한다는 생각에 마음이 급했어. 걔는 괜찮다고 말해도 절대로 괜찮은 게 아니니까."

"그럼 연락은 왜 안 했는데?"

"권은형한테서 들었을 줄 알았는데."

그가 지그시 인상을 쓰며 대답했다. 내 질문에 불쾌해진 것이 아니라, 단순히 싫은 기억을 떠올린 탓인 듯했다.

한숨을 쉰 그가 덧붙였다.

"장우 삼촌한테서 사람이 왔어."

"본가가 아니라?"

"뭐?"

유천영이 퍼뜩 고개를 들고 물었다. 나는 작게 고개를 기울이며 대답했다.

"은형이는 본가랬는데."

"거기서 엇갈렸나 보네."

유천영이 다시금 인상을 쓰며 말했다.

"아무리 권은형이라고 해도 사람 얼굴을 모조리 기억하진 않을 테니까."

"아, 하긴."

나는 수학여행 당시 유천영이 제주도에 데리고 왔던 어마 무시한 수의 경호원들을 떠올리며 말했다.

유천영네 평소에 상주하는 경호원들만 그 정도라고 하면, 고용인들까지 합친 숫자가 얼마일지는 가늠이 안 됐다. 은형이의 그 좋은 머리로도 다 기억하지 못할 만했다.

내가 다시 물었다.

"그런데 그거랑 연락 안 되고 번호도 바꾼 거랑은 무슨 상관이야?"

"아, 계약 문제 때문에."

"계약 문제?"

"회사에서 사생활을 엄격하게 관리해서."

"회사라는 건, 얼마 전의 그……?"

내가 조심스럽게 묻자, 그가 고개를 끄덕였다. 그 모습을 본 내 머릿속은 한층 더 복잡해졌다.

나야 유명한 연예인들에 대해서만 어느 정도 알 뿐, 그들의 소속사에 대해서는 무지한 편이었다. 더군다나 그 대상이 유명 3대 기획사도 아니고, 컬쳐팝임에야 더더욱 그럴 수밖에 없었다.

나는 아이들에게서 들은 정보를 떠올리며 천천히 입을 열었다.

"왜 하필 컬쳐팝이야? 컬쳐팝 너랑 별로 안 맞지 않아?

내가 듣기로는, 상업적인 성격이 되게 강한 회사라고들 하던데."

"음……."

유천영이 드물게 말끝을 흐리며 내 시선을 피했다.

내가 말을 이었다.

"게다가 너는 사생활 관리나 그런 것도 잘 안 맞을 것 아니야. 너부터가 되게 자유롭게 살아온 편이고."

"사실 그렇긴 해."

마침내 유천영의 입에서 수긍의 말이 흘러나왔다.

내가 물었다.

"그럼 대체 왜?"

"일단은, 장우 삼촌이랑 컬쳐팝 대표님이 친분이 있어."

그가 잠시 뜸 들이다 꺼낸 말에 나는 속으로 놀랐다. 그렇구나, 하긴. 그분도 직업상 당연히 여러 업계 사람들과 만나 왔을 테고, 친분이 있다고 해도 놀랍진 않군. 하지만 그것만으로는 여전히 유천영이 거기 들어갈 이유로 마땅치 않은 것 같은데.

그때, 유천영이 다시 말했다.

"그리고…… 예린 선배가 제안해서."

의외의 대답에 나는 놀라서 물었다.

"친해?"

"친해졌어."

그래? 그 모든 것에 미련 없다는 것처럼 굴 땐 언제고? 왠지 모를 서운함을 느낀 나는 그의 어깨를 툭 치며 대답했다.

"그땐 촬영장에 친한 사람 없다며."

유천영이 오해 말라는 듯 그 즉시 대답했다.

"너희만큼 친한 사람은 없어."

"그래도, 따라서 회사도 갈 정도면 꽤 많이 친해진 거 아니야?"

"……."

내가 놀림조로 물은 말에 뜻밖에도 침묵이 찾아왔다. 어라, 말실수를 했나? 나는 입을 다물었다.

그때, 유천영이 다시 입을 열었다.

"아무튼, 그래서 앞으로 연락이 어려워질 수도 있어. 새로운 연락처가 생기면 다시 전해 주긴 할 거야. 내가 직접 하든, 권은형 통해서 하든."

나는 아쉬움을 삼키고 얼른 고개를 끄덕였다.

"응, 알았어. 어쩔 수 없지 뭐. 그보다도, 이제 촬영 끝났으니 학교는 전보다 자주 나오는 거야?"

"그것도 잘 모르겠어."

"언제는 연기 그만두겠다더니?"

그렇게 말한 나는 흠칫했다. 만약 그가 연기를 그만두지 않는 것이 그 자신의 흥미로 말미암은 것이라면 마땅히 축하해야 하겠지만, 나는 그게 아닐 가능성을 이미 전에 떠올리지 않았나?

그는 나를 좋아하기 때문에 연기를 그만두겠다고 했다.

즉, 그가 나를 더 이상 좋아하지 않는 한 그는 연기를 그만둘 이유도…….

멍하니 넋을 빼놓고 있던 나는 유천영의 말에 다시 정신을 차렸다.

"지금도 연기가 너보다 중요한 건 아니야."

그 말에 퍼뜩 고개를 든 나는 유천영의 눈을 마주 보았다.

언제나 그렇듯 한 치의 이지러짐도 없이 올곧게 뻗어 오는 시선을 보자마자 알 수 있었다.

나에 대한 그의 마음은 조금도 변하지 않았구나. 심지어 그런 일을 겪고 나서도.

말보다도 선명히 그 사실을 전해 오는 눈빛에, 괜히 쑥스러워진 나는 시선을 떨구었다.

내가 바닥을 내려다보며 답했다.

"애초에 사람도 아니고, 그런 거랑 경쟁하려고 들지는 않아."

무슨 '일이야, 나야?'도 아니고. 내가 중얼거리듯 덧붙이자, 비로소 유천영의 입가에 옅은 미소가 번졌다.

그런 그를 골똘히 바라보던 내가 다시 물었다.

"그치만 이상하긴 하다."

"뭐가?"

"난 네가 여러 사람에게 둘러싸여서 하는 일을 오래 할 거라고는 생각해 본 적이 없거든. 게다가 철저한 자기 관리와 사생활 관리까지 뒤따르다니."

"……."

젖은 머리카락 아래로 나를 보는 그의 눈빛이 조금 짙어졌다.

나는 그의 이마에 달라붙은 머리칼을 떼어 주려 손을 뻗으며 물었다.

"너무 무리하고 있는 건 아니지? 외삼촌 때문이든, 무슨 다른 이유 때문이든."

시간이 멈춘 것처럼, 내게서 시선을 떼지 않던 유천영이 그제야 입술을 달싹였다.

"……어."

"그럼 됐어."

나는 무심히 대답했다.

유천영이 어련히 알아서 잘하겠지. 혹시나 해서 물어보긴 했지만 그는 애초에 '무리한다'는 표현이 전혀 어울리지 않는 사람인 데다, 외부 환경에 굴복할 사람조차 아닌걸.

그는 누군가를 궁지에 모는 것도, 누군가에 의해 궁지에 몰리는 것도 전혀 어울리지 않는 성정의 사람이었다.

그래서일까, 그는 언제 어디서나 항상 여유가 있었다. 은지호의 완벽주의조차 그에게는 없었고, 고로 내부의 요인으로도 외부의 요인으로도 그를 필사적으로 만들긴 불가능했다. 그 말은 즉, 그에겐 두려운 것조차 없다는 것과 같았다.

약점이 없는 사람.

그런 생각을 하며 그의 젖은 머리칼 끝을 매만지던 나는 그가 아무 말이 없자 퍼뜩 정신을 차렸다. 내가 현관 쪽을 가리키며 말했다.

"아, 그렇지. 너 온 김에 반여령도 만나 보고 갈래? 여기까지 왔으면 당연히 그래야지. 걔도 너 많이 걱정하던데."

그렇게 말하며 핸드폰에 손을 뻗는 나를 그가 다급히 제지했다. 그가 말했다.

"잠깐만."

나는 어리둥절해하며 물었다.

"왜?"

"반여령한테 내가 여기 온 거 말하지 마."

"뭐?"

"권은형한테도. 다른 애들한테도 전부."

"은형이도 아직 안 만난 거야?"

내가 믿을 수 없다는 듯 묻는 말에 유천영은 고개를 끄덕였다.

도대체 이게 어떻게 된 거람? 미간을 찌푸리는 내게 그가 말했다.

"권은형한테 연락하면 어떤 식으로든 본가나 장우 삼촌에게 연락이 갈 것 같았고, 은지호한테는 은한수 회장님이, 우주인한테는 나라 누나가 있어. 그리고 반여령한테도 유명한 친척들이 많은 건 물론이고."

"아."

확실히, 여령이와 여단 오빠는 친척들이 불렀다며 명동이나 강남의 무슨 브랜드 론칭 행사에 자주 참석하곤 했다.

그런데도 두 사람 정도면 꽤 평범한 축에 속한다고 생각했다니, '평범함'에 대한 내 기준에 무슨 일이 일어난 걸까.

새삼 충격에 빠져 있던 내게 유천영의 말이 다시 들려왔다.

"그럼 난 가 볼게."

"뭐? 잠깐, 벌써?"

나는 퍼뜩 고개를 들고 그렇게 말했다.

벽에 걸린 시계를 돌아보니 그가 우리 집에서 나와 만난 지는 고작 한 시간 정도가 지나 있었다. 정말로 우리가 만나서 한 거라고는 밥 먹는 것 구경하기와 아주 짧은 대화가 전부였다.

그런데 벌써 간다고? 입을 벌리고 멍하니 올려다보는 내게 유천영이 자리에서 일어나며 말했다.

"차기작은 정해지면 권은형 통해서 전해 줄게. 사실, 그보다도 기사를 통해 듣는 게 빠르겠지만."

그리고 그가 잠시 머뭇거리다 덧붙였다.

"그래도 나는 네가 인터넷에 내 이름 쳐 보는 건 싫어."

"왜? 내가 너한테 또 거리감 느낄까 봐?"

"아니."

한 손을 든 그가 엄지로 내 뺨을 가볍게 쓸었다.

"거기 있는 나는 진짜 내가 아니라서."

"……."

"네가 그런 거짓된 정보는 안 접했으면 좋겠어."

몇 마디 말로 내 혼을 쏙 빼놓은 그가 거실로 나가 신발을 신었다. 제자리에 멍하니 서 있던 나는 황급히 그를 따라 나갔다.

엄마는 그새 안방으로 들어갔는지, 다행히 거실엔 아무도 없었다.

내가 지켜보는 가운데 묵묵히 신발 끈을 묶은 그가 나를 보고는 다시 말했다.

"안녕."

"내가 인터넷에 네 이름 쳐 보는 게 싫으면, 그러지 않아도 얼굴 볼 수 있게 자주 좀 와."

나는 부러 부루퉁한 목소리로 대꾸했다. 그러자 유천영 입가의 미소가 더욱 짙어졌다.

"노력은 할게."

성의가 영 느껴지지 않는 대답과 함께 그가 문을 열었다.

기다렸다는 듯 아파트 복도에서부터 번져 오는 쉿내와

비 비린내에 나는 얼굴을 찡그렸다.

왜 유천영과는 자꾸 비 오는 날의 추억만 만들게 되는지 모르겠다. 이러다가 비만 오면 자동 반사적으로 그를 떠올리게 된다면, 그건 꽤 괴로울 것 같은데. 언제고 그가 비 올 때마다 나를 만나러 올 수 있진 않을 테니까.

그런 생각에 빠져 있던 나는 뒤늦게 말했다.

"조심히 들어가."

그러나 그는 이미 엘리베이터 쪽으로 사라져 버린 뒤였다.

복도 난간 너머 밤하늘 위로 흰 빗금을 연신 긋는 빗줄기를 보던 나는 문득 중얼거렸다.

"아, 맞다. 재 또 우산 없이 그냥 나간 것 같은데."

재 진짜 챙겨 주는 사람 없으면 아무것도 못 하는 거 아니야? 내가 초등학교 때 준비물 알림장에 적어 놓고도 안 가져간 것 정도는 그에게는 예삿일일지도 몰라. 그런 생각을 하며 나는 허둥지둥 신발장에서 장우산을 꺼내어 엘리베이터를 탔다.

그러나 내가 아파트 1층 로비로 내려갔을 때, 환히 전조등을 켠 차 한 대가 아파트 입구 앞을 가로막듯 서 있었다. 당연한 듯 그 안에 올라타는 익숙한 뒷모습을 본 내가 중얼거렸다.

"본가에도 행선지를 비밀로 했는데 차를 가져왔다고?"

그럼 도대체 저건 누구 차지?

여러모로 미심쩍긴 했지만 어쨌든 유천영이 제 발로 차를 타는 건 봤으니, 아마 납치는 아닐 터였다.

하긴, 일과 관련된 사람일 수도 있고, 아무튼 아는 사람이겠지. 유천영도 은근히 나 모르는 영역에서 발이 넓은 편이니까.

"차 가져왔으면 말을 하지. 그러면 비 맞으면서 갈 거라고 걱정 안 했을 텐데."

그렇게 투덜거린 나는 그새 습기 때문에 축축해진 머리를 털며 집으로 향했다.

* * *

"천영아, 너 이러면 진짜 곤란하다."

유천영이 컬쳐팝으로 들어가며 그를 새로 전담하게 된 매니저, 김주완이 말했다.

유천영은 별다른 반박 없이 고개만 까딱했다.

"죄송합니다."

"에휴……."

팔꿈치를 창문에 기대고 그대로 침묵에 빠진 유천영을 잠시 흘겨보던 김주완은 순순히 차를 뺐다.

다른 곳도 아닌 발해 2세라고 해서 싸가지가 없어도 제대로 없을 줄 알았는데, 오히려 상당히 순한 놈이 걸렸다.

말이 없는 성격인 데다, 그렇다고 남에게 떠드는 것을 바라지도 않으니 편했고, 시키는 것도 일절 없이 대부분 스스로 하는 편이었다.

다만 가끔 푸른 눈 안에서 일렁이는 빛을 보면 보기보다 성깔이 없진 않은 것 같은데, 그것을 자신보다 약자에게 풀며 희열을 느끼는 저속한 취미도 없었다.

요컨대 요즘 시대에 흔치 않은 품위 있는, 거기까지 생각하고 김주완은 잠시 스스로의 표현에 감탄했다. 그래, 품위 있는 성격이었다.

하기는, 재벌 2세이니 오죽 인생 편하게 살았겠어. 스스로의 바닥을 볼 일이 없으니 품위가 절로 생길 만도 하지. 그렇게 생각하며 핸들을 꺾은 주완이 말했다.

"그래도 그렇지 설마 진짜로 예린이 말대로 여기 있을 줄은 몰랐다."

그 말에 무표정하게 창밖을 향해 있던 푸른 눈이 이쪽으로 굴렀다.

"예린 선배가 말하던가요?"

푸른 눈에서 느껴지는 서슬 퍼런 예기에 잠시 어깨를 움찔 떨었던 주완이 대답했다.

"그래, 이 아파트 이름까지 친히 불러 주며 여기 앞에서 기다리면 나올 거라고 하더구나. 긴가민가했지만 속는 셈 치고 기다렸는데, 설마 진짜로 나올 줄이야."

"네……."
"도대체 여긴 왜 왔던 거야? 누구 집이기에."
김주완의 말을 툭 끊고 유천영이 조수석을 가리키며 말했다.
"주완 형, 전화."
"아."
그는 핸드폰을 유천영에게 던져 주었다.
"이거 네 업무용 전화. 받아라, 마침 예린한테서 온 거다."
순순히 핸드폰을 연 유천영이 입을 떼었다.
"여보세요."
[사람이 왜 그렇게 뻔해?]
"……."
핸드폰을 열자마자 날아온 말에 유천영이 잠시 인상을 썼다. 그런 그에게 예린이 다시 말했다.
[이래서는 내가 협조해 주기로 한 보람이 없잖아. 이렇게 허술해서야, 채 한 달이 안 돼서 세상 모든 사람이 다 알게 될걸?]
"그땐 내가 알아서 할 테니 걱정 안 해도 돼."
유천영이 담담히 대답했다. 그러자 수화기 너머의 목소리가 기분 나쁜 듯 높아졌다.
[아, 그래? 그런 주제에 도대체 내 협력은 뭐 하러 구하셨을까?]

"용건이나 말해."

[용건? 그런 거 없어. 그냥 내 예상이 정말로 맞아떨어졌나 확인 겸 전화한 거지.]

"확인했으면 이만 끊어."

[이런 식으로 굴면 앞으로 재미없어질 거란 거 알지?]

유천영은 제 쪽에서 통화 종료 버튼을 누르려던 것을 그만두고 짧게 한숨을 내쉬며 창밖을 보았다.

통화를 지속하는 그의 태도는 몹시 무성의했다. 운전석에서 힐끔힐끔 그 모습을 보던 김주완이 완전히 질려 버릴 정도였다.

잔뜩 찌푸린 회색 하늘을 바라보며 유천영은 생각에 잠겼다.

본래 그를 협박하는 일 따위는 그 누구라도 불가능했다. 그는 애초에 두려워하는 것이 없는 사람이었으므로.

그가 가진 대부분의 것은 그의 것이 아니라 그의 형제나 혹은 부모님의 것이었고, 따라서 그는 애초에 공격 대상이 될 수도 없었다. 원하면 못 이룰 것도, 석연치 않은 비밀 따위도 그에겐 없었다.

그러나 내리는 비에도 상할까 봐 두려워지는 상대가 생긴 뒤로, 모든 것이 바뀐 것은 어쩔 수 없었다.

예린의 맥락 없는 말들을 잠자코 듣고 있던 유천영이 문득 물음을 던졌다.

“협력의 대가로 바라는 게 뭐야?”

[아주 간단해.]

수화기 너머에서 대답이 돌아왔다.

[나는 가진 게 없는 사람이고, 너는 내가 이제껏 한 번도 본 적이 없을 정도로 가진 게 많은 사람이거든.]

“…….”

[그래서 나는 너를 가지고 싶어.]

제59조. 인터넷 소설 여주인공에게 후진이란 없다

인터넷 소설 여주인공에게 후진이란 없다

내가 유천영을 다시 보게 된 것은 텔레비전에서였다.

그는 최근 가장 유행하는 핸드폰 기종이 한 통신사 한정으로 선보인 딥 블루(Deep Blue) 컬러 광고 모델로 발탁됐다.

여느 때처럼 텔레비전을 보며 밥을 먹다 말고, 갑자기 화면이 까매지면서 나타난 익숙한 인영에 나는 숨을 죽였다. 푸르스름한 빛에 휘감긴 유천영이 온몸의 힘을 빼고 심해로 천천히 가라앉고 있었다. 불시에 뒤통수를 맞은 것 같은 충격이 찾아왔다.

유천영이 심해의 바닥에 닿자, 그가 있는 곳으로부터 실뱀처럼 흔들거리며 피어오른 파란 아지랑이가 온 화면을 뒤덮는 데서 광고는 끝났다.

엄마는 아무런 대사 없이도 근사한 광고였다며 연신 칭

찬했지만, 나는 내심 불만이었다. 기왕 광고를 찍을 거라면 왜 상승하는 이미지가 아닌 추락하는 이미지를 택한 걸까? 아무리 표현해야 하는 컬러 이름이 딥 블루(Deep Blue)였다고는 해도, 추락하는 이미지는 일반적으로 불길하다고 해서 꺼려지지 않나?

그러고 얼마 안 있어 택배로 딥 블루 컬러 핸드폰이 도착했다. 보낸 사람은 없었지만, 나는 그냥 그것을 쓰기로 했다. 누가 보냈는지 짐작 안 가는 것도 아니므로. 엄마는 이럴 줄 알았으면 좋은 핸드폰 사 주지 말 걸 그랬다고 몹시 아쉬워했다.

드라마에서의 역할과 실제 사람 사이에 아무 연관이 없다는 걸 알아도, 드라마에서 서럽게 우는 배우를 보면 '상당히 슬픈 일이 많은 삶을 살았나 보다' 하는 생각을 자연스레 하게 되기 마련이었다.

그것과 비슷하게, 나는 그 광고를 보고부터 유천영에게 무슨 일이 있을 거라는 불안감을 지울 수가 없었다.

하지만 은형이는 축제 준비로 너무 바쁜 데다, 하루에 유천영과 마주치는 시간도 길지 않아 그의 최근 상태가 어떤지 거의 모르는 것 같았다. 그런데 내가 물어보면, 안 그래도 바쁜 은형이를 괜히 신경 쓰이게 하지 않을까?

그런 고민 속에서 나는 코앞으로 다가온 축제를 준비했다.

축제가 이틀 정도 남자 학교에서는 축제 준비를 핑계로

오후 수업을 거의 하지 않았다. 나는 복도를 걷다 말고, 여령이와 마주쳐 그녀가 든 짐을 나누어 드는 중이었다.

물론 여령이가 보기와는 달리 무시무시한 괴력의 소유자라는 것을 알고는 있지만, 박스를 다섯 단쯤 쌓고 들고 가는 모습을 보면 누구라도 제발 도울 수 있게 해 달라고 부탁하고 싶어진다.

그녀가 들고 있던 상자 중 두 개를 건네받은 내가 그것을 품에 안고 천천히 걸으며 말했다.

"그럼 너도 아직 유천영한테 연락받은 거 없어?"

"응, 없지 아마?"

"걔 진짜로 거의 아무한테도 연락 안 되는 모양이네. 특히 여자한테는."

한숨을 내쉰 나는 더 말하려다 복도 맞은편에서 걸어오는 은형이를 발견했다. 여령이를 힐끗 곁눈질한 내 얼굴이 굳었다.

아이고, 또야.

여령이가 자기를 볼 때마다 얼굴을 붉히거나, 고장 난 로봇처럼 행동이 이상해지는 게 전부 자기를 싫어해서 그런 거라고 착각하는 은형이도 문제다, 문제야.

나는 작게 한숨을 쉬며 은형이에게 인사했다.

"은형아, 안녕."

"어, 단아. 안녕. 여령이도."

그가 잠시 걸음을 멈추었다. 내가 물었다.

"너희 반에 가? 방향 반대지 않아?"

"아니, 난 잠깐 1학년 쪽에. 아까 1층에서 오다가 마주쳤는데 너무 짐이 많은 것 같아서."

그의 말을 듣고 나는 옆을 보았다.

은형이의 옆에서 체구가 작은 여학생이 흘러내린 머리카락을 연신 귀 뒤로 넘기며 어쩔 줄 몰라 하고 있었다.

나는 속으로 감탄했다. 오, 되게 귀엽게 생겼네.

우리 학교는 인터넷 소설에 나오는 학교라 그런 건지 어째선지는 모르겠지만 유난히 미남 미녀의 비율이 높았다. 물론, 소설의 주연에 비할 바는 아니라지만.

아무튼 눈앞의 이 여자애가 은형이에게 한눈에 호감을 가진 것은 틀림없는 사실로 보였다. 하긴, 나는 고개를 주억거렸다.

나도 난생처음 기억 상실과 납치의 위험에 수시로 시달리는 반여령이 처음으로 부럽다고 느꼈던 때가 은형이를 만나고서였으니까.

은형이의 사소한 배려, 그거 정말 마약 같지……. 한 번 익숙해지면 절대 예전으로 돌아갈 수 없다고. 당사자를 눈앞에 두고 그런 생각이나 하던 나는 뒤늦게 정신을 차렸다.

내가 웃으며 말했다.

"앗, 미안. 내가 잠깐 생각이 많아져서. 무거울 텐데 내가 너무 시간 많이 뺏었다. 잘 가."

"응. 너희도 무거워 보이는데 조심해서 들고 가."

그렇게 말한 은형이가 덧붙였다. 아니면 그냥 복도에 두고 기다리고 있으면 내가 다시 와서…… 그의 말을 자른 나는 단호히 고개를 내저었다. 자기가 무슨 짐꾼인 줄 알아.

"은형이 너 너무 너 자신을 혹사하는 거 아니야? 너야말로 계속 다른 사람 도와주러 다니지 말고 좀 쉬어."

"하하, 잘하는 게 이런 것밖에 없어서."

"무슨 소리야. 네가 잘하는 것보다 못 하는 걸 찾는 게 더 빠를 텐데. 이렇게까지 완벽하면 남들한테 안 미안해? 응? 세상 혼자 사는 기분은 어때?"

내가 그의 옆구리를 계속 쿡쿡 찌르며 장난을 치자 기어이 그의 입에서 웃음이 터졌다. 이윽고 웃음을 추스른 그는 1학년 여학생과 함께 복도 저편으로 향했다.

그가 계단 쪽으로 멀어지는 것을 보던 나는 다시 고개를 돌려 반여령을 보았다.

전날 치킨을 먹고 세수도 안 하고 자도 히말라야 설산처럼 반짝반짝 빛나는 그녀의 얼굴이 눈에 띄게 어두워져 있었다.

그녀를 빤히 보던 내가 불쑥 물었다.

"반여령."

"어, 응!?"

그녀가 왜인지 무척 당황해하며 대답했다. 내가 그녀에게 톡 쏘아붙였다.

"너 지금 기분 안 좋지."

"어…… 어떻게 알았어!?"

"내가 그 이유 알려 줄까?"

"뭔데?"

울 것 같은 표정이 된 반여령에게 잠시 복도를 둘러본 나는 단호하게 말했다.

"너 그거 은형이 좋아하는 거야."

그러자 여령이의 미간이 곧바로 일그러졌다.

그 모습을 보며 나는 마음을 다잡았다.

분명 믿을 수 없다느니 말도 안 된다느니 하는 소리를 하려는 거겠지? 지금까지 누구를 좋아해 본 적도 없는 데다, 앞으로도 누구를 좋아할 예정이 없던 반여령이라면 당연히 그러겠지!

하지만 내가 약 한 달 가까이 관찰한 결과, 이것은 틀림없는 사실이었다. 나도 우리의 5년 우정이 걸린 일을 확신도 없이 말하진 않는다고.

그때, 고개를 든 반여령이 단호한 얼굴로 말했다.

"그랬구나."

"뭐?"

나는 멍하니 굳어졌다. 그런 내 앞에서 반여령이 혼자 고개를 주억거리며 중얼댔다.

"그래, 그게 아니면 답이 없어."

"아니, 잠깐. 여령이 너, 내가 무슨 말 하는지 이해한 거야?"

"그럼?"

내 물음에 그녀가 오히려 이상한 소리를 한다는 듯 날 보며 눈썹을 찡그렸다. 그러더니 내가 무슨 말을 하기도 전에 방금 은형이가 사라진 모퉁이를 향해 고개를 돌렸다.

"은형아!"

모습이 보이지 않는지라 설마 들릴까 싶었는데, 다행히 그는 아직 멀리 가지 않았던 모양이었다. 모퉁이 너머 계단 아래쪽에서 대답이 윙윙 메아리쳐 들려왔다.

"왜!?"

"나 너 좋아하나 봐!"

반여령의 갑작스러운 외침에 나는 푭 하고 헛기침을 터트렸다.

도대체 얘가 뭐라는 거야? 아무리 마음이 급해도 그렇지 이렇게 공개적인 장소에서! 다급히 주위를 둘러본 나는 오가는 사람이 없다는 걸 깨닫고 안도의 한숨을 내쉬었다.

반여령의 고백이 불러온 정적은 쉽게 깨지지 않았다. 왠지 으스스한 느낌에 팔을 감싸고 기다리던 나는 계단 쪽에서 돌연 우당탕하고 뭔가 구르는 소리와 함께 날카로운 비명이 날아오는 바람에 놀랐다.

"꺄아악!"

"뭐야, 무슨 일이야?!"

다급히 외치며 달려간 나와 반여령은 모퉁이를 돌자마자 나타난 광경을 보고 입을 벌렸다.

＊ ＊ ＊

나와 여령이 앞에 앉은 은형이가 평소와 다름없는 태도로 말을 꺼냈다.

"전에 뼈가 다 안 붙었었나 봐. 하긴 2주 만에 제대로 붙을 리가 없는데. 그때 나았다는 소리를 듣고 너무 빨리 석고 깁스를 빼 버린 게 잘못이었을 거야."

"은형아."

애써 차분한 목소리로 말을 잇는 그를 내가 불렀다. 그가 회녹색 눈동자에 나를 담으며 다정하게 물었다.

"응?"

"나…… 웃으면 때릴 거야?"

내가 한 손으로 파들파들 떨리는 입꼬리를 감추며 묻자, 은형이가 여전히 다정한 눈으로 나를 바라보며 대답했다.

"단아."

"응."

"당연히 아니지. 내가 널 어떻게 때려?"

그가 온화하게 웃으며 하는 말에 내가 다시 말했다.

"그럼 나 웃어도……."

"주인이를 보고 나는 배웠어."

그가 갑자기 내 말을 자르자 나는 고개를 들고 그를 보았다. 왠지 불안한데, 이거.

"……사람을 굳이 때리지 않고서도 괴롭게 하는 방법이 얼마든지 있다는 걸."

"제발 그런 거 배우지 말아 주라."

내가 금세 꼬리를 내리고 비굴한 미소를 띠자, 은형이는 다시금 화사한 미소를 지었다.

그 나무랄 데 없는 웃음을 보며 나는 생각했다. 요즘 은형이가 나날이 무서워지고 있다고 느끼는 건 내 착각일까?

그런 내 옆에서 여령이가 기어들어 가는 목소리로 말했다.

"으…… 미안해."

그러자 은형이가 지금까지 날 향하던 시선을 들어 여령이를 보았다.

내 옆에 앉은 여령이는 두 손을 무릎 사이로 가지런히 모은 채 불안하게 덜덜 떨고 있었다. 그런 여령이의 손에는 방금 약봉지로 접은 쪽지가 고이 들려 있었다.

이곳은 예전 은형이의 팔에 금이 갔을 때도 한 번 온 적이 있던 병원이었다. 그러니까 사건의 진상을 말하자면 이랬다.

여령이의 말을 듣던 당시, 계단을 내려가던 중이었던 은형이는 그만 예상치 못한 말에 화려하게 발을 헛디디고 말았고, 그 결과 계단에서 굴러떨어져 다리가 부러지고 말았다.

사실 그렇게 높은 계단에서 굴러떨어졌는데 다리가 부러진 정도면 천만다행이라고 의사 선생님께서는 말씀하셨지만, 아무래도 나와 여령이는 동의할 수 없었다.

그도 그럴 게, 하필 굴러떨어진 이유가 반여령의 고백을 듣고서라니. 코미디도 이런 코미디가 따로 없었다.

그때, 은형이가 한숨 섞인 목소리로 말을 꺼냈다. 나는 퍼뜩 눈을 들어 그를 보았다.

"미안하긴 뭐가 미안해. 그냥 내가 발을 헛디딘 것뿐인데."

"그럴 줄 알았으면 네가 계단에 있지 않을 때 말할 걸 그랬어."

"아니, 평지에 있었어도 나는 아마……."

거기까지 말한 은형이가 문득 말을 멈추었다. 그러더니 은형이는 머쓱한 듯 목덜미를 매만지다가 고개를 돌렸다.

나는 그런 그의 모습을 생경하게 바라보았다. 말을 하다 멈추고 얼버무리는 것도, 저런 모습도 평소의 은형이에게서는 흔히 볼 수 없는 것이었다. 여령이의 고백이 은형이를 적잖이 동요시킨 게 틀림없었다.

갑자기 불쑥 떠오른 생각에 나는 치마 밑단을 쥐었다. 어라? 잠깐. 이거 지금 완전히 성사될 분위기 아닌가?

근 몇 달간 나를 그토록 마음고생시켰던 반여령과 은형이의 관계에 마침내 마침표가 찍히는 걸까? 아니, 마침표이자 시작점? 아무렴 어때. 나는 두 주먹을 움켜쥔 채 속으로 아침 드라마 볼 때 못지않게 신나서 외쳐 댔다.

고백해! 고백해! 잘됐으면 좋겠다! 이미 잘된 것 같다!

그때 기다렸다는 듯 은형이의 입이 열렸다.

"여령아."

"응."

"네가 날 좋아한다고 한 건."

더없이 차분한 얼굴로 그가 말을 이었다.

"……당연히 친구로서 하는 말이지?"

나는 순간적으로 죽상을 했다.

아마도 내가 지금 계단을 오르고 있었다면, 이번에 굴러 떨어지는 사람은 내가 됐을 것이다.

은형아, 왜 잘 나가다 삐끗하고 그래. 여령이가 설마 친구로서 좋아한다는 말을 그렇게 비장하게 하겠냐고.

나는 혹시나 여령이가 상심했을까 염려되어 그녀를 돌아보았다. 그러나 다행히 여령이는 여령이였다.

눈 하나 깜짝하지 않고 그녀가 대답했다.

"아니? 친구로서 한 말 아닌데."

"그럼 사람 대 사람으로서……."

"……뭐라고 표현하든 상관없어."

여령이가 약봉지를 쥐고 있던 두 손에 힘을 주며 대답했다.

"다른 누구와도 비교할 수 없을 만큼 네가 좋아. 이제까지 내가 겪어 보지 못한 유일한 방식으로."

"그 말은……."

말문이 막힌 듯한 은형이 옆에서 나 역시도 말을 잃었다. 반여령 너 진짜 할 때는 하는구나.

막상 자기 마음을 깨닫고 나자 그녀는 누구도 따라올 수 없을 만큼 직설적이었다. 꼭 새로 밝혀 낸 법칙을 설명하는 과학자 같았다. 자기 마음에 한 치의 의심이나 부끄러움도 없이 저토록 당당하게 말하다니.

그런 여령이를 복잡한 눈으로 보던 은형이가 마침내 입을 열었다. 그가 왜인지 슬픈 눈이라고 생각했을 때, 그의 말소리가 내 귀에 닿았다.

"여령아."

"응?"

"너 지금 착각하고 있는 거야."

그러자 정적이 찾아왔다.

내가 어쩔 줄 몰라 눈만 굴리는 가운데, 번쩍 정신을 차린 반여령이 화난 얼굴로 말했다.

"아니, 착각하는 거 아니야."

"넌 지금 동정심과 사랑을 헷갈리는 거야. 내가 알아."

"아니……."

"진짜야. 여령아. 내 말 믿어."

한 손을 뻗어 여령이의 어깨를 짚은 그가 차분히 말했다.

"너 이런 식으로 나랑 사귀게 되면 정말로 후회해."

"후회 안 해! 난 널 진짜 좋아하니까."

"그게 아니라니까, 여령아."

은형이가 답답하다는 얼굴로 말했다. 그에 은형이를 뚫어져라 바라보던 여령이가 입을 뗐다.

"왜 내가 널 좋아하는 게 내 착각이라고 생각하는데?"

"그건, 난 네가 좋아할 만한 사람이 아니니까."

"그거야말로 말도 안 되는 이유잖아!"

버럭 외치는 여령이 앞에서 은형이가 애써 표정을 가다듬으며 말했다.

"그리고 이유는 하나 더 있어. 네 마음의 변화는 너무 갑작스러우니까."

"그건……."

비로소 말을 잃은 여령이에게 은형이가 애써 차분히 말했다.

"너는 불과 한 달 전까지만 해도 나한테 네가 나를 좋아하는 건, 아니, 다른 누구라도 좋아하게 되는 건 불가능하다고 말했어. 그렇지?"

"……."

"그런데 이제 와서 네가 날 좋아한다는 건 말이 되지 않아."

"……아니야."

바닥만 노려보던 여령이의 입에서 침울한 목소리가 툭 굴러떨어졌다. 이윽고 더욱 단단해진 목소리가 흘러나왔다.

"갑자기 말을 바꾼 건 미안해. 그래도, 내가 지금 하는 말은 거짓말 아니야."

"그러면 여령아, 생각해 보자."

여령이의 어깨를 짚은 은형이가 다정하게 말했다. 흡사 유치원 선생님이라도 되는 듯한 태도였다.

"너는 언제부터 나에 대해 그런 마음을 품게 됐는데?"

"그건……."

나를 힐끗 보고는 잠시 머뭇거린 여령이가 더듬더듬 대답했다.

"이 세계가 소설 속이란 게 밝혀지던 그때, 네가 그 애에게 나를 네 앞으로 데려다줬으니 완전히 원망할 수는 없다고 말한 그때부터."

"거봐. 여령아."

은형이는 부드럽고도 단호한 말투로 대꾸했다. 나는 반쯤 넋이 나간 채 이어진 그의 말을 들었다.

"네가 날 좋아한다고 느끼게 된 건."

그가 차분히 말을 이었다.

"내 삶에서 좋았던 게 너 말고는 거의 없었다는 걸 인정한 순간이야."

"아니야, 그런 게……."

"그런데도 이게 동정심이 아니라고 확신할 수 있어?"

여령이는 입술을 깨문 채 아무런 말도 하지 못했다.

누가 보면 은형이의 논리에 휘말려 할 말을 잃은 것이라 생각하겠지만, 내가 보기엔 아니었다. 여령이는 지금 은형이가 그런 말을 스스로 하게 만든 것에 죄책감을 느끼고 있는 것이었다.

그런 그녀를 다정한 눈으로 내려다보고 있던 은형이가 입을 열었다.

"여령아, 나는 진짜 괜찮아. 네가 날 평생 좋아하지 않아도 괜찮으니까."

그가 담담히 덧붙였다.

"제발 나한테 가질 수 없는 것을 가질 수 있을 것처럼 말하지 마."

그 말만으로 우리를 정적에 몰아넣은 은형이가 아무 방해 없이 말을 이었다.

"다른 사람들은 희망을 보면 가슴이 벅찰지도 모르지만 나는."

"……."

"누군가 또 날 가지고 못된 장난을 치는구나 싶어 겁부터 난단 말이야."

그리고 눈을 든 그는 석상처럼 굳어진 우리를 향해 애원하듯 말했다.

"그러니까 여령아, 제발."

더는 그런 말 하지 않을 거지? 그가 여령이의 뺨을 매만지며 낮게 말하자, 반여령은 입술만 깨물었다.

마침내 그녀의 고개가 낮게 위아래로 흔들렸다. 그 모습을 본 나는 조용히 손을 들어 이마를 짚었다.

아이고, 이건 또 무슨 일이래.

나는 반여령이 자기 마음을 깨닫고 고백하기만 하면 은형이는 눈물을 흘리며 고개를 끄덕이고, 그렇게 한 커플이 맺어질 줄 알았다.

그러나 그건 은형이의 상처와 그간 겪은 일들을 너무 가볍게 본 거지.

나는 한숨을 푹 내쉬었다.

정말이지, 세상에 쉬운 일이 하나 없다.

* * *

축제 전날, 우리 반은 구조물 설치가 주를 이룬 탓에 키 크고 힘센 애들이 설치를 도맡고, 나머지 애들은 분장 소품 준비를 하고 있었다. 그 와중에 나는 분장도 바느질도 제대로 못 한다고 반에서 쫓겨났다.

나 참, 사람이 손재주 좀 없을 수도 있지. 그리고 분장이

나 바느질을 못 한다고 해서 내가 다른 데도 쓸모가 없을 거라고 생각하다니, 그거 완전 일반화 아니야? 물론 나는 다른 것도 다 못 하는 거 맞지만.

이미 상당 부분 준비를 마친 우리 반 교실이 붙어 있기 싫은 모습인 건 사실이었다. 벽과 창문을 빈틈없이 메운 검은 도화지 위로, 보기만 해도 찝찝한 걸쭉한 붉은 액체가 잔뜩 흩뿌려져 있었다.

하여간, 김 쌍둥이 미술 재능은 알아줘야 해. 그쪽을 향해 감탄 어린 시선을 보내던 나는 8시 30분을 가리키는 시계를 확인하고는 천천히 교실 문을 열었다. 어디 보자, 적당히 30분쯤 지나서 돌아오면 되겠지.

문을 열자마자 환한 복도가 나를 반길 줄 알았는데, 그러긴커녕 교실만큼이나 어두워서 깜짝 놀랐다. 이윽고 가슴을 쓸어내리며 한숨을 쉰 내가 중얼거렸다. 아, 정작 우리 반이야말로 낮부터 창문을 도화지로 붙여 둔 탓에 지금 세상은 밤이라는 걸 완전히 까먹고 있었네.

주머니에 두 손을 쑤셔 넣은 나는 창밖을 우두커니 보다가 중얼거렸다.

"김혜힐 남친인가 하는 그 애는 지금쯤 학교에 없으려나."

어두운 걸 싫어한다고 했으니 말이지.

그 애가 고등학교 3학년 때도 야자를 안 할 것을 생각하면 조금 부럽긴 하지만, 한편으로는 안타깝다는 생각도 들었다.

걔는 축제 전날에 이렇게 다 같이 학교에서 밤새우는 추억 같은 것도 없을 거 아니야. 그러다 말고 다시 고개를 내저은 내가 중얼거렸다.

“아니지, 그래도 중학교 졸업부터랬으니까.”

그러면 중학교 때 이미 그런 추억은 충분히 쌓았을 테니 필요 없을지도 모르겠군. 아니, 그것보다 내가 왜 갑자기 남의 처지를 동정하고 있는 거야? 더군다나 잘 아는 애도 아닌데.

“이런 것도 완전 무례야. 정신 차리자.”

단호하게 중얼거린 나는 화재경보기에서 뿜어낸 붉은 불빛과 다른 반에서 쏟아진 불빛으로 희미하게 빛나는 복도 안으로 한 발을 내디뎠다.

바로 옆인 7반 안은 불이 환했다. 안이 시끌벅적하고 떠드는 소리가 들려오는 것을 보면 뭔가 하고 있는 것 같긴 한데, 뭘 하는지는 그러고 보니 듣지를 못했군.

비밀인 건 이해하지만 이제 축제 하루 전이니까 슬슬 가르쳐 주지 않을까? 하루 전에 알아봐야 따라 할 수도 없는 노릇이고 말이야.

그렇게 생각하던 나는 마침 창문 가까이에 반여령이 붙어 있는 것을 보고 창문을 톡톡 두드렸다. 나를 발견하고 두 눈을 동그랗게 뜬 반여령이 창문을 활짝 열었다.

"갑자기 여긴 왜 왔어? 무슨 일로?"

나는 부러 불쌍한 표정을 지으며 대답했다.

"나 교실에서 쫓겨났어."

"쫓겨나? 왜?"

"할 줄 아는 게 없어서. 사실 그냥 내가 내 발로 나왔어."

어깨를 으쓱이며 머쓱하게 웃은 내가 물었다. 나 들어가도 돼? 반여령은 주변 애들을 둘러보며 양해를 구하는가 싶더니 뒷문을 활짝 열었다. 아, 다행이다.

"자, 들어와."

"와, 이게 뭐야?"

이동 수업 때 얼굴을 익힌 애들과 눈인사를 하던 나는 평소와 딴판이 된 7반 교실 안 모습에 놀라 눈을 휘둥그레 떴다.

책상들로 교실 벽이나 모퉁이를 가로막아 카운터처럼 만든 좁은 공간 안에 각 학생들이 한 사람씩 들어가 있었다.

여령이가 쾌활하게 웃으며 말했다.

"우린 올림픽 하기로 했어! 이 교실에 오는 사람이 도전자가 돼서 여기 이 다섯 사람 중에 세 사람을 이기면 돼. 도전비는 오백 원이고 성공하면 만 원을 돌려줘."

"흐음."

"도전받는 사람은 일정 시간을 두고 바뀌어. 도전 종목도 바뀌고. 도전받는 사람이 잘하는 걸로."

잠자코 듣던 내가 말했다.

"아하, 하긴. 도전받는 사람도 축제 때 돌아다니긴 해야 하니까. 혼자서만 구경 못 하는 건 너무 서럽지."

"응, 응."

여령이가 동의하는 것을 들으며 나는 주변을 살폈다.

예상은 했지만 도전받는 사람 중에는 은지호와 주인이, 은형이와 여령이가 끼어 있었다. 그야 7반 입장에서는 이 네 사람이 나서 준다면 그만큼 이득이 없으니까.

반여령을 돌아본 내가 다시 물었다.

"각각 종목이 뭔데?"

"은지호는 농구."

그녀는 손을 뻗어 칠판에 나란히 붙은 두 개의 골대를 가리켰다. 아하, 용도가 뭔지 궁금했는데 이거였구만. 여령이가 손가락을 하나하나 접으며 말을 이었다.

"주인이는 암산. 은형이는 팔씨름."

"너희 반 돈 안 내주기로 했구나. 적당히 해, 그러다 무서워서 아무도 안 올라."

그 말에 씨익 웃은 여령이가 다시 말했다.

"그리고 나도 팔씨름."

"응? 팔씨름이라고?"

"음? 왜?"

천진하게 고개를 기웃거리는 반여령을 보다가 나는 말없이 고개를 끄덕였다. 아하, 의외성을 노리겠다 이거군. 게

다가 반여령의 힘은…….

반여령의 괴력에 얽힌 수백 가지 일화들을 떠올린 나는 다시 고개를 끄덕였다. 아니, 반여령이야말로 은형이보다 더 많은 돈을 벌어다 줄지도 모른다.

그리고 나는 조심스레 건의했다.

“이름을 7반 올림픽이 아니라 공개 처형으로 바꾸는 건……?”

내 딴에는 무척 진지하게 한 말이었는데, 반여령은 당장 크게 웃음을 터트리는 것이 아무래도 농담으로 알아들은 눈치였다. 그녀 뒤에서 공감 어린 눈빛을 보내는 7반 애들의 모습에 나는 깨달았다. 혹시 연습 상대로 희생된 게 너 희들이니? 안됐구나.

그들에게 조용히 힘내라는 몸짓을 보내 준 나는 연습 게임 한번 해 보란 제안을 모조리 물리치고 교실을 나왔다. 나는 아직 내 자존심을 지키고 싶어…….

8반 교실로 돌아온 나는 반의 분위기가 왜인지 한차례 싸늘해진 데 놀랐다. 어, 뭐야. 누가 창문 열었나? 아니면 에어컨이라도? 위를 올려다보고 바람이 불지 않는다는 것을 확인한 나는 뒷목을 긁적이며 생각했다. 이거 왜 이래.

혹시 나만 농땡이 피워서 화났나 하는 생각이 얼핏 들었지만, 자신의 쓸모를 인정받지 못해 빈 책상 근처에 삼삼오오 모여 떠드는 애들은 한둘이 아니었고, 고로 내 탓이 아니었다. 그럼 뭐지?

그때, 누군가 말하는 소리가 들렸다.

"아니, 웃자고 한 말인데 왜 그래."

나는 눈을 가늘게 뜨고 소리가 들려온 쪽을 쳐다보았다.

짙게 탄 피부에 키가 껑충 큰 그는 이상윤이었다. 일전에 내게 매점에서 주인이와 노아리의 사이를 캐물은 장본인이기도 했다. 그리고 그에 맞서는 상대는…….

나는 고개를 돌렸다. 검푸른 눈을 서늘하게 빛내고 있는 그녀는 다름 아닌 김혜힐이었다.

아니, 이게 어떻게 된 일이야? 혹여나 그녀가 이상윤의 덩치에 겁이라도 먹을까 걱정이 된 나는 주춤주춤 그녀의 곁으로 다가갔다. 하나 가까이서 보니 그런 건 기우였던 모양이었다.

김혜힐이 듣는 사람 고막에 서리라도 낄 것 같은 목소리로 말했다.

"너는 사람 공포증이 웃자고 한 말이야? 네가 지한이가 어둠 속에서 떠는 걸 보면 그런 말 안 나올걸."

"아니, 그러니까 떤다고 해서 계속 떨지는 않을 거 아니야? 계속 떨다 보면 언젠가는 진정되는 때가 오지 않을까?"

"너는 더운 곳에 계속 있다 보면 어느 순간 안 덥니?"

그 말에 이상윤은 꿀 먹은 벙어리가 됐다. 그것도 잠시, 그가 미간을 찌푸리며 투덜댔다. 아, 진짜 예민하게 왜 저래.

"아무리 그래도 그렇지 이상하잖아. 어두운 학교를 싫어한다니."

"그게 뭐가 어때서? 너는 무슨 일이 있었는지도 모르잖아."

"그러는 너는 알아?"

이상윤의 눈이 흥미로 반짝였다. 김혜힐은 말할 가치도 없다는 듯, 팔짱을 풀더니 휙 돌아섰다.

뒷문으로 성큼성큼 걸어가는 그녀를 보고 이상윤이 뒤에서 외쳤다. 야, 김혜힐! 그러나 이미 그녀는 복도로 나가고 난 뒤였다.

잠시 정적이 흘렀다. 그 정적을 깬 것은 같은 반 친구의 얼굴에 열심히 붓질하고 있던 김혜우였다.

"야, 왜 김혜힐 성질을 건드리고 그래. 너 때문에 내가 김혜힐 몫까지 두 배로 붓질해야 하잖아."

"아, 별거 아닌 말에 그렇게 화낼 줄 내가 알았냐."

이상윤이 투덜대는 말에 대꾸한 것은 의외로 다른 누구도 아닌 이루다였다.

"그러니까 네가 우리 반 여자애들 반 이상이랑 척을 졌지."

"……."

이상윤이 입을 다물고 고개를 돌리는 모습을 보며 나는 감탄했다. 오, 꽤 세게 나가는데.

이상윤이 특유의 조심성 없는 행동과 흥미 본위의 태도 때문에 특히 여자애들과 척을 진 것은 사실이었다. 다른 누구도 아닌 루다가 그 사실을 콕 집어 말할 줄은 몰랐지. 하긴, 루다는 여자애들이랑도 사이좋으니까.

그때 윤정인이 '일하자, 일해.' 하고 말하면서 분위기는 다시 원점으로 돌아갔다.

저마다 놓았던 장비를 다시 들거나 붓을 움직이는 와중, 나는 어디선가 으득 하고 이 가는 소리를 얼핏 들은 것도 같았다.

* * *

어차피 내일 축제겠다, 오늘 집에 일찍 가 봐야 공부도 안 될 것이 분명하므로 나는 축제 준비가 끝나자마자 카페로 향했다.

물론 은지호와 은형이, 여령이도 함께였다. 주인이는 오늘도 빠지겠다고 했는데, 나는 그게 무슨 이유에선지 도무지 알 수가 없었다.

"우리랑 같이 있는 것만으로 죄책감을 느끼는 건지도 모르지."

그 주제로 계속 토론을 하며 카페에 들어설 무렵, 은지호가 그런 의견을 제시했다.

내가 의아해하며 되물었다.

"뭐? 누구한테?"

"아마도 노아리한테."

"왜?"

"우리랑 같이 있으면 즐겁기야 하겠지만, 결국 그토록 좋아하는 우리조차 노아리 그 애가 만들어 준 게 아니겠냐."

"아."

"증오할 거면 그 애가 만든 것을 누리지 말든가, 그 애가 만든 것을 누리려면 그 애한테 감사하든가 해야 하는데 둘 다 하지 못하는 거지."

"그거 꽤 일리 있다."

최근에서야 주인이가 유난히 엄격한 도덕률을 가지고 있음을 알게 된 나는 그렇게 말했다. 어쩌면 그는 본인이 다른 사람처럼 양심을 지닌 존재라는 것을 믿을 수 없기 때문에, 스스로에 대한 감시를 더욱 철저히 하는 건지도 모르겠다.

그때 카운터에서 돌아온 여령이가 말했다.

"단아, 여기 네가 말한 메뉴 단종 됐대. 다른 거 시키라는데."

"아, 진짜? 잠시만."

나는 보고 있던 핸드폰을 테이블 위에 엎어 놓고 그녀를 향해 달려갔다. 그때, 내 핸드폰을 유심히 쳐다보던 은지호가 불쑥 물었다.

"너 핸드폰 바뀌었네?"

"어? 어."

괜히 못된 짓을 하다 들킨 기분이 된 나는 찔끔하며 대답했다. 그에 눈을 가늘게 뜬 은지호가 대답했다.

"며칠이나 됐어?"

"사, 삼 일."

"누가 준 건지는…… 색깔 보면 알겠고."

"하하, 하."

"너한테 이런 거 주러 올 시간은 있으면서 우리 만나러 올 시간은 없대?"

그제야 나는 어색한 웃음을 거두고 말했다.

"아니야, 만나서 받은 거 아니야. 나도 택배로 받은 거야."

"아무튼. 왜 너한테는 주고 나한테는 안 주냐 이거지."

투덜거리는 은지호의 발목 뒷부분을 슬쩍 걷어찬 은형이가 말했다.

"지호야. 지금 그거 진심으로 하는 소리니, 설마?"

은지호는 고개를 돌리며 대답을 피했다. 그에 가볍게 한숨을 내쉰 은형이가 우리더러 얼른 가 보라는 손짓을 했다. 문득 그의 메뉴를 듣지 못했다는 것을 떠올린 내가 물었다.

"은형아, 너는 뭐 시켜 줄까?"

"아, 나는 따뜻한 아메리카노면 됐어."

"오케이."

대답하며 카운터로 가다 말고 내가 문득 반여령에게 말했다.

"그러고 보니까 여령아, 은형이 작년부터인가 왜인지 따뜻한 아메리카노밖에 안 먹는다."

"응? 어, 그러게. 그러고 보니."

"여름인데도 따뜻한 아메리카노 시키는 거 보고 내가 얼마나 놀랐었는데."

예전에는 아이스 아메리카노를 곧잘 먹었던 것 같은데, 무슨 이유가 있는 걸까? 그렇게 생각하며 나는 멀리서 천장 조명에 온화하게 빛나는 은형이의 얼굴을 힐끔힐끔 보았다.

자리로 돌아온 나는 결국 궁금함을 참지 못하고 물었다.

"은형아, 너 왜 작년 여름쯤부터인가 계속 뜨거운 아메리카노만 마시는 거야? 여름에도 그랬잖아."

"아."

특별한 질문은 아니라고 생각했는데, 은형이의 볼이 어째선지 붉어졌다. 그의 모습을 본 나는 고개를 기울였다.

"잠 깨려면 아이스가 낫지 않아? 아니, 나는 그냥 궁금해서. 나는 겨울에도 아메리카노는 아이스로밖에 안 마시거든. 물론 커피 맛이 잘 안 느껴져서 그런 거긴 한데."

"너 진짜 쓴 거 어지간히 싫어한다."

은지호가 하는 말을 무시한 내가 은형이를 빤히 올려다

보았다. 내 시선을 받은 은형이는 어깨를 움찔움찔하다가, 끝내 입꼬리를 스르르 내리며 한숨을 내쉬었다.

"으음, 그게."

"응."

"여령이가 작년에 카페에서 아르바이트할 때 뜨거운 아메리카노를 줬었는데."

뭐야? 여기서 여령이가 왜 나와? 나는 반여령을 퍼뜩 돌아보았다. 마침 반여령 역시 은형이를 돌아보고 있었다.

은형이가 민망하기 짝이 없다는 목소리로 말을 맺었다.

"그냥 그 이후로 왠지…… 뜨거운 아메리카노를 마시면 위로받는 듯한 느낌이 들어서, 아니 내가 무슨 말을."

그렇게 맥락 없이 말하는 은형이의 모습은 처음이었다. 심지어 은지호마저 자연재해를 목격한 것 같은 모습으로 은형이를 보는 가운데, 은형이는 귀를 붉게 물들이며 손을 휘휘 내저었다. 이 와중에도 얼굴은 전혀 붉어지지 않은 것이 신기했다.

은형이는 귀만 붉어지는 스타일이구나, 내가 그런 생각을 하는 사이 은형이가 말했다.

"아무튼 잊어 주라. 으, 내가 진짜 무슨 말을 한 거람. 정말 민망해 죽겠……."

"나 진짜 어떡해."

옆에서 튀어나온 목소리에 나는 퍼뜩 고개를 돌렸다. 은지호 역시 고개를 돌리는 그때, 반여령이 자동 응답기처럼 경직된 목소리로 말했다.

"나, 은형이 네가 너무 좋아."

"야, 반여령!"

나는 다급히 외치며 그녀의 팔을 잡아당겼다. 너 은지호한테 들키면 틀림없이 놀림당한다며 숨기겠다고 말한 게 언제인데, 갑자기 웬 공개 고백이야?

그러나 반여령은 내 말이 들리는 기색이 아니었다. 아무런 표정 없던 그녀의 얼굴이 이윽고 빠르게 일그러졌다.

그녀가 울 것 같은 얼굴로 더듬거리며 말했다.

"어, 어떻게 이걸 착각해? 어떻게 이런 느낌을 착각해? 이런 건 착각할 수 있는 게 아니잖아. 난 진짜로 널 좋아하는데. 그런데 넌 왜 착각이라고만 말해?"

"아니, 잠깐만. 일단 진정해, 여령아."

은형이가 두 손을 내밀어 여령이의 어깨를 조심스럽게 감쌌다. 그 무렵, 심상치 않은 신파의 기운을 감지한 사람들이 우리 테이블을 힐끗거리는 것이 느껴졌다.

여령이가 울 것 같은 얼굴로 다시 외쳤다.

"누구랑 입 맞춰도 괜찮겠단 생각 든 것도, 껴안아도 괜찮겠단 생각 든 것도 이게 처음인데! 그런데 이게 왜…… 으읍."

"여령아, 제발 일단 진정해."

아예 두 손을 내밀어 여령이의 입을 필사적으로 막은 은형이가 말했다. 그렇게 말하는 은형이의 귀에서는 금방이라도 붉은 물이 뚝뚝 떨어져 어깨를 적실 것만 같았다.

팔짱 끼고 그 모습을 멀뚱히 구경하던 은지호가 문득 나를 보더니 물었다.

"나 없는 새 일이 아주 재미있게 돌아가고 있었네?"

분명 내가 은지호의 앞에서는 말하지 말라며 반여령을 말리려던 것을 본 게 분명했다.

하, 하하. 내가 어색한 웃음을 흘리는 가운데, 씨익 웃은 은지호는 등받이에 몸을 깊숙이 기대더니 말했다.

"나는 둘이 못 사귄다에 한 표."

"야!"

그 말을 들은 내가 의자 밑으로 그의 발을 살짝 걷어찼다. 살짝 얼굴을 일그러트리는 그에게 내가 말했다.

"초를 쳐도 칠 게 따로 있지."

"뭐 어때, 내 연애도 잘 안 되는데."

그리고 나른히 턱을 괸 은지호가 덧붙였다.

"나 요즘 물귀신 심리란 걸 드디어 이해하고 있거든. 누구 말마따나, 지금까진 실패를 안 해 봐서 몰랐던 모양이야."

"야! 너 진짜."

내가 버럭 외치던 그때, 갑자기 은지호의 어깨가 빠르게 움츠러들었다. 그러더니 그가 눈물 맺힌 눈으로 나를 노려보았다.

“야, 너 발을 밟아도 정도가 있지.”

“어? 아니, 나 아무것도 안 했는데.”

그렇게 말한 나는 은지호의 눈물 맺힌 검은 눈을 뚫어져라 보았다. 빛이 들지 않았을 때는 단순히 검은색이라고만 생각했는데, 은은한 조명 아래에 있는 데다 물기까지 맺힌 그의 눈은 몹시 예뻤다. 안에서 자주색, 푸른색 광채가 이리저리 이지러지고 있었다. 주변 사물들이 반사되어서 그런 것 같았다.

아니, 그런데 은지호 진짜 우는 모습 예쁘다. 왜 최유리가 얘 우는 얼굴을 보려고 우리를 납치했는지 조금 알 것 같기도…… 그런 어이없는 생각을 하던 나는 옆에서 들려온 목소리에 고개를 돌렸다.

여느 때처럼 빙긋 웃은 은형이가 말했다.

“내가 밟았어.”

“…….”

그러자 잠시 북풍 같은 침묵이 휘몰아쳤다.

그 뒤로는 완전히 개판이었다.

반여령이 ‘나 너 좋아한다니까.’ 하고 앵무새처럼 말하고, 귀가 터질 듯이 붉어진 은형이가 ‘알았으니까 여령아, 제발 그 말 좀 그만.’ 하고 애원하고, 은지호가 둘 사이에 간간이 ‘망해라.’ 하며 추임새를 넣고.

그사이에 껴서 나는 이런 생각을 했다. 음, 다른 사람 연애에 끼진 말란 말이 이래서 있는 거였군…….

이거야말로 진정한 진흙탕이었다.

그날 밤, 나는 집으로 돌아가 핸드폰을 쥐고서 주인이에게 연락을 할지 말지 고민했다.

그는 최근 우리와 거의 어울리지 않으니까 은형이와 여령이 사이에 일어난 일에 대해 전혀 모를 것이 분명했다.

그가 오늘 있었던 일을 들으면 무슨 반응을 보일지 몹시 궁금했다. 배를 잡고 깔깔 웃을지, 은지호더러 질투는 추하다며 비웃을지.

하지만 한편으로는 그가 우리 앞에 제 발로 나타날 때까지 기다려야 한다는 생각도 들었다. 그전에 나서 봐야 그를 억지로 웃게 할 뿐이라는 생각.

"으음, 어쩐다."

핸드폰을 손안에서 굴리며 맥없이 중얼거리던 나는, 문득 진동이 울리자 화들짝 놀라 화면을 내려다보았다.

뜻밖에도 화면에 찍힌 이름은 '노아리'였다.

그러고 보면 그녀에게서 연락이 온 것도 오랜만이었다. '그날' 이후로도 노아리와 나는 간간이 메시지만 주고받고 있었으나 의례상일 뿐이었고, 그마저도 어느 날을 기점으로 뚝 끊겨 있었다.

게다가 문자도 아닌 전화라니? 나는 의아해하며 통화 버튼을 눌렀다.

"여보세요? 아리야?"

[네, 언니.]

"오랜만이다. 웬일이야? 전화를 다 하고."

그동안 연락하지 못한 게 미안해서 나는 부러 목소리를 높였다. 대답하는 노아리의 목소리는 담담했다.

[저도 언니 목소리 들은 지 오래된 것 같아서 전화했어요.]

"아, 그렇지. 벌써 2주 가까이 됐으니까. 축제 준비는 잘 끝났어? 오늘이 마지막 날이잖아. 밤새우는 반도 많다더라."

[아, 저희 반은 그냥 카페 해요. 그런데 준비 인원도 별로 안 필요하고 저도 흥미가 없어서. 그냥 일찍 왔어요.]

단조로운 그녀의 대답에 나는 무슨 말을 해야 할지 몰라 잠시 눈을 굴리다 대꾸했다.

"어, 그렇구나."

어색함이 명백하게 묻어나는 내 목소리에 잠시 침묵이 흘렀다. 나는 울상을 지으며 입을 다물었다.

노아리의 초연함은 가끔 나를 정도 이상으로 당혹스럽게 했다. 계곡에서도 그랬지만, 도대체 무엇이 그녀를 이토록 초연하게 하는지 알 수가 없었다.

이 세계가 자신이 만든 소설에 불과하다는 마음? 사람들 대부분이 책 속 등장인물일 뿐이고 따라서 진심으로 대할 필요 없다는 마음? 하지만 그것만으로는 설명할 수 없는 부분이 존재했다.

가령 지금도 그녀는 학교 축제 같은 큰 행사에 별 관심이 없었다. 그게 단순히 그녀가 스스로 말한 것처럼 '집에 있기를 좋아하고, 전혀 활동적이지 않은' 사람이기 때문일까?

아니면 뭔가 다른 이유가? 그런 생각을 하며 핸드폰을 매만지던 나는 뒤늦게 정신을 차리고 되물었다.

"어? 뭐라고?"

[저 최근에 신작 프롤로그를 썼거든요. 혹시나 읽어 주실 수 있나 해서 전화했어요.]

그녀의 말에 나는 고개를 끄덕이는 한편, 조금은 아쉬운 생각이 들었다. 주인이에 대해 물어봐 주었다면 좋을 텐데.

하긴, 이미 아리에게 그쪽은 논외의 것이겠지. 주인이가 스스로의 입으로 다시는 눈앞에 나타나지 말라고 했으니 그럴 수밖에.

그렇게 생각한 내가 황급히 대답했다.

"어, 나야 당연히 괜찮지. 아니, 영광인걸."

그러다 말고, 문득 불안감을 느낀 내가 물었다.

"그런데 혹시, 장르가 뭐야?"

[…….]

그러자 수화기 너머에서 침묵이 길어졌다. 불안감이 점점 몸집을 키워 가던 찰나, 마침내 건너편에서 대답이 돌아왔다.

[호러요.]

나는 그대로 얼어붙었다.

* * *

노아리의 말에 의하면, 그녀가 스트레스를 받을 때 호러 소설을 쓰는 것은 유구히 이어져 온 역사라고 했다.

하도 오랫동안 습관이 되다 보니 이제는 다른 방식으로는 스트레스가 풀리지 않는다나.

그렇다고는 해도 어디까지나 그녀의 소설 속 인물로서 그녀의 호러 소설을 읽게 된 나는 잠시 고민해야 했다.

음, 아니, 만약 재수가 없으면 이 소설의 인물들 역시 이 세계에 실존하는 거 아니야? 그렇다면 그들 역시 영문도 모르고 이 소설과 똑같은 일을 겪을지도 모르고.

노아리가 그런 내 고민을 읽은 듯이 말했다.

[그래서 일부러 사람 죽는 이야기는 안 썼어요. 불행한 과거를 가진 인물도 없어요.]

"……."

[그냥 조금 무섭고 마는……. 아, 그리고 무엇보다도 확실한 해피 엔딩이라고요.]

호러 소설에 해피 엔딩이 도대체 무슨 의미가 있니? 그렇게 묻고 싶었지만, 창조주에 대한 예의로 관둔 나는 잠자코 소설을 읽어 내려갔다.

제목은 〈안개의 나라〉.

안개로 둘러싸인 시골 마을에서 종탑과 악귀에 대한 전설을 둘러싸고 벌어지는 미스터리한 일들.

아직은 프롤로그뿐이기 때문에 사건의 윤곽은 전혀 알 수 없었지만, 사건의 배경이 되는 시골 마을의 생생한 묘사가 인상적이었다.

십몇 분간 짧게 읽어 본 나는 곧바로 평을 내렸다.

"음, 나는 호러 소설은 그다지 읽어 본 적이 없어서 잘 모르겠지만, 분위기는 좋은 것 같은데."

[그래요? 다행이다.]

"아, 있잖아. 그러고 보니까 너."

[네?]

의아해하는 노아리의 목소리가 돌아왔다.

나는 잠시 망설이다가 물었다.

"혹시 이지한이라고 알아?"

수화기 너머의 숨소리가 촛불처럼 확 타올랐다. 그것만으로 나는 거의 모든 대답을 알아차릴 수 있었다.

그녀가 무슨 말을 하기도 전에 내가 다시 말했다.

"아, 아니야. 그냥 혹시나 해서 물어본 거야. 알았으니 됐어."

이지한에 관해 물어볼 생각을 한 것은 그녀가 스트레스 풀이용으로 호러 소설을 쓰는 취미가 있다는 것을 듣고 난 다음이었다.

이지한이 가진 '어두운 학교를 두려워한다'라는 공포증은 아무리 생각해도 예사 학생의 것이 아니었다.

그가 다른 소설의 등장인물이 분명한 김혜힐의 남자 친구라는 점도 의심을 부추겼다.

이로써 나는 확신할 수 있었다. 이지한은 노아리의 호러 소설의 주인공 혹은 등장인물이구나.

그리고 내가 말했다.

"이지한에 대한 정보나 주의할 점은 알려 줄 필요 없어. 이런 식으로 정보를 듣는 게 오히려 다른 애들을 더욱더 소설 속 인물처럼 생각하게 되는 것 같더라고."

또 널 이용하는 느낌도 들고 말이야. 작게 덧붙인 나는 한숨을 내쉬었다. 그러니 이건 내가 노아리에게 하는 내 나름의 사과인 셈이었다.

그때, 수화기 너머에서 굳어진 목소리가 들려왔다.

[이지한이 여기 있어요?]

"어?"

[그렇구나. 이지한이 이 학교에…….]

"나랑 같은 2학년이야. 반은 어느 반인지 잘 모르겠는데."

느긋하게 말하던 나는 갑자기 날아온 노아리의 목소리에

신경이 바짝 곤두섰다.

[언니, 제 정보가 필요 없다고 말씀하셨지만 이지한은 달라요. 이지한에 대해서는 들으셔야 해요.]

"왜, 왜?"

[이지한이랑은 어떻게 알게 된 사이예요?]

나는 마른 입술을 적시며 대답했다.

"내가 반에서 가장 친한 친구의 남자 친구. 중학교 졸업하고부터 계속 사귀었다고 알고 있어."

[그렇구나. 김혜힐이 있으니 당연히 이지한도 있다는 걸 알았어야 하는데…….]

불안하게 흔들리는 노아리의 목소리에 나는 침을 꼴깍 삼켰다. 아까부터 대체 왜 이러는 거야?

그때, 노아리가 차갑게 굳어진 목소리로 말했다.

[제 말 잘 들으세요. 살아남고 싶으면 절대로 이지한과 어두운 학교에 있으면 안 돼요.]

아시겠어요? 음산한 어조로 되묻는 노아리의 말에 나는 잠시 당황했다.

아, 아니, 잠깐만. 내가 다급히 되물었다.

"어두운 학교의 기준이 뭐야? 밤의 학교? 아니면 단순히 학교에서 어두운 곳? 불 꺼진 강당이나 창고 같은."

[말 그대로 아무런 빛도 조명도 없는 공간이에요. 기준은 학교를 둘러싸고 있는 담벼락 안이라면 어디든. 그리고 특히.]

"특히?"

[거울이 있는 장소를 피하세요. 아니, 차라리 지금 당장 학교에 가서 온 학교의 거울을 모조리 치워 두는 편이 나을지도 몰라요.]

부쩍 초조해진 목소리를 들으며 따라서 초조해진 내가 물었다.

"어두운 학교에 이지한이랑 같이 있으면, 무슨 일이 일어나는데?"

[그건…… 말해 드릴 수 없어요.]

그녀가 울상 섞인 목소리로 말을 이었다.

[들으시면 분명히 저를 더 원망하게 될 테니까요.]

잠시 공황 상태에 빠져 있던 나는 뒤늦게 대답했다.

"아, 아니야. 나는, 우리는 너를 그렇게까지……."

무슨 말을 더 하기도 전에 전화가 뚝 끊겼다. 나는 까맣게 변한 화면을 한참이고 바라보다 머리를 벅벅 긁으며 한숨을 내쉬었다.

"휴."

그 누구보다도 많은 짐을 짊어진 은형이보다도 오히려 주인이가 더 그녀를 꺼린다는 것은 이상하다. 그건 분명 아리에 대한 그의 감정이 보통 이상이었음을 반증하는 거겠지.

나는 망설이다 장문의 메시지를 작성하기 시작했다.

[우리가 널 미워한다는 건 사실이 아니야. 은형이는 너를 그냥 받아들이겠다고 말했고, 여령이도 네가 불행해지는 건 절대 바라지 않는다고 했어. 은지호는 너를 미지의 존재, 그 정도로만 여기는 것 같아. 그리고 주인이는…….]

거기에서 한참이나 손가락이 헛돌았다.

결국 나는 메시지 작성을 그만두고 화면을 끄려 했다. 그 때, 내 엄지가 실수로 전송 버튼을 스쳤다.

"악, 잠깐만."

나는 핸드폰을 붙잡고 작게 비명을 질렀다. 한참 고민하던 나는 결국 실수로 전송했다는 말을 보냈다.

메시지 옆의 1은 금방 사라졌다.

그러나, 답장은 돌아오지 않았다.

제60조. 인터넷 소설과 공포 소설의 잘못된 만남

인터넷 소설과 공포 소설의 잘못된 만남

다음 날, 아침 일찍 등교한 나는 교실 문을 열어젖히자마자 흠칫 놀랐다.

어젯밤 늦게까지 고생고생하며 설치한 스티로폼 벽이 단단하게 설치되어 있어 눈으로 봐서는 시멘트인지 아닌지 전혀 분간이 가지 않을 정도였다. 누가 너무 놀란 나머지 벽에 세게 부딪치지 않아야 할 텐데, 나는 속으로 기도했다.

바닥에 깔린 인조 잔디와 벽에 칠해진 붉은색 가짜 피가 스산한 분위기를 더했다. 전구에 셀로판지를 씌워 붉게 만든 조명 또한 압권이었다.

작게 어깨를 떨던 나는 검은 커튼으로 가려 둔 공간 너머에서 시끄러운 소리가 나는 것을 듣고 그쪽으로 다가갔다.

통로 사이사이에 일부러 만든 공간이 존재했다. 빛이 밖으로 새어 나가면 안 되니까 조명을 약하게 해 둔 상태였지만 그것만으로 애들의 모습을 알아보기는 충분했다.

평소 교실의 4분의 1도 안 되는 공간에 다 같이 모여 있으려니 몹시 복작복작했다. 누군가 어둠 속에서 팔을 잡아당겨서 흠칫 놀란 나는 그 사람의 얼굴을 확인하고 비명을 질렀다.

"악! 뭐야!"

내 비명을 들은 애들이 놀라서 '뭐야, 뭐야!' 하고 외쳐댔다. 덕분에 사방에서 팔을 휘둘러 대고, 발을 밟아 대서 난장판이었다.

헉, 간신히 진정한 내가 심장을 부여잡으며 말했다.

"뭐야, 김혜힐이었잖아. 나 진짜 귀신인 줄 알았어."

"분장이 그렇게 잘됐어?"

핏줄기가 흘러내린 입꼬리를 말아 올리며 김혜힐이 옅게 미소 지었다.

짧은 단발은 가발을 덮어씌워 길게 기른 상태였고, 검고 구불거리는 머리카락 사이로 유난히 하얀 얼굴이 도드라졌다. 아이라인을 짙게 그려 퀭한 눈을 강조한 모습은 공포 그 자체였다.

곳곳에서 허무한 탄식이 새어 나왔다.

"아, 나는 또 귀신의 집에서 진짜 귀신 만난다는 그 패턴인 줄 알았네!"

그들에게 머쓱하게 사과의 말을 건네던 나는 구석에 멀뚱히 서 있는 김혜우를 발견하고 물었다.

"어, 너는 왜 아무런 분장도 안 했어?"

"나는 이걸로 할 거거든."

김혜우가 마네킹 팔처럼 생긴 것을 들어 보이며 말했다.

그가 석둑 잘린 팔꿈치 아래에 달린 손잡이를 꽉 쥐자, 손가락이 제멋대로 우그러들며 뭔가를 잡는 형상을 취했다. 윽, 어깨를 움츠리는 나에게 그가 가벽 아래를 가리켜 보였다.

"저기 스티로폼 아래에 뚫린 구멍 보이지? 저기로 집어넣을 거야. 뭣하면 너 먼저 시험해 볼래?"

"아니, 절대. 장난으로라도 하지 마."

내 단호한 대답에 김혜우가 입을 내밀며 투덜거렸다.

그 외에도 이민아와 신서현은 각자 상상하지도 못한 처녀 귀신과 할아버지 귀신 성대모사로 나를 웃겼다. 배를 부여잡고 웃는 내게 신서현이 묘한 표정으로 물었다.

"그렇게 의외야?"

"응. 아니, 대체 성대모사 같은 건 어떻게 배운 건데?"

"나, 할아버지랑 살거든."

고개를 돌린 신서현이 아이들을 향해 '고얀 놈들! 여기가 어디라고 들어와! 여긴 내 무덤이야!' 하고 잔뜩 쉰 소리로 외쳤다. 생각지도 못한 타이밍의 생각지도 못한 장난에 곳곳에서 폭소가 터져 나왔다.

책상을 두드리며 웃던 내가 말했다.

"와, 진짜 누구라도 울겠다."

그러던 나는 문득 벽 건너편의 공간 중에 희한하게 생긴 곳을 보고 눈을 동그랗게 떴다.

"어? 저건 뭐야?"

내가 가리킨 것은 불투명한 스티로폼 벽들 사이에서 혼자 반대편이 비쳐 보이는 벽이었다. 내 착각인가 했지만 건너편 통로에서 붉은 조명이 비치는 것을 보아 틀림없었다.

김혜힐이 대답했다.

"아, 저기가 내가 활약할 곳."

"뭔데?"

"거울이야. 왜, 어두운 곳에서 유리창을 보면 거울처럼 보이잖아? 그런데 갑자기 반대편에 불이 켜지면서 내가 튀어나오는 거지."

아무래도 이 모습으로 직접 앞에 나타났다간 한 대 맞을 것 같아서. 김혜힐이 스스로를 가리키며 스스럼없이 한 말에 나는 고개를 끄덕였다. 응, 정말로 그건 그래.

그리고 나는 다시 거울을 돌아보았다.

거울……. 이지한과 어두운 학교에는 절대 함께 있지 말라던, 특히 거울을 조심하라던 노아리의 경고가 마음에 걸렸다.

하지만 저건 엄밀히 말하자면 거울이라기보다는 유리창에 가까운 물건이고, 그러니 괜찮겠지.

아니, 애초에 어두운 곳을 끔찍이 싫어한다는 이지한이 이곳에 올 이유 자체가 없다. 아무리 여자 친구인 김혜힐이 있다고는 해도.

고개를 끄덕인 나는 애써 불안한 예감을 무시하며 말했다.

"그럼 나는 홍보 팀이지? 홍보용 팻말 주면 다녀올게."

"응, 네가 2학년 담당이기는 한데 너무 신경 쓰지는 말고 그냥 편하게 돌아다녀. 뭐, 아무 데나 다니다 보면 누군가는 보고 이쪽으로 오지 않겠냐."

윤정인이 그렇게 말하며 내게 알록달록한 글씨로 '2학년 8반 귀신의 집! 담력도 키우고 사랑도 키우세요! 한 번도 비명 지르지 않은 사람에게는 막대 사탕이 무료!' 하고 적힌 팻말을 건네주었다.

뭐야, 이 문구 누가 쓴 거야. 담력도 키우고 사랑도 키우라니, 너무 귀엽잖아. 키득키득 웃던 나는 문득 고개를 들고 물었다.

"나랑 같은 2학년 홍보 담당 누구누구야? 같이 다니는 게 더 눈에 띌 것 같아서."

"아, 정세연이랑 반휘혈. 걔네는 이미 출발했어. 그리고 남은 한 명은 이루다인데."

뜻밖의 이름에 나는 눈을 크게 떴다. 그것도 잠시, 확실히 루다가 홍보에 힘쓰면 도움이 되기는 하겠네, 그렇게 생각하며 고개를 주억거린 내가 다시 물었다.

"루다는 어디 있는데?"

"여기서 얼마 떨어지지 않은 곳에 있을 테니까 찾아봐. 전화해 보든가. 아 참, 핸드폰 내야 하지?"

그러더니 윤정인이 내게 남은 검은색 가발을 건네주고는 씩 웃었다.

"이걸 쓰고 가면 아주 재밌는 꼴을 볼 수 있을걸."

루다는 과연, 우리 반에서 나와서 바로 모퉁이를 돌면 있는 계단참에 걸터앉아 있었다. 왜인지 그의 환한 금발이 다소 칙칙해 보일 정도로 의기소침한 모습이었다.

"저기, 루다야."

조심스럽게 부르며 다가갔던 나는 그가 펄쩍 뛰며 물러나자 깜짝 놀랐다.

나와 같은 사람이라고는 믿기지 않는 속도로 계단 반 층 정도를 순식간에 뛰어 올라간 그가 내 얼굴을 한참 살피더니 눈을 가늘게 뜨며 물었다.

"너 설마 단이야? 함단이?"

"응."

"휴."

크게 한숨을 내쉰 그가 계단을 다시 내려오다 말고 버럭 소리쳤다.

"아, 그 가발은 왜 쓰고 온 거야, 대체!"

"아, 이거."

나는 가발을 매만지며 머쓱하게 웃었다. 윤정인이 말한 그 재밌는 꼴이 궁금했기 때문이라고는 절대로 말 못 하겠다.

착한 루다는 금세 정신을 차리고는 소리 질러서 미안하다며, 너무 놀라서 그랬다며 사과했다.

나는 머쓱하게 고개를 끄덕이는 한편 결심했다. 역시 가발을 쓴 이유는 절대로 말하지 말아야지.

나는 말을 돌리자고 결심하고는 물었다.

"왜 교실에 안 있고 여기 있어? 아직 축제 시작 안 해서 볼 것도 없는데. 다른 반도 다 준비 중이고."

"어, 그게."

그의 안색이 삽시간에 창백해졌다. 혼자 한참이나 입을 여닫던 그가 간신히 말을 꺼냈다.

"절대 오해하지 마. 난 좀비나 귀신 같은 거 안 믿어. 무서워해 본 적도 없어."

"응? 어, 응."

"그런데 한국 귀신은 말이야…… 한이라고 해야 할까, 서양 귀신과는 전혀 다른 그런 게 존재해서."

말을 잇는 루다의 목소리가 급격히 어두워지는 것을 들으며 나는 잠시 후회했다.

음, 내가 괜히 물어봤나?

루다가 장황하게 말을 이었다.

"서양 귀신은 대부분 물리적 육체가 있으니 물리칠 수 있을 것 같은데, 동양 귀신은 원념이라고 해야 하나? 한이라고 해야 하나? 아무튼 물질로 이루어진 게 아닌 것 같아서……."

"으음. 그래."

"머리가 거꾸로 달리거나 천장에 매달려 기어 다니거나 하는 건 괜찮아! 어쨌든 육체를 가지고 있으니까 때리면 되거든. 하지만 동양 귀신은 대부분 다리도 없잖아! 다리를 걷어차야 중심축이 무너지는데."

루다에게는 귀신조차 약점이 있는가 없는가로 결정된단 말인가? 잠자코 듣던 나는 손을 내밀어 그의 어깨를 어색하게 도닥였다.

"혜힐이 분장이 진짜 리얼하게 되긴 했더라."

그러자 루다가 즉시 고개를 들며 외쳤다.

"그러니까! 그렇다고 내가 거기에 겁을 먹었다는 건 아니야. 그냥 나는 익숙지 못한 공포의 형태에 낯섦을 느껴서……."

나는 필사적으로 변명하는 루다를 가늘게 뜬 눈으로 바라보았다. 음, 솔직하게 무섭다고 말해도 될 텐데. 체육 대회 때 그의 활약을 본 사람이라면 아무도 감히 비웃지는 못할 것이다.

그래도 필사적으로 변명하는 모습이 귀여우니까 그냥 내

버려 둘까? 내가 흐뭇하게 웃던 찰나, 갑자기 루다의 눈빛이 살벌해졌다.

어, 설마 마음을 읽혔나? 말도 안 되는 생각을 하던 그때, 루다가 나를 가까이 끌어당기며 말했다.

"뭐야? 다른 학교 녀석들이 벌써부터 여기에 왜 있어?"

"뭐? 어디?"

"방금 지나갔어. 두 무리나. 한 무리는 남자들이었고 한 무리는 여자들."

나는 굳어진 얼굴로 그렇게 말하는 이루다를 신기하게 쳐다보았다.

나는 전교생 얼굴을 아직 다 외우지도 못했는데, 루다는 도대체 어떻게 안 거지? 역시 평소에 이까짓 학교 어쩌고 저쩌고하는 것에 비해 학교를 상당히 사랑하고 있음이 틀림없는 거겠지? 전교생 얼굴을 전부 외우는 건 전교 회장이 아니고서야 못 할 짓이잖아.

그러던 내가 문득 말했다.

"그러고 보니까 중학교 때도 이런 일 있었어."

"뭐? 왜?"

나를 돌아보며 그렇게 물은 루다가 곧 스스로 답을 찾았다. 2학년 7반 쪽을 흘겨본 그가 투덜거렸다.

"하여간, 귀찮은 놈들 끌고 다니는 건 알아줘야 해."

"하하."

"휘말리게 했다간 봐라."

루다는 씨근거리며 말했지만 내 생각은 조금 달랐다.

글쎄, 틀림없이 지난 체육 대회 때 영상에서 네 활약을 보고 찾아온 애들도 많을 것 같은데. 예감이 아닌 확신이었다.

따가운 시선을 느끼며 교내를 천천히 거니는 사이 대부분 반에서 준비를 마치고 'Open' 표시를 매달았다. 시선을 교환한 나와 루다는 환한 웃음을 매달고 걸음을 재촉했다.

* * *

처음 갔던 카페에서 각자 과일 주스를 사서 하나씩 입에 물고 나오는 것으로 우리는 축제 구경을 시작했다.

내가 전단지를 들여다보며 말했다.

"방금 우리가 다녀온 1반은 뮤직 카페였대."

"흠, 그게 뮤직 카페였나. 너무 시끄러워서 음악은 들리지도 않던데."

빨대를 질근질근 씹으며 말하는 루다에게 '그러게.' 하고 대답한 나는 전단지 위를 손으로 죽 그어 내리며 말했다.

"그리고 2반은, 음, 영화관……. 아, 우리 반 텔레비전 빌려 간 게 이래서였구나. 이 중에 보고 싶은 영화 있어?"

잠시 내 쪽으로 고개를 기울인 루다가 이윽고 고개를 내저었다. 음, 나도 없군. 인기 많은 영화로 구성한 건 좋은데 그러다 보니 오히려 전부 본 영화뿐이네.

그리고 나는 말했다.

"3반은 먹거리 장터. 햄 토스트랑 와플, 떡꼬치 판대. 각종 주스랑."

그 말에 루다가 흥미를 보이며 물었다.

"아침 먹었어?"

"아니, 너는?"

"먹었어도 또 먹을 수 있지."

그렇게 말하며 씩 웃은 루다는 그새 다 먹은 주스 캔을 쓰레기통에 던지더니 시원스레 말했다.

"자, 그럼 가 볼까?"

하필 그때, 3반에서 우르르 튀어나오던 우리 반 학생 몇 명이 우리와 부딪쳤다. 그들은 루다와 나를 발견하자마자 저마다 뭘 하나씩 떠안겼다.

"어! 너희 왔냐! 자, 이거 선물."

"뭐야, 너희 이거 떨어뜨린 거지."

"아니거든?"

이루다의 의심 깃든 말에 톡 쏘아붙인 그들이 나를 향해서도 손을 흔들더니 우르르 멀어져 갔다.

나는 품에 들어온 한 입씩 베어 문 흔적이 있는 와플과 샌드위치 따위를 내려다보며 모호한 표정을 지었다.

아무튼 떡꼬치는 이로 하나씩 뜯어 먹는 게 보통이니 나도 먹을 수 있을 것 같은데. 떡꼬치를 내게 건네고, 저는 햄 토스트를 한입 베어 물며 루다가 투덜댔다.

"이거 맛없어서 준 거 아니야?"

그러더니 그는 곧바로 안색이 창백해져서는 헛구역질을 해 댔다. 아니, 여기서 토하면 안 돼! 나는 그의 팔을 잡고 재빨리 화장실로 향했다.

와플과 떡꼬치도 한 입씩 먹어 본 결과, 그들이 우리에게 먹을 것을 넘겨준 것은 정말로 사람이 먹을 것이 아니어서였음이 밝혀졌다.

루다는 3반 녀석들이나 이걸 우리에게 주고 간 녀석들 둘 중 하나는 엎어야겠다며 이를 득득 갈았고, 나는 그를 말리느라 진땀을 뺐다.

겨우겨우 그와 함께 다시 복도로 돌아간 나는 전단지를 보며 말했다.

"그리고 4반은 슈퍼스타 S."

"S가 무슨 뜻인데?"

"소현이라나 봐."

"아."

그리고 우리는 곧바로 시선을 마주쳤다.

오디션 프로그램이 언제나 재밌는 것은 불변의 진리지. 그렇게 생각하며 의기양양하게 교실 문을 열어젖힌 우리는 안에서 벌어지는 광경을 보고 그만 그대로 굳어졌다.

짙은 흑발에 잘 어울리는 검은 슈트가 위협적인 몸을 감싸고 있었다. 누가 봐도 고등학생이라기보다는 이미 성인처럼 보이는 그는 다름 아닌 반휘혈이었다.

그와 얼마 떨어지지 않은 곳에서 정세연이 얌전히 두 손 모으고 그를 올려다보고 있었다.

슈퍼스타 S를 위해 마련된 무대 중앙에서 그가 세연이를 향해 말했다.

[정세연. 너를 좋아한다. 네 이름 세 글자를 꿈에서도 떠올릴 수 있을 정도로.]

"저 새끼 무슨 당연한 소리를 하고 있어."

어이없다는 듯 말하는 루다에게 나는 잠자코 고개만 내저어 보였다. 아니야, 루다야. 휘혈이에게 있어 꿈에서조차 이름 세 글자를 떠올릴 수 있다는 건 정말이지 엄청난 일이거든.

그제야 반휘혈의 지난 만행을 떠올린 듯, 루다의 안색도 창백해졌다.

우리는 여전히 4반 교실 안에는 들어갈 엄두도 내지 못한 채 문틈 한 뼘 사이로 상황을 지켜보았다.

가슴에 손을 얹은 반휘혈이 진지하게 말했다.

[이 노래를 너를 위해 바치겠다.]

"노래 안 할 거면 나가!"

반휘혈의 뒤통수에 종이 뭉치가 날아와 부딪친 것은 그때였다. 순식간에 붉은 눈에 살기를 피워 올린 반휘혈이 안경을 벗으며 뒤를 돌아보았다.

"너냐? 내 일생일대의 프러포즈를 방해하는 놈이?"

"아니, 무슨 프러포즈를 남의 학교 축제에서…… 헉."

반휘혈의 정체를 상상치도 못했던 듯, 버럭 외치던 학생이 그의 얼굴을 확인하고 숨을 죽였다. 순식간에 조용해진 군중 속에서 이윽고 소스라치는 비명이 들려왔다.

"반휘혈?! 서열 1위가 어떻게!"

"방금 무대에 서 있던 남자가 사라지더니 반휘혈이 나왔어! 어떻게 이럴 수가 있지?!"

그 광경을 보던 나는 심각하게 생각했다. 아니, 너희 정말로 방금 그 남자와 반휘혈이 동일 인물이라고는 생각하지 못하는 거니? 안경이 무슨 마법 아이템도 아니고 어떻게 그럴 수가.

그러거나 말거나, 반휘혈은 검은 정장 자락을 휘날리며 늠름하게 외쳤다.

"불만이 있는 녀석들은 다들 덤벼라. 17 대 1이든 뭐든 상대해 주지."

여기서 17 대 1 같은 숫자 소환하지 말아 줄래…… 조용히 그렇게 중얼거린 나는 문을 쾅 닫았다.

나와 루다가 하는 양을 보고 호기심을 느낀 듯한 지나가던 이들 몇몇이 4반 문을 열어 봤다가 금세 도로 닫았다. 잠깐 열렸던 문틈 사이에서 나는 지옥에서 흘러나오는 소리를 들었다고 믿었다.

빠르게 그들을 뒤로하고 걸음을 옮기며 나는 생각했다.

전국 서열 1위가 축제에 함께하는 대가가 한 반의 전멸이라면 꽤 저렴한 거 아닐까? 아니면 말고. 이런 생각이나 하는 나도 갈 데까지 갔음은 틀림없었다.

루다는 7반만큼은 죽어도 가고 싶지 않다고 말했지만, 곧 할 게 떨어지는 바람에 별수 없었다.

복도에도 사람이 미어터져서 그냥 산책하기에도 영 여의치 않았다. 우리는 결국 7반을 향해 걸음을 옮겼다.

"구경하실 분은 교실 뒤쪽에 서 주시고, 네, 거기 노끈 안쪽. 넘어오면 안 됩니다. 참가하실 분은 이쪽으로 와 주세요. 참가비 500원 받습니다."

카운터로 보이는 책상에 반쯤 엎어진 학생이 의욕 없이 말했다. 잠시 눈빛을 교환한 우리는 일단은 상황을 지켜보기 위해 곧장 관중석으로 향했다.

앉을 곳은 없었고, 노끈으로 경기장과 관중석을 엉성하게 나눈 것이 다였다. 과연 4대천왕과 반여령이 있는 반답게 사람이 몹시 많았지만, 다행히 좋은 자리를 차지한 덕에 정황을 자세히 볼 수 있었다.

제일 먼저 우리를 발견한 것은 주인이였다. 그의 옆에 있는 것은 분명 1학년에서 수학 천재로 꽤 유명한 남자애였다. 전국 단위 상을 받아 교지에 얼굴이 실렸기에 나도 기억하고 있었다.

다른 학년까지 도전을 하러 오다니, 굉장히 의욕적인데. 속으로 휘파람을 불던 내게 주인이가 방긋 웃으며 손을 흔들었다.

나는 손을 들어 인사하는 한편, 모니터를 바라보았다. 주인아, 너 괜찮은 거니? 손을 흔들며 인사하기에 잠깐 쉬는 시간인 건가 했더니 모니터 위 초시계가 흐르고 있었다.

붉어진 초시계는 겨우 2초 정도를 남겨 놓고 있었다. 정말 괜찮은 걸까?

그때 주인이의 입이 거짓말처럼 열렸다.

"2,478,744."

그 순간 거짓말처럼 초시계의 숫자가 00:00으로 바뀌며 화면 위로 숫자가 떠올랐다. 2,478,744. 토씨 하나 안 틀리고 정답이었다.

그 전에 모니터에 어떤 식이 적혀 있었는지 보지 못한 나는 루다를 돌아보며 물었다.

"루다야, 모니터에 답 떠오르기 전에 무슨 식 적혀 있었어?"

"1194×2076이던가."

루다가 저런 것과는 상종하기도 싫다는 표정으로 툭 내뱉었다. 때마침 루다를 발견한 주인이의 표정이 그대로 굳었다.

어쩌면 두 사람은 일전에 주인이가 일방적으로 시비를 걸고 나서 그대로의 관계인 걸까?

이윽고 루다가 휙 고개를 돌려 버리는 것을 보고 나는 쓰게 웃었다. 아무래도 그런 모양이군. 평소에도 자주 툭탁거리니 어련히 알아서 화해했을 거라고 생각했는데.

그리고 나는 다른 도전자를 보았다. 가을임에도 불구하고 하얀 반소매 티를 걸친 은지호의 모습이 보였다.

하긴, 교실 안의 온도는 난방 외에도 수많은 사람이 뿜어내는 이산화탄소 때문에 전혀 춥지 않았다. 이런 온도에서 계속 농구공을 던졌으면 상당히 더울 터였다.

그러나 그는 더워 보일지언정 전혀 지친 기색이 아니었다. 짧은 머리카락 아래로 드러난 깨끗한 목덜미를 한 손으로 문지른 그가 나를 보더니 미소 지으며 손을 흔들었다.

나는 그의 뒤를 가리키며 말했다.

“골대는 보고 던져라.”

“어차피 들어갈 건데?”

그가 그렇게 말한 순간, 농구공이 명령이라도 들은 것처럼 거짓말같이 골대를 통과하여 쑥 떨어졌다.

윽. 오늘도 봐 버렸어, 은지호의 비인간적인 행보. 미간을 찌푸린 나는 고개를 내젓고는 시선을 옮겼다.

가장 많은 사람이 줄 서 있는 곳은 다름 아닌 여령이 앞이었다. 그 모습을 보고 나는 대강 목적을 짐작했다. 여령이 손이라도 이 기회에 한번 잡아 보겠단 거겠지.

실제로 반여령에게 불과 5초도 안 되어 꺾인 이들은 그럼에도 불구하고 실실 웃고 있는 것이, 사인회라도 온 듯한 분위기였다. 그러거나 말거나, 반여령은 진지한 얼굴로 최선을 다해 그들을 한 사람 한 사람 꺾고 있었다.

음, 대단하네. 그 모습을 우두커니 바라보던 그때, 돌연 카운터로 다가간 주인이가 카운터를 지키는 학생과 뭔가 속닥거리는 게 보였다. 도대체 뭘 하려는 거지?

그리고 갑자기 카운터에 앉아 있던 학생이 자리에서 일어나며 말했다.

"여기를 주목해 주세요! 우승자가 지금까지 한 명도 나오지 않은 바, 지금부터는 팀을 짜서 대회에 참가할 수 있도록 하겠습니다. 지금까지는 참가자 개인이 스탬프 용지를 하나씩 받고, 게임 하나에서 이기면 스탬프 하나를 받아 스탬프 세 개를 얻으면 우승하는 구조였습니다."

그녀가 카운터 위에 쌓여 있던 빳빳한 재질의 종이 한 장을 팔랑이며 말을 이었다.

"본래는 공유 불가능하던 스탬프 용지를 지금부터는 팀끼리 공유할 수 있도록 하겠습니다. 팀은 몇 명이 함께 짜든 상관없습니다. 단 참가비는 팀 여부에 상관없이 인당 오백 원입니다. 상금 또한 팀원 수에 상관없이 한 팀당 만

원이니 이 점 기억해 주시기 바랍니다."

"뭐야, 그럼 너무 7반이 불리해지는 거 아니야?"

그 설명을 들은 내가 중얼거렸다. 군중들 사이에서도 나처럼 생각한 이가 꽤 있었는지 참가자가 기하급수적으로 늘고 있었다.

그러나 내 옆의 루다는 고개를 내저었다.

"아니야, 어차피 지금 종목 다섯 개 중에 세 개는 저 녀석들이 맡고 있잖아. 결국 셋 중 하나를 반드시 이겨야만 우승을 할 수 있어."

저 녀석들이라는 호칭은 저들과 '오대천왕'으로 묶이고 싶지 않다는 루다 나름의 저항 같았다. 나는 굳이 지적하지 않고 고개를 끄덕였다.

루다가 다시 말했다.

"게다가 참가비는 지금까지와 똑같이 개인당 받겠다고 했으니, 전에는 오백 원당 만 원의 위험 부담을 짊어졌다면 지금은 천 원, 많게는 천오백 원 대 만 원까지도 넘볼 수 있게 된 거야. 몇 번 우승을 넘겨주더라도 7반 쪽이 훨씬 이득이야."

그리고 짧게 우주인을 건너다본 이루다가 덧붙였다.

"게다가 셋 중 아무도 지지 않을 자신이 있는 거겠지."

"듣고 보니 그렇네."

"하여간 얍삽하기는."

루다의 투덜거림을 듣고 나는 작게 웃었다.

아마도 루다는 주인이의 영리한 수법에 화가 났다기보다는, 단순히 주인이가 그날 갑자기 폭언을 퍼붓고 사라져서는 지금까지 사과하지 않은 것에 화가 났을 가능성이 컸다. 보기와는 달리 정이 많은 그니까.

골똘히 뭔가를 생각하는 듯하던 그가 문득 푸른 눈을 들더니 웃었다.

"단아, 우리 팀으로 참가하지 않을래?"

그가 불쑥 꺼낸 말에 나는 고개를 기울였다. 예상은 했지만, 막상 현장을 보고 나니 더더욱 처참해서 참가할 마음은 전혀 안 드는데.

하나같이 영혼이 빨려 나간 표정으로 나오는 사람들을 보며 내 결심은 더더욱 굳어졌다. 그러다 말고 문득 새로운 규칙을 떠올린 나는 탄성을 내뱉었다. 아!

"그러고 보니, 루다 너라면 농구로 은지호를 이길 수도 있겠구나!"

아니, 아마 무승부가 되거나 근소한 차이로 이길 것이다. 카운터 위에 '무승부 또한 승리로 인정!'이라고 크게 쓰여 있는 것을 본 나는 교실 안을 둘러보았다.

은지호와 반여령, 주인이 외에 다른 두 사람이 맡은 종목은 알까기와 가위바위보였는데, 이건 어떻게든 해 볼 수 있을 것 같았다. 실제로 저 둘에게서는 승리자가 반수 이상 나오고 있었다.

저 둘에게서 승리를 얻고, 마지막으로 루다가 은지호에게서 농구로 승리를 따낸다면 가볍게 낙승이었다.

거기까지 생각한 내가 말했다.

"좋아! 하자. 내가 가위바위보랑 알까기에서 이겨 주면 되는 거지?"

오랜만에 해 보는데 잘되려나? 손깍지를 끼고 우두둑대며 손을 풀던 나는 뒤이어 날아온 루다의 말에 굳었다.

"응? 무슨 소리야? 당연히 이런 건 정면 승부가 재밌잖아."

그리고 루다가 입꼬리를 비틀어 올리며 사악하게 웃었다.

"정면으로 부딪쳐서 박살 내 주지."

그의 시선 끝에 다름 아닌 주인이가 있는 것을 본 나는 속으로 진땀을 흘렸다. 엄마야…….

루다야, 주인이 외에는 살려 보내 주겠다고 나랑 약속해…….

루다의 주장에 의해 바로 옆, 그러니까 우리 반에 있던 김혜우가 차출됐다.

김혜우는 입술이 댓 발 삐져나와서 투덜거렸다.

"아, 내가 지금 섬세한 손길로 몇 사람을 저승에 보냈는데."

"무슨 소리야. 마네킹 팔 그거 그냥 손잡이만 제때제때 쥐어 주면 되는 거더만."

그의 헛소리를 대놓고 일축하는 내게 김혜우가 외쳤다.

"아니야! 너희 따위가 장인과 일반인의 차이를 알아? 이제 곧 8반에서 나 없으니까 아무것도 안 된다며 달려올 거거든……."

"알겠고 이거 받아라."

그새 카운터에 다녀온 이루다가 우리에게 뭔가를 내밀었다.

7반 올림픽 참가 팀 신청서였다. 8반 함, 단, 이. 신중하게 내 이름을 기입한 나는 김혜우에게 볼펜을 넘겼다.

김혜우가 울퉁불퉁한 벽에 대고 이름을 쓰느라 고전하는 사이, 옆에서 우리를 향한 수군거림이 높아졌다.

"뭐야, 저기 8반 이루다 아니야?"

"김 쌍둥이도 있어. 쟤네 천재로 유명하다며."

아무래도 김 쌍둥이는 어느 한쪽에 상관없이 김 쌍둥이로 불리는 모양이었다. 정말로 종족 이름 같은 느낌이군. 그렇게 생각하던 내게 누군가의 물음이 날아왔다.

"그런데 쟤는 누구지?"

"몰라. 아, 쟤 체육 대회 때의 그……!"

제발 떠올리지 말아 주라. 나는 속으로 빌며 카운터에 신청서와 참가비 도합 천오백 원을 넘겼다.

카운터에 앉아 있던 학생이 나를 올려다보며 말했다.

"네, 접수되었습니다."

교실 중앙에 서서 나를 돌아본 루다가 말했다.

"누구부터 할래?"

"나는 마지막."

지금은 심장 떨려서 안 되겠어. 내가 꺼낸 말에 루다는 고개를 끄덕이고는 김혜우를 돌아보았다.

"너는?"

"나는 저주받은 마네킹 손에서 사람으로 돌아오고 있으니까 좀 기다려. 뇌를 세팅하고 있을 테니까."

"어, 그래."

김혜우의 알 수 없는 대답에도 루다는 반박하지 않고 고개만을 끄덕였다.

나도 김혜우의 뇌 구조가 남들과 몹시 다르다는 것은 그럭저럭 알고 있었다. 어쩌면 천재만의 고충인 걸지도 모른다. 아니면 김혜우가 단순히 또라이거나.

아무튼, 루다는 그때까지 혼자 농구공을 던지고 받으며 우리 쪽을 주목하고 있던 은지호에게 말했다.

"야, 나 참가. 농구부터 할래."

"그러시든가."

마찬가지로 심드렁하게 말한 은지호가 루다에게 자리를 내주고, 저도 다른 골대 앞으로 자리를 옮겼다.

하도 대수롭지 않은 반응이기에 자신이 있는 거구나 했는데, 공을 던지기 직전 은지호가 말했다.

"지겠네."

"길고 짧은 건 모르잖아? 혹시 모르니까 최선을 다해 보지 그래?"

루다가 씩 웃으며 빈정거렸다. 어째 패자와 승자가 뒤바뀐 듯한 대화였다.

그에 은지호 또한 씩 웃으며 여유롭게 말했다.

"괜찮아. 나는 다른 승부에서는 이길 자신이 있거든."

그에 루다의 얼굴이 새빨갛게 물들었다.

뒤에서 지켜보던 나는 제발 두 사람이 말하는 승부가 나에 관한 것만은 아니길 빌었다. 그러기가 무섭게 김혜우가 옆에서 내 옆구리를 툭 찌르며 소곤댔다.

"야, 나도 이 승부보다는 다른 승부가 더 궁금한데. 오대천왕 중 두 사람한테 둘러싸인 기분이 어때?"

"닥치쇼."

"예."

우리는 입 다물고 경기에 집중했다.

말로는 경기 시작 전부터 질 거라느니 어쩌니 하긴 했지만, 은지호는 끝까지 최선을 다했다.

두 사람이 공 넣는 기계처럼 한 치의 오차도 없이 공을 전부 링에 던져 넣는 것을 보고 군중들은 입을 떡 벌렸다. 나중에는 공이 제 발로 링을 찾아 뛰어 들어가는 환상까지 보일 정도였다.

은지호의 말과는 달리 승부는 무승부가 되었지만, 어쨌

건 무승부도 도전자 측의 승리로 취급되었다. 아자! 하이파이브를 하는 우리를 보며 은지호는 별말 없이 웃기만 했다.

그리고 무대는 주인이와 김혜우의 암산 승부로 옮겨 갔다.

김혜우가 눈을 감고 검지로 관자놀이를 짚으며 '나는 저주받은 마네킹 손이 아니라 사람……. 나는 저주받은 마네킹 손이 아니라 사람…….' 하고 중얼거리는 것을 들으며 나는 자문했다. 정말로 괜찮을까? 루다 또한 '이놈 말고 김혜힐을 데려올 걸 그랬다.' 하는 표정으로 김혜우를 보고 있었다.

이러나저러나 김혜힐은 거울 귀신을 맡고 있는 우리 반 고급 인력이었고, 김혜우는 누구나 대체할 수 있는 역할이었기에 하는 수 없었다.

마침내 김혜우가 반짝 눈을 뜨자, 우리를 의뭉스러운 눈빛으로 보던 주인이가 말했다.

"준비됐어? 시작해도 돼?"

"어."

시원스레 대답한 김혜우는 몇 걸음 뒤에 서 있던 우리를 돌아보고는 말했다.

"야, 방금 마네킹 귀신이 나가고 대신 수학 귀신이 들어온 것 같거든? 기대해라. 나의 실력."

"어, 그래……."

떨떠름하게 대답하는 내 옆에서 이루다가 질린 얼굴로 물었다. 너 그렇게까지 또라이였냐?

아랑곳하지 않고 휙 몸을 돌린 김혜우가 외쳤다. 시작!

곧바로 이어진 일에 나는 탄성을 흘렸다. 와, 세상에.

"이게 대체 무슨 일이래."

처음 네 자리 곱하기 네 자리 암산을 할 때까지만 해도 승부는 팽팽했다. 그러나 다섯 자리 곱하기 다섯 자리 암산으로 가자, 김혜우의 연산 속도가 점차 주인이를 압도하기 시작했다.

"주인아, 갑자기 왜 그래?"

뒤에서 구경하던 7반 중 누군가가 놀라서 물은 말에, 주인이는 깍지 낀 손을 뒷목에 올려놓더니 씩 웃었다.

그가 애교 있는 말투로 말했다.

"미안. 네 자리 곱하기 네 자리 뒤는 필요하지 않을 것 같아서 연습 안 했어."

"뭐……."

"헤헤, 닥치는 대로 하고는 있는데 역시 연습을 안 했다 보니 속도가 안 나네."

그가 딴에는 머쓱하게 말하는 것을 듣고 나는 멍하니 입을 벌렸다. 아니, 연습 안 한 게 그 속도란 말이냐…….

그렇게 우리를 충격으로 밀어 넣은 주인이는 어찌 되었건 김혜우에게 승리를 넘겨주었다.

당당하게 주인이 앞으로 나아간 이루다가 스탬프 용지를 내밀며 외쳤다.

“자! 졌으면 얼른 도장이나 찍으시지.”

“응. 그럴게, 형.”

주인이는 전혀 기분 나쁘지 않은 기색으로 생글생글 웃으며 스탬프를 찍었다.

나는 스탬프가 찍힌 종이를 루다에게서 건네받아 주머니에 넣고는 두 사람을 번갈아 보았다.

루다의 입매가 조금 풀린 것을 보고 나는 생각했다. 설마 이렇게 간단히 화가 풀린 건가? 겨우 ‘형’ 한마디에?

루다가 기세등등하게 말했다.

“우리가 너희한테 최초로 만 원을 받아 가는 사람들이 될 테니까 각오해.”

“그래, 그래. 형. 열심히 해.”

주인이는 무려 손을 내밀어 루다의 머리칼을 쓰다듬는 기행까지 선보였다. 그 모습을 보고 주위에서는 각자 기겁하며 비명을 질렀다.

“어떻게 저런 위험한 짓을!”

“안 돼, 떨어져!”

마치 루다가 울타리 속 사자라도 되는 듯한 반응이었다. 아니, 사실 사자가 루다보다도 덜 위험한 거 아닌가 싶지만.

한숨을 내쉬던 나는 사람들의 시선이 떨어질 때를 틈타

물었다.

"주인아."

"응?"

그가 내게로 눈을 들자, 황갈색 눈 안 가득 환한 빛이 들어찼다. 나는 나도 모르게 그의 머리를 쓰다듬으며 물었다.

"너 왜 종목을 암기가 아니라 암산으로 정한 거야? 그쪽이 훨씬 낫지 않아?"

"으음."

주인이가 곤란한 듯 웃었다. 그리고 내게로 몸을 숙인 그가 작게 말했다.

"그래도 상대편 쪽에서 이길 가능성이 조금은 있어야 할 거 아니야?"

"……."

나는 무슨 말을 하고 오냐는 표정인 루다와 김혜우에게 말없이 손만 흔들어 주었다. 그러면서 내가 중얼거렸다.

역시, 이 올림픽은 주인이가 마음만 먹었다면 우승자가 한 명도 안 나올 수도 있었던 거구나.

그리고 나는 책상 위에 두 손을 가지런히 올려놓고 나를 향해 초롱초롱한 시선을 보내는 반여령에게 다가갔다.

그전까지만 해도 여유로운 표정을 짓고 있던 김혜우가 가위바위보나 알까기 쪽을 가리키더니 말했다.

"어? 왜 이쪽이야? 저쪽이 아니라? 너 힘으로 반여령 이길 자신 있어?"

그에 대답한 것은 내가 아니라 팔짱을 끼고 사태를 관망하던 루다였다.

"야, 무슨 소리야? 저쪽은 확률이 절반이고 이쪽은 확실한데, 왜 굳이 확실한 데를 두고 불확실한 데 걸겠어?"

글쎄, 과연 그럴까? 나는 자문하며 반여령의 맞은편에 앉아 팔꿈치를 책상에 대고 그녀와 손을 맞잡았다.

루다의 계책에 의해 이러고 있긴 하지만, 정말 그녀를 이길 수 있을진 의심스러웠다.

심판을 맡은 학생이 외쳤다.

"시—작!"

그리고 불과 1분도 안 되어 승부가 났다.

심판의 말이 울리고, 나는 결과를 믿을 수 없어 반여령의 손과 내 손을 말없이 번갈아 보았다.

승자는 나였다.

그 가운데 루다만 태연하게 고개를 끄덕였다.

"이럴 줄 알았어."

아니, 도대체 어떻게? 어떻게 전교에서 괴력으로 유명한 반여령을 평범한 내가 이길 거라고 예상한 건데?

내가 그렇게 생각하기 무섭게 반여령이 두 손을 들어 얼굴을 가리더니 흐느끼기 시작했다.

"아니, 왜 울어?!"

당황하며 외친 내가 그녀의 손목을 더듬어 쥐는데, 얼굴을 가린 두 손 사이로 목소리가 흘러나왔다.

“손에 도저히 힘을 줄 수가 없었어. 네가 다치면 어떡해? 승부란 건 알지만, 그래도…….”

“아니, 내가 무슨 도자기냐.”

그렇게 말하면서도 나는 그녀의 얼굴을 더듬어 눈물을 닦아 주었다.

그러는 사이 루다는 비정하게도 여령이의 스탬프를 챙겨 멋대로 도장을 찍더니 카운터를 향해 외쳤다.

“이봐! 상금 줘.”

“네, 드리겠습니다.”

어쩐지 우승자라기보다는 무장 강도를 만난 듯한 표정으로 만 원을 내미는 카운터 직원과, 아직도 울고 있는 여령이를 번갈아 본 나는 생각했다.

음, 단돈 만 원 벌자고 우정을 팔아넘긴 쓰레기가 된 기분인걸? 아니, 학생인 우리에게 만 원은 크지만 말이야…….

그제야 정신을 차린 여령이가 눈물에 젖은 얼굴을 들더니 카운터를 향해 말했다.

“어, 어떡하지? 돈 내가 낼까? 방금 상금 나간 거, 내가 대신 낼까?”

카운터의 학생이 몹시 곤란한 표정으로 손을 내저었다.

“아니, 여령아. 그럴 필요 없어.”

내가 보기에도 반여령은 돈을 내주긴커녕 받아야 하는 입장이었다. 지금까지 얼마나 열심히 일했는데. 축제 끝나고 분배 제대로 안 하기만 해 봐라, 나는 속으로 칼을 갈았다.

그때, 우리 곁으로 돌아온 루다가 만 원을 주머니에 넣으며 빈정댔다.

"아무리 소꿉친구라도 승부에 임한 이상 냉정해져야지. 그렇게 순해 빠져서 어떻게 살아남으려고 그러냐? 사회에 나가면 너 같은 건 금방 잡아먹힐걸."

그가 하는 말을 들으며 나는 생각했다. 루다야, 현대는 네가 후계자 자리를 얻기 위해 뛰어다녔던 정글 같은 곳이 아니야. 게다가 여령이는 정글에 가도 아마 최상급 육식 동물일걸.

그러니까 여령이가 진 건 어디까지나…… 민망한 생각을 하며 여령이가 꽉 쥔 손을 꼼지락대던 나는, 그녀가 버럭 외친 말에 고개를 들었다.

"뭐야! 그러는 너는 단이 팔씨름으로 이길 수 있어?"

"뭐? 내가 그걸 왜 못 해?"

당장 비웃음을 매달고 받아치는 루다에게 여령이가 대뜸 내 손을 쥐여 주었다. 아니, 왜 날?

갑자기 자리에서 일어나 루다를 자기 자리에 대신 앉힌 여령이가 말했다.

"당장 팔씨름으로 단이 이겨 봐! 그럼 인정해 줄게."

"내가 정말 못 할 것 같아?"

버럭 외친 루다는 내 손을 잡은 손을 꼼지락거릴 뿐, 막상 힘을 주지는 못했다.

그때 여령이가 말했다.

"지면 죽는다."

"마음대로 하시지."

그렇게 말하면서도 여전히 내 손을 잡은 손에 힘을 주지 못하는 루다에게, 여령이가 서슬 퍼런 얼굴로 말했다.

"이겨도 죽는다. 단이 손에 자그마한 생채기 하나라도 내 봐."

"야! 너 진짜 뭐 하자는 건데?!"

마침내 폭발한 루다가 내 손을 놓더니 반여령을 향해 버럭 소리쳤다. 그 와중에도 내 손을 탁 소리 나게 내친 것이 아니라 몹시 부드럽게 놓은 것이 놀랍다면 놀라웠다.

두 사람의 개싸움을 멍하니 지켜보고 있던 나를 김혜우가 질질 잡아끌었다.

간신히 7반을 빠져나오자마자 그가 나를 향해 물었다.

"야, 널 가지기 위한 승부는 오대천왕끼리가 예선이고 반여령과 싸우는 게 본선이지?"

"닥치쇼."

나는 그에게 아까 한 대답을 돌려줄 수밖에 없었다.

* * *

우리에게 진 것을 기점으로 2학년 7반에서도 인원을 한 번 물갈이하는 듯했다. 덕분에 꾸역꾸역 몰려드는 도전자들을 상대하느라 지금까지 고생한 은지호와 반여령, 주인이에게도 휴식이 주어졌다.

그들은 휴식이 결정되자마자 내게 금방 나올 테니 어디 가지 말라며 으름장을 놓았다.

내가 복도에서 그들을 기다리는 동안, 루다가 내게 몇 번이나 귓속말을 했다.

"그냥 버리고 가자니까. 지금보다도 더 귀찮아질 거야."

루다가 7반 주변에 구름처럼 몰린 인파를 눈짓하며 말했다. 확실히 이 인파의 반 이상이 도전보다는 반여령과 사대천왕의 얼굴 한번 구경하고 싶어 온 것이 분명했다.

지금도 루다를 보고 몰려드는 인파 때문에 축제 구경이 쉽지 않은데, 저들과도 같이 다니면 어떻게 될지는 쉽게 상상이 가능했다.

나는 머쓱하게 웃으며 말했다.

"음, 그래도……. 기억나지? 작년 이맘때에 내가 저 애들이랑 어떤 상태였는지."

그때 같이 못 한 축제 구경 지금이라도 하려고. 내가 그렇게 말하자 루다는 침묵했다.

한동안 눈을 내리깔고 있던 그가 문득 고개 돌려 창밖을 보더니 짧게 말했다.

"아……. 미안해."

"미안하긴 뭐가."

"싫은 기억 떠올리게 만들어서."

"싫은 기억은 아닌데. 그때도 나 오늘처럼 너랑 같이 축제 구경했잖아."

내가 루다의 손끝을 살짝 잡으며 말하자 그의 귀 끝이 새빨갛게 물들었다. 나는 황급히 그의 손을 놓고 사방을 두리번거렸다. 보는 내가 다 민망해질 정도로 정직한 반응에, 다른 사람들이 우리를 어떻게 보고 있을지 걱정이 되었다.

그러나 다른 사람들은 우리를 주목할지언정 흐뭇한 미소를 보내고 있을 뿐이었다. 아차, 나는 이마를 짚었다.

그러고 보면 루다가 체육 대회 때 내게 공개 고백을 한 시점부터 우리 사이는 이미 공식적인 것이 되어 있었다. 다른 학년에서는 우리가 이미 사귄다고 믿는 사람들도 꽤 많다고 들었다.

하긴, 루다의 고백을 거절하거나 보류하는 누군가가 있을 거라고는 아무도 상상하지 못하겠지.

내가 한숨을 내쉬는 찰나, 7반 문이 덜컹 열리며 은지호와 반여령, 주인이가 모습을 드러냈다.

당연한 듯 내 팔에 팔짱을 끼며 환히 웃는 반여령의 뒤에서 은지호가 물었다.

“지금까지 어디 어디 가 봤냐?”

“음, 안 가 본 반 없는데? 구경만 하고 안 들어가 본 반은 몇 개 있어도.”

말하다 말고 정색한 내가 말했다.

“아 참, 4반은 가지 마라.”

“엄마, 4반이 왜?”

주인이가 의아한 듯 물었다.

“반휘혈이 정세연한테 프러포즈 하고 있더라.”

“아.”

내 대답에 주인이가 짧게 탄식했다.

잠시 무거운 침묵이 찾아왔다. ‘도대체 왜 학교 축제에서, 그것도 남의 반에 가서 그런 걸 하는 건데?’ 하며 지극히 상식적인 의문을 제기하는 은지호의 옆에서, 반여령은 공포와 호기심 사이에서 고민에 빠진 표정을 짓고 있었다.

내가 그녀의 팔을 잡아당기며 말했다.

“안 돼, 너 절대 보러 갈 생각 하지 마. 전에 네가 체육 대회 때 엎어뜨린 걸 걔가 기억이라도 하고 있으면 어쩌려고.”

전국 서열 1위가 한 대 맞고 날아가 물에 빠지는 전무후무한 광경을 떠올리며 던진 말에, 반여령이 그제야 기억난 듯 외쳤다.

"아, 맞다!"

"걔 지금 안경 벗었어."

"으음……."

반여령은 다시금 고민에 빠졌다.

결국, 우리는 4반을 제외하고 1반부터 차례로 다시 돌아보기로 결정했다.

* * *

1반에서 6반까지 돌아보는 데는 불과 한 시간도 걸리지 않았다. 루다와 나는 이미 돌아보았기 때문이기도 하고, 뮤직 카페나 먹거리 장터에 잠깐 앉아 쉬려고 해도 구경꾼이 끊임없이 몰려들어 불가능했다.

이쯤 되니 유천영이 없는 것이 차라리 다행이란 생각이 들 지경이었다. 걔까지 왔으면 우리는 지금쯤 인파에 깔려 죽고 말았을걸. 그렇게 생각하던 나는 은지호가 3반에서 산 주스를 건네기에 미간을 좁혔다.

"뭐야, 갑자기."

"너 목마를 것 같아서."

"3반에서 파는 거, 사람 먹을 게 아니란 건 이미 확인했거든?"

그러자 은지호는 체, 소리를 내면서도 얌전히 빨대를 다시 물었다. 아니, 정말 맛없어서 주는 거였냐. 그를 게슴츠레하게 노려보던 나는 주인이의 말을 듣고 고개를 돌렸다.

"음, 저기. 우리 구경 끝난 거야?"

"그럼 더 갈 데가 어딨어?"

1학년? 거긴 목록만 봐도 할 거 없어 보이는데. 은지호가 팸플릿을 보며 하는 말에 주인이가 고개를 내저었다.

"아니, 1학년 말고도 아직 안 간 곳이 있잖아?"

"야, 설마……."

태연히 말하는 주인이에게 루다가 질린 듯 내뱉었다. 주인이는 빙긋 웃으며 말했다.

"우리 2학년 8반은 아직 안 가 봤잖아."

"난 절대 안 가!"

주인이의 말이 끝나자마자 루다가 비명처럼 외쳤다. 반여령 또한 고개를 휘휘 내젓고는 내 팔에 철썩 달라붙어 몸을 덜덜 떨었다.

루다는 겁에 질린 와중에도 용케 그런 여령이의 모습을 보고 어이없다는 듯 물었다.

"뭐야, 너 설마 귀신 무서워하냐? 진짜 안 어울린다."

"시, 시끄러. 그러는 너도 절대 안 간다며? 너는 심지어 너희 반이잖아! 어디에서 뭐가 나올지 다 알 거 아냐!"

여령이가 진땀을 뻘뻘 흘리면서도 또박또박 외친 말에 루다는 고양이처럼 털을 바짝 곤두세웠다. 야! 무섭긴 누가!

"난 우리 반이니까 가기 싫은 것뿐이라고! 네 말마따나 이미 내용을 다 아는데 가서 뭐 해?!"

"웃기시네! 너 전혀 그런 표정 아니거든? 너도 귀신 무서운 거지? 맞지?"

"전혀 아니거든? 뭐 눈엔 뭐만 보인다더니……."

얼굴을 맞붙이고 싸워 대던 두 사람 사이로 주인이가 툭 끼어들었다.

"알았어, 두 사람 다 무서운 거지?"

그러자마자 두 사람은 이번엔 주인이를 죽일 듯이 노려보기 시작했다. 새로운 희생양이 되고 만 주인이는 웬만한 사람이라면 까무러치고 말 살기를 받으면서도 태연하게 웃었다.

그가 갑자기 나와 은지호를 돌아보더니 말했다.

"지호야, 엄마, 둘이서라도 귀신의 집 다녀오려면 다녀와."

"먼저 말 꺼낸 건 너잖아?"

고개를 기울인 은지호가 떨떠름하게 물었다. 그러게, 먼저 말을 꺼낸 건 분명 주인인데 말이야.

주인이는 방긋 웃으며 루다와 여령이를 가리켰다.

"난 이 둘 사이에 끼어 있는 것만으로 귀신의 집 체험은 이미 다 한 것 같거든!"

"음……."

그건 정말로 반박할 말이 없군. 침음하는 내 옆에서 은지호가 내 팔을 잡아당겼다.

어? 놀라서 고개를 돌리는 내게 그가 말했다.

"뭐, 난 사양 안 한다. 가자, 함단이."

"자, 잠깐. 진짜 가게?"

"좋잖아, 귀신의 집. 너희 반이 얼마나 잘 만들었나 내가 보고 평가해 줄게."

용케 뻔뻔한 얼굴로 말하는 그에게 내가 대꾸했다.

"야, 너 솔직히 말해! 귀신의 집보다는 다른 속셈 있는 거지."

"너 진짜 눈치 좋아졌다. 이쯤 되니까 내가 아는 함단이 같지가 않은데. 너 혹시 함단이의 몸에 들어간 귀신 아니냐?"

"뭐라고?"

눈을 치뜨며 되묻는 내게 은지호가 우리가 떠나온 방향을 가리켰다. 그러면서 그가 물은 말에 나는 꿀 먹은 벙어리가 될 수밖에 없었다.

"그럼 나 대신 반여령이랑 갈래? 아니면 이루다와?"

"……."

"잘 생각해. 저 둘이 무섭다며 휘두른 주먹 끝에 네가 있지 않을 거라고 장담할 수 있어?"

"……."

차마 반박할 말이 없어서 나는 입을 다물고 말았다. 얼굴이 창백해진 나를 내려다보며 은지호는 느긋하게 웃었다.

“기왕 공들여 만든 거, 우리 중의 한 사람에게는 보여 주고 평가를 듣는 편이 너도 보람 있고 좋잖아. 잘 만들었으면 칭찬해 줄게. 가자.”

“어…….”

차마 거기에 대고 ‘사실 난 손재주 없어서 하나도 도움이 안 됐어.’ 따위의 말은 할 수가 없었다. 나는 결국 그의 옆에 붙어 나란히 걸음을 옮겼다.

입구 쪽에서 입장료를 받던 이민아가 우리 두 사람을 보더니 눈을 크게 떴다. 이윽고 그녀는 짓궂은 표정을 지으며 내 팔을 툭 쳤다.

“공짜로 해 주고는 싶지만, 그랬다간 윤정인 때문에 거의 모든 애들을 공짜로 들여보내야 하거든. 그럼 완전 적자잖아? 그러니까 다른 반인 은지호 너한테만 입장료 받을게.”

은지호는 별말 없이 돈을 건넸다. 돈을 받아 통 속에 갈무리한 이민아가 내 등을 툭툭 치며 말했다.

“재밌는 시간 보내! 이게 다른 말로는 커플의 집이거든?”

“아니, 그런 말은 왜 해?”

내가 투덜대거나 말거나, 이민아는 얄밉게 웃더니 교실 문과 연결된 장막을 내려 버렸다. 그러자 우리는 갑작스런 어둠에 파묻혔다.

아침에 보았던 붉은 핏자국은 약한 전구 불빛 아래에서

더욱 공포스럽게 빛났다. 윽, 반사적으로 어깨를 움츠리는 내게 은지호가 이상하다는 듯 물었다.

"뭐야, 준비하면서 지겹도록 봤을 거 아니야? 그런데도 아직까지 무서워?"

차마 폐교 체험 이후로 이런 공간에 트라우마가 생겨 버렸다고는 말할 수 없었다.

정말이지, 은지호도 폐교 체험에 빠지지 말고 참여했어야 했는데. 왜 하필 그때 아파 가지고는. 속으로 투덜거리는 그때, 뭔가가 내 손을 휙 잡아당겼다.

나는 고개를 들며 반사적으로 말했다.

"아, 고마워."

"그거 내 손 아닌데."

뭐라고? 뻣뻣하게 고개를 든 나는 내 손을 움켜쥔 하얀 뼈만 남은 손을 보고 비명을 질렀다.

"아아아악! 이게 대체 뭐야!"

"야, 잠깐, 잠깐만. 진정해, 함단이."

은지호가 당황하며 나를 뼈만 남은 손으로부터 멀리 떨어트렸다. 그가 내 팔을 움켜쥐며 귓가에 속삭였다.

"무서운 건 알겠는데 그거 결국 너희 반 기물 아니냐. 파손되면 결국 너희 반이 물어 줘야 할걸?"

그제야 나는 놀라 날뛰던 것을 멈추었다. 헉, 흐억, 제자리에 서서 괴상한 신음만 내뱉는 날 보며 은지호가 미간을 좁혔다.

그가 이번에야말로 날 향해 손을 내밀었다. 나는 그의 손을 곧 죽을 것처럼 꽉 붙잡았다. 그의 손을 꽉 움켜쥔 내 손을 본 은지호가 눈을 가늘게 뜨고 웃었다.

"아무튼 여기 온 보람은 있네."

그렇게 말한 그가 내 팔을 휙 잡아당겼다.

은지호를 따라 구불구불한 길을 빠르게 가로지르는 동안, 나는 거의 눈을 뜨지 않았다. 처음에는 단지 그의 손을 움켜쥐고 있던 나는 나중에는 그의 팔을 끌어안았고, 중간쯤부터는 그의 등에 매달렸다.

걷다 말고 은지호가 문득 말했다.

"계획한 그대로 이루어져서 좋긴 한데, 한편으로는 어이없다."

너 진짜 이 반 맞아? 심술궂게 묻는 은지호에게 고개를 내저은 나는 앞을 턱짓해 보였다.

"얼른 걷기나 해."

"네, 네."

크리스마스 때 착취당하는 루돌프의 기분을 알 것도 같네. 은지호의 말에 내가 그게 무슨 헛소리냐고 대꾸하려던 때였다.

그가 갑자기 우뚝 멈춰 섰다. 그의 등에 얼굴을 거의 파묻다시피하고, 그에게만 방향을 의존해서 걷던 나는 고개를 들었다.

뭐야, 벌써 다 왔나? 그렇게 생각하며 무심코 앞을 본 나는 그대로 굳었다.

정면에 팔을 뻗은 은지호가 태연히 말했다.

"뭐야, 이게 왜 여기 있어?"

"으, 은지호……."

나는 울먹이며 말했다. 그러거나 말거나, 턱을 매만지던 은지호가 심드렁히 말을 이었다.

"아, 이거 설마 그건가? 진짜 두려운 건 귀신 따위가 아니라 거울 속에 비친 네 얼굴이야, 뭐 그런 거. 그런데 이건 나같이 생긴 사람한테는 소용이 없는데 어쩌지."

"은지호, 넌 이 와중에도 자기 자랑이 하고 싶……."

내가 말을 끝내기도 전에 거울 너머에서 푸른빛이 번쩍 터지며, 검은 머리카락을 길게 늘어뜨린 여자가 모습을 드러냈다.

아아아악! 내가 비명을 지르거나 말거나, 은지호는 얄미울 정도로 태연하게 거울을 보더니 툭 내뱉었다.

"아, 뭐야. 이런 뜻이었어? 아, 너 김혜힐이냐? 맞지? 안녕."

파티에서도 그렇고 계곡에서도 만나서 그럭저럭 친분을 쌓은 모양인지, 태연히 인사를 건네는 은지호에게 김혜힐 또한 섬섬옥수를 흔들며 말했다. 안녕……. 과도한 콘셉트 탓인지 그녀의 목소리는 귀신의 흐느낌처럼 들렸다.

나는 은지호의 어깨를 거칠게 흔들었다.

"제발 나가자, 좀! 제발!"

"아, 알았어. 김혜힐, 잘 있어라. 얘 상태가 친구 얼굴도 못 알아볼 정도로 심각해서 나는 나가 본다."

"잘…… 가……."

"김혜힐! 너 일부러 말꼬리 늘어뜨리는 거지!"

"또…… 봐……."

"아아악! 진짜 싫어."

급기야 은지호의 등에 얼굴을 파묻은 내가 비명처럼 외쳤다.

결국 귀신의 집에서 나왔을 때, 나는 비명을 너무 지른 나머지 완전히 탈진해 있었다.

결승점에서 기다리던 김혜우가 내 몰골을 보고는 안타깝다는 얼굴을 했다. 그가 숨을 쌕쌕 몰아쉬는 내 코앞에 대고 막대 사탕을 딸랑이마냥 흔들었다.

"야, 이거 원래 비명 한 번도 안 지른 사람한테만 주는 건데, 너한테는 특별히 줄게."

이를 악문 내가 흐느끼듯 말했다.

"동정하지 마……."

"그래? 필요 없으면 말고."

그러더니 김혜우는 내 옆에 들어가기 전과 전혀 달라지

지 않은 모습으로 서 있던 은지호에게 사탕을 내밀었다.

"자, 넌 비명 한 번도 안 질렀으니까 막대 사탕을 받을 자격이 있어."

은지호는 의외로 군말 없이 막대 사탕을 받아 입에 물었다. 나를 돌아본 그가 막대 사탕 때문에 불분명한 발음으로 물었다.

"야, 한 번만 다시 도전해 보는 건 어때? 한 번 더 해 보면 적응돼서 안 무서울지도 모르잖아."

"계속 수작 부릴래?"

내가 눈을 치뜨며 말하자 은지호가 사탕 막대를 이로 물며 씩 웃었다. 그의 얼굴 위로 떠오른 명백히 만족스러운 기색에 나는 눈을 가늘게 떴다.

못됐어, 정말. 좋아하는 사람이 좋아하는 장소를 데려가 주진 못할망정, 무서워하는 장소에 데려가서 매달리는 걸 즐기다니.

물론 이런 생각을 태연하게 하는 나야말로 그가 나를 좋아한다는 사실에 너무 익숙해진 것이 틀림없다. 그의 등을 약하게 때린 나는 얼른 나가자며 재촉했다.

그러나 막상 복도에 나왔을 때, 우리는 눈앞에 펼쳐진 광경을 보고 걸음을 멈출 수밖에 없었다.

물론 주인이와 루다, 여령이를 복도에 남기고 오면서 '시한폭탄을 아무런 경고문도 없이 버려두고 오는 것 같네…….' 같은 생각을 하지 않은 건 아니지만, 그 짧은 새 일이 터질 줄은 몰랐다.

나는 눈을 바쁘게 굴려 반여령과 이름 모를 남학생, 그리고 어디서 나타났는지 모를 은형이를 연신 번갈아 보았다.

도대체 무슨 상황이지, 이게?

그때 여령이가 대뜸 말했다.

"이 사람이에요. 제가 좋아하는 사람."

그녀가 은형이를 가리키며 말하자 그들을 둘러싸고 있던 군중들 사이에 침묵이 찾아왔다. 그것도 잠시, 이윽고 주위가 온통 벌 떼 일어나듯 소란해졌다.

"아니, 방금 뭐라고?!"

"내가 제대로 들은 게 맞아?"

혼란에 가득 찬 외침이 터져 나오는 가운데, 여령이는 은형이를 가리키며 당당히 말했다.

"물론 제가 좋아하는 사람이 없었어도 그쪽하고 사귀지는 않았겠지만, 좋아하는 사람이 있는 지금은 더더욱 불가능해요. 그러니 얼른 가 주세요."

"아니, 잠깐! 난 납득할 수 없어!"

고개를 내저은 남학생이 비명처럼 외쳤다. 그러더니 그가 은형이를 돌아보며 외쳤다.

"하지만 이 애는 널 좋아하지 않으니까 쌍방은 아니잖아? 그럼 나한테도 기회가 있는 거지? 그런 거지?"

"저기, 잠깐만요."

그때, 은형이가 온화하게 웃으며 끼어들었다. 남학생은 눈시울이 붉어진 채로 그를 올려다보았다.

은형이는 두 눈 가득 '내가 대체 여기서 왜 이러고 있는 거지?'라는 눈빛을 숨기지 않았다. 그런 눈빛을 하고서도 더없이 상냥하게 말할 수 있다는 점이 바로 은형이의 가장 무서운 점이었다.

"모르시는 게 있는데, 저도 여령이를 좋아해요."

잠시 침묵이 흘렀다. 그 가운데 남학생이 되물었다.

"그건 물론 친구로서겠지?"

"아니요, 이성으로서인데요."

너무나 망설임 없는 대답에 나는 물론이고 다른 사람들도 흡 하고 숨을 집어삼켰다.

나는 정말이지 여령이나 은형이처럼 좋아한다는 말을 담백하게 하는 사람들은 처음 봤어. 그 말에 담긴 무게는 결코 가벼운 것이 아닌데 말이야. 지금까지 두 사람은 다른 어떤 누구도 좋아한 적이 없으면서.

그렇기 때문에 오히려 저토록 담백하게 말할 수 있는 걸까? 진심 외에 덧붙일 것이 아무것도 없기 때문에. 그렇게 생각하던 나는 남학생의 목소리를 듣고 퍼뜩 고개를 들었다.

"그럼 왜 안 사귀는 건데?"

"네?"

은형이는 고개를 기울이며 상냥하게 웃었다. 하지만 그의 눈에 떠오른 빛은 명백히 '아직도 안 가네?'에 가까웠다.

나는 은형이의 속내를 이렇게나 잘 읽을 수 있게 된 내가 무서웠다. 다른 사람들이 '진상에게조차 친절한 진정한 반장'을 보고 있을 때 나만은 다른 모습을 보고 있었다. 어째서 은형이는 해를 거듭할수록 무서워지기만 하는 걸까?

그때 은형이가 대답했다.

"그것까지 대답할 의무는 없는 것 같네요."

"우, 웃기지 마! 당장 대답해, 왜 안 사귀는 건지! 서로 좋아한다고 했잖아?!"

주먹을 불끈 움켜쥔 남학생이 비명처럼 외쳤다. 그가 콧물을 찔끔 흘리며 말했다.

"서로 좋아하는데 사귀지 못할 이유가 어디 있어! 당장 대답하지 않으면 난 네가 이 애를 갖고 논다고 생각할 거다! 그, 그러면 내가 이 애에게 고백하지 못할 이유가 없어!"

"……제가 여령이와 사귀지 못하는 이유는."

그를 빤히 보던 은형이가 한숨처럼 내뱉었다. 나는 목을 길게 빼고 그를 쳐다보았다.

"여령이가 저를 좋아하지 않기 때문이에요."

"좋아하는데?"

그러자마자 여령이가 말했다. 여전히 이런 분위기와는 전혀 어울리지 않는 가벼운 말투였다.

잠시 방전된 로봇처럼 서 있던 남학생이 다시 은형이를 돌아보았다.

“좋아한다는데?”

“아니요, 좋아하지 않아요.”

부드럽게 웃은 은형이가 표정과는 달리 단호하게 부정했다. 그러자 이번엔 여령이가 직접 물었다.

“아니, 좋아하는데?”

“안 좋아한다니까.”

“좋아한다니까?”

“착각이야, 여령아.”

“착각 아닌데.”

두 사람의 때아닌 공방을 둘러싸고 수군거리는 소리는 점차 커져만 갔다.

“도대체 저게 뭐 하는 짓이야…….”

그 사이로 익숙한 목소리가 들린다 싶어 고개를 돌렸더니, 루다가 거무죽죽한 얼굴을 하고서 둘을 보고 있었다. 그런 루다의 옆에서 주인이는 저런 사람들 모른다는 양, 루다의 팔을 꼭 붙잡고 고개를 돌리고 있었다.

아니, 저런 상황이 되기 전에 말려 주지, 좀. 대체 저기 숨어서 뭐 하는 거야? 그렇게 생각하던 나는 갑자기 고막을 때리는 외침에 고개를 돌렸다.

“아, 알았다!”

남학생이 마치 추리 끝에 범인을 밝혀낸 탐정처럼 당당하게 외쳤다. 나는 고개를 기웃했다. 영원히 이어질 것만 같던 공방을 마무리한 은형이와 여령이도 그쪽을 쳐다보았다.

남학생이 이보다 더는 명확할 수 없다는 투로 외쳤다.

“이제야 진실을 알겠어!”

그러더니 그가 손가락을 뻗어 은형이와 여령이를 각각 삿대질했다.

“그러니까 지금 네가 저쪽을 좋아하고, 저쪽도 널 좋아하는데 사귀어 주질 않는 거지?”

여령이가 얼떨결에 고개를 끄덕이자, 남학생은 정의감에 불타는 얼굴로 외쳤다.

“야, 너 그거 놀아나고 있는 거야. 어장 관리 당하고 있는 거라고!”

그 말을 들은 즉시 나는 미간을 구겼다. 아니, 알기는 뭘 알아? 하나도 모르잖아.

나는 천천히 고개를 내저으며 한숨을 내쉬었다.

‘어장 관리’는 아마 이 세상에서 은형이에게 가장 안 어울리는 단어일 것이다.

내가 아는 한, 은형이와 어장 사이에 어떤 관계가 형성될 때는 은형이가 급기야 식비를 아끼겠다며 산지 직송을 위해 직접 양식장에 찾아가는 경우밖에…….

생각하다 말고 갑자기 착잡해진 나는 비유를 그만두고

고개를 들었다.

세 사람을 둘러싼 기류는 새로운 개판을 예고하는 듯 심상치 않게 술렁이고 있었다.

다행히 그때, 모종의 이변을 감지하고 찾아온 학생 부장 선생님이 '너희 거기서 뭐 하는 거야!' 하고 외침으로써 소란은 끝났다.

"너는 다른 학교 학생이 여기서 뭐 하는 거야! 너 어디 학교 다니는지 말해 봐! 오늘 재량 휴업일인지 아닌지 확인할 테니까."

학생 부장 선생님의 매서운 호통에 남학생의 얼굴이 새파래졌다.

여령이와 은형이를 미련 없이 버리고 뒤돌아 복도를 가로지르는 그의 등에 대고 학생 부장 선생님이 다시 외쳤다. 너 거기 안 서!

그를 쫓아 학생 부장 선생님이 사라진 뒤에 복도는 조용해졌다. 이윽고 몰려 있던 군중들도 각자 할 일을 찾아 흩어지기 시작했다. 나는 강물을 거슬러 오르는 물고기처럼 애를 쓴 끝에 사람들 사이에 덩그러니 서 있는 여령이와 은형이와 마주칠 수 있었다.

"은형아, 여령아."

"단아, 안녕. 축제는 잘 즐기고 있어?"

빙긋 웃은 은형이가 평소와 한 치도 다름없는 태도로 물었다.

그런 그의 뒤에서 여령이는 두 손을 매만지며 어깨를 축 늘어뜨리고 있었다. 그녀의 그런 의기소침한 모습은 나와 싸웠을 때를 제외하곤 본 적이 없던 나는 눈을 가늘게 떴다.

내가 은형이에게 말했다.

"은형아, 잠깐 시간 좀 내줘."

"단이 네가 필요하면 얼마든지."

그런데 무슨 일이야? 조심스레 덧붙이는 그를 데리고 나는 자리를 벗어났다.

축제이다 보니 오히려 행사에 쓰이지 않는 교실이나 특별실 안은 텅 비어 있었다. 얼마 가지 않아 빈 교실을 찾아낸 나는 그 안에 들어가 문을 닫자마자 입을 열었다.

"은형아, 너 중학교 때 고백받은 적 있지? 그것도 꽤 많지?"

그리고 내가 은형이를 빤히 보자, 그는 난감한 미소를 띤 채 침묵만 지켰다. 그의 불그스름한 머리카락이 창으로 쏟아지는 햇빛을 받아 따스하게 빛났다.

나는 이제껏 그에게 한 번도 던진 적 없는 물음을 던졌다.

"그 애들한테 어떻게 했어? 사귀었다면 우리가 알았을 테니 전부 거절했다는 건 알아. 그래도 그 애들 중에 한 사람한테도 마음 갔던 적 없어? 왜 전부 거절한 거야?"

"단아, 그 애들은 전부 날 좋아한 게 아니라 뭔가 착각한 거야."

난감한 미소를 매달고 있던 은형이가 마침내 대답했다.

그게 대체 무슨…… 아연한 표정을 짓는 내게 그가 말했다.

“나와 함께한다는 게 어떤 의미인지 그 애들이 알았다면 아무도, 아무도…….”

“아니, 잠깐만.”

정색하며 그의 말을 자르려던 내 말을 은형이가 먼저 끊었다.

“아니야, 단아. 내 말 들어 봐.”

나는 눈을 깜빡이며 그를 올려다보았다. 남의 말을 끊은 것 자체가 그로서는 상당히 드문 일이었다.

그래, 어디 지켜나 보자. 그런 심정이 되어 입을 다무는 내게 그가 말했다.

“말하자면 이런 거야. 전단지에서 미끼 상품을 보고 마트에 갔는데, 실수로 생김새가 비슷하지만 할인 품목이 아닌 물건을 집어 버린 거야.”

“…….”

“막상 계산대 앞에 가서 가격표가 다르게 찍혀 나온 걸 보고 그 애들 마음이 어떻겠어? 몹시 충격을 받겠지? 나는 그런 일을 원하지 않아.”

자신의 비유가 적확하다고 믿어 의심치 않는 듯, 말을 이을수록 은형이의 목소리에 깃든 확신은 커졌지만 나는 도리어 안타까운 마음만 들었다.

은형아, 자기를 할인 품목 아닌 대상으로 비유하는 남자 주인공이 세상 어디에 있다는 말이니…….

간신히 정신을 차린 내가 물었다.

"그러니까 은형이 너는, 너와 사귀는 일이 그 애들에게 생각지도 못한 큰 짐을 짊어지게 할 거란 얘기지."

"응."

"그래서 아무와도 사귀지 않았다는 얘기지."

"그래."

"여령이와도 그럴 거야?"

짧은 침묵이 흘렀다.

시간조차 멈춘 듯한 정적 속에서 은형이가 대답했다.

"그래."

이미 결심이 굳은 말투였다. 그 말투에 나는 그만 눈썹을 세게 찡그리고 말았다.

내가 말했다.

"은형아, 여령이는 네가 생각하는 것보다도 훨씬 대단한 애야."

"알아, 하지만……."

그의 말을 내가 다시 끊었다.

"은형아, 내가 이곳이 소설 속이란 걸 말했을 때, 여령이가 다음 날 나한테 와서 뭐라고 한 줄 알아? '여기가 소설 속이라서 네가 우리를 소설 속 인물로 생각했다는데 어쩌겠어?'라고 했어."

"……."

"개 진짜 대단한 애야, 말도 안 될 정도로."

"……단이 너는."

울 것처럼 투명해진 회녹색 눈으로 나를 지그시 보던 은형이가 말했다.

그에게서 이토록 연약한 목소리를 들어 본 적이 없던 나는 움찔 몸을 떨었다.

견고하게 버티던 벽이 마침내 무너지는 것처럼, 다 스러져 가는 목소리로 은형이가 말했다.

"네가 가장 좋아하는 것을 네 손으로 망가뜨리게 될지도 모른다는 두려움, 느껴 본 적 없어?"

"그거라면 물론 느껴 본 적 있어."

그의 갑작스런 태도 변화에 긴장했던 것도 잠시, 내가 대답할 수 있는 질문이자 나는 안도의 한숨을 내쉬며 대답했다.

그러자 은형이의 눈이 풍랑을 만난 배처럼 거세게 흔들렸다.

나는 그의 눈을 가만히 보며 말을 이었다.

"나와는 달리 홀로 완전한 그 사람이 너무 좋은 나머지, 그대로 있어 주었으면 하는 생각에 영향 주기를 꺼려 한 적이 있어."

"……."

"그 사람이 정말로 원한 건 그대로 완전한 것보다도 나와 함께 변하는 거였다는 건, 나중에야 알았어. 그런 내 태도가 오히려 그의 완전함을 무너뜨렸다는 것도."

그 여름날, 카페에서 유리 벽 하나를 사이에 두고 보았던 여단 오빠의 무너진 어깨가 나를 슬프게 했다. 또, 별장에서 내 손목을 붙잡고 말하던 유천영의 굳어진 얼굴도.

내 대답을 전혀 상상 못 한 듯, 은형이가 굳어진 눈으로 나를 보았다.

나는 말을 이었다.

"여령이가 네가 자기를 싫어한다는 것도 아니고, 그런 이유 때문에 사귈 수 없다고 하면, '아, 그렇습니까.' 하고 물러날 애야? 아니, 오히려 그럴수록 걔는 너 포기 안 해. 어떻게든 너를 거기서 끄집어내려고 할걸."

"하지만……."

"너도 행복해질 수 있다는 당연한 사실을 왜 그렇게 못 믿어? 네가 다른 사람에게 불행 말고, 행복이 될 수 있는 존재라는 걸."

"단아, 난 사실 말이야."

내 말을 듣던 은형이가 끝끝내 두 손을 들어 얼굴을 가렸다. 나는 그가 조용히 몸을 숙여 주저앉는 모습을 가만히 바라보았다. 햇살을 받은 먼지가 그의 위로 꽃씨처럼 흩날렸다.

두 눈두덩을 꽉 짓누른 그가 무겁게 말했다.

"……가끔은 너희와 함께 웃는 것만으로도 벌 받을 것 같아."

* * *

점심시간 종이 울렸지만 은형이는 도통 자리에서 일어날 생각을 하지 않았다. 생각할 것이 있으니 자기를 두고 가란 말에, 나는 결국 그를 두고 혼자 나올 수밖에 없었다.

무엇보다도 그의 마지막 말은 내게도 충격적이었다.

'가끔은 너희와 함께 웃는 것만으로도 벌 받을 것 같아.'

이 세계가 소설이라는 것을 유일하게 알고 있던 시절, 온갖 의심과 불안에 휩싸였던 나조차 그런 생각은 안 했다.

도대체 어떻게 저런 생각을 하면서도 주어진 일을 하나도 빠짐없이 수행하며 살 수 있었던 걸까, 은형이는?

반장에 모범생, 학생회 중추 임원까지. 누가 보면 그는 지극히 자기 삶에 만족하고, 또 자신감을 가진 사람처럼 보일 것이다. 나는 고개를 내저었다.

은형이가 저런 면모를 보일수록 나는 포기하게 되기보다는, 오히려 여령이야말로 저런 은형이를 구해 줄 수 있는 유일한 사람이란 생각이 굳어졌다.

사람마다 일정한 길이의 밧줄을 가지고 있어서 남의 마음속 구멍에 늘어뜨릴 수 있다면, 은형이의 깊고 깊은 구멍 바닥에 간신히 닿을 만한 밧줄을 가진 사람은 여령이뿐이라는 확신.

하지만 은형이의 밑바닥을 보게 된 것은 확실히 내게도 충격이었다. 처음 우리 앞에서 눈물을 흘렸을 때도 약한 소리를 하긴커녕, '이상하네, 왜 눈물이 나지?' 따위의 말이나 하며 태연히 눈가를 닦아 내던 그였다.

"너무 몰아붙였나……."

괜히 미안하네. 작게 중얼거린 나는 8반 앞에 같은 반 친구들이 모여 있는 것을 발견하고 그쪽으로 다가갔다.

급식실에서 밥을 먹는 내내 화제는 '귀신의 집에서 가장 많이 놀랐던 학생 순위'부터 시작해서 4반에서 있었던 '반휘혈의 프러포즈 사건'까지 다양하게 넘나들었다. 그러다 반여령과 은형이의 얘기가 나오자 나는 기침을 해 댔다.

"아니, 그래서 권은형은 반여령한테 수작 부리던 놈을 쫓아내려고 그렇게 말한 거래, 아니면 진심이었대?"

젓가락을 내저으며 말하는 이민아에게 김혜우가 심드렁히 말했다.

"진심 아닐까? 권은형이 좋아한다는 얘기를 농담으로 할 것 같진 않은데."

"아, 나는 반대."

뜻밖에도 그렇게 말한 것은 신서현이었다. 어째서? 믿을 수 없다는 듯 흔들리는 눈으로 보는 내게 그가 태연히 말했다.

"권은형은 윤정인도 좋아한다고 말했어."

그러자 구석에서 웬일로 얌전히 밥을 먹던 윤정인이 항의했다.

"뭐냐. 그게 왜 권은형이 좋아한다는 말을 농담으로 할 수 있다는 근거가 되는 건데?"

"진짜 몰라서 묻냐?"

"그러고 보니, 우리 여행 갔을 때 은형이가 접어 게임에서 밝혔던 좋아하는 사람은 여령이인 걸까?"

그때, 마찬가지로 조용히 밥을 먹던 김혜힐이 불쑥 끼어들어 그렇게 말하자 테이블에 침묵이 찾아왔다.

특히 그녀는 오후에도 역할을 다하기 위해 귀신 분장을 지우지 않은 상태였기 때문에 발언의 무게는 더했다. 나는 사실 혜힐이 때문에 자꾸만 먹는 것이 얹히고 있었다.

이윽고 모두가 잠에서 깨어난 것처럼 차례로 말했다.

"그렇게 생각하면 앞뒤가 전부 맞아. 와, 세상에. 그러네. 그때 접어 게임에서 나왔던 조건이 차례로 '같은 중학교 출신', '같은 학년'이었잖아? 애초에 은형이한테 같은 중학교 출신 여자애는 함단이랑 반여령 단둘뿐이고."

"맞네, 맞네. 그때부터 여령이 가리켜 말한 거였네. 와, 대박."

윤정인에 이어 그렇게 말한 이민아가 서로를 바라보며 말했다. 소오름. 어쩌면 벌써 1년 가까이 사귄 사이 아니랄까 봐 호흡도 척척 맞았다.

결국, 더는 견딜 수 없어진 나는 조용히 자리에서 일어났다.

"어, 너 어디 가냐."

빠르게 묻는 윤정인에게 나는 한 손을 들어 보였다.

"나 왠지 속이 좀 안 좋아서, 소화제 가지러 양호실."

"야, 너 3반 음식 먹었지. 그것 때문 아니냐? 거기 음식 먹은 애들 다 속이 아프대."

"으으, 어쩌면 그럴지도 몰라."

힘없이 대답하는 내 옆에서 김혜힐이 내 팔꿈치를 당기며 속삭였다. 같이 가 줄까? 나는 고개를 내저었다.

"그랬다가는 양호실 가는 길에 환자를 늘릴 것 같아."

"아, 그건 그래. 뭐, 분장을 지우면 다시 하기 귀찮으니 어쩔 수 없지."

김혜힐이 투덜댔다. 아닌 게 아니라 지금도 우리 테이블을 향해 엄청난 시선이 쏟아지고 있었다. 고개를 끄덕인 나는 빠르게 급식실을 빠져나왔다.

양호실에서 소화제를 챙긴 나는 이걸 어디서 마실까 고민했다.

잠시 방황했지만 역시 맘 편히 있을 만한 곳은 우리 반밖에 없었다. 문을 여는 순간만큼은 잠시 어둡겠지만, 짧은 복도를 지나 숨겨진 천을 걷으면 곧바로 밝은 공간이 나타나니까. 거기에 아마 급식을 빨리 먹은 애들도 모여 있겠지. 그렇게 생각한 내 걸음이 빨라졌다.

그러나 막상 찾아간 교실 문은 잠겨 있었다.

엥? 자물쇠를 흔들며 황당한 표정을 짓던 나는 때마침 누군가 묻는 소리를 듣고 고개를 돌렸다.

"단아, 여기서 뭐 해?"

"루다야!"

"벌써 밥 다 먹었어?"

나는 손에 들고 있던 소화제를 꺼내며 머쓱하게 웃었다. 그러자 눈을 동그랗게 떴던 그가 곧 걱정스런 얼굴을 하며 물었다.

"뭐야, 왜 그렇게 자주 체해. 또 신경 쓰이는 일 있는 건 아니지?"

그가 다정하게 내 이마를 짚으며 하는 말에 나는 고개를 내저었다.

"아냐, 아냐. 그런 일 전혀 없어."

달리 말하자면 유천영이 조금 걱정되기는 하지만, 사실 걔는 항상 걱정하는 다른 사람들이 무색해질 만큼 자기 일 하나는 완벽하게 해내는 애인걸. 다만 비 오는 날 우산을 챙긴다거나 하는 사소한 데서 부족할 뿐이지.

그런 생각을 하며 낮게 웃던 나는 다시 시선을 들고 물었다.

"그러는 루다 너는 왜 이렇게 빨리 나왔어?"

"아, 나는 권은형이랑 반여령이랑 그러고…… 있는 사이에 우주인이랑 매점 가서 이른 점심 먹었어."

"주인이랑?"

의외의 이름에 놀라서 되묻자, 루다는 코를 찡그리며 잠시 민망한 표정을 짓더니 내 시선을 피했다. 그 모습을 본 나는 깨달았다. 아하, 주인이랑은 무사히 화해한 모양이군.

잘됐다고 말하고 싶지만 그랬다가는 부끄럼 많은 루다가 '그게 뭐가 잘된 거야? 이번에야말로 벗어날 수 있었는데!' 같은 소리나 할 게 분명하니 참아야겠지.

속마음을 누르며 싱글싱글 웃던 나는 문득 교실 문을 가리키며 물었다.

"그러고 보니까 교실 문은 왜 닫혀 있는 거야?"

"아, 다른 반에서 혹시나 몰래 찾아와서 구조물 망가뜨릴까 봐 걱정된다고. 우리 반 보기보다 꽤 많이 번 편이거든."

"뭐? 정말?"

"응, 7반이 이기고 있긴 한데 우리 반도 근소한 차이로 뒤쫓고 있을걸? 그러다 보니까 혹시 질투하는 반이 나올까 봐 걱정이 된다 이거지. 수익금 1등 상금 꽤 되니까."

"얼마인데?"

소리 죽여 되묻는 내게 루다는 이곳저곳을 휘휘 둘러보더니 마찬가지로 소리 죽여 속삭였다.

"30만 원."

"30만 원?"

세상에. 수익금에 더하면 반 전체 아웃백이나 빕스도 갈 수 있겠다. 굉장하잖아. 금세 상기된 내 얼굴을 보고 왜인지 작게 웃은 루다가 말했다.

"그리고 7반은 오후부터는 그 녀석들이 투입되지 않을 테니 수입이 줄어들겠지만, 우리는 그런 거와는 전혀 상관없는 콘텐츠라 수입이 꾸준할 예정이거든. 잘하면 역전도 노려볼 수 있겠지."

"좋아, 오후에 홍보 더 열심히 하자!"

"그래."

"다른 반도 가 볼까?"

루다와 내가 마주 보며 밝게 웃는 그때였다. 전에 없이 따뜻하고 편안하던 공기 사이로 기침 섞인 신음이 불쑥 끼어들었다.

"누가…… 좀……."

흡사 죽어 가는 사람의 단말마와 비슷한 신음이었다. 뻣뻣하게 굳어진 내 옆에서 루다 또한 나 못지않게 굳어 버렸다. 그가 어울리지 않게 귀신을 무서워한다는 사실을 떠올린 나는 마음을 다잡고 물었다.

"누, 누구세요?"

그러나 사람 한 명 보이지 않는 복도는 썰렁하기만 했다. 엄마야, 나는 울상을 지었다. 설마 이게 바로 귀신의 집에서 진짜 귀신을 만난다는 그 패턴인가? 소설 속에서 몹시 흔한 전개긴 하지만 여기는 임시 귀신의 집이 된 우리 반 안도 아니고, 환한 복도인데?

나는 설마 하는 심정으로 우리 반 문 쪽을 돌아보았다.

그러기가 무섭게 잠긴 문 안에서 다시 신음 소리가 새어 나왔다.

"도…… 도와줘."

루다의 어깨가 쭈뼛 솟아올랐다. 단숨에 나를 데리고 달아날 채비를 하는 그의 손을 내가 다시 붙잡았다.

"왜 그래? 아무도 없는 교실에서 목소리가 들리다니, 저거 아무래도 귀신……."

이제껏 본 적이 없을 정도로 다급한 얼굴로 말하는 그에게 내가 외쳤다.

"루다야, 진정해! 내 생각에는 여기 누가 갇힌 것 같아."

그제야 루다는 창백해져서 한쪽 다리를 덜덜 떨던 것을 멈추고 고개를 들었다.

"뭐? 하지만 우리가 교실을 비운 게 점심시간 시작되고부터니까 고작 20분 정도인데, 하루 종일 갇혀 있던 것도 아니고 20분 만에 누가 저렇게……."

말을 하다 말고 문득 그는 뭔가 떠올랐는지 얼굴을 굳혔다. 뭔가가 떠오른 건 나 또한 마찬가지였다.

어제저녁, 축제 준비가 막바지이던 때에 예상치 못한 이상윤과 김혜힐의 충돌.

그는 김혜힐의 남자 친구인 이지한의 병증을 들어 빈정거렸고, 김혜힐은 몹시 화를 냈다. 거기에 더해 루다까지 한마디 쏘아붙이자 이상윤은 적잖이 마음이 상한 듯했다…….

고개를 든 나와 루다가 동시에 외쳤다.

"이지한!"

"제발……."

그에 화답하듯 교실 문 안에서 애처로운 신음이 흘러나왔다. 맙소사, 나는 두 손을 들어 입을 가리다 말고 외쳤다.

"교무실 다녀올게! 여벌의 열쇠가 있을 거야. 혹시나 없을 때를 대비해서 마주치는 애들마다 이상윤 좀 찾아 달라고 할……."

"그럴 필요 없어!"

루다의 단호한 외침에 나는 일순 멍해졌다. 아니, 도대체 무슨 말을 하는 거야? 그럴 필요 없다니, 이지한을 구할 필요가 없다는 건가?

그때 루다가 대뜸 몸을 숙여 슬리퍼 밑에서 무언가를 빼냈다.

"지금 뭐 하는 거야?"

믿을 수 없다는 듯 멍하니 되묻는 내게 루다가 외쳤다.

"다들 슬리퍼 밑에 실핀 하나쯤은 가지고 다니는 거잖아!"

"……."

아니, 그건 너뿐일걸. 속으로 중얼거리는 나를 뒤로하고, 루다는 자물쇠에 대고 연신 철컹대더니 곧장 자물쇠를 떼어 냈다.

내가 중얼거렸다.

"말도 안 돼. 전에 여령이네 할머니 집 문을 딸 때는 3분은 걸렸잖아. 그새 더 빨라진 거야?"

"아니, 막상 잡아 보니까 풀 필요 없을 정도로 약한 거길래 그냥 잡아 뜯었어."

"……."

다시 한번 말없이 입을 다무는 내 옆에서 루다가 덜컹 문을 열어젖혔다.

마침내 열린 문 안으로 내쏘듯이 들어가며 그가 외쳤다.

"야, 이지한!"

그를 따라 들어가며 나는 입구를 가리는 용도의 천막을 걷어 올렸다.

내가 안으로 들어오자마자 천막은 다시 흘러내려 빛을 감추었다. 이런, 안이 잘 안 보이는데. 눈을 가늘게 뜬 나는 벽면을 손으로 더듬었다. 전등 스위치를 찾는 게 좋겠어.

그러는 사이 교실 깊은 곳에서는 루다의 외침이 들려왔다.

"야, 일어나 봐! 일어날 수 있겠어? 너 사람이지? 귀신 아니지? 그렇다고 말해, 얼른."

이 와중에 다소 긴장감 없게 들리는 루다의 물음에 나는 헛웃음을 터트렸다. 그리고 나는 중얼거렸다.

이런, 스위치가 가벽 뒤에 있는 모양인데. 하긴, 귀신의 집인 이상 형광등을 쓸 일 자체가 없으니 그런 건 신경 쓰지 않고 가벽을 세웠겠지.

내가 다시 안을 향해 외쳤다.

"루다야, 불을 못 켜겠어! 그냥 그 애를 데리고 얼른 나가자!"

"알았어! 지금 데리고 나갈게!"

바로 그때, 열려 있던 앞문이 갑자기 쾅 소리와 함께 닫혔다.

"어?"

나는 당황해서 닫힌 문을 필사적으로 더듬었다. 그런 내 뒤에서 루다의 외침이 들려왔다.

"뭐야? 갑자기 큰 소리가 났어. 무슨 일이야?"

"문이 갑자기 자동으로 닫혔어."

"뭐?!"

아니, 미닫이문이 바람에 닫힐 리가 없는데…… 황망히 말을 잇던 나는 금세 간과했던 사실을 깨달았다.

자동으로 닫힌 게 아니라 당연히 밖에서 누군가가 닫은

거겠지! 사방이 한 치도 보이지 않을 만큼 어두운 탓에 나조차 이성을 잃은 모양이었다. 어둠과 핏자국에 휩싸인 이곳은 이제 무슨 일이 일어나도 이상하지 않을 것 같은 공간이 되어 있었다.

내가 바깥을 향해 외쳤다.

"안에 사람 있어! 열어 줘!"

그러나 문이 열리긴커녕, 도로 철컥하고 닫히는 소리가 났다. 기겁하는 내 뒤에서 루다가 이지한으로 추정되는 남학생을 짐짝처럼 짊어지고 다가왔다. 그가 이를 으득 갈며 외쳤다.

"야, 이상윤! 너 이상윤이지? 이거 열어!"

나 또한 두 손 모으고 기다렸지만 문 바깥에서는 아무런 대답이 없었다. 그러자 다시 한번 이를 간 루다가 교실 문을 쾅 소리 나게 걷어찼다.

"야, 내가 이까짓 문 못 부수고 나갈 줄 알아?! 열라면 열라고!"

참, 루다라면 이 정도 문은 발길질 한 번에 부술 수 있었지? 잊고 있던 사실을 떠올린 나는 조금 더 맘 편히 상황을 지켜보기로 했다.

그 가운데 루다가 날 선 목소리로 말을 이었다.

"이상윤! 너인 거 다 알아. 지금 열면 없던 일로 해 줄 테니까 당장 이 문 열어!"

여전히 문 너머에서는 아무 대답이 없었다. 나는 이제 문 너머에 있는 사람의 정체보다도, 루다의 저 확신이 어디서 나오는지가 궁금해지기 시작했다.

그때 루다의 입에서 나온 뜻밖의 말이 나를 놀라게 했다.

"너 김혜힐 좋아해서 이러는 거잖아!"

내가 눈을 크게 뜨며 되물었다.

"뭐? 그거 진짜야?"

그러자 루다가 윤곽밖에 보이지 않는 턱을 들어 문 쪽을 가리켰다.

"몰랐어? 이상윤 저 자식 김혜힐 좋아하잖아. 우리 반 애들 반 이상은 알걸? 뒷자리에서 보면 수업 시간에 저 자식 하는 짓이 김혜힐 보는 것밖에 없는데, 모를 수가 있어야지."

루다 말마따나 제 쌍둥이인 김혜우와는 딴판으로 수업을 성실하게 듣는 김혜힐은 거의 언제나 앞자리에 앉아 있었다. 이상윤은 중간 자리쯤이었고, 루다는 권력자들의 전유물인 뒷자리. 즉, 루다는 맘만 먹으면 이상윤의 행동을 언제든지 관찰할 수 있었다.

아니, 세상에. 그래도 그렇지. 나는 고개를 절레절레 내저었다. 이상윤의 행동을 보고 그가 김혜힐을 좋아해서 그런다고 생각하는 애들이 몇이나 되겠냐고.

김혜힐, 너도 반여령만큼이나 이상한 애들이 잘 꼬이는

체질이구나? 작게 중얼거리는 내 옆에서 루다가 문을 쾅쾅 두드리며 말을 이었다.

"너 이번에 김혜힐한테 그 난리 친 것도 김혜힐이 남친이랑 헤어졌으면 해서 그런 거잖아! 야, 그런데 네 방식 진짜 옆에서 보면 한심할 정도였거든? 지금도 이딴 짓이나 하니까 김혜힐이 너랑 상종도 안 하는 거 아니야!"

그때였다. 지금까지처럼 아무 대답도 없을 거란 내 예상과는 달리, 바깥에서 버럭 하는 외침이 들려왔다.

"내가 눈이 삐었냐! 아무리 예쁘다고 해도 그렇지, 그딴 인정머리 없고 싸가지 없는 계집애를 누가 좋아해!"

나는 얼굴을 구겼다. 저게 대체 무슨 소리야? 김혜힐이 예쁜 걸 아는 걸 보니 눈이 삐지는 않은 모양인데, 인정머리와 싸가지는 시력과 무슨 관계가? 앞뒤가 영 안 맞잖아.

아니, 아무튼 지금 그런 것은 중요한 게 아니었다. 루다의 옆에서 마찬가지로 문을 힘주어 두드린 내가 외쳤다.

"야! 당장 이 문 열어! 너 진짜 아까부터 뭐 하는 짓이야, 뒷감당할 자신은 있어?"

"아까부터 내가 무슨 수작을 부린 것처럼 말하는데, 나는 안에 사람이 있는 줄 모르고 잠근 거거든? 아까 대답 안 한 건 사람 있는 줄 몰랐는데 목소리 들려서 당황해서고!"

"그렇게 나오시겠다?"

그래 봐야 앞뒤 정황 따져 보면 답이 나오는데 말이야.

나는 이를 으득 갈았다. 내가 루다를 돌아보며 물었다.

"어떻게 할 거야?"

"이 문을 당장 박살 내고는 싶지만, 그렇게 하면 우리 반 오후 장사에 지장이 생겨. 문짝을 뜯어낼 자신은 있어도 뜯은 문짝을 도로 끼워 맞출 자신은 없거든."

루다가 나 못지않게 분한 목소리로 말했다. 하긴 고치는 건 망가뜨리는 것보다 훨씬 어려운 일이니까.

고개를 주억거리는 나를 뒤로하고 루다가 턱을 쓰다듬으며 중얼거렸다.

"창문 밖으로 뛰어내릴까……. 나 혼자 뛰어내리면 어렵지 않으니까 바로 뛰어 올라와서 실핀으로 다시 문을 열면."

루다야, 그런 사람답지 않은 선택지는 최후까지 보류해 줘. 물론 슬리퍼에 실핀을 숨기고 다니거나 자물쇠를 맨손으로 우그러뜨리는 데서부터 이미 보통 사람이라고 할 수는 없지만. 그렇게 생각하던 나는 문득 잊고 있던 사실 하나를 떠올렸다.

내가 다시 말을 꺼냈다.

"그러고 보니까 우리 교실, 앞문은 바깥에서 자물쇠로 잠그지만 뒷문은 안에서 잠그는 방식이잖아."

"어?"

루다가 고개를 퍼뜩 들고 나를 보았다. 짧게 시선을 교환한 우리는 결국 믿기 싫은 사실을 인정해야만 했다.

우리, 지금까지 헛짓거리 한 거야?

이지한이 이 사실을 떠올리지 못한 이유는 간단했다. 어두운 학교에 방치되었다는 사실 때문에 트라우마가 발생한 탓에 정상적인 판단이 불가능했던 것이다. 그리고 그의 상태 때문에 괜히 다급해졌던 우리도 마찬가지. 세상에, 아무리 그래도 그렇지.

어둠 속에서 루다가 손을 내밀었다. 한 치 앞도 안 보이는 어둠 속에서 용케 헛손질도 없이 내 손을 붙든 루다가 길을 턱짓했다.

"얼른 나가자. 뛰어가면 2분도 안 걸려. 이러다 이 자식한테 큰일 생기면 이상윤이 우리한테 전부 덮어씌울까 걱정된다."

"일리 있어, 빨리 가자."

루다의 말에 대답한 내가 그를 따라 걸음을 옮겼다. 한 팔로는 이지한을 받쳐 들고, 다른 한 손으로는 내 손을 쥔 루다가 컴컴한 교실을 돌파하기 시작했다.

벽 중간중간에 튀어나오는 이상한 사진 액자도, 눈알 따위의 장식도, 허공에 매달린 가발 따위도 아랑곳하지 않고 루다는 거침없이 나아갔다. 그에게 이끌려 가며 나는 생각했다.

귀신의 집은 싫다고 그렇게나 벌벌 떨더니, 막상 사람 구할 일이 생기니까 이렇게나 저돌적이구나. 의외로 실전파네.

언제나 말과 행동이 다른 그에게 잘 어울린다고 생각했다. 속으로만 웃으며 나는 걸음을 빨리했다. 이대로 가면 빠져나가는 건 시간문제도 아니고, 채 멀리 달아나지 못한 이상윤을 잡을 수도 있을 것이다.

이지한이 정신을 차린 것은 마지막 모퉁이를 돌기 직전이었다. 나는 바로 옆에서 흘러나온 앓는 듯한 신음에 고개를 돌렸다.

"거울……."

"뭐?"

걸음을 멈춘 루다가 그에게 되물었다. 이지한이 한결 또렷해진 목소리로 말했다.

"거울, 을…… 피해야……."

"거울? 그게 왜."

"아, 잠깐만."

까맣게 잊고 있던 사실을 떠올린 내가 창백하게 질려서 멈춰 섰다.

내가 정말로 기억해 내야 했던 것은 뒷문을 안에서 잠근다는 사실 따위가 아니었다. 여기에서 나가야 한다는 생각에 휩싸인 나머지, 나는 더 중요한 것을 잊고 있었다.

전혀 말이 되지 않더라도 이 세계에서만은 통용되는 절대적 법칙.

그러나 이미 때는 늦어 있었다. 루다가 답답한 듯 말하며 걸음을 옮겼다.

"뭔지는 몰라도 여기만 지나가면 되니까 조금만 더 참아."

"잠깐만, 루다야! 우리 다시 앞문으로……."

이 모퉁이 바로 뒤에 거울이 있음을 떠올린 나는 황급히 말했다. 그러나 그땐 이미 루다가 이지한을 짊어진 채 모퉁이를 돈 뒤였다.

앞으로 무슨 일이 일어나든 그 혼자 겪게 할 수는 없다는 생각에, 나는 황급히 손을 뻗어 그의 손목을 움켜쥐었다. 나는 몸의 균형을 잃고 휘청이듯이 모퉁이 너머로 튀어나왔다.

간신히 균형을 되찾고 고개를 들자, 핏자국이 잔뜩 튄 벽면 위에 우두커니 솟은 거울이 보였다.

어둠 속에 우리 세 사람의 얼굴이 흰 풍선처럼 두둥실 떠올라 있었다.

숨 막힐 듯한 침묵이 흘렀다.

이윽고 나를 돌아본 루다가 어리둥절하게 물었다.

"더 가면 안 된다고? 왜?"

"어……."

나는 대답하지 못하고 거울 속에 비친 우리 모습을 자세히 살폈다. 더하지도 빼지도 않은 딱 현실 그대로의 모습이었다. 이상한 점도, 무서운 점도 없었다.

소름이 돋은 팔을 쓸어내린 나는 한 걸음 뒤로 물러나며 중얼거렸다. 그러게, 노아리는 왜 그런 말을 했지? 이성을 되찾은 지금에서야 그 조언의 비합리성에 생각이 미쳤다.

이지한과 함께 어두운 학교에 있어선 안 된다고 했지. 특히 어두운 곳에서 거울을 봐선 절대로 안 된다고 했다.

하지만 상식적으로 생각했을 때, 어둠 속에 있을 때 일어날 수 있는 최악의 일이 뭐가 있단 말인가? 거울을 보았을 때 일어날 수 있는 최악의 일은?

어둠 속에서 일어날 수 있는 위험한 일은 빛 속에서도 일어날 수 있고, 거울 속에서 일어나는 일은 결국 현실에서 일어나는 일의 반영이다.

노아리의 조언은 현실적인 조언이라기보다는, 공포 영화나 소설 맨 앞에 제시되는, 독자를 겁먹게 하기 위한 장치나 경고문에 더 가까워 보였다.

"단아?"

루다가 다시 의아하게 나를 불렀다.

그제야 정신을 차린 나는 고개를 내젓고는, 이 교실에서 한시라도 빨리 나가기 위해 한 걸음을 내디뎠다.

바로 그 순간, 거울 속 내가 현실의 나와는 엇갈린 방향으로 움직였다. 나는 걸음을 멈추었다. 루다 또한 이질감을 느낀 듯, 고개를 돌리고 거울을 빤히 보았다.

"잠깐, 방금 저기서 뭐가 움직인 것 같지 않아? 이 교실에 우리 말고도 누가 있나?"

루다는 우리 반이라 이 구조물의 설치 과정을 낱낱이 보았으므로, 거울 너머가 뚫린 공간이란 것을 알고 있었다. 그리고 그가 처음으로 한 의심은, 거울 너머에 우리 말고도 누가 있다는 것이었다. 그야 그렇겠지, 상식적으로 거울의 좌우가 뒤바뀌는 일은 결코 불가능하니까!

뭔가 말도 안 되는 일이 벌어지고 있단 것을 깨달은 내가 루다의 손을 꽉 붙잡았다.

나는 그를 거울이 비추는 범위 바깥으로 다급히 끌어당겼다.

"루다야! 이리 와, 당장!"

그러나 때는 이미 늦어 있었다. 거대한 손이 내 뒷덜미를 휙 낚아챈 것처럼, 어딘가로 빨려 들어가는 느낌이 들더니 순식간에 시야가 뒤집혔다.

쿠당탕 소리와 함께 차갑고 단단한 바닥에 부딪친 나는 무릎을 붙잡고 신음했다.

"으윽."

뭐야, 갑자기…….

나는 황급히 두 손을 바닥에 짚고 몸을 일으켰다. 손바닥을 통해 타일 바닥 특유의 까슬한 질감이 여과 없이 느껴졌다. 먼지가 잔뜩 손에 묻는 불쾌한 감각도.

이윽고 나는 바닥을 가득 적신 푸르스름한 달빛과 마주쳤다.

내가 망연히 중얼거렸다.

"달빛이라고?"

방금까지 대낮이었는데, 달빛이 보이는 게 가능해? 우리가 얼마나 오랜 시간 동안 기절해 있었던 걸까?

나는 고개를 돌렸다. 코끝과 팔뚝에 싸늘한 기운이 맴돌았다.

얼마 떨어지지 않은 곳에 루다와 이지한이 쓰러져 있었다. 그들을 보고 안도의 한숨을 내쉬는 것도 잠시, 나는 다시 얼굴을 굳혔다. 이런 어이없는 상황에 놓인 것이 나뿐만이 아니라는 건 다행이지만, 이 상황이 전혀 이해되지 않다는 건 여전했다.

루다 또한 알 수 없는 힘에 이끌려 세게 넘어진 모양이었다. 그렇지 않고서야 반사 신경이 말도 안 되게 뛰어난 루다가 바닥에 쓰러져 있을 리는 없었다. 넘어지며 머리를 세게 박은 모양인지, 이마를 연신 문지르던 루다가 고개를 들었다.

"뭐야, 갑자기? 대체 누가……."

"루다야, 괜찮아?"

내가 조심스럽게 묻자, 루다는 흔쾌히 고개를 끄덕였다.

"난 괜찮아. 그보다 이놈까지 신경 써 줄 여유가 없어서 어디 세게 부딪히지 않았나 걱정되는데. 그런데 여긴……?"

옆에 쓰러진 이지한을 이리저리 살피던 루다가 다시 고

개를 들더니 물었다. 바닥에 번진 희미한 달빛과, 푸르게 물든 대기를 본 그의 얼굴이 나와 마찬가지로 굳어졌다.

우리가 서 있는 곳 바로 옆에는 신발장 여러 개가 가지런히 늘어서 있었다. 전교생의 신발도 너끈히 수용할 만한 신발장을 보아 이곳이 현관임은 확실했다.

하지만 우리 학교는 현관이 아닌 각 반 앞에 신발을 놓도록 되어 있었다. 즉, 이곳이 우리 학교가 아니란 건 확실했다.

정신을 잃었다 깨어나 보니 낮에서 밤으로 바뀐 것도 놀라운데, 게다가 우리 학교도 아닌 남의 학교라고? 멍한 표정을 짓던 내 눈에 거대한 전신 거울이 들어왔다.

이 학교도 현관 앞에 전신 거울을 놓는 것만은 우리 학교와 같았다. 거울을 통해 현관을 가득 채운 신발장 너머 운동장과, 어둠에 잠긴 교문이 내다보였다.

그때 거울 밑에 음각된 글자가 내 눈에 띄었다. 루다가 아무것도 이해할 수 없다는 표정으로 신발장으로 다가가는 사이, 나는 거울로 다가가 몸을 숙였다.

'석봉 중학교 창립 97주년 기념.'

석봉 중학교? 왠지 익숙한 어감을 입속으로 굴려 보던 나는 얼굴을 굳혔다. 이 이름이 여기서 왜 나와?

석봉 중학교는 윤정인과 신서현, 김 쌍둥이가 다녔다던 중학교였다.

이게 대체 어떻게 된 일이지? 그들 중 누군가가 소품에 장난을 친 건가? 아니, 하지만 이런 규모로 재현할 수 있을 리가.

나는 다시 고개를 돌려 현관 바로 옆에 뚫린, 숙직실로 통하는 작은 창문, 창문 위에서 붉은빛을 뿜어내는 LED 시계, 그 밑에 놓인 종려나무 화분을 확인했다. 그 모든 것이 우리 학교와는 다르다는 것을 깨닫고서야, 나는 결론을 내렸다.

역시 이곳은 그들이 한때 다니던 석봉 중학교였다. 몇 시간은 고사하고, 한나절을 다 쓰더라도 우리 학교에 재현하기에는 절대 불가능한 규모니까.

다음으로 나는 양옆에 뻗은 복도를 살폈다. 어둠 속에서 남녀 화장실 표시가 은빛으로 도드라졌다. 교무실과 행정실의 문패 또한 차가운 은빛으로 빛났다.

그때, 신발장 사이로 걸어 들어온 루다가 입을 열었다.

"여기, 학교야."

당연한 사실을 입에 담는 그의 태도가 몹시 진지했다. 그야, 우리를 둘러싼 상황이 보통이 아니니 어쩔 수 없지.

나 또한 내 뒤의 전신 거울을 가리키며 진지하게 답했다.

"응, 알아. 석봉 중학교래."

"뭐? 이름은 어떻게 알았어?"

"여기 쓰여 있었어."

"아."

거울로 다가가 아래 글자를 확인한 그가 다시 고개를 들었다. 그가 바깥을 가리키며 말했다.

"더 이상한 사실은, 여기가 밤이라는 거야. 분명 방금까지만 해도 낮이었는데, 밖에는 달까지 떠 있어. 직접 나가서 확인했어."

"저기에 시계가 있어."

"시계라고?"

눈을 번뜩인 루다가 휙 고개를 돌렸다.

나 또한 시계가 있다는 것은 알았지만 시간을 확인하지 않았다는 것을 깨닫고 고개를 돌렸다.

침묵이 흘렀다. 그 가운데 루다가 중얼거렸다.

"12시라니. 도대체 어떻게 된 거야?"

나 또한 굳어진 얼굴로 시계를 보았다. 여기서 문제는 12시란 시간 자체가 아니었다.

불이 들어와 있는 것으로 보아 분명히 작동하는 듯한 시계가, 초침은 전혀 움직이지 않고 멈춰 있었다. 마치 '12:00:00'에서 이 세계의 시간은 멈추었다는 것처럼.

그때, 바닥에 널브러져 있던 이지한에게서 희미한 신음 소리가 흘러나왔다. 나는 그제야 김혜힐의 남자 친구이기도 한 그를 여태껏 방치한 데 미약한 죄책감을 느꼈다. 루다 또한 같은 생각이었는지, 냉큼 달려가 그를 둘러업었다.

그가 씩씩하게 말했다.

"이제 어디로 가야 하지? 아니, 뭘 어떻게 해야 하는 거야?"

"그러고 보니까 바로 저기가 숙직실인 것 같았어. 아니, 경비실? 뭐가 됐든."

내가 현관 바로 옆에 난 작은 창문을 가리키며 말했다. 이윽고 우리 둘은 서로를 마주 보며 외쳤다.

"전화!"

상식적으로 숙직실이나 경비실에 전화가 있는 건 당연하잖아! 물론 핸드폰이었다면 더 좋았겠지만, 워낙 규율이 엄한 우리 학교는 축제 시작 전에 운영 위원을 제외한 나머지의 핸드폰을 전부 걷어 버렸으니까. 애초에 핸드폰이 있었다면 교실에 갇혔을 때 그토록 당황하며 자력으로 빠져나올 걱정도 하지 않았겠지.

우리는 후다닥 걸음을 옮겨 숙직실로 통하는 나무 문을 밀어젖혔다. 예상은 했지만 잠겨 있었다.

여기에서 얼마 떨어지지 않은 곳에 교무실이 있었지? 그곳에서 열쇠를 가져오면…… 그런 생각을 하던 나는 콰직 소리와 함께 문이 열리는 것을 보고 고개를 들었다.

내가 문 앞에 서 있는 루다에게 물었다.

"뭐 한 거야?"

그러자 내 시선을 피한 그가 어물쩍 대답했다. 아니, 뭐.

"긴급 사태잖아."

"저기…… 그래도 남의 학교인데, 기물 파손은 좀."

게다가 반 친구의 출신 중학교에서 기물 파손은 더더욱 좀. 이미 이 시점에서 무단 침입이긴 하지만 말이야.

그렇게 생각하는 내게 루다가 미간을 좁히며 말했다.

"평범한 학교에 대고 이런 말 하면 이상하지만, 왠지 기분이 나빠. 여기에 오래 있으면 안 될 것 같은 생각이 들어."

변명조인 그의 말을 들은 나는 잠시 고개를 기울였다가, 곧 끄덕였다. 하긴, 그것도 그렇긴 하지. 무엇보다 만약 다른 누군가가 우리를 여기로 데려온 거라면 왜 데려온 건지, 왜 하필 여기인지는 전혀 모르기도 하고 말이야.

결국 우리는 조심스럽게 숙직실 안으로 들어갔다.

좁은 책상 위는 펜치나 자, 각종 공구로 빽빽했고, 볼펜이 가득 꽂힌 연필꽂이가 한구석에 놓여 있었다.

CCTV를 감시하는 용도인 듯한 모니터는 불이 꺼져 있었고, 그 맞은편에는 캐비닛과 한 사람이 겨우 누울 정도로 작은 침대가 있었다. 세 사람이 들어가자 비좁을 정도였다.

이지한을 침대에 버리다시피 한 루다는 곧바로 책상 한구석에 놓여 있던 유선 전화 수화기를 들었다.

내가 물었다.

"신호음은 들려?"

"모르겠어, 일단 전기가 들어오긴 하는 것 같아. 전화를 걸어 볼게."

"누구한테?"

"일단은 루카스한테라도."

싫어 죽겠다는 표정으로 그렇게 말한 루다가 번호를 꾹꾹 눌렀다. 이러니저러니 해도 루카스 번호를 외우고 있는 거구나. 놀리고 싶은 마음을 애써 참은 나는 문득 창문 밖에서 뭔가가 움직이는 것을 보고 눈을 크게 떴다.

내가 앞으로 몸을 기울이자 전화기 위로 고개 숙이고 있던 루다가 물었다.

"왜 그래?"

"저기 뭔가 보여."

"뭐라고?"

"봐 봐, 사람 같은데?"

전화를 내려놓고 되묻는 그에게 나는 현관을 가리켰다.

착각이 아니었다. 전신 거울 앞, 갑자기 어디서 나타났는지 모를 여학생이 서 있었다.

머리카락은 유난히 길고 곧았고, 처음 보는 교복을 입고 있었다.

아마도 저게 석봉 중학교 교복이겠지.

그렇게 생각한 나는 루다를 돌아보았다.

"아무래도 부르는 게 낫겠지?"

내 물음에 루다가 미심쩍은 얼굴로 대꾸했다.

"왜 이 밤에 학교에 나와 있는지는 모르겠지만, 이 학교 사람한테서 사정을 듣는다면 베스트지."

그리고 그는 창문을 열고 뭐라고 말하려 했다. 바로 그 순간, 갑자기 뒤에서 튀어나온 손이 그의 입을 틀어막았다.

나는 하마터면 반사적으로 비명을 지를 뻔했다. 간신히 진정하고 고개를 돌리자, 침대에서 반쯤 몸을 일으켜 힘겹게 루다의 입을 틀어막고 있는 이지한이 보였다.

내가 물었다.

"왜 그러는 거야?"

"쉿."

이지한이 창백한 얼굴로 속삭였다.

"제발 부르지 마. 아무 말도 하지 마. 이대로 가만히 있어."

입을 막은 이지한의 손을 쳐 낸 루다가 어이없다는 듯 말했다.

"대체……."

그러던 찰나, 다시 루다의 입을 막은 이지한이 고개를 내저었다. 그가 목이 졸린 듯한 어조로 덧붙였다.

"제발 내 말 들어."

"……."

나와 루다는 어둠 속에서 물끄러미 서로를 보았다. 다행인지 불행인지, 여학생은 우리의 실랑이를 깨닫지 못한 것 같았다. 창문이 좁아서이기도 하고, 그녀와 우리 사이에 신발장이 놓여 있어서 시야가 반쯤 가로막힌 탓이기도 했다.

용모를 살피듯, 한참이나 거울 앞에 서 있던 그녀가 천천히 고개를 돌리더니 한들한들 걸음을 옮겨 전신 거울 뒤에 나 있는 계단으로 향했다. 계단 앞에서 그녀가 잠시 걸음을 멈추었다.

내가 중얼거렸다.

"뭐 하려는 거지?"

그 순간, 갑자기 우둑우둑하는 소리와 함께 그녀의 형체가 변했다. 어두워서 잘 보이지 않았지만, 그녀의 하반신에서 솟아난 여섯 개의 길고 굽은 다리가 현관 바닥을 딛는 것만은 똑똑히 보였다.

계단 위에서 쏟아진 달빛이 우리와 가까운 바닥 위로 그림자를 선명히 새겨 넣었다. 사람과 거미가 뒤섞인 듯한 그 모습을 보고 나도, 루다도 굳어져서 아무 말도 못 했다. 우리 위치를 들킬까 봐 숨조차 쉴 수 없었다.

이윽고 발소리라기보다는 무거운 것을 질질 끄는 듯한 소리를 내며 그녀가 천천히 멀어졌다.

그녀가 계단을 올라가는 모습을 작은 창문으로 지켜보던 우리 입에서 마침내 참았던 숨이 터졌다.

"하."

"허."

"휴."

유일하게 안도의 한숨을 내쉬는 이지한에게 내가 물었다.

"이게 어떻게 된 거야?"

"대체 뭐야? 저건, 여기는……."

루다 또한 새하얘진 얼굴로 드물게 더듬거렸다.

우리는 유일하게 뭔가를 알고 있는 듯한 이지한에게 시선을 꽂고 대답을 기다렸다.

그가 절망 때문에 어두워진 얼굴로 말했다.

"미안. 너희는 나 때문에 끌려들어 온 거야."

"끌려들어 오다니?"

루다가 반문했다.

"거울 속 세계."

이지한이 울 듯한 목소리로 덧붙였다.

"가장 끔찍한, 결코 존재해서는 안 됐던 괴담 속 세계로."

그의 대답에 나는 얼마 전, 노아리의 말을 듣고 떠올렸던 가설이 사실이었음을 깨달았다.

나는 허탈한 한숨을 내쉬었다.

그래도 그땐 이렇게 최악의 방식으로 깨닫게 될 거라고는 상상도 못 했는데.

이지한.

그는 노아리가 쓴 '공포 소설'의 주인공이었다.

* * *

이지한은 잠시 동안 아무 말이 없었다. 그로서는 분명 처음이 아닐 이 세계에 다시 들어와 버렸다는 절망감과, 이 세계에 우리까지 끌어들이고 말았다는 죄책감을 동시에 느끼고 있는 것 같았다.

내가 말없이 눈만 굴리는 사이, 루다가 답답한 듯 다그쳤다.

"야, 악몽 속 세계고 자시고 제대로 말이나 해 봐! 방금 그 말도 안 되는 건 뭐였어? 또, 그걸 미리 알고 있었던 것 같은 네 태도는 뭐고."

"알았어, 다 설명할게. 너희까지 같이 끌려오게 된 이상, 나도 숨길 생각 같은 건 없어. 하지만 여긴 장소가 너무 안 좋아."

비로소 얼굴에서 손을 뗀 이지한이 주위를 둘러보더니 말했다.

그의 말은 사실이었다. 세 명이 서 있기도 좁은 데다가, 숨을 곳이라곤 기껏해야 침대와 책상 밑, 캐비닛 정도가 전부인 이곳에서 아까 같은 괴물과 마주친다면 절대 무사히 도망치진 못할 것이다.

나는 책상 위에 난 작은 창문을 보았다.

혹시나 그런 상황이 닥쳤을 때, 저기로 빠져나갈 만한 운동 신경을 가진 사람은 루다 정도뿐이겠지.

그때 루다가 다시 물었다.

"갈 데는 있어? 아니, 그러니까 내 말은. 이 돈 것 같은 학교에서 안전한 장소를 알아?"

이지한이 미심쩍은 표정과 함께 대답했다.

"알았었어."

루다가 잔뜩 신경질적인 목소리로 그 말을 따라 했다.

"'알았었어'?"

"2년 전쯤엔 안전했던 장소였어. 어쨌든 여기서 더 이러고 있을 순 없는 노릇이잖아. 얼른 나가자."

"아, 그 전에."

거푸 얼굴을 쓸어내리며 말한 이지한이 문으로 나가려는 찰나, 루다가 다시 그를 붙잡았다.

루다는 나와 이지한의 의아한 시선을 받으며 캐비닛 안을 마구 뒤져 댔다. 한참 만에 도무지 왜 여기 있는지 모를 골프채를 찾아낸 그가 바깥을 손짓했다.

"자, 자. 나가자. 길은 네가 알지? 내가 선두에 설 테니까 뒤에서 지시만 해."

"잠깐, 네가 선두에 서도 괜찮겠어?"

이지한의 믿기지 않는다는 듯한 물음에, 루다가 다시 미간을 좁혔다. 그가 새삼스럽다는 듯 되물었다.

"안 괜찮을 건 뭐냐?"

"아니, 그래도 길을 알고 있는 건 나이기도 하고. 그리고 어쨌든 너희가 여기 들어온 건 내 책임이니 위험한 역할이라면 내가 맡는 게……."

나는 새삼 놀란 눈으로 이지한을 쳐다보았다.

아무리 그 때문에 이곳에 끌려들어 온 거라고 해도, 어찌 보면 그 역시 이 사태의 피해자였다. 그런데도 저렇게 담담하게 희생을 자처하다니, 믿기지 않을 만큼 좋은 애였다. 역시 사람은 끼리끼리 만난다는 말이 사실인 걸까?

그러자 눈을 구기며 말도 안 되는 말 하지 말란 듯한 표정을 지은 루다가 대꾸했다.

"위험하다고? 이 역할이? 너한테는 그럴지도 모르지만 난 아니야."

"아."

그제야 눈앞의 인물을 새삼 살피며 '얘 이루다였지?' 같은 표정을 짓는 이지한에게 루다가 다시 말했다.

"그리고, 네가 죽으면 단이는 누가 안전한 곳까지 데려다주냐?"

"어……."

그제야 이지한이 내 존재를 깨달은 듯 나를 보았다.

아니, 뭐. 처음부터 지금까지 루다의 존재감이 워낙 압도적이었으니 날 잊고 있었더라도 이해해. 내가 그런 뜻을 담아 바라보자, 그가 미안한 표정을 지으며 말했다.

"안녕. 이런 상황에서 자기소개 하긴 좀 그렇지만 난 이지한이야. 2학년 4반."

"아, 안녕. 2학년 8반 함단이야. 네 얘기 많이 들었어."

그러자 이지한이 뜨악한 표정을 지으며 대꾸했다.

"뭐?! 네가 함단이야?!"

그러더니 이지한은 스스로 머리를 감싸며 '젠장, 난 이제 혜힐이한테 죽었다…….' 같은 말을 중얼댔다. 그런 그를 보며 루다가 어이없다는 표정을 지었다.

그가 말했다.

"야, 난 이루다고. 그리고 잡담은 그만하고 얼른 안내나 해."

"체육 대회 이후로 널 모르는 인간이 이 학교에 존재할 거라고 생각해? 아, 알았어. 일단 여기에서 나가자."

어이없다는 듯 투덜댄 이지한이 루다의 등을 떠밀었다. 나는 새삼 놀라서 그를 보았다.

석봉 중학교 4인방의 친구인 데다 김혜힐의 남자 친구니 남다른 데가 있을 거라고 예상은 했지만, 보기보다 배포가 컸다. 하긴, 처음도 아니고 이런 어이없는 상황에 계속 처했다면 어쩔 수 없긴 하겠지.

이지한에게선 이미 한 번 극한에 처했던 사람 특유의 여유로운 분위기 같은 것이 배어 나왔다. 그와 알게 된 지 얼마 안 되었는데도 나는 그가 꽤 마음에 들기 시작했다.

이지한을 슬쩍 흘겨본 루다가 말했다.

"다 죽어 갈 땐 몰랐는데 보기보다 시끄럽네."

역시 윤정인 친구. 그가 작게 중얼거린 말에 나는 속으로만 고개를 끄덕였다.

루다, 이지한, 나 순서로 경비실을 빠져나왔다.

이지한이 나더러 가운데에 서겠냐고 물었지만 나는 고개를 내저었다.

가운데가 가장 안전하긴 하겠지만, 그러니만큼 더더욱 이지한이 가운데에 서야 했다. 이 세계의 법칙에 대해 조금이라도 아는 것은 그뿐이니까.

젠장, 이럴 줄 알았다면 노아리에게 자세히 물어보기라도 할걸. 나는 속으로 눈물을 삼키며 몸을 엉거주춤 숙이고 그들을 따랐다.

아까의 전신 거울이 있던 현관에 도착하자, 이지한이 명령했다.

"중앙 계단으로 올라가."

루다가 눈썹을 찡그리며 되물었다.

"뭐? 하지만, 여긴 아까 그 괴물이……."

"오히려 아까 올라가는 모습을 봤기 때문에 안전해. 거미 여자는 이 학교를 꽤 넓게 돌아다니는 편이야. 아까 지나갔던 길은 당분간 다시 지날 일 없어. 뭐, 만약에 다시 나온다면 도로 밑으로 튀자."

그 말을 들은 루다의 눈이 가늘어졌다. 이거 영 믿음직하지 못한데……. 나도 동감이었다. 어쨌거나 다른 선택지가 없었기에, 우리는 중앙 계단을 천천히 오르기 시작했다.

모퉁이를 돌 때마다 진열장에 장식된 트로피에 반사된 달빛이 눈을 찔렀다. 눈을 자꾸만 깜빡이던 내게 이지한이 속삭였다.

"4층으로."

마침내 4층에 도착하자, 다리에 긴장이 풀려 금방이라도 넘어질 것만 같았다. 후들거리는 다리를 끌고 4층 복도를 걷자, 마침내 다른 것보다 큰 문 하나가 모습을 드러냈다.

멍하니 문을 올려다보는 나와 루다에게 이지한이 말했다.

"여기가 도서실이야. 내가 처음 이 세계에 들어왔을 때 피난처로 삼았던 장소. 내가 나왔을 때의 모습 그대로라면 여긴 아무도 없을 거야. 사람도, 괴물도."

우리는 소리 나지 않게 조심하며 문을 열었다.

드르륵, 천천히 문이 열리며 달빛이 내려앉은 도서실의 전경이 드러났다. 희한한 것은 문 바로 옆에 카트나 빈 책장이 어지럽게 널려 있다는 점이었다.

우리의 시선을 따라간 이지한이 말했다.

"아, 저건 문을 막았던 흔적. 다시 막아 둘까?"

"일단 여기에 아무것도 없다는 걸 확인하고 난 뒤에."

그렇게 말한 루다가 굳어진 얼굴로 걸음을 옮겼다.

나는 카운터와 그 주변, 이지한은 책상 근처를 확인했다. 그때 루다가 서가 사이에서 빠르게 걸어 나왔다. 그의 안색이 들어갈 때와는 비교도 안 되게 창백해져 있었다.

내가 그에 놀랄 새도 없이 다가온 그가 다짜고짜 이지한의 멱살을 잡아챘다.

"야, 뭐야, 저게?!"

이지한이 자다가 날벼락이라도 맞은 듯한 표정으로 물었다.

"뭐, 뭐가?"

"저기에 웬 사람 시체가……!"

그 말을 듣고 나는 경악했다. 사람 시체라고?

나를 더욱 경악하게 한 것은 그에 응수하는 이지한의 태연함이었다.

서가 사이로 시선을 옮긴 그가 태연하게 중얼거렸다.

"아, 맞다. 여기가 우리가 나갔던 때 그대로라면, 당연히 시체도 그대로 있겠네."

"그런 말을 표정도 안 변하고 하다니, 이거 순 또라이 아니야!"

산전수전 다 겪은 루다의 입장에서도 사람이 죽은 것은 예삿일이 아닌 모양이었다. 진저리 치듯 말한 루다가 멱살 쥔 손을 더욱 가깝게 끌어당겼다.

그가 서슬이 퍼런 목소리로 물었다.

"너, 여기에서 나가기 위해 사람을 죽였어?"

그러면서 루다는 내게로 눈짓했다. 자기 뒤로 오라는 뜻임을 알 수 있었다.

아니, 뭐. 사람을 죽였을지도 모르는 위험한 애와 가까이 있고 싶은 마음은 당연히 없지. 나는 주춤 걸음을 옮겼다.

그때, 곤란한 듯 계속 이마를 문지르던 이지한이 말했다.

"뭐라고 말해도 안 믿기겠지만, 우리가 죽인 게 아니야. 아니, 우리가 죽인 건 맞구나. 아, 젠장……."

"단아, 얼른 와! 저거 미친놈이야."

이제 루다는 이지한을 단숨에 쓰러뜨리고 도서실을 빠져나갈 채비를 하는 것 같았다.

그러자 이지한이 황급히 말했다.

"아니야, 저 애는 내가 처음 이 세계에 들어올 때 나와 같이 들어왔던 애야. 아까 그 거미 여자한테 죽었는데, 시체를 조종하는 괴물한테 조종당해서…… 나나 다른 생존자들이 숨어 있던 이 도서실로 왔지. 그래서 쐈어."

루다가 멍하니 반문했다.

"쏴?"

"총으로."

"너 같은 민간인이 총은 어디서 구했는데?"

"내가 취미로 모으던 에어건 중에 데저트 이글로."

"앗."

그 말을 듣고 문득 뭔가 떠오른 나는 카운터 위에서 발견한 것을 가져왔다.

아니나 다를까, 천으로 된 크로스백 안에는 은빛이 감도는 총이 들어 있었다.

눈을 동그랗게 뜬 이지한이 말했다.

"뭐야, 가지고 나간 줄 알았는데 그게 왜 여깄지?"

"총 이리 줘. 그리고 설명해."

이지한이 뺏어 갈 것을 염려한 듯, 재빨리 내게서 총을 낚아챈 루다가 다시 이지한을 향해 말했다.

일단 서가에서 시체가 발견된 이상, 루다는 이지한을 더는 믿지 않을 생각인 것 같았다.

내가 보기에도 그 판단은 꽤 합리적이었다.

곤란한 듯 이마를 문지르던 이지한이 말했다.

"좋아, 내 손을 묶든 뭘 하든 좋으니까 내 설명부터 들어줘. 나 때문에 너희까지 죽는다면 정말 뒷맛이 나쁠 것 같으니까."

그 말에 나와 루다는 물끄러미 시선을 교환했다.

나는 '에이, 뭘 그렇게까지야.' 했지만 루다는 정말로 크로스백에서 찾아낸 손수건으로 이지한의 손을 꽁꽁 묶어 버렸다. 그런 다음 책장을 번쩍 들어 도서실 문까지 막아 버린 그가 이지한에게 설명을 재촉했다.

그 무렵 이지한은 루다를 향해 '사실 이 학교의 괴물들보다도 두려워해야 하는 건 이 녀석이 아닐까?' 하는 눈빛을 보내고 있었다. 나는 경계심도 잊고 공감을 담아 그를 토닥였다.

컴퓨터 의자에 걸터앉은 루다가 심문하듯 껄렁하게 말했다.

"자, 이제 말해 봐. 뭐가 어떻게 된 거냐고."

"내 말을 듣는 것보다 그 컴퓨터에 있는 파일을 읽는 게 더 빠를 거야."

그 말을 들은 나와 루다는 모니터를 보았다. 이지한이 보는 가운데, 우리는 컴퓨터를 켜고 바탕 화면을 확인했다.

"윈도우 2000이라니, 도대체 언제 적 유물이야?"

"루다야, 거기 바탕 화면에 그거 같아."

나는 화면 하단에 놓인 제목이 없는 텍스트 파일을 가리켰다. 우리는 파일 안에 있던 내용을 천천히 읽어 내려가기 시작했다.

[괴담을 믿은 것은 바보 같은 짓이었다. 나는 도망치는 데 성공했다. 다른 애들은 어떻게 되었나 모르겠다.]

거기까지 읽은 루다의 고개가 다시 이지한을 향했다.

"이거 네가 쓴 거냐?"

"아니. 파일 생성 연도를 확인하면 알겠지만 2004년 파일이야. 마저 읽어 봐."

"흐음."

이지한의 말대로 파일 생성 연도가 2004년임을 확인한 그는 불만스런 얼굴로 스크롤을 내렸다. 나도 그의 등 뒤에 서서 그의 어깨 위로 고개를 내밀었다.

[괴물은 저마다의 구역을 가지고 있는 것 같다. 나는 괴물들

이 자기 영역을 침범했다는 이유로 싸우는 듯한 모습을 발견했다.]

[괴물들은 저마다 특징이 있다. 눈이 안 보이는 녀석을 발견했다. 얼떨결에 트로피를 던졌는데 빗나가고 말았다. 그런데 트로피가 바닥에 부딪혀 금속성이 울리자 괴물은 날 두고 그쪽으로 달려가고 말았다.]

[천장을 조심할 것. 내가 아직까지 살아 있다는 사실이 믿기지 않는다.]

다시 이지한을 돌아본 루다가 믿을 수 없다는 듯 물었다.

"뭐야, 이게? 이게 네가 쓴 게 아니라면 설마……."

그가 경직된 말투로 덧붙였다.

"너보다도 앞서 들어왔던 사람의 생존 일지냐?"

"그래."

"너도, 이 생존 일지에서도 괴담에 대해서 말하는데. 그 괴담이란 건 대체 뭐야?"

나는 잔뜩 긴장한 눈으로 이지한을 보았다.

허탈하게 웃은 그가 대답했다.

"그게 진짜인 줄 알았다면 그런 짓은 절대 하지 않았을 거야."

"그러니까 도대체 그 '그런 짓'이란 게 뭐냐고."

"교장실 앞에 있는 고장 난 시계를 12시에 맞추고 거울에 비추면."

거기까지 말한 이지한이 숨을 들이켰다. 그의 관자놀이에 맺혀 있던 땀이 또르르 굴러떨어져 턱에 맺혔다.

낮고 무거운 목소리가 따라붙었다.

"……괴물들이 있는 세계로 간다."

"……."

도서실에 잠시 침묵이 찾아왔다.

루다도, 이지한도 아무 말이 없는 가운데, 나는 고개를 푹 숙이며 읊조렸다.

노아리 너, 보기보다 상당히…….

"대충이구나……."

이전에 주인이와 내가 행했던, '계단을 올라가며 숫자를 센 다음, 다시 내려가면서 숫자를 세서 다른 숫자가 나온다면 다른 세계로 간 것이다.' 같은 괴담보다야 과정이 조금은 더 상세하지만 그뿐.

게다가 괴담이 실현될 경우 벌어지는 일도 터무니없다.

'괴물들이 있는 세계'로 간다니, 그렇게 간단한 방법으로 괴물들과 만날 수 있는 줄 알았다면 세계의 미스터리 연구가들이 억울해하겠지.

뭐, 하지만 소설이란 게 원래 작가 맘이지 별수 있나.

그렇게 생각하며 허탈한 표정을 짓는 내 옆에서 루다가 버럭 외쳤다.

"야, 그런 괴담을 믿은 것도 어이없지만 실제로 실행한 게 더 웃기다! 좋은 곳도 아니고, 괴물들이 있는 세계로 간다는데 그걸 하긴 왜 하냐?!"

순식간에 루다에게 머리를 두어 대 쥐어박힌 이지한이 억울하단 표정을 지었다. 그가 대꾸했다.

"아, 누군 진짜인 줄 알고 그랬겠냐?! 게다가 우린 그때 고입 고시 치르고 난 다음이었다고! 조금쯤 미쳐 있어도 괜찮은 시기였단 말이야."

"그래서."

툭탁거리던 루다가 빠르게 목소리를 바꾸었다. 나 또한 노아리에 대한 생각을 잊고 그에게 집중했다.

루다가 모니터를 가리키며 물었다.

"그래서 그 괴담과 지금 네가 여기 끌려들어 온 것과는 무슨 상관이 있는데? 넌 방금 거울을 본 것뿐이잖아. 교장실 앞도 아니었고, 고장 난 괘종시계 같은 것도 없었다고."

어깨를 움츠린 이지한은 한숨 섞인 목소리로 대꾸했다.

"그건, 내가 여기 한 번 들어왔다 나간 적이 있기 때문이야."

"뭔 소리야?"

"그 파일을 끝까지 읽어 봐."

나와 루다는 다시 모니터에 고개를 들이밀었다.

갈수록 피폐해지는 원 글쓴이의 정신을 잘 드러내 주던

글은, 끝에 이르러 뜻을 전혀 알 수 없는 문장으로 변했다.

[한 명만 나가면 모두가 살 수 있는 거였어. 하지만 이제 나는?]

“이게 도대체 뭔 소리야?”
신경질적으로 입술을 씹으며 말하는 루다의 옆에서 내가 스크롤을 내렸다.

[포식자들은 탐욕스럽다. 그들은 결코 놓친 사냥감을 포기하는 법이 없다.]

그 대목에 이르러 루다가 다시 이지한을 돌아보았다.
“뭔 소리야, 이게? 그러니까 괴물들한테 쫓기다가 탈출하는 데 성공한다고 해도, 괴물들이 쫓아와 너를 다시 이 세계로 처넣을 거란 얘기?”
이지한이 지쳤다는 표정으로 답했다.
“뭐, 비슷해. 아무튼 나는 거울을 보는 것만으로도 이 세계에 끌려들어 오게 됐으니까.”
“뭐야, 그럼 우리도 여기서 나가면 그런 성가신 체질이 되는 거냐?”
루다가 얼굴을 찌푸리며 묻자 나 역시 얼굴을 굳혔다. 맙소사, 공포 소설 등장인물과 얽힌 걸로 모자라 성가신 체질까지 옮다니, 그런 일은 사양하고 싶은데.

다행히 이지한은 고개를 내저었다.

"아마도 그렇진 않을걸."

"그건 또 왜야? 근거는 있어?"

"전에도 여러 사람이 함께 이 세계에 들어왔지만, 나 빼고 나머지는 전부 멀쩡하게 지내고 있어. 그러니까 이번에 나가도 아마 한 사람을 빼곤 그렇겠지."

"뭐라고? 그 체질이 된 사람이 왜 하필 너인데? 어떤 기준이 있을 거 아니야. 특별한 행동을 했다든가."

"글쎄……."

이지한이 눈을 굴리며 도무지 모르겠단 표정을 지었다.

루다는 그를 향해 대놓고 수상하다는 눈빛을 보냈지만, 나는 그 이유를 대강 알 것도 같았다.

아마 별 이유는 없을 것이다. 그냥 그가 공포 소설 주인공으로 내정돼 있기 때문이겠지.

그리고 나는 루다의 팔을 잡아당겼다.

"루다야, 그보다 나가는 방법이나 듣자. 어쨌든 우리가 그런 체질이 되는지 안 되는지는 여기서 나가야만 알 수 있는 거잖아? 또, 언제까지나 여기 있을 수도 없는 노릇이고."

"아, 그렇지."

내 말에 계속 굳어 있던 루다의 얼굴이 조금 풀렸다. 그러더니 그는 자리에서 일어나 이지한의 묶인 손목을 풀어 주었다.

"뭐, 아무튼 시체를 조종하는 괴물에 대한 존재는 확인했으니까. 물론 여러 가지 가능성이 있긴 하지만, 일단은 믿겠어."

무엇보다 계속 묶어서 데리고 다닐 수도 없는 노릇이고. 루다의 말에 나는 고개를 주억거렸다. 그건 그렇지.

그때, 묶였던 부분을 계속 매만지던 이지한이 당황한 목소리로 말했다.

"자, 잠깐만."

나와 루다가 동시에 그를 돌아보았다.

루다가 심드렁하게 되물었다.

"뭐냐."

"너희, 나한테 더 할 말 없어? 너희를 여기에 데리고 온 내가 원망스럽다거나, 패겠다거나, 하다못해 괴물들 사이에서 어떻게 살아 나가냐고 한탄한다거나."

그 말에 나와 루다는 잠시 시선을 교환했다.

그리고 다시 이지한을 돌아본 내가 작게 웃으며 말했다. 아니, 뭐.

"내가 혜힐이한테 지금까지 신세 진 게 얼마인데, 아무리 화나도 그렇지 걔 남자 친구를 어떻게 때릴 수 있겠어? 그리고, 네가 우릴 데려오고 싶어서 데리고 온 것도 아니잖아. 담력 시험 정도야 학교 다니다 보면 누구나 다 하는 거고."

말은 그렇게 했지만 사실 진짜 하고 싶은 말은 따로 있었다.

아니 뭐, 네가 좋아서 공포 소설 주인공인 것도 아니고.

난 인터넷 소설 속에 태어나 '사대천왕'이나 '전국 서열' 같은 말을 일상적으로 들어야 하는 내 팔자가 가장 서럽다고 생각했는데, 역시 뛰는 놈 위에 나는 놈 있는 거지.

힘내. 내가 그런 뜻을 담아 이지한의 등을 툭툭 도닥이자, 그는 갑자기 머리를 쥐어뜯더니 절규했다.

"아악! 김혜힐한테서 착하다고 듣긴 들었지만, 이건 착한 정도가 아니라 그냥 호구잖아!"

"아니, 처음 만나는 사이에 막말이 너무 심한 거 아니야? 그리고 나 호구 아니거든?"

투덜대는 내 옆에서 뭔가를 계속 고민하는 듯하던 루다도 이윽고 입을 열더니 산뜻하게 말했다.

"'귀신'이 아니라 '괴물'이잖아?"

그에 루다를 돌아본 이지한이 질린 표정으로 대꾸했다.

"넌 또 무슨 소릴 하려는 건데."

"손을 휘두르면 통과하는 것도 아니고, 때리면 맞긴 한다는 거잖아."

"그래서?"

"때리다 보면 죽겠지."

그를 게슴츠레하게 보던 이지한이 조심스럽게 물었다.

"죽다니, 네가?"

"아니, 괴물이."

"너희는 미쳤어. 이 세계보다 더 미친 건 너희들이야."

질린 얼굴로 우리에게서 뒷걸음질 치는 이지한을 보며 나는 억울한 표정을 지었다.

아니, 같은 인터넷 소설 주민이라고 해도 이상한 건 어디까지나 루다뿐이거든. 나까지 그런 취급 하지 말아 줘.

* * *

처음 교무실에 '교실 안에 갇힌 사람이 있는 것 같으니 열쇠를 달라'고 요청한 것은 이상윤이었다.

그 말에 교실 열쇠를 걸어 두는 곳을 확인한 행정실 직원은 2학년 8반에 해당하는 열쇠 걸이가 이미 비어 있는 것을 보고 의아한 표정을 지었다.

"저게 왜 없어졌지? 누가 가져갔으면 큰일인데. 혹시 너희 반 안에 오늘 번 돈 같은 거 넣어 뒀니?"

행정실 직원의 물음에 이상윤은 차분한 얼굴로 대답했다.

"아니요. 오늘 번 돈은 반장이나 부반장이 가지고 있는 걸로 알아요."

"그럼 다행이다. 열쇠를 가지고 있는 사람이 나타날 때까지 교실 앞에서 기다려 보자. 안 되면 펜치로 뜯어 줄게."

그렇게 펜치를 든 행정실 직원과 이상윤은 나란히 2학년 8반 교실로 향했다.

그 무렵, 밥을 다 먹고 8반 문 앞에 서성이던 무리가 그들을 발견하고 의아한 얼굴을 했다.

윤정인 무리를 보고 이상윤은 저도 모르게 눈썹을 찡그렸다. 왜 와도 하필?

붙임성 좋은 윤정인은 행정실 직원을 보고 마치 제 사촌 형이라도 만난 것처럼 신나서 인사를 건넸다. 행정실 직원 또한 웃는 얼굴로 인사를 받았다.

그렇게 한참을 신나게 떠들고 나서야 윤정인은 행정실 직원 뒤에 뭐 씹은 얼굴로 서 있는 이상윤을 발견하고 의아하게 물었다.

"그런데 왜 여기 계세요? 펜치는 왜 들고 계시고?"

"아, 그게 말이야. 이 애가 너희 반 안에 갇힌 사람이 있다고 찾아왔더라고. 그래서 열쇠를 주려고 보니까 열쇠가 사라지고 없어서."

급하면 이걸로 열려고. 펜치를 가볍게 들어 보이는 그에게 윤정인이 놀라는 얼굴을 해 보였다.

"네?!"

그리고 그가 이상윤을 돌아보았다.

"뭐가 어떻게 된 거야? 갇힌 건 누구고?"

그 말에 이상윤이 기다렸다는 듯 나섰다. 그가 억울하다는 표정을 지으며 말했다.

"아니, 내가 밥 빨리 먹고 여기로 왔더니 안에서 사람 소리가 들리는 거야. 그래서 다른 반 애들인가 싶어서 목소리를 듣는데 루다랑 함단이더라고. 그런데 내가 걔들한테 어쩌다 들어간 건지 물어보려고 말 걸었더니, 글쎄 내가 걔들을 가뒀다고 뭐라고 하질 않나……."

루다 걔, 1학년 때는 안 그러더니 2학년 와서 유독 인성 보이지 않냐? 이상윤이 덧붙이거나 말거나, 반응은 시큰둥했다. 그들은 왜 그런 일이 벌어졌는지에 대해서만 추리하기 바빴다.

"함단이야 밥을 빨리 먹었다 치고, 이루다는 급식실에 안 보였으니까 매점 갔든가 했겠지……. 그런데 굳이 닫혔던 교실에 들어가긴 왜 들어갔지? 게다가 기왕 들어간 거면 '갇혔다'는 말은 왜 했고?"

"이상한 건 하나 더 있어."

윤정인의 중얼거림을 듣던 김혜힐이 끼어들었다. 모두의 시선이 쏠린 가운데, 그녀가 뒷문을 가리켰다.

"우리 반, 앞문은 밖에서 닫는 구조더라도 뒷문은 안에서 닫는 구조잖아. 창문이야 안에 가벽을 설치한 것 때문에 막혔다고 쳐도 뒷문은 열 수 있어."

"그럼 왜 아직 안 나오고 있는 건데?"

신서현이 이해 안 간다는 얼굴로 물었다.

그러자 잠시 침묵이 찾아왔다.

"음……."

숙고 끝에 내놓은 결론은 죄다 제각각이었다.

"길을 통과해서 뒷문으로 나오기 무서워서?"

김혜힐의 조심스러운 말에 이어 김혜우가 말했다.

"나오기 귀찮았나 보지, 뭐."

단연 압권은 윤정인의 말이었다.

"이루다가 같이 있자며 함단이가 나가려는 걸 막았다."

다시 침묵이 찾아왔다. 이윽고 신서현이 으레 그러하듯 윤정인의 머리를 툭 때렸다.

"뭔 소리야, 미친놈아."

"왜? 가능성 있다고!"

윤정인이 열렬히 두 손을 휘두르며 말했다.

"이루다가 함단이의 손을 붙잡고 '우리…… 잠시만 이대로 있으면 안 돼?'라고 했다고 쳐 봐. 너희가 함단이라면 매정하게 거절할 수 있어?"

"난 할 수 있어."

눈 하나 깜짝 안 하고 대답하는 김혜힐의 옆에서 왜인지 이민아가 망설였다. 아니, 넌 망설이면 안 되지. 김혜우가 그렇게 속삭이는 동안 윤정인은 열연을 계속했다.

"'나…… 밖에 나가면 은지호한테 널 넘겨줘야 하잖아.

하지만 여기선 우리 단둘만 있을 수 있어. 그런데도 날 두고 나갈 거야? 응?'"

"너 지금 뭐 하냐."

갑자기 날아온 서릿발 같은 목소리에 8반 앞에 서 있던 모두는 고개를 돌렸다.

목소리의 정체를 확인한 윤정인이 캑 소리를 내며 뒤로 물러났다. 그가 겁먹은 얼굴로 물었다.

"어, 언제 왔어?"

"'나…… 밖에 나가면 은지호한테 널 넘겨줘야 하잖아'부터."

심드렁한 얼굴로 대답하는 은지호의 뒤에서 우주인이 어깨를 들썩이며 키득댔다. 그 가운데, 멍하니 서 있는 윤정인 외의 사람들을 돌아본 은지호가 다시 말했다.

"오늘 급식에 이상한 게 나왔던 것 같진 않은데. 얘 뭘 먹고 이러냐, 진짜?"

그에 한 손을 든 김혜힐이 차갑게 말했다.

"오해하면 곤란해. 걘 뭘 잘못 먹고 그러는 게 아니라 우리 중학교 때부터 그랬으니까."

"그랬구나, 불쌍하게도."

은지호가 손 내밀어 윤정인의 한쪽 어깨를 토닥이자, 그제야 정신을 차린 그가 비굴하게 웃었다.

"그…… 그래. 불쌍한 내가 한 말이니까 그냥 넘어가 줄래?"

그런 윤정인에게 마찬가지로 다정한 눈빛을 보내던 은지호가 대꾸했다.

"야."

"어?"

"사람과 돈을 써서 네 연애도 불꽃 같은 삼각관계로 만들어 줄까? 한 여자 두고 싸우는 기분, 아주 궁금해 죽겠지? 그래서 네가 이러는 거지, 지금?"

그 말을 들은 윤정인은 당장 '잘못했습니다, 은지호 님' 어쩌고 하며 그의 허리를 껴안았다.

그 모습을 보며 모두가 고개를 내젓는 가운데, 은지호가 기겁하며 외쳤다. 야, 이거 놔! 이거 안 놔?

결국, 셔츠 밑단이 구깃구깃해진 끝에 복수는 않겠다고 선언하고 나서야 풀려난 은지호가 한숨을 내쉬었다.

"조롱당한 것도 난데, 봉변당한 것도 나라니……."

억울하다는 듯 혼자 투덜댄 그가 교실 쪽을 가리키며 물었다.

"그래서 무슨 일인데? 보아하니 함단이와 이루다가 관련된 일인 건 틀림없는 것 같고."

"아, 그게. 둘이 여기 갇혔어."

김혜힐이 심드렁히 뱉은 말에 은지호의 표정이 변했다.

"뭐?"

"그런데 이해가 안 되는 건, 분명히 뒷문을 열고 나오면 될 텐데 그러질 않는다는 거야. 그래서 지금 우리가 어떻게 할지를 고민 중인 건데……."

차분한 김혜힐의 말을 듣다 말고 행정실 직원을 돌아본 은지호가 말했다.

"자물쇠 뜯어 주세요."

"응?"

행정실 직원이 어색한 미소를 띠며 대답했다. 행정실에서도 이 학교에 다닌다는 한울 그룹 외동아들에 대한 이야기는 꽤 유명했다.

미간에 주름을 잡은 은지호가 한 자 한 자 또박또박 말했다.

"자물쇠, 당장, 뜯어 주세요."

"지호야, 너 너무 필사적인 티 난다."

"조용히 해."

뒤에서 속삭인 우주인에게 칼같이 대꾸한 은지호가 다시 말했다. 제가 책임질 테니까 얼른요.

긴가민가한 표정을 짓고 있던 직원은 '그래, 뭐. 책임진댔으니 책임지겠지. 그런데 일개 고등학생 같은 게 이런 걸 책임질 수 있나? 하긴, 한울 그룹 손자인데 어련히.' 그런 생각을 하는 얼굴로 자물쇠를 잘라 냈다.

쾅 소리와 함께 교실 문이 열렸다. 문 안으로 와르르 쏟아져 들어간 이들이 저마다 외쳤다.

"함단이! 어디 있어? 함단이!"

"함단이! 이루다!"

크게 외치며 걷던 그들 발치에 누군가의 몸뚱이가 걸렸다.

잔뜩 경악한 그들은 이윽고 바닥에 흩어진 금색 머리칼을 보고 외쳤다.

"이루다!"

얘가 왜 여기 쓰러져 있어?! 몰라, 진짜 귀신이라도 나온 거 아니야? 그런 소리를 하며 루다를 둘러업는 김 쌍둥이의 옆에서 계속 바닥을 보던 윤정인의 얼굴이 굳었다. 그가 외쳤다.

"야, 함단이도 여기 쓰러져 있어!"

"뭐?!"

이번에 함단이를 둘러업은 사람은 은지호였다.

의식이 없어서 자꾸만 위태위태하게 기우는 몸뚱이를 몇 번이고 잡아채며 은지호는 입술을 짓씹었다.

젠장, 뭐가 어떻게 된 거야?

보기보다 담이 센 함단이는 덤프트럭에 들이받힐 뻔했을 때조차 몰골이 조금 너덜너덜해진 것을 제외하면 멀쩡히 제 발로 기어들어 왔다.

게다가 이루다도 함께 기절해 있다니, 대체…… 그렇게 생각하던 그의 귀에 또 다른 외침이 닿았다.

"잠깐, 한 명 더 있어! 얘는…… 뭐야."

무릎을 꿇고 쓰러진 남학생의 얼굴에 핸드폰 불빛을 비

춰 본 이민아가 비명을 질렀다.

"뭐야, 이지한이잖아! 얘가 왜 여기 있어?!"

"뭐?!"

뜻밖의 정체에 모두가 상황을 파악하지 못해 허둥댔다. 윤정인이 당황해서 외쳤다.

"아니, 하지만 이지한은 어두운 곳에 아예 발도 안 들이밀려고 할 텐데?"

그 옆에서 단숨에 모든 상황을 파악한 김혜힐은 얼굴을 사납게 일그러뜨렸다. 그녀가 외쳤다.

"당장 이상윤 붙잡아!"

너무도 갑작스런 그녀의 외침에 모두가 고개를 돌렸다.

"뭐라고?"

이민아의 어리둥절한 물음에 그녀가 다시 소리쳤다.

"당장 나가서 이상윤 붙잡아!"

그 즉시 붙잡힌 이상윤은 몇 번이나 발뺌했으나, 서슬 퍼런 김혜힐의 눈빛에 질려 이지한을 '장난으로' 교실에 가둔 것이 자신이었음을 시인했다.

그 말을 들은 김혜힐은 그 즉시 노발대발해서 외쳤다.

"장난! 장난이라고?!"

그녀가 이상윤의 멱살을 붙들며 소리를 높였다.

"나도 널 장난으로 죽여 볼까?!"

"야, 김혜힐. 그래도 그렇지 선생님들 있는 데서 그런 말이 어디 있냐."

그 자리에 있던 담임, 노민찬과 행정실 직원들의 눈치를 보던 김혜우가 김혜힐을 잡고 끌어냈다.

주변을 돌아보며 죄송합니다, 죄송합니다, 하고 연신 말하는 김혜우에게 노민찬은 고개를 내저었다.

"아니, 그것보다도 지금은 쓰러진 애들을 어서 병원으로 데리고 가야겠구나. 구급차는 불렀니?"

"네!"

"선생님이 같이 갈게. 너희는 축제를 마저 즐기렴."

노민찬의 차분한 말에도 모두는 고개를 내저었다. 그러자 그가 이마를 문지르며 곤란한 표정을 지었다.

결국 병원에는 김 쌍둥이와 은지호, 우주인이 동행하게 되었다. 그때까지만 해도 노민찬은 '기절한 것뿐인데 동행하는 인원이 너무 많다'고만 생각하고 있었다.

뭔가 이상하다고 느낀 것은 저녁이 가까워져도 세 사람이 깨어나지 않을 무렵이었다.

뒤늦게 찾아와 눈물이 그렁그렁해진 눈으로 함단이의 손을 꽉 잡는 반여령과, 옆에서 그런 그녀를 도닥이는 권은형을 바라보던 노민찬은 문득 여동생의 전화를 받았다.

"여보세요, 아리니?"

[왜 학교에 없어? 지금 어디야?]

핸드폰에서 흘러나오는 싸늘한 말투에 노민찬은 쓴웃음을 지었다. 언제부터인가 여동생은 그에게 오빠라고 불러주질 않았다.

같은 고등학교에 들어오면서부터 조금 나아지나 했던 사이는 노아리가 함단이와 연관되고 나서 더욱 나빠졌다.

노민찬으로서는 두 일이 무슨 상관관계가 있는지까지는 알지 못했다. 다만 시기가 비슷하니 뭔가 연관이 있지 않을까 하고 추측할 따름이었다.

그래도 이렇게 예상치 못하게 늦는 밤이면 전화가 오는 것으로 보아, 아직 희망이 있다고 봐도 괜찮을까?

그렇게 생각하며 노민찬은 대답했다.

"아, 아리야. 오빠 지금 병원이야. 우리 반 학생들이 축제 중에 쓰러졌는데, 아직도 일어나질 못하네. 찾을 줄 알았으면 미리 말할 걸 그랬다, 미안해."

[……누구누구인데?]

'알겠다'고만 하고 전화를 끊을 줄 알았는데 이런 것을 되묻다니, 의외였다. 노민찬은 뜻밖이란 표정을 지으며 대답했다.

"아, 응. 다른 반의 이지한이라는 애랑, 우리 반의 이루다라는 애. 그리고 한 명은…… 너도 아는 사람인데."

걱정할까 봐 굳이 이름을 입에 올리고 싶지 않았는데, 노민찬은 잠시 망설이다 말했다.

"……함단이. 이렇게 셋이 쓰러졌단다. 그래도 곧 나을 테니 너무 걱정하지 말고……."

[……거울.]

"뭐?"

갑자기 날아온 노아리의 말에 노민찬은 놀란 표정을 지었다.

[세 사람이 쓰러진 장소 근처에 거울이 있었어?]

"음, 난 잘 모르겠는데. 그런데 그게 이 상황에서 중요할까……?"

[빨리 물어봐! 지금 당장, 아무에게나.]

"음, 얘들아."

곤란한 얼굴을 한 노민찬은 결국 아직까지도 병실을 떠나지 않고 있던 학생들에게로 다가갔다. 상심에 가득 찬 얼굴을 하고 있던 그들에게 노민찬이 물었다.

"너희 혹시, 그때 그 세 사람이 쓰러졌을 때 근처에 거울이 있었는지 기억하니?"

"네? 거울이요?"

그렇게 말하며 의아한 표정을 지은 것은 이민아였다. 턱을 문지르며 회상에 잠기던 그녀가 문득 고개를 들더니 외쳤다.

"아! 맞아, 분명히 있었어요. 거울이라고 부르기엔 뭐하지만, 유리를 세워 둔 거니까 어두운 곳에서 보면 거울이죠."

"그렇구나. 고마워."

대답한 노민찬이 다시 핸드폰을 들며 돌아서려던 찰나, 뒤에서 크게 덜컹이는 소리가 들려왔다.

노민찬은 다시 뒤를 보았다.

희게 질린 얼굴의 갈색 머리 소년을 본 노민찬의 눈이 휘둥그레졌다.

저 애의 이름은 분명 우주인. 수업 시간에는 별다른 집중도 하지 않고 멍하니 창밖에만 시선을 두던 주제에, 성적은 상당히 잘 나와서 신기하게 여기며 기억하고 있었다.

수업 시간이 아니라 복도에서 마주치는 그는 꼭 딴사람 같았다. 다른 애들에게 장난을 치거나 혹은 장난을 받으며 웃던 모습이 잔상처럼 떠올랐다.

그러던 우주인이 지금, 꼭 다른 사람처럼 차가워진 표정으로 물었다.

"지금 통화하고 있는 거, 노아리죠?"

"어? 응."

"바꿔 주세요."

우주인이 손을 내밀었다.

멍하니 서 있던 노민찬에게 우주인이 다시 말했다.

"바꿔 주세요."

까맣게 타오르는 눈으로 그렇게 말하는 우주인에게 노민찬은 차마 더 거절하지 못했다.

그는 말없이 핸드폰을 건네었다.

* * *

도서실을 뒤져 프린트기에 잔뜩 꽂혀 있던 A4 용지를 꺼낸 이지한이 책상 위에 그것을 펼쳐 놓았다.

나와 루다는 멀뚱히 그 모습을 지켜보았다.

"내가 여기 온 건 처음이 아니야. 한 번 실수해서 들어온 다음에는 다시 들어오지 않았으니 들어온 건 총 두 번이지만."

그렇게 말한 이지한은 펼쳐 놓은 A4 용지 위에 학교 구조도를 그리기 시작했다. 마침내 구조도를 대강 마무리하고, 이마의 땀을 닦은 그가 말했다.

"내가 두 번째에서 쓴 방법을 쓰면 너희도 무사히 돌아갈 수 있을 거야. 처음에서의 '우리'는 멍청했어."

"우리?"

내가 무심코 되묻자 이지한이 실수했다는 표정을 지었다.

나는 눈을 가늘게 뜨고 그를 바라보았다.

이상하네, 아까부터 조용해지는 타이밍이 수상해. 꼭 뭔가를 숨기고 있는 것처럼.

자기 자신의 수상함을 자각하고 있는 듯, 황급히 구조도를 짚은 이지한이 말을 돌렸다.

"자, 아무튼 내가 제안할 방법은 간단해. 우리는 급식 엘리베이터를 탈 거야."

"급식 엘리베이터?"

생소한 단어에 내가 되물었다.

이지한은 고개를 끄덕이고 우리가 있는 복도 4층의 도서실 문을 나가서 왼쪽 끝까지 이어지는 길을 그렸다.

"지금 우리가 다니는 소현 고등학교는 급식실이 따로 있는 구조지만, 내가 다닌 석봉 중학교는 아니었거든. 각 교실까지 반찬과 밥, 국이 담긴 통을 날라서 복도에서 배식하는 구조였어."

"오, 신기하다."

"그나마 급식 엘리베이터가 설치되고 나서 좀 편해졌지, 그 전에는 비 오는 날이면 지옥이었다고 하더라. 아무튼, 급식 엘리베이터를 타고 무사히 내려가기만 하면 조리실에서 뒷문까지는 금방이야."

그때, 지도를 조용히 살피던 이루다가 불쑥 말을 꺼냈다.

"저기, 나 궁금한 거 있는데."

"뭔데."

이지한이 팔꿈치로 종이 위를 누른 채 고개를 들었다.

루다가 진심으로 의아해하는 얼굴로 물었다.

"왜 구조도의 완성도가 이따위야? 매점 위치 빼고는 제대로 나온 게 없는 것 같은데. 이래서는 어느 층에 뭐가 있는지도 모르겠잖아. 다른 작전을 세울 수가 없어."

그 말에 나는 종이를 빤히 들여다보았다. 진짜 그러네.

이지한이 조금 부끄러운 듯한 표정으로 대답했다.

"다, 닥쳐."

"너 설마 중학교 다니면서 한 게 매점에서 간식 사 먹은 것밖에 없냐?"

"그런 거 아니야! 아, 인간적으로 2년 전에 다녔던 학교 구조 같은 걸 어떻게 자세히 기억하는데?"

버럭 외치는 이지한을 보던 내가 생각했다. 글쎄, 2년 전에 다녔던 학교에서 하필 매점 위치만 기억하는 것도 이상하지 않나.

말로 해서는 이길 수 없다고 생각했는지, 이지한은 다시 화제를 돌렸다.

"아, 아무튼, 좀 곤란한 건 있어. 뭐냐 하면, 이 근처도 괴물이 아예 안 돌아다니는 건 아니라는 거지. 게다가 급식 엘리베이터의 제한 하중은 내가 전에 확인한 바로는 80킬로그램, 우리 세 사람 다 따로따로 타야 해."

"흐음."

"급식 엘리베이터는 여닫힐 때 소리가 나니까, 당연히 괴물들의 시선을 끌 수밖에 없어. 처음 내려가는 사람은 괴물과 혼자 맞닥트릴지도 모르니 위험하고, 세 번째 내려가는 사람은 앞선 두 사람이 다 내려갈 때까지 가만히 기다리고 있어야 하니 위험해. 그나마 두 번째 사람이 제일 안전하지.”

그 말을 듣자마자 루다가 불쑥 말했다.

“그럼 단이가 두 번째로 타게 해. 난 이건 양보 못 해.”

“지한이가 두 번째인 게 낫지 않아?”

내가 되묻자 루다는 가만히 고개를 내저었다.

“저 녀석 아니었으면 끌려들어 오지도 않았을 건데 뭐 하러 여기서까지 양보를 해? 게다가 필요한 정보는 이미 다 얻었으니, 더는 우선순위로 둘 필요 없어.”

아니, 그렇게 차가운 말을. 나는 이지한을 돌아보았다. 그는 의외로 아무렇지도 않은 듯 쓰게 웃으며 대꾸했다.

“그건 마음대로 해. 그리고 만에 하나, 어느 한 사람이 죽어도 너무 걱정하진 말고.”

“야, 너 그거 제정신으로 하는 말이냐?”

내내 차분하던 얼굴을 왈칵 찡그리는 루다의 옆에서 나 또한 얼굴을 굳혔다.

그러게, 한 사람쯤 죽어도 걱정하지 말라니, 그건 대체 무슨 소리야? 공포 소설 주인공치고는 제법 멀쩡하고 친근감 가는 구석이 있다고 생각했더니, 역시 공포 소설 주인공은 공포 소설 주인공인 걸까?

그에 이지한이 곤란한 듯 한 손을 내저으며 말했다.

“아니, 내 말뜻은 그게 아니라, 내 경험에 따르면 이 세계의 우리는 정신체라고 할까, 영혼이라고 할까, 하여간 그런 것뿐이거든. 바깥의 우리 몸은 무사히 잠들어 있을 거야."

그 말을 들은 루다가 문득 중얼거렸다.

"'한 명만 나가면, 모두가 살 수 있다.'"

"그래, 그거야. 창문 밖을 한번 봐 봐. 담장 너머가 보여?"

그 말을 들은 나는 창문 밖으로 시선을 뻗었다.

도서실이 있는 4층에선 운동장과 담장을 비롯한 학교 전체의 모습이 잘 보였다. 담장 너머의 풍경이 유난히 새카매서, 학교는 꼭 밤바다 위에 홀로 떠오른 섬 같았다.

아니, 잠깐. 나는 미간을 좁히며 고개를 더 내밀었다. 설마, 담장 밖의 모습이 어두워서 안 보이는 게 아니라 정말 그냥 어둠뿐인 건가? 텅 빈 허공?

우리의 반응을 보던 이지한이 말을 이었다.

"그래, 학교 밖이 텅 비었지? 이 세계를 이루는 건 오로지 학교 담장 안뿐이야. 즉, 교문 밖으로 한 명만 살아서 골인해도 우리 세 사람 다 바깥에서 눈을 뜰 수 있다는 거야."

"아아……."

"그러니까 최악의 상황이 되거든 서로 구해 줄 생각을 하기보다는 한 사람이라도 무사히 도망치는 쪽을 택해."

그 말을 들은 내가 안도한 표정으로 물었다.

"그렇구나, 그럼 아까 도서실에서 봤다던 그 애도 지금은 바깥세상에서 무사히 살아 있는 거지?"

내 물음에 이지한이 고개를 끄덕이는 것을 본 나는 안도하며 가슴을 쓸어내렸다. 다행이다.

그때 루다가 갑자기 이지한의 멱살을 잡았다.

아니, 왜 그래. 또? 우리 더는 이지한에 대해 아무런 사감 갖지 않기로 한 거 아니었어?

내가 눈을 휘둥그레 뜨는 사이 루다가 말했다.

"야, 그런 중요한 정보는 진작 말했어야 할 거 아니야! 그래야 작전 짤 때 고려를 하지."

그에 이지한이 곤란한 표정을 지으며 대답했다.

"그래서 지금 말하잖아?"

"그거 외에 알아야 할 건 없어? 더 숨기고 있는 건."

"없어."

"진짜지?"

"그래!"

이지한의 망설임 없는 대답에도 불구하고, 루다는 한참이나 멱살을 잡은 손을 풀지 않았다.

이지한을 의심 어린 눈으로 샅샅이 훑는 루다를 보며 나는 생각했다. 역시 루다도 이지한이 수상하다는 것을 알아차린 걸까? 범상치 않은 환경에서 성장해선지 육감이라고 할까, 위기 감지 능력 같은 게 유난히 발달한 그니까.

'한 명만 나가면 살 수 있다' 같은 사실은 우리가 시체를 발견했을 때, 하다못해 생존 일지를 읽었을 때라도 설명해 줬으면 되었을 일이다. 우리의 의심을 덜기도 쉬웠을 테고.

그런데 그런 결정적인 정보를 여태껏 숨기다가 이제야 내놓다니. 아무리 생각해도 이해가 되지 않는다.

게다가 이지한의 태도는 숨기는 것이 더는 남아 있지 않은 사람의 후련한 태도와는 거리가 멀었다.

그때 이루다가 갑자기 이지한의 멱살을 놓고는 그의 등을 툭 쳤다.

"뭐 해? 경로도 정해졌으면 얼른 출발하자."

"어, 어?"

떨떠름하게 되묻는 이지한에게 루다가 대놓고 인상을 찌푸려 보였다.

"뭐야, 믿어 줘도 불만이냐?"

"아니, 아니. 가자."

고개를 내저은 이지한은 선뜻 선두에 섰다. 나와 루다는 말없이 그를 따랐다.

도서실 문을 열고 마주한 4층 복도는 밤의 묘지처럼 서늘하고 고요했다.

이지한이 속삭였다.

"4층은 아마도 '시체를 조종하는 괴물'의 영역이었던 것 같아. 그걸 우리가 죽였으니 아직까지 비어 있는 거겠지."

덕분에 우리는 어렵지 않게 급식 엘리베이터가 있는 복

도 왼쪽 끝까지 도달할 수 있었다.

엘리베이터 앞에 선 루다가 이지한에게 물었다.

"좋아, 이걸 타고 내려가면 바로 조리실로 향하는 통로가 나온다는 거지? 그 근처에 후문이 있고."

"응. 내 기억대로라면 엘리베이터 바로 맞은편은 미술실이야. 괴물이 나올지도 모르니까 내려가면 거기 숨어 있어."

내려가기로 한 순서는 맨 처음이 루다, 두 번째가 나, 마지막이 이지한이었다. 위층보단 아래층에 비교적 괴물이 많단 말에 루다가 첫 번째를 자처해서 어쩔 수 없었다.

우리는 복도에서 엘리베이터가 오길 초조하게 기다렸다.

엘리베이터 등이 뿜는 붉은 불빛이 숫자 4를 가리키는 것을 보며 나는 눈썹을 찌푸렸다. 지금 내 눈에 사소한 것들조차 죽음의 암시처럼 보이는 건 어쩔 수가 없다.

문이 열리자 루다는 체고가 낮은 엘리베이터 안으로 미끄러지듯 숨어들어 갔다.

그가 우리에게 말했다.

"나는 먼저 가서 치워 놓고 있을게. 조심히 와."

"치우다니, 뭘?"

루다가 내 말에 대답하기도 전에 엘리베이터 문이 닫혔다.

버튼을 다시 누르고 싶었지만, 그랬다간 괜히 더 위험해질 거란 생각에 나는 엘리베이터가 내려가길 묵묵히 기다렸다.

엘리베이터가 1층을 찍고 다시 4층으로 올라오는 시간이 믿기지 않을 정도로 길게 느껴졌다. 다행히 괴물은 그림자도 얼씬하지 않았다. 나는 가쁘게 쿵쾅대는 심장을 느끼며 엘리베이터 안으로 몸을 숨겼다.

문득 어둠 속에서 발에 툭 차이는 것이 있어 나는 소스라치게 놀랐다.

"어?"

"뭐가 있어?"

"총……."

바닥에서 나뒹구는 총신을 집어 든 내가 얼굴을 굳혔다. 이게 왜 여기 있지?

루다가 놓고 내려서? 아니면, 혹시.

머릿속에 떠오르는 불길한 상상을 재빨리 지운 나는 이지한에게 그 총을 건네주었다.

"이걸 왜 나한테?"

"나는 이 중에 가장 위험하지 않은 위치니까. 건네준다면 너한테 건네주려고 한 걸 거야. 일단 받아 둬."

총을 한 손에 어색하게 쥔 이지한의 모습을 마지막으로 문이 닫혔다.

나는 엘리베이터 벽에 바싹 붙어서 숫자가 하나씩 줄어드는 모습을 바라보았다.

만약 다시 문이 열렸을 때 보이는 것이 루다가 아니라 괴물의 모습이라면 어떡하지? 총은 이미 이지한에게 줘 버렸는데. 그러지 않아야 했던 걸까? 곁에는 아무도 없고 맨손이라는 사실에 이렇게 불안해할 거라면.

마침내 문이 철커덩 열렸다.

그러자마자 훅 끼치는 피비린내에 나는 입을 틀어막고 비명을 참으려 노력했다.

덜덜 떨리는 손을 엘리베이터 버튼 위로 가져간 내가 고민했다. 어, 어쩌지? 일단 문을 닫을까?

그때 문 사이로 누군가가 불쑥 고개를 내밀었다.

엄마야! 너무 놀란 나머지 하마터면 주먹으로 내리칠 뻔했다. 어둠 속에서도 해바라기 꽃잎처럼 선명한 금발을 보고서야, 나는 들었던 손을 내렸다.

"뭐 해? 안 나오고."

"루다 너구나……."

"걱정했잖아."

손을 내밀어 내 손을 잡은 그가 그대로 엘리베이터에서 나를 꺼냈다. 나를 토해 내고 다시 닫힌 엘리베이터는 이지한이 있는 위층을 향해 움직이기 시작했다.

그 모습을 물끄러미 바라보던 나는 주위를 둘러보고 루다와 나 외에는 아무도 없다는 것을 확인했다. 그리고 내가 물었다.

"이게 어떻게 된 거야? 이 피는 다 뭐고."

바닥과 벽면이 온통 누가 페인트 통을 엎질러 놓은 것처럼 시뻘겠다. 게다가 자세히 보니 루다의 얼굴과 소매에도 피가 튀어 있었다.

아무렇지도 않게 얼굴을 훔쳐 낸 루다가 말했다.

"아, 내려오자마자 괴물이 한 마리 있길래. 바로 처리했어. 녀석들, 괴물이면 괴물일 것이지 애매하게 인간 모양을 하고 있어서 오히려 약하던데? 급소도 인간이랑 별로 다르지도 않았어."

태연하게 그렇게 말하는 루다의 모습에 나는 조금 기가 질리는 것을 느꼈다. '그래?' 하고 답한 내가 무심코 닫힌 미술실 문을 열어 보려던 찰나, 루다가 말렸다.

"아, 안 돼. 열지 마. 거기에 잡은 괴물들을 치워 뒀거든. 안 보는 편이 나을 거야. 내가 말했잖아, '되다 만 괴물'이라고."

"아."

"괜히 애매하게 사람과 닮아 있어서 더 찝찝해."

"……."

나는 잠자코 입을 닫고 엘리베이터가 내려오길 기다렸다.

그러면서 나는 루다를 계속 걱정스레 힐끗거렸다.

사람과 닮은 것을 죽여 없앴다면 그의 정신 또한 분명 온전치는 않을 텐데, 그가 지나치게 태연해 보이는 것이 도리어 걱정스러웠다.

나는 나도 모르게 손을 내밀어 그의 손을 잡았다.

내 새끼손가락에 그의 새끼손가락이 걸리자, 움찔하며 나를 돌아본 그가 이윽고 피로한 듯 웃었다.

“왜 그래? 무서워?”

“……응.”

네가 걱정돼서 그런다고 하면 잡은 손을 놓아 버릴 것 같아서 그렇게 말하자, 루다는 피 묻은 손을 제 옷에 닦더니 내 어깨를 안아 주었다.

머리맡에서 따스하게 다독이는 소리를 들으며 나는 살짝 눈을 감았다.

“괜찮아, 괜찮아.”

바로 그때, 땡 소리와 함께 엘리베이터 문이 스르르 열렸다.

잔뜩 긴장한 얼굴로 엘리베이터에서 기어 나온 이지한은 우리 둘의 모습을 보고 인상을 찌푸렸다.

“괴물이 아니라서 다행인데…… 이것도 이것대로 끔찍하긴 한데. 장소도 괴물들도 아랑곳 않고 이런 분위기라니.”

“헛소리 말고 얼른 나가기나 하자.”

내 어깨를 안고 있던 손을 놓은 이루다가 휙 돌아서며 말했다. 그는 나 때와는 달리 이지한을 일으켜 세워 주지도 않았다.

구시렁대며 몸을 일으킨 이지한이 문득 물었다.

“아, 맞아. 총은 어떻게 해?”

“네가 가지고 있어.”

"왜?"

"별로 필요 없을 것 같아서."

이루다의 자신만만한 대답에 이지한이 얼굴을 찌푸렸다. 자신의 손에 쥐어진 총을 내려다보며 잠시 희한한 표정을 짓는 이지한을 뒤로하고, 루다가 조리실로 향하는 문을 열었다.

"잠시 여기 있어."

우리에게 그렇게 속삭인 루다는 문을 나가더니 갑자기 휙 소리와 함께 시야에서 사라졌다.

이게 어떻게 된 거지? 그가 괴물에게 불가사의한 방법으로 당하지 않았나, 걱정이 되어 문을 벌컥 연 나는 어느새 통로 위 슬레이트 지붕에 올라간 루다를 보고 깜짝 놀랐다.

나를 본 루다가 당황해하며 말했다.

"왜 나왔어? 나오지 말라니까."

"아니, 네가 갑자기 사라지니까 걱정이 돼서."

다시 훌쩍 뛰어내린 루다는 발소리도 거의 내지 않고 우리 쪽으로 다가와 문을 닫았다.

그가 방금 다녀온 밖을 힐끗 보며 말했다.

"이지한 네 말대로 뒷문이 고작 5분 거리도 안 되는 곳에 있고, 뒷문 바로 앞 주차장에 엄폐물이 될 만한 트럭도 많이 있어. 괴물이 아예 없진 않았는데, 전부 조리실을 기준으로 뒷문과는 반대편에 있어. 아마도 대부분의 침입자가 정문으로 빠져나가서 누가 올 거라고 기대 자체를 않는 모양이지."

"응, 확실히 나도 처음에 왔을 때 정문으로 나갔었으니까."

"그럼 일단은 다 같이 트럭이 있는 주차장까지 이동하자. 거기까지만 가면 사실상 골인이나 다름없으니까."

트럭이 있는 주차장으로 가는 것은 전혀 어렵지 않았다. 루다가 앞서 정찰한 대로 괴물이 두어 마리 어슬렁거리고 있기는 했지만 후문에선 멀리 떨어져 있었고, 게다가 주차장과 가까운 화단에 풀이 무성해 몸을 숨기기도 쉬웠다.

마침내 트럭 사이에 몸을 기댄 나는 크게 숨을 들이쉬었다.

맙소사 이렇게 빠른 시간 내에 여기까지 무사히 오다니, 믿기지 않아. 아마도 루다가 없었다면 절대 불가능했겠지.

다시 트럭 뒤로 고개를 쏙 내민 나는 주변을 살폈다.

불과 100미터도 떨어지지 않은 곳에 뒷문이 서 있는 걸 본 내 가슴이 쿵쾅댔다.

괴물들의 동향을 살피던 루다가 지시했다.

"내가 신호하면 다 같이 뒷문으로 뛰어."

"응."

엉거주춤 일어날 채비를 하던 나는 바로 옆에서 들리는 이지한의 목소리에 고개를 돌렸다.

"잠깐, 그 전에."

그와 동시에 뒤에서 뻗어 나온 팔이 순식간에 내 목을 휘감아 꼼짝 못 하게 했다. 내 관자놀이에 차가운 총구가 닿았다.

나는 한동안 상황을 파악하지 못해 눈을 크게 뜨고 얼어 있었다.

푸르스름한 달빛을 받은 바닥도, 바닥 위에 바위처럼 솟은 트럭도, 그 사이에 서 있는 루다도 모조리 비현실적으로 느껴졌다. 그 가운데, 이쪽을 본 루다가 낭패란 표정을 지으며 재빨리 주머니에 손을 집어넣었다.

그 순간, 내 뒤에 있던 이지한이 차가운 목소리로 말했다.

"네가 경비실에서 주머니에 커터칼 집어넣는 거 봤어. 그거 꺼낼 생각 하지 마."

그러자 작게 혀를 찬 루다가 두 손을 천천히 들었다. 여전히 시선은 이쪽으로 고정한 그가 초조하게 물었다.

"뭘 원해? 뭘 바라서 이러는데."

"뒤돌아서 네 발로 괴물들한테 뛰어들어."

이지한의 차가운 명령이 내 귓가를 파고들었다.

나는 도무지 상황을 이해할 수가 없어 고개를 돌려 이지한의 표정을 확인하려 했다. 하지만 내 목을 감싼 팔이 더욱 세게 조여 나를 꼼짝도 못 하게 했다.

이지한의 자조적인 중얼거림이 들려왔다.

"기왕 이렇게 된 거, 마지막에 살아서 나가는 게 누가 되든 운명이라고 받아들이자……. 아니면 차라리 내가 제일 먼저 죽어서 이 지긋지긋한 굴레에서 벗어나자, 그런 생각을 했는데. 아무래도 안 되겠다.”

나는 그의 말을 도저히 이해할 수가 없었다.

저게 무슨 소리지? 그의 말을 들으면 꼭, 끝까지 살아남는 게 오히려 나쁜 일이라도 되는 것 같잖아.

맞은편에서 혼자 입술을 짓씹던 루다가 으르렁대듯 물었다.

“내가 네 말대로 죽어 주면, 단이한테는 아무 짓도 안 할 거냐?”

“그래, 걱정 마. 이 애도 바로 죽여 줄 테니까.”

이지한의 입에서 한 치의 망설임 없이 흘러나온 대답에 루다가 눈을 크게 떴다.

나 또한 놀란 것은 마찬가지였다. 거래 조건으로 날 살려 주는 게 아니라, 오히려 날 죽이겠다고?

침묵 끝에 이를 으득 씹은 루다가 되물었다.

“단이 목숨이 이미 네 손 안에 있으니 무슨 요구를 해도 다 들어줄 것 같아? 그런 생각이라면 포기하시지, 얻을 게 없다고 생각된다면 나는 응할 필요 없으니까.”

그러나 말하는 것과 달리, 힐끔힐끔 날 보는 게 루다는 도무지 나를 포기할 수 있을 것 같지 않았다.

눈썹을 더욱 찌푸린 그가 다시 말했다.

“게다가 네 말에 따르면, 우리는 여기서 죽어도 어차피 바깥 세계에서 되살아난다며? 한 사람만 살아 나간다면. 네가 우릴 죽이고 따라 죽을 생각은 설마 아닐 테고.”

루다가 초조하게 말을 이었다.

"결국 네가 살아서 나간다면 우리 또한 되살아날 텐데, 굳이 이렇게 원한을 자초하는 이유가 뭐야?"

"내가 너희한테 거짓말을 했어."

이지한의 담담한 고백에 나는 눈을 크게 떴다.

그를 빤히 쳐다보던 루다가 이윽고 비릿하게 웃었다.

"아하. 그러니까 '한 사람만 살아 나가면 되살아난다'는 건, 네가 마지막까지 살아남기 위한 거짓말이었다?"

이지한은 고개를 작게 내저었다.

"아니."

"그럼?"

"되살아나는 건 사실이야. 하지만 이 세계에서의 기억은 전부 사라져."

그러자 루다는 다시 미간을 좁혔다.

그가 한참 만에 말했다.

"너…… 우리에게서 나쁜 기억을 없애 주겠다고 이 웃기지도 않는 짓거리를 하고 있는 거라면, 미안하지만 배려의 방법을 잘못 택했어. 적어도 우리한테 미리 설명하고 선택하게 했어야지. 이건 어쨌든 우리 기억이니까."

"내가 지금 무슨 심정으로 너희를 죽이려는 건지, 알기나 해?"

갑자기 이지한이 격양된 어조로 화를 터트렸다.

나와 루다가 잠시 시선을 교환하는 가운데, 분한 듯이 한 쪽 발을 구른 그가 탄식하듯 말했다.

“이번에야말로 벗어날 수 있었는데. 이번에야말로.”

루다가 이해 안 된다는 듯 되물었다.

“대체 무슨 소리를 하는 거야?”

“내가 너희한테 거짓말한 건 하나 더 있어.”

그렇게 말하는 그의 목소리 끝이 괴로운 듯 떨렸다.

우리에게 숨긴 게 또 있었다니, 나는 놀란 눈으로 이지한을 보았다.

“도서실에서 보았던 문장. ‘포식자들은 탐욕스럽다. 그들은 결코 놓친 사냥감을 포기하는 법이 없다.’ 기억해?”

이지한의 물음에 루다가 떨떠름한 얼굴로 답했다.

“그래.”

“거기에서 말하는 ‘놓친 사냥감’이 뭘 의미하는 것 같아?”

뭔가를 깨달은 내가 중얼거렸다.

“설마…….”

고개를 끄덕인 이지한이 차분하게 말을 이었다.

“처음 이 세계에 들어왔을 때, 같이 들어온 열두 명 중에 유일하게 살아서 나간 건 나였어. 그리고 그 뒤로, 나는 이렇게 어두운 곳에서 거울을 보는 것만으로 이 세계에 들어오는 빌어먹을 체질이 돼 버렸지. 같이 들어왔던 열두 명 중에, 오직 나만이.”

"……."

"이번에 너희와 들어오게 됐을 때, 어렴풋이 그런 생각을 했어. 이번엔 차라리 내가 가장 먼저 죽자. 그래서 너희에게 이 짐을 떠넘길 수 있다면 좋겠다고."

거기까지 말한 이지한이 고개를 툭 떨구고는 내뱉었다.

"하지만 역시 안 되겠다."

그 모습을 숨죽이고 바라보던 내가 물었다.

"…… 처음 이 세계에 같이 들어온 열두 명 중에는 윤정인과 김 쌍둥이, 신서현이 포함되었던 거지?"

여전히 대답이 없는 그에게 내가 말했다.

"그 애들 이름을 굳이 입에 올리진 않은 건, 그 애들이 '놓친 사냥감'이란 걸 우리에게 들키지 않기 위해서. 너에겐 이 세계에서 탈출한 기억이 있고 그 애들한텐 없단 걸 우리가 눈치채면, '마지막 생존자'와 '놓친 사냥감'의 연관성을 깨달을 수도 있으니까."

이지한은 말없이 고개를 끄덕였다.

이윽고 천천히 고개를 돌린 그가 루다에게 말했다.

"괴물한테 죽게 하는 건 미안하게 생각해. 원한다면 죽는 방식은 마음대로 해도 좋아. 하지만 나도 여기서 나가야 하니까, 되도록 빠른 방법으로 부탁해."

"……."

"너도 네 스스로 죽겠다고 약속하면 놓아줄 수 있어."

이지한이 나를 보며 말했지만, 나는 차마 그럴 엄두가 나지 않았다.

이지한의 설명이 사실이라면, 그가 우리를 죽이려 하는 것은 오히려 우리를 위해서였다.

그걸 알았다고 해도 괴물에게 달려들거나 스스로 죽을 엄두가 날 리 없었다. 아무리 바깥에 나가면 이 세계에서의 기억이 전부 사라진다는 걸 알았다고 해도.

그때, 우리를 복잡한 눈으로 보던 루다가 입을 열었다.

"너는."

이지한이 고개 돌려 그를 보았다.

루다가 말을 이었다.

"정말로 이걸로 괜찮겠냐? 우리가 이대로 너보다 먼저 죽으면, 너는 앞으로도 계속 어두운 곳에서는 거울을 쳐다보지도 못하는 몸으로 살아가야 할 텐데."

그 말에 괴로운 듯 미간을 살짝 찡그린 이지한이 대답했다.

"오늘은 누가 김혜힐인 척 나를 불러내서 속는 바람에 어쩔 수 없이 이렇게 된 거야. 평소에는 조심하는 습관이 들었으니, 앞으로도 웬만하면 끌려올 일은 없어."

"하지만 여전히 위험이 남았다는 건 변하지 않잖아."

그러자 갑자기 기세가 변한 이지한이 고개를 퍼뜩 들며 물었다.

"그래서, 네가 대신 희생하기라도 하겠다는 거야?"

그에 대답하는 루다의 기세도 만만치 않았다. 그는 총 든 사람을 상대로도 전혀 꿀리지 않고 물었다.

"왜 내가 대신 희생하기 위해 이런 걸 물어본다고 생각해?"

"그럼 차라리 물어보질 마! 어차피 이 세계는 한 사람이 반드시 희생해야만 하는 구조란 말이야."

이지한이 답답한 듯 얼굴을 일그러뜨리며 말했다. 하긴, 나는 그의 심정을 이해했다.

이지한 말마따나, 이 세계는 한 사람의 희생으로 나머지 사람들의 안전을 보장받는 구조였다, 고약하게도.

그러니 이지한의 입장에서는 스스로 희생을 결심하기까지 굉장히 많은 갈등이 필요했을 것이다.

그런데 기껏 결론을 냈는데 그것을 받아야 할 우리가 안 받겠다고 이러고 있으니, 그로서는 답답할 수밖에.

하지만 루다의 말에도 일리가 있었다.

꼭 이렇게 해야만 할까? 다른 방법은 없는 걸까? 적어도 그에 대해 고민할 시간이 더 있더라면.

그때, 멀지 않은 곳에서 괴물의 괴성이 울렸다.

퍼뜩 정신을 차린 이지한이 다시 내게로 총구를 겨누었다.

그가 루다를 향해 바깥을 턱짓해 보였다.

"방금 내가 말한 대로 해. 이제 더는 시간이 없다고, 이미 충분히 소란을 피웠으니, 기척에 예민한 괴물이나 청각이 발달한 괴물들이 우리 존재를 눈치채고 다가오고 있을

지도 몰라."

그 말에도 루다는 바깥을 향해 움직이긴커녕, 두 손을 주머니에 집어넣은 채 고개만 살짝 기울였다. 전혀 긴장감이라곤 느껴지지 않는 그의 모습에 나는 슬슬 이곳이 원래 세계인지 아닌지 헷갈리기 시작했다.

이지한이 버럭 외쳤다.

"뭐 하는 거야? 얼른 시키는 대로 해!"

놀랄 노 자로 루다는 심지어 웃기까지 했다. 트럭의 반사경에 반사된 달빛에 루다의 얼굴이 하얗게 빛났다.

그가 능청스레 웃으며 물었다.

"의심스러운 상대의 속내를 떠보는 가장 쉬운 방법이 뭔지 알아?"

"뭐?"

"무기를 쥐여 주는 거야. 내 것보다 훨씬 좋은 무기를. 바보가 아니면 이걸 들고 싸워서 질 수는 없다 생각이 드는 무기를."

그 말에 내 관자놀이에 닿은 이지한의 총구가 흠칫 떨리는 것이 느껴졌다.

루다가 다시 이죽댔다.

"그럼 당연히 자기가 우세하다고 생각한 그쪽에서는 쉽게 속내를 드러내거든."

"뭐……."

"상식적으로 맨손이랑 총이 겨뤄서 이길 리가 없으니까."

그렇게 말할 때, 이미 루다는 이지한의 손목을 비틀어 떼어 내고 있었다.

툭 소리와 함께 바닥에 떨어지는 총을 보며 내가 중얼거렸다. 하긴, 어쩐지. 루다가 의심스러운 상대에게 순순히 총을 넘겨줄 리가 없지. 다 맨손으로도 이길 자신이 있으니까 그러는 거였어.

자유의 몸이 되어 방금까지 붙들려 있던 목을 매만지는 내게 루다가 상냥하게 물었다.

"단아, 괜찮아? 많이 무섭진 않았어?"

재빨리 고개를 끄덕인 내가 대답했다.

"아, 응. 괜찮아."

예전엔 납치당해서 수십 명쯤 되는 정장 입은 사람들한테 둘러싸였던 적도 있는데 뭐.

루다를 구하러 REED사에 잠입했던 적도 있고.

그러고 보니, 내가 문득 말했다.

"그러고 보면 그때도 루다 네가 구해 줬었지? 매번 고마워."

"뭐, 뭐야. 갑자기. 고맙긴 뭘."

토라진 것처럼 픽 고개를 돌린 루다가 이지한을 보더니 씩 웃었다. 그는 내가 주워 준 총을 건네받아 이지한의 관자놀이에 겨누었다.

"이제 입장이 반대네."

"으윽."

"흐음, 어떻게 해 줄까."

장난기 어린 얼굴로 웃던 루다가 갑자기 이지한의 몸을 툭 밀더니 말했다.

"나한테 시켰던 그대로 괴물한테 미끼로 쓰고, 그 틈을 타 빠져나갈까?"

"아니, 루다야. 우리한테 나쁜 의도가 있어서 그런 것도 아닌데 그건 좀."

잠자코 듣던 내가 말했다. 그렇게 말하긴 했어도 나도 사실 이지한을 어떻게 해야 할지는 전혀 감이 잡히지 않았다.

루다도 나와 같은 생각을 한 듯 말했다.

"아, 당연히 농담이야. 이 녀석을 자유롭게 해 주려면 죽이는 게 답인데, 그럼 결국 나와 너 중에 한 사람은 살아서 밖으로 나가야 하잖아."

"응. 그렇지."

"하지만 여기에서 살아 나가면, 다시 끌려 들어올 때는 그 사람 혼자일 거야. 즉, 여기에서 살아 나가는 사람은 혼자서도 살아남을 확률이 가장 높은 사람이 되어야 해. 그러니까 아마도 나."

그가 스스로를 가리키며 하는 말에 나는 얼굴을 굳혔다. 결국 루다도 이지한과 같은 결론에 도달한 모양이구나.

어찌 되었건 간에 나는 지금 죽어야만 한다고.

두 사람 다 나를 위해 주는 것은 고맙지만, 나는 솔직히 아무리 다시 살아나는 데다 죽었을 때의 기억이 사라진다고는 해도 죽고 싶지 않았다.

그야 사람인 이상 어쩔 수 없잖아.

그때, 안색이 창백해진 나를 발견한 루다가 말했다.

"아, 단아. 지금 죽을 걱정 하고 있는 거야? 그럴 필요 없어, 그 방법을 쓸 생각은 없으니까."

그 말에 나는 눈을 휘둥그레 떴다.

"왜?"

"그 방법을 쓰면, 나는 밖으로 가서 네 얼굴을 더는 똑바로 볼 수 없을 테니까."

"아."

그건 그렇지. 조용히 고개를 끄덕이는 내게 루다가 덧붙였다.

"그것도 그거지만, 결정적인 이유가 있어. 내가 1층에서 맞닥뜨렸던 괴물이 윤정인과 엄청 닮아 있었거든."

그것 때문에 거부감 들어서 고생 좀 했다. 그가 덧붙인 말을 듣고서야, 나는 그가 미술실 안을 보지 말라고 했던 까닭을 알 수 있었다.

맙소사, 직접 보지 않고 얘기를 듣는 것만으로 이렇게 끔찍한 기분이 드는데, 루다는 어떻게 버틴 거람.

입술을 지그시 깨무는 내게 루다가 다시 말했다.

"이 세계에서 죽은 사람은 괴물이 된다, 그런 식으로 생각하면 괴물들이 대부분 인간과 닮은 모습을 하고 있는 것도 이해가 돼. 도서실에 있던 시체는 죽은 뒤에 조종당했다고 했으니 예외라고 치고."

그리고 다시 총구를 치운 루다가 우리 둘을 가리키며 말을 이었다.

"결론적으로, 내가 너희를 죽이고 이 세계에서 살아 나갔다가 다시 들어오면 나는 괴물이 된 너희와 마주치겠지. 너희를 한 번도 아니고 여러 번 죽이라니, 그런 건 피하고 싶어. 게다가 계속 끌려오는 것 자체도 귀찮고."

"그래서?"

"뭘, 여기까지 들었으면 슬슬 짐작이 가지 않아?"

루다가 의아하게 물었지만 도리어 의아해진 건 우리 쪽이었다.

나와 이지한은 방금까지 서로에게 총구를 들이밀었다는 것도 잊고 열심히 눈빛을 교환했다.

너는 대체 저게 무슨 말인지 짐작이 가? 그런 눈빛을 내게 보내는 이지한에게 나는 고개를 내저었다. 아니, 나도 전혀 모르겠는데. 루다가 무슨 말을 하고 싶은 건지.

우리 중 아무도 죽지 않고 원래 세계로 돌아가는 데다, 아무도 다시 끌려 들어오지 않는 방법이라니. 그런 게 있기나 해?

그때, 돌연 루다의 머리 위로 까만 그림자가 졌다.

무심코 위를 올려다본 나는 헉 하고 숨을 삼켰다.

우리가 대화하는 새 어느새 트럭 위로 기어 온 괴물이 고개 숙여 이쪽을 내려다보고 있었다.

사람의 얼굴을 한 데다 교복을 입고 있긴 하지만 소매와 바지 아래로 삐져나온 팔다리는 관절이 없는 듯 흐늘흐늘했고, 피부 또한 반투명한 갈색으로 마치 민달팽이 같았다.

저래서 여기까지 오는 동안 아무 소리도 나지 않은 거구나. 아마도 기습에 특화된 종임이 틀림없었다.

내가 외쳤다.

"루다야! 뒤!"

그러나 이미 민달팽이 같은 괴물은 루다를 향해 뛰어내리고 있었다.

늦은 건가? 내가 눈을 찡그리며 이지한을 이쪽으로 끌어당기는 그때였다.

철퍽 소리와 함께 괴물이 대번에 땅에 처박혔다.

루다가 괴물의 쩍 벌어진 아가리를 피하며 그의 팔을 잡고 땅에 메치기까지가 한 박자였다. 하늘을 보고 누운 괴물의 이마에 발을 대고 꼼짝 못 하게 한 그가 방아쇠를 당겼다.

탕! 잔인하리만치 경쾌한 총성과 함께 힘겹게 꿈틀대던 괴물의 움직임이 멎었다.

손에 묻은 갈색 진물을 보며 인상을 찡그린 루다는 그것을 옷에 슥슥 문질러 닦더니 이쪽으로 돌아섰다.

일생일대의 충격에 휩싸여 멍하니 서 있는 나와 이지한에게 루다가 선언했다.

"지금부터 나는 이 학교의 괴물을 모조리 잡아 죽인다."

"……."

"'포식자들은 탐욕스럽다. 그들은 결코 놓친 사냥감을 포기하는 법이 없다.'라고 했지? 그럼 그 포식자들의 씨를 말리면 되잖아. 별것도 아닌 문제를 가지고."

심드렁히 말한 루다는 확인 사살이라며 괴물의 입에 대고 다시 방아쇠를 당겼다.

그 모습을 보며 나는 내가 범한 중대한 오류를 깨달았다.

괴물들과 루다의 관계는 결코 '포식자'와 '사냥감'이 될 수 없었다.

오히려 루다에게 있어서는 괴물들이 그의 사냥감에 불과했던 것이다.

내 옆에서 급기야 트럭을 붙잡고 헛구역질을 해 대는 이지한의 등을 두드려 주며 나는 읊조렸다.

엄마…….

공포 소설에 들어온 인터넷 소설 주인공이 장르를 이상하게 바꿔 버리고 있어요…….

제61조. 자식 이기는 부모 없고, 피조물 이기는 창조주 없다

자식 이기는 부모 없고, 피조물 이기는 창조주 없다

노아리가 우주인의 연락을 받고 병원에 도착한 것은 저녁 일곱 시 무렵이었다.

이미 축제는 막바지에 이르러, 학교에서는 저녁 시간이 끝나고 공연이 시작될 때였다.

그러나 병실 안 공기는 삭막하고 무거웠다.

노민찬은 한 사람당 한 명의 보호자만 남는 것이 좋지 않겠냐고 제안했다. 아무래도 평일인데 학생들이 이곳을 가득 지키고 있으면 보기에도 좋지 않고, 괜히 시선을 끌 거란 이유에서였다.

그러잖아도 은지호와 권은형, 반여령, 김혜우는 공연 때문에 자리를 떠야 하는 상황이었다. 남고 싶은 마음과 반 친구들에 대한 의무감 사이에서 갈등하던 그들은, 결국 돌아올 것을 기약하고 자리를 떠났다. 노민찬 또한 학교에서 계속 호출이 오는 바람에 어쩔 수 없이 자리를 떠났다.

그렇게 해서 노아리가 병실에 도착했을 때 그곳을 지키던 사람은 우주인과 김혜힐, 그리고 김혜우와 교대한 신서현까지 총 세 사람뿐이었다.

병실 앞 복도에 우두커니 앉아 있던 그들은 노아리의 기척을 깨닫고 흠칫 고개를 들었다.

초면인 신서현을 본 노아리가 주춤하며 고개를 숙였다.

"아, 안녕하세요."

그녀를 의아하게 올려다보는 신서현의 옆에서 김혜힐이 차분히 말했다.

"아, 우리 계곡 갔을 때 왔던 애구나. 노아리 맞지?"

"아, 네."

"그런데 네가 부른 건 노민찬 선생님 여동생이 아니었어?"

그렇게 말한 김혜힐이 우주인을 돌아보았다. 그때 이미 우주인은 자리에서 일어나 있었다.

그가 아무렇지 않게 대답했다.

"맞아."

"아, 그렇구나. 성이 같은데도 생각을 못 했네. 그런데 이 애는 왜 부른 거야? 대신 봐 달라고 부탁이라도 하려고?"

"아니."

우주인답지 않은 단답의 연속에 김혜힐과 신서현이 의아

한 표정을 하던 찰나, 우주인이 노아리의 손목을 잡고 병실로 향했다.

병실 문을 열어젖힌 그가 노아리에게 속삭였다.

"내가 말했던 건 준비해 왔어?"

"네. 혹시 안 될 때를 대비해서 메모지 여러 장이랑 볼펜도."

노아리가 주머니에서 빈 메모지 몇 장을 꺼내 보이자, 눈을 가늘게 뜬 우주인이 그녀를 침대맡으로 데려갔다.

그저 잠든 것처럼 편안한 함단이의 얼굴을 물끄러미 내려다보던 노아리는 미리 준비해 온 메모지 한 장을 꺼내 함단이의 손목에 대고 내리눌렀다. 메모지에는 '함단이는 잠에서 깨어난다.'라고 적혀 있었다.

잠시 침묵이 흐른 뒤에 노아리가 고개를 내저었다.

"안 되나 봐요."

"다른 건?"

"여기."

주머니에서 '함단이는 거울 속 세계에서 빠져나온다.', '함단이는 의식을 되찾는다.', 등등이 적힌 메모지가 연이어 딸려 나왔다. 노아리가 그것들을 함단이의 손목에 대고 내리눌렀으나 전부 소용이 없었다.

우주인은 눈을 가늘게 떴다. 그가 말했다.

"네 능력을 쓸 수 있는 전제 조건은 '소설적인 맥락에서 말이 될 것'이잖아? 그렇다면 갑자기 쓰러진 사람이 갑자기 일어나는 건 소설적인 맥락에서 전혀 이상한 일이 아닐 텐데. 왜 안 되는 거지?"

노아리의 얼굴에 그늘이 졌다. 그녀가 굳어진 얼굴로 대답했다.

"'거울 속 세계'의 규칙은 제가 이 소설 속에 들어오기 전에 썼고, 방금 그 문장들은 소설 속에 들어오고 나서 썼기 때문에 그런지도 몰라요."

팔짱을 끼고 그 말을 듣던 우주인이 짧게 말했다.

"더 자세히."

"소설 밖에서의 저는 절대적인 힘을 가진 작가였지만, 소설 안에서의 저는 작가인 동시에 등장인물, 아니, 등장인물도 아닌 조연이기 때문에. 당연히 두 세계에서 가지는 힘이 동일할 수는 없겠죠."

흐음. 짧게 신음한 우주인이 물었다.

"그러니까 네 말은, 네가 소설 밖에서 쓴 문장과 소설 안에서 쓴 문장이 충돌한다면 소설 밖에서 쓴 문장이 우세하다는 거지?"

"아마도요. 즉, 단이 선배가 일어나지 못하는 건, 방금 제가 한 지시가 이미 정해진 규칙에 상충되기 때문에."

그 말에 우주인은 눈썹을 찡그리며 침대에 누워 있는 함단이를 물끄러미 보았다.

아마 다른 병실에 있는 이지한과 이루다 역시 이렇듯 편안한 얼굴로 누워 있을 것이다.

그들이 다른 세계에서 어떤 일을 당하고 있는지와는 아무 상관 없이.

우주인은 구겨진 미간을 꾹꾹 누르며 고민에 빠졌다.

한참 만에 노아리를 돌아본 그가 되물었다.

"그럼 이제부터 뭘 어떻게 해야 해?"

"규칙을 무시할 수 없다면 규칙을 따라 해결하는 수밖에요."

"그 말은?"

"이 세 사람은 말하자면 일종의 '지름길'로 간 거예요. 그들에게는 이지한이 있었으니까. 하지만 저희는 지름길을 쓸 수 없으니, 정석적인 방법으로 갈 수밖에요."

여전히 대답이 없는 우주인에게 노아리가 말했다.

"여기에서 꽤 멀어요. 오늘 중에 돌아오지 못할지도 몰라요. 그보다 더한 문제는 그 세계에 들어갈 수 있느냐가 아니라, 그 세계에 들어갔다가 무사히 나올 수 있느냐는 거지만."

"상관없어."

"그럼 일단은, 가장 먼저 버스를……."

우주인의 단호한 말에 노아리가 스마트폰을 꺼냈다.

버스표를 예약하던 그녀는 문득 인기척을 느끼고 병실 입구 쪽으로 고개를 돌렸다.

어느새 열린 병실 문 앞에 한 남자가 서 있었다. 복도에서 쏟아지는 빛을 가로막듯이 선 그는 한 팔을 문에 기댄 채 씩 웃고 있었다.

정장 차림을 한 것이나 손목에 찬 시계를 봐서는 어른임이 분명한데, 웃는 모습이나 크지 않은 체격 때문에 남자보다는 소년에 가까운 분위기였다.

그리고 전등 불빛을 받은 남자의 머리카락이 하늘색으로 빛나는 것을 본 순간, 노아리는 그의 정체를 단숨에 알아챘다.

한 발을 병실 안으로 성큼 들인 루카스가 태연하게 말했다.

"동생 보러 온 김에 함께 쓰러졌다는 애들도 보러 왔는데, 재밌는 얘기를 하고 있네?"

그의 말을 들은 우주인과 노아리의 표정이 동시에 구겨졌다.

노아리는 이 세계에서 우주인 다음으로, 어쩌면 그 이상으로 상대하기 까다로운 것이 루카스라는 사실을 잘 알고 있었다.

우주인 또한 한 번 루카스의 심계에 당해 본지라 어설프게 속일 생각 따위는 하지도 않았다. 더군다나 합법적 성인인 데다 할 줄 아는 게 많은 루카스는 이런 상황에서 꽤 쓸모가 많았다.

우주인은 미간을 좁히면서도 물었다.

"……어디서부터 들으셨어요?"

“지름길 어쩌고 하는 데서부터.”

성큼성큼 걸어와 그들 앞에 멈춰 선 루카스가 두 손을 주머니에 넣고는 씩 웃었다.

“참 재밌는 일이야. 이 세 사람은 분명히 이곳에 멀쩡히 누워 있는데, 너희는 마치 세 사람이 몸만 두고 영혼은 어디 다른 곳으로 가 버린 것처럼 말하고 있으니. ‘다른 세계’로 말이야.”

“…….”

“어떻게 알았는지까지는, 물어봐도 안 말해 줄 거지?”

당연한 듯 묻는 루카스에게 한숨을 푹 쉰 우주인이 말했다.

“저희는 오늘 중으로 꽤 먼 길을 가야 해요. 빨리 가면 빨리 갈수록 좋고요.”

“나 차 가져왔어.”

루카스가 냉큼 말했다.

그 즉시 주차장으로 향하려던 세 사람은 복도에서 김혜힐과 신서현을 맞닥뜨렸다. 낮은 목소리로 뭔가 심각한 대화를 나누던 그들은 시선을 느끼고 고개를 돌렸다.

신서현이 물었다.

“어디 가? 더군다나 갑자기 찾아온 루다네 형까지.”

“아, 잠깐 멀리 갈 일이 있어서.”

“오늘 안에는 못 돌아올 것 같아요.”

우주인과 노아리가 어색한 미소를 숨기지 않고 대답하자

김혜힐과 신서현은 쉽게 납득했다.

우주인은 그들을 의아하게 쳐다보았다.

적어도 더 설명을 요구할 줄 알았는데. 하긴, 어른도 아니고 실질적 보호자도 아닌 우리가 더 이러고 있어 봐야 소용없나? 그래서 까다롭게 굴지 않는 건가?

아무튼 변명을 지어낼 필요는 없어서 편하게 됐다.

"미안, 먼저 가서. 좀 부탁할게."

평소처럼 애교 있게 말한 우주인이 루카스와 노아리를 이끌고 획 돌아섰다.

복도에 남겨진 김혜힐과 신서현은 멀어지는 등을 보며 시선을 천천히 교환했다.

이윽고 김혜힐이 물었다.

"저 애들, 설마 알고 있는 걸까?"

"글쎄……. 우주인 재가 워낙 범상치 않아서 가능성이 없진 않아 보이는데."

신서현이 턱을 괸 채 대답했다. 이윽고 그가 다시 말했다.

"어차피 우리는 여러 가지 준비가 필요하니까 최소 이삼 일은 여기 묶여 있을 수밖에 없어. 그사이 한 사람이라도 빠져나오는 데 성공하면 좋겠지만……."

"그 세계에 다시는 들어가지 않기로 지한이와 약속했지만 어쩔 수 없지."

김혜힐이 말했다.

그녀는 이마를 짚으며 한숨을 내쉬었다.

"단이와 이루다까지 휘말려 버렸으니 별수 없잖아."

* * *

세 사람은 침묵 속에서 주차장으로 향했다.

어두컴컴한 주차장에서도 유달리 존재감을 뽐내는 오렌지색 스포츠카를 발견한 우주인이 '와, 지호가 여기 없어서 다행이다. 지호는 저 차 절대 안 탄다고 했을 텐데.' 하고 중얼거린 것을 제외하면 차에 탈 때까지도 온통 조용했다.

우주인이 말없이 창밖으로 보이는 고속 도로 양옆의 스산한 풍경에 시선을 주는 사이, 노아리가 갑자기 입을 열었다.

"이지한과 김혜힐이 나온 석봉 중학교에는 오래된 괴담이 있어요."

루카스의 운전석 앞 내비게이션에는 이미 '석봉 중학교'라는 글자가 찍혀 있었다.

내비게이션을 힐끗 본 우주인이 물었다.

"무슨 괴담?"

"'밤에 학교에 와서 교장실 앞에 있는 괘종시계를 12시로 맞추고 거울 속에 비추면, 거울 속에 있는 다른 세계로 간다.'"

그러자 내내 정면에 고정되어 있던 백미러 안 루카스의

시선이 힐끗 뒤를 향했다.

이윽고 미간을 찌푸린 우주인이 되물었다.

"고작 그게 끝? 그렇다면 우리가 거기에서 살아 돌아올 수 있을지 없을지 전전긍긍할 필요가 있어?"

"거울 속 세계는 학교 구조를 제외하고는 모든 것이 현실과 달라요. 무엇보다 거기에는 그것들이 있어요."

"그것?"

"괴물들."

그 말에 백미러 안 루카스의 시선이 다시 뒤를 향했다. 결국 인내심이 바닥난 우주인이 그를 향해 말했다.

"하실 말씀 있으면 하세요. 우리도 지금 하는 이야기가 썩 정상적으로 들리지 않는다는 건 아니까."

그러자 느긋하게 턱을 긁적인 루카스가 대답했다.

"음, 아니. 할 얘기 같은 건 없는데? 그냥 내 동생이 생각보다 말도 안 되는 일에 휘말렸구나 싶어서."

"네?"

이해할 수 없는 대답에 우주인이 미간을 찌푸렸다.

루카스가 태연히 핸들을 돌리며 말을 이었다.

"너도 전에 들어서 알겠지만, 나 어렸을 때부터 워낙 힘들게 살았거든. 목숨의 위협도 많이 넘겼고. 그래선지 직감 같은 게 있어. 이 정보가 내가 살아남는 데 결정적인 도움이 되겠다, 안 되겠다 하는 그런 직감. 그런데 너희 얘기는 명백히 전자였고."

"그 말은……."

"적어도 너희 둘이 이 사태의 해결책이 그 괴담에 있다고 믿는 건 틀림이 없는 것 같으니, 나도 믿어야지 뭐. 지금은 달리 방법도 없으니까."

"……."

할 말을 잃은 우주인과 노아리에게 루카스는 태연히 말을 이었다.

"저렇게 잠든 것같이 누워 있는데 급소를 자극해도 안 깨어나다니, 정말 미스터리 말고는 다른 설명이 불가능한 것 같거든."

그 말에 눈썹을 찡그린 우주인은 중얼거렸다. 저 사람, 그 짧은 새 루다 형에게 그런 짓까지 했구나. 과연 전에 저 사람의 동생이 되기로 한 건 잘한 일일까? 아무리 반쯤 농담이었다고는 해도.

수상쩍은 침묵이 찾아왔다.

이윽고 헛기침을 한 노아리가 다시 입을 열었다.

"아, 아무튼 거울 속 세계의 몇 가지 규칙에 대해 말씀드릴게요."

그녀가 손가락을 세 개 들어 올렸다.

"하나, 함께 들어간 사람 중에 한 사람이라도 학교 밖으로 빠져나가는 데 성공하면, 중간에 몇 명이 죽었건 간에 상관없이 모두가 의식을 되찾는다. 다르게 말하자면, 같이 들어간 사람들이 전부 죽어 버린다면 그들은 영원히 의식을 되찾지 못하는 거죠."

"……."

그 말을 들은 우주인의 얼굴이 굳어졌다. 루카스의 안색 또한 짐짓 태연한 척하고 있기는 해도 그다지 좋지 않았다.

슬그머니 고개를 돌린 노아리가 말을 이었다.

"둘, 그 세계에서 빠져나오기 전에 죽었던 사람은 그 세계에서의 기억을 모두 잃어버린다. 그리고 그 사람이 바깥에서 되살아나는 데 성공하더라도, 그 세계에서 죽은 그 사람의 시체는 괴물이 되어 학교를 배회하게 된다."

"그러건 말건 바깥에서는 확실히 살아난다는 거지? 그렇다면 그건 상관없어."

확신 어린 목소리로 말하는 우주인에게 고개를 끄덕인 노아리가 다시 손가락을 접었다. 셋.

"그 세계에서 살아서 빠져나오는 데 성공한 사람은, 그 세계에서의 모든 기억을 가진다. 또한 그 사람은 어두운 곳에서 거울을 볼 경우, 다시 그 세계로 끌려들어 가고 만다."

그 말에 루카스와 우주인의 눈이 커졌다. 우주인이 앉은 자리에서 반쯤 일어나며 외쳤다.

"뭐?!"

"그래요. 한 사람은 반드시 희생해야 하는 시스템이에

요. 더군다나 생존자가 두 번째로 거울에 끌려들어 갈 경우, 그때는 다시 살아 돌아올 확률이 몹시 낮아져요. 어둠 속에서 거울을 보게 되는 건 보통은 혼자 있을 때니까요. 밤의 자기 방이나, 화장실 같은."

고개를 숙인 우주인이 빠르게 중얼거렸다.

"그렇구나, 그래서 이지한이 어두워진 학교에 남지 않는 거였어. 운이 나쁘면 자기는 물론이고, 다른 사람들까지 휘말릴 수 있으니까."

그리고 다시 퍼뜩 고개를 든 그가 물었다.

"이지한은 이 규칙에 대해 제대로 알고 있어? 특히 마지막 규칙에 대해."

"그럴 거라고 생각해요. 첫 시도에서 살아남은 건 자기 혼자였는데, 함께 들어간 나머지 사람들은 기억을 전부 잃고 평범한 삶을 살고 있으니. 분명 연관성을 추측했을 거라고 생각해요."

우주인이 굳어진 얼굴로 되물었다.

"그럼, 이지한이 그 규칙을 악용하려 할 확률은? 그러니까, 최후에 생존하는 역할을 엄마나 형에게 떠넘기려고 할 확률."

그에 노아리 또한 굳어진 얼굴로 대답했다.

"가능성이 있어요. 이지한 그 사람이 악인이라서가 아니라, 오히려 평범한 사람이기 때문에……. 평범한 사람은 그런 일 오래 못 견뎌요. 적어도 규칙에 대해 전혀 가르쳐 주지 않고 누가 살아남든 운명에 맡기자고 생각하면서, 실제로는 자기가 위험한 역할을 자처할지도 몰라요."

"만약 그걸 모르고 엄마나 형이 최후의 생존자가 되어 나온다면."

"혼자 있을 때 다시 그 세계로 끌려가게 된다면, 루다 선배라면 모르겠지만 단이 선배의 경우에는 위험해요."

미간을 잔뜩 일그러뜨린 우주인이 작게 중얼거렸다.

"하지만 형이 엄마를 자기보다 위험하게 둘 리도 없어."

그런 다음 그는 색이 밝은 머리카락을 손안에 구겨 쥐며 거친 말을 내뱉었다. 노아리는 아무것도 하지 못하고 그런 그의 모습을 물끄러미 보기만 했다.

그러다 문득 그녀가 말을 꺼냈다.

"미안해요."

그러자 우주인이 스르륵 고개를 돌렸다. 머리카락을 쥐고 있던 손을 놓은 그가 물었다.

"뭐야? 갑자기."

"아니요, 저는, 그."

시선을 비껴 내린 노아리가 교복 스커트 위로 두 손을 꽉 주먹 쥐었다.

"이번에도…… 또 제 잘못 때문에. 제가 그런 이야기를 쓰지만 않았어도."

운전석을 힐끗 본 노아리가 작은 목소리로 말했다. 다행히 루카스에게서는 어떠한 기색도 느껴지지 않았다.

그때 우주인이 불쑥 말했다.

"사과하지 마."

그 말에 노아리의 눈동자가 거세게 흔들렸다. 이윽고 고개를 떨군 그녀가 힘없이 미소 지었다.

"맞아요. 어차피 이미 일이 일어났고, 돌이킬 수 없게 된 이상 사과해 봐야 아무 소용없겠죠……."

"그런 뜻이 아니야."

우주인의 말에 노아리가 다시 고개를 들었다.

어두운 차체 안에서 그녀를 내려다보는 우주인의 눈이 짙은 갈색을 띠었다. 그 눈에 담긴 빛은 분명히 분노일지언정, 그녀를 향한 것은 아니었다.

의아하게 눈을 깜빡이는 노아리에게 우주인이 말했다.

"사실은 네가 사과할 일이 아니란 거 알아."

"……."

"저번에도, 이번에도."

전혀 예상치 못한 말에 노아리의 얼굴이 굳었다.

그녀는 저번 폭로 때 우주인에게서 들었던 말에 대해, 다른 모두에게 들었던 말에 대해 전부 받아들였다.

그들 말이 맞았다. 그녀에게는 그저 하나의 이야기에 지나지 않았던 일들이 그들에게는 현실이었던 것이다. 받아

들인 무게가 다르니, 그에 대한 태도 또한 다르다고 해도 아무런 할 말이 없었다. 오히려 단순한 원망 정도로 끝난다면 고마워해야 할 일이라고까지 생각했다.

그녀에게서 시선을 떼어 낸 우주인이 바위처럼 무감정한 눈으로 차창을 보았다.

그가 천천히 말을 이었다.

"저번에는 분명히…… 내가 화난 건 은형이가 당했던 바로 그 일들 때문이라고 생각했어. 네가 은형이에게 그 일을 행했다는 것 자체에 대해서. 아무런 악의도 의도도 없이. 그냥 네가 그러고 싶었다는 이유만으로."

"그건……."

잠시 굳어 있던 노아리가 이윽고 말했다.

"그 말이 맞아요. 아무런 악의도 의도도 없이 그랬다는 점에서, 저를 더욱 원망하셔도 어쩔 수 없어요."

"그런 게 아니야."

우주인이 두 눈을 한 손으로 덮듯이 가렸다. 그가 힘없이 말했다.

"넌 은형이를 개미처럼 눌러 죽일 수도 있고, 자기 힘으로는 닿지도 못할 높은 곳에 올려 줄 수도 있어. 너는 그런 위치야."

"네."

"그리고 나는 네게 있어 은형이와 전혀 다를 것 없는 위치의 존재야."

"……."

"너는 나에 대해 남김없이 알고 있는 유일한 사람이고, 그러면서도 나를 좋아하는 유일한 사람인데. 그런데도 너와 내 위치는 하나도 가깝지가 않아. 나를 화나게 하는 건 이 모순이야."

우주인은 낮은 목소리로 짓씹듯 내뱉었다.

"네 잘못이 아니란 건 알겠는데, 그럼 도대체 누구한테 화를 내야 하는지. 너를 보지 않는 동안 내내 생각했지만 전혀 답을 모르겠어. 그리고 지금도……."

팔꿈치를 창틀에 기대고 다시 손으로 이마를 덮은 우주인이 덧붙였다.

"네 얼굴을 다시 보게 된 지금은 더욱더 모르겠어."

그의 옆얼굴을 보던 노아리는 말없이 눈을 내리깔았다.

운전석의 루카스는 여전히 말이 없었다. 침묵 속에서 차는 밤의 고속 도로를 계속 달렸다.

루카스가 워낙 조용하고도 매섭게 밟아 댄 덕에 서울에서 석봉 중학교가 있는 전주까지는 얼마 걸리지 않았다.

석봉 중학교는 유명 사립 중학교란 위명에는 걸맞지 않게 시에서도 상당히 외곽에 떨어져 있었다. 덕분에 아무에게도 들키지 않고 숨어들기는 어렵지 않았다.

우뚝 솟은 학교 부지를 감싼 논밭을 둘러보던 루카스가 중얼거렸다.

"정말 아무것도 없네."

"그래서 형의 차가 더 눈에 잘 띄네요."

우주인이 학교 앞 한쪽 길에 주차된 오렌지색 스포츠카를 가리키자 루카스는 하핫 웃음을 터트렸다.

"뭐, 내 차가 좀 예쁘긴 하지! 밤에 보니까 더 예쁘지 않아?"

"에효."

머리 색부터 차 색까지 눈에 안 띄는 게 없는 저 인간 때문에 뭔가 꼬투리가 잡히면 무조건 모르는 사이라고 발뺌해야지. 굳게 다짐한 우주인은 뭐라고 더 말하는 대신 노아리를 이끌고 교문으로 향했다.

다행히 경비는 보이지 않았다. 분명 낮까지만 해도 학생들이 뛰놀았을 현관의 거대한 정적에 세 사람은 잠시 압도당했다.

이윽고 루카스가 고개를 돌리며 말했다.

"와, 엄청 을씨년스러워. 이것들은 전부 신발장인가? 여기 아침에 발 냄새 장난 아니겠는데."

"루카스 형, 긴장을 풀어 줄 의도라면 고맙지만 너무 긴장이 풀리는 것도 좋지 않으니 조용히 해 주세요."

"흠, 긴장을 풀어 줄 의도였다는 걸 바로 눈치채다니, 나의 속 깊음이 너무 티 났나."

"……."

루카스를 대놓고 무시한 우주인과 노아리는 중앙 계단을 올랐다.

현관 옆의 경비실로 통하는 작은 창문, 붉은색의 전자시계, 축하 문구가 그대로 붙어 있는 종려나무 화분, 계단에 진열된 은빛 트로피들, 모두가 어둠 속에서 기괴한 빛을 내뿜고 있었다.

짓눌린 듯한 정적 속에서 그들은 3층에 도착했다.

희한하게도 교장실 앞의 벽은 전면 거울로 되어 있었다. 그 앞의 괘종시계를 본 우주인은 다시 노아리를 돌아보았다.

"이걸 12시로 맞추고 들어서 거울을 마주 보도록 옮기면 돼?"

"네."

"알았어. 루카스 형, 일단 학교 구조부터 전부 파악한 다음 여기로 다시 돌아와서……."

그 순간 우주인은 거울 속 영상이 크게 일렁이는 것을 보고 눈을 크게 떴다.

황급히 뒤돌자 노아리와 루카스 또한 눈이 휘둥그레져서 거울 쪽을 바라보고 있는 게 보였다. 즉, 방금 그가 본 것이 환각이 아니라는 얘기였다.

우주인이 노아리에게 다급히 속삭였다.

"이게 어떻게 된 거야?"

"그, 글쎄요. 저도 잘 모르겠지만 아마도, 다른 세계의 영상이 이쪽 세계에 투사되고 있는 걸 거라고 생각해요. 밤의 학교는 경계가 흐려지기 쉬운 곳이니까."

바로 그때, 화면 가득 거대한 괴물의 그림자가 걸렸다.

언뜻 보아서는 사람 같지만 팔꿈치나 무릎 마디의 뼈가 가시처럼 길게 튀어나와 있고, 키는 2미터에 달하는 거대한 체구를 본 세 사람의 얼굴이 동시에 굳어졌다.

산전수전 다 겪고 자라 웬만한 것에는 면역이 있는 루카스조차 일순 압도당할 만큼 엄청난 존재감이었다.

바로 그때, 괴물 뒤에서 쭉 뻗어 나온 골프채가 괴물의 머리를 후려치고 이윽고 튀어나온 발이 가슴을 걷어찼다.

루카스가 긴장감 없이 툭 내뱉었다.

"엥."

세 사람은 소름 끼치는 적막 속에서 거울 너머로 한 남학생이 괴물을 무자비할 정도로 때리고, 걷어차고, 찌르는 모습을 말없이 지켜보았다.

그 남학생의 정체는 다름 아닌 이루다였다.

* * *

"나 이거 알아."

내가 내내 가만히 있다가 불쑥 내뱉은 말에 내 옆에 몸을 웅크리고 앉아 있던 이지한이 고개를 돌렸다.

"갑자기 뭐가?"

나는 진지한 얼굴로 대답했다.

"이거 썰이라는 거야."

"……."

이지한은 그제야 내가 무슨 말을 하는 것인지 깨달은 듯 말없이 고개를 돌렸다. 착잡한 그의 표정이 내가 한 말을 제대로 이해했음을 증명했다.

나는 다시 고개를 들었다.

우리가 숨어 있는 교실 밖 복도에서는 이루다와 괴물들 간의 광기 어린 싸움이 펼쳐지고 있었다. 괴물들의 피와 이루다의 골프채가 붉은색과 은색으로 뒤섞여 화려하게 빛났다.

바닥을 짚고 빠르게 물러난 다음, 자기한테 달려드는 괴물의 가슴을 골프채로 휙 후려쳐 쓰러뜨린 이루다가 감탄하며 중얼거렸다.

"이 골프채 완전 쓸 만하잖아. 줍길 잘했네."

그러더니 그는 고개를 주억거리며 말했다.

"이 세계에서 죽은 사람들은 다 이 골프채를 그냥 지나쳐서 죽은 게 틀림없어. 무기를 잘 챙겨야지. 얼마나 중요한데."

그 순간 까드득 소리와 함께 이지한이 잡고 있던 문틀이 흔들렸다. 나는 놀란 눈으로 이지한을 돌아보았다.

그가 몹시 분한 얼굴로 말했다.

"저 자식이, 누구는 총을 가져와도 변변히 써 보지도 못하고 당했는데……!"

"지, 진정해. 이지한. 나도 네 맘 이해해. 나라도 그랬을 테니까."

"게다가 우리 팀에는 궁수, 아니, 양궁 선수인 신서현까지 있었다고! 원거리 무기가 근거리 무기보다 더 안전한 건 상식 아니야? 그런데 재는 무슨 골프채 하나만 갖고 괴물들을 아작 내?!"

"하하. 네 맘이 내 맘이란다. 네 말 다 이해해."

이지한을 달래는 한편, 나는 문틈으로 루다의 동향을 계속 지켜보았다. 불과 몇 분도 안 지나 괴물 다섯 마리와의 싸움을 마무리한 그가 우리를 돌아보더니 짧게 외쳤다.

"어!"

왜지? 무슨 일 있나? 나는 당황하며 주위를 살폈다.

눈을 휘둥그레 뜬 루다가 후다닥 우리 쪽으로 달려오더니 문틈을 가로막듯 섰다.

그가 민망한 표정을 지으며 말했다.

"문 열지 말고 있으래도. 보기에 별로 좋은 장면도 아닌데."

"아니, 그래도. 네가 위험하면 도와주러 나가고 싶어서."

그러자 루다는 뺨을 옅게 붉히더니 이윽고 기쁜 듯 웃었다. 나는 옆에서 이지한이 중얼거리는 소리를 똑똑히 들었다.

"방금까지 괴물을 한 손으로 때려잡던 놈이, 왜 손에 묻은 게 피가 아니라 케첩인 양 수줍게 구는 건데."

"하하……."

나는 루다가 그의 말을 못 들었길 기도하며 다시 물었다.

"이제 학교 안의 괴물은 거의 다 해치웠나? 뒷문 쪽은 아까 해치웠고, 조리실에는 없었고, 체육관도 다녀왔고……. 운동장 쪽은 나가면서 처리하기로 했고."

손가락을 천천히 꼽으며 말하는 내게 루다가 고개를 기웃하며 말했다.

"거꾸로 매달려 다니는 괴물이란 거, 아직 안 마주치지 않았어?"

그 말에 얼굴색이 창백해진 이지한이 끼어들었다.

"무슨 소리야. 너 아까 걔랑 마주치자마자 총으로 쏴서 떨어뜨렸거든."

"아, 흠. 그랬나. 너무 시시해서 싸우지도 않은 것 같은 기분이……."

턱을 짚으며 작게 중얼거리는 루다의 모습에 이지한이 주먹을 부들부들 떨어 댔다. 나는 그의 어깨를 황급히 두드려 주었다. 제발 좀 진정해라, 이지한.

그때, 다시 고개를 든 루다가 말했다.

"그럼, 이제 가장 큰 놈 하나만 남은 건가?"

"가장 큰 놈?"

"왜 있잖아? 위는 여자고 아래는 거미인, 우리가 현관에서 처음 마주쳤던 그 녀석."

"아."

루다가 검지를 들어 올리며 말했다.

"내가 보기에는 걔가 괴물들 중에 제일 서열이 높은 놈 같았어. 그런 느낌이 오던걸."

옆에서 이지한이 질린 듯 중얼거렸다. 무슨 야생 동물이냐, 그런 걸 본능적으로 느끼게? 나는 이번에도 그 말에 반박할 수 없었다.

그때 갑자기 아주 무거운 금속성의 것, 이를테면 철제 책상을 옮길 때나 날 법한 소리가 들렸다.

나는 휙 고개를 돌렸다.

아무것도 없는 중앙 계단 쪽을 보며 나는 고개를 기웃했다. 착각인가?

다시 고개를 돌리자, 루다 또한 사냥감에 집중하는 맹수처럼 동공이 가늘어진 눈으로 방금 내가 본 곳을 빤히 보고 있었다.

나는 괜히 긴장하며 그를 불렀다.

"저기, 루다야."

그제야 계단에서 시선을 거둔 그가 아무렇지 않게 웃었다.

"응?"

"혹시 저기 아까 뭐 있었어?"

"아, 응."

그리고 그가 고개를 기울이며 태연히 덧붙이는 말에 나는 깜짝 놀랐다.

"호랑이도 제 말 하면 온다더니, 바로 그 호랑이이던데."

"뭐? 정말? 아까 그 거미 여자?"

놀라는 내 옆에서 이지한 또한 경악하며 물었다.

"우리를 못 본 건가? 그럴 리가 없는데?"

루다가 시큰둥하게 대답했다.

"아니, 우리를 못 봤을 리는 없어. 나랑 눈 마주쳤거든."

"그럼 왜?"

"그러게 말이야."

그리고 루다는 뒤돌아 방금까지 싸웠던 괴물 시체들 쪽으로 성큼성큼 걸어가기 시작했다.

그가 걸을 때마다 이상한 소리가 난다 싶어 시선을 내린 나는, 슬리퍼 밑창에 진득하게 달라붙는 액체를 보고 미간을 좁혔다. 이지한 또한 나와 같은 것을 본 듯 잠시 말이 없었다.

그 사이, 괴물들 사이에 놓아 둔 골프채를 천천히 들어올린 이루다가 그것을 어깨에 걸치며 말했다.

"흠, 진짜 모르겠네. 왜 그냥 간 거지?"

"……."

"기왕 여기까지 온 거 그대로 덤벼 줬으면 나도 좋았을 텐데. 다시 찾으러 가야 하잖아, 귀찮게."

루다는 진심으로 의아한 얼굴이었지만, 나와 이지한은 그 이유를 알 것만 같았다. 아니, 알 것 같은 정도가 아니라 사실상 확신했다.

나라도 도망갔다…….

방금 해치운 괴물 시체의 산에 둘러싸여 서 있는 루다는 실로 괴물보다도 더한 괴물 같았다.

아니, 우리를 위해 싸워 준 루다에게 이렇게 말하면 미안하긴 하지만, 아무래도 더 이상 적절한 표현이 떠오르질 않는걸.

루다가 흔쾌히 걸음을 떼며 말했다.

"일단 아래층으로 내려가 볼까? 아래로 내려갔으니, 뒤져 보다 보면 나오겠지, 뭐. 그 괴물의 경우에는 머리를 꽤 쓸 수 있는 것 같아서, 내려가는 척 올라갔을 가능성도 배제할 수 없지만."

"좋아, 어서 가자."

괴물들의 시체와 같이 있는 것이 꺼림칙해 황급히 그를 따라나서려던 나는 갑자기 빈 복도를 찢어질 듯 울리는 굉음을 듣고 고개를 들었다.

뭐가 어떻게 된 거지?

—뎅, 뎅, 뎅…….

한참이나 두 손으로 귀를 틀어막고 있던 내가 천천히 손을 내리며 말했다.

"괘종시계?"

그때, 이지한의 안색이 창백해졌다. 그가 어금니를 꽉 깨물며 말했다.

"틀림없어. 또 누가 우리처럼 괴담을 재현하려 한 거야."

"뭐? 그럼 저 소리는……."

놀라서 되묻는 내게 그가 고개를 끄덕였다.

"괘종시계를 거울에 비추는 방법으로 이 세계에 오면 저렇게 괘종시계가 울려. 울리는 횟수는 총 열두 번, 우리도 그랬었어."

"잠깐, 저기엔 방금 거미 여자가 내려갔잖아! 운 나쁘면 거미 여자와 마주쳤을지도 몰라."

"얼른 가자."

나에 이어 루다가 그렇게 말했다.

우리는 황급히 우리가 있던 5층에서 달려 내려가 교장실이 있던 3층으로 향했다.

숨을 헐떡이며 교장실 앞 괘종시계가 있는 곳을 보았지만 그곳엔 아무도 없었다. 이게 대체 어떻게 된 일이지?

이지한이 얼굴을 굳히며 말했다.

"그 거미 여자가 우리를 유인하려고 일을 꾸민 걸까?"

"그럴 가능성도 부정할 수 없겠지. 하지만……. 이건 아까 그 거미 여자보다는 사람 발자국 같은데."

그렇게 말하며 루다가 먼지가 뽀얗게 앉은 바닥을 쓸었다.

나와 이지한은 잠시 시선을 교환했다.

너 혹시 발자국 보고 괴물인지 사람인지 구분할 수 있니? 나는 아니야. 나도. 우리 사이에 마음으로 하는 대화가 오갔다.

그리고 우리는 다시 걸음을 옮겼다.

어쨌건 거미 여자가 일부러 우리를 피해 다닌다는 것이 밝혀진 이상, 장기전을 각오할 수밖에 없게 되었다.

루다가 빈 복도 쪽을 돌아보며 말했다.

"그럼 거미를 잡을 덫을 놔 볼까?"

루다의 말에 따라, 우리는 가장 먼저 학교의 현관문과 교실 문을 전부 걸어 잠갔다.

루다가 없었더라면 우리가 독 안의 쥐가 될 뿐이니 절대 하지 않을 행동이었을 텐데, 루다가 함께 있는 것만으로 이렇게 되다니 참 이상해. 그렇게 생각하며 나는 마지막으로 옥상으로 향하는 문까지 걸어 잠갔다.

그 작업이 끝나고 나자 루다가 다시 말했다.

"좋아, 지금부터는 중앙 계단을 통해 1층에서부터 올라가면서 모든 복도의 불을 켤 거야."

"잠깐, 불 켤 수 있어?"

이지한이 놀라며 물었다. 나 또한 놀라긴 마찬가지였다.

나는 당연히 이런 괴담에 나오는 학교의 불은 켤 수 없을 거라 믿고 있었는데.

그러자 루다가 농담하지 말란 듯한 표정으로 말했다.

"당연하지. 컴퓨터도 되는데 불이라고 안 켜지겠어?"

그러더니 그는 손을 내밀어 바로 옆에 있던 전등 스위치를 눌렀다.

거짓말처럼 밝아지는 시야에 나는 아, 하고 탄성을 내뱉었다.

그리고 손을 들어 이마를 짚은 내가 중얼거렸다.

"그렇지……. 이제 우리는 더는 어둠 속에 몸을 숨길 필요가 없으니까."

사냥감에서 포식자로, 입장이 달라진 것만으로 환경이 이토록 쾌적해질 수가 있다니.

무력이 이래서 중요해. 이상한 깨달음을 얻던 내 옆에서 루다가 허리에 두 손을 짚으며 말했다.

"불을 켜면 시야가 밝아져서 거미 여자를 찾기가 쉬워져. 게다가 우리가 마주친 괴물들의 상당수는 지능을 갖고 있는데도, 우리를 더 잘 보기 위해 불을 켤 생각은 하지 않았잖아? 이건 두 가지 가능성을 의미해. 그들이 어둠에 이미 적응했기 때문에 뭔가를 보는 데 빛이 필요 없거나, 아니면 본능적으로 빛에 거부감을 느끼거나. 어쩌면 둘 다일지도."

이지한이 되물었다.

"그래서?"

"우리가 1층에서부터 올라가면서 불을 켜기 시작하면 거미 여자는 당연히 점점 위로 올라가겠지. 최후에 향하려고 할 옥상 문 쪽이나 5층 복도 양옆 계단 쪽에 미리 함정을 설치해 두자. 거미 여자의 다리가 절삭력을 가졌을지도 모른다는 게 좀 걱정이긴 하지만, 잘되면 좋은 거고 아니어도 신경을 긁을 수 있으니까."

"으음……."

"저쪽에서 열 받아서 이판사판으로 나오면 우리는 얼른 끝내고 나갈 수 있으니 이득이야."

나는 여전히 당당한 얼굴로 그렇게 말하는 루다를 신기한 눈으로 쳐다보았다.

정말이지 저런 자신감은 좀 배우고 싶을 정도야.

우리는 가장 먼저 아무 교무실로 가서 투명 테이프들을 찾아냈다. 가는 길에 한 번 거미 여자와 마주친 적이 있었지만, 그녀는 키에에엑 소리를 내며 여섯 다리로 빠르게 질주해 도망쳐 버렸다.

그녀의 뒷모습을 보고 루다가 아깝다는 듯 혀를 찼다.

"칫."

그리고 우리는 5층으로 올라가 옥상으로 가는 계단과 복도 양옆에 투명 테이프를 잔뜩 붙여 통로를 막았다.

내가 위를 올려다보며 말했다.

"와, 어두우니까 진짜 테이프가 하나도 안 보이네. 게다가 도망치는 도중이면 바빠서 더욱더 생각하긴 어려울 테고."

"게다가 테이프를 잘라도 팔이나 다리에 엉겨 붙을 거야. 일부러 접착 면을 복도 안쪽으로 향하게 해 뒀으니까."

그리고 우리는 다시 1층으로 내려가 중앙 계단으로 이동하며 한 층씩 불을 켜기 시작했다.

한 층씩 밝아질 때마다 우리가 이 학교를 정복했다는 이상한 충족감마저 느껴질 정도였다. 공포 소설에 들어왔는데 이런 감상을 느껴도 되는 걸까, 나는 진지하게 고민했다.

그리고 마침내 5층으로 올라설 무렵, 복도 왼쪽 끝에서 별안간 키에에엑 하는 괴성이 터졌다. 눈을 크게 뜬 루다가 곧 삐뚜름하게 웃으며 외쳤다.

"거기냐!"

그쪽으로 부리나케 달려간 우리는 투명 테이프에 칭칭 감겨 계단 밑으로 굴러떨어진 채 몸부림치는 거미 여자와 마주쳤다.

그 모습을 보고 나는 두 눈을 휘둥그레 뜰 수밖에 없었다.

내가 중얼거렸다.

"맙소사, 최종 보스까지 이렇게 쉽게 잡다니……."

중간에 한 번쯤은 위기가 닥칠 것을 각오하고 있었는데, 모두 허사였다.

거미 여자를 내려다보며 허탈하게 쪼그려 앉는 내 옆에

서 이루다가 골프채를 치켜들었다.

약 10분 뒤, 우리는 환히 불 켜진 학교를 뒤로하고 교문을 향해 뛰고 있었다. 물론 운동장에 있던 괴물들은 루다에 의해 진즉 널브러진 지 오래였다.

교문 바깥의 어둠을 향해 뛰어들기 직전, 이지한이 갑자기 우뚝 멈췄다. 나와 루다는 의아하게 그를 바라보았다.

이지한이 잠시 머뭇거리더니 말했다.

"저기, 일단은 고마워. 날…… 구해 줘서."

그 말에 나는 미소 지으며 루다를 바라보았다. 그는 얼굴을 찡그리며 스스로의 머리카락을 헝클더니 퉁명스레 말했다.

"너 구하려고 그런 게 아니라, 그냥 어쩌다 보니 휘말려서 이렇게 된 것뿐이야. 단이를 죽게 하기도 싫었고."

"아무튼 결과적으로 구원받은 건 구원받은 거니까. 고맙다는 말은 하고 싶었어."

이지한의 말에 작게 미소 짓는 한편, 나는 고개를 살짝 기울였다.

그런데 왜 저런 말을 저렇게 비장하게 하는 걸까? 마치 우리의 만남이 이걸로 마지막이라도 될 것처럼.

설마? 나는 이루다를 힐끗 보았다. 루다 또한 어깨를 굳히며 여실히 긴장하고 있는 것이 느껴졌다.

그도 그럴 것이 이지한은 이 때문에 병원에 다닐 정도로 고생을 했다.

그렇다면 그가 이 세계에서의 기억을 모두 잊고 싶어 하는 것도 무리는 아니었다.

그 스스로 죽음으로써.

그렇게 이 세계에 홀로 남은 괴물이 됨으로써.

하지만, 그랬다간 우리 역시 다시 이곳에 끌려들어 와야만 하는 상황. 이루다의 눈이 이지한이 무슨 짓을 해도 막겠다는 듯한 의지로 빛났다.

그때 이지한의 입에서 힘없는 목소리가 흘러나왔다.

"하지만 부탁인데……. 학교에서 나 아는 척은 하지 말아 주라."

"……."

응? 나와 루다는 시선을 교환했다.

이지한이 거뭇한 눈가를 하고서 덧붙였다.

"나, 이제는 거미 여자보다 네가 더 무섭거든."

잠시 정적이 찾아왔다.

이윽고 얼굴이 시뻘게진 루다가 한쪽 발을 구르며 버럭 외쳤다.

"너는 구해 준 사람한테 그게 할 말이냐?! 이게 진짜!!"

"루, 루다야. 진정해."

"놔, 단아! 저 자식이 나한테 먼저……!"

바동대는 루다의 팔다리를 잡고 말리려다 아무래도 힘들겠다는 생각이 든 나는 그를 껴안고 어둠 속으로 몸을 던졌다. 놀라서 나를 돌아본 루다가 그대로 나와 함께 추락했다.

"어."

단말마와 함께 우리는 바닥도 없는 어둠 속으로 떨어져 내렸다. 나는 마지막으로 남은 이지한을 향해 눈빛으로 인사를 보냈다.

현실 세계에서 봐.

그러더니 픽, 시야가 암전되고 의식이 끊겼다.

* * *

루카스와 우주인, 노아리는 교장실 의자에 몸을 붙이고 앉아 마지막으로 남았던 이지한까지 교문 밖으로 몸을 던지는 모습을 지켜보았다.

그런 다음 루카스는 천천히 몸을 일으키며 말했다.

"좋아, 우리도 이만 가자."

그들은 괘종시계를 거울에 비춤으로써 이 세계에 도착하기가 무섭게 바로 옆에 있던 교장실에 몸을 숨겼다.

물론 교장실은 잠겨 있었으나, 루카스가 교장실 문을 채 1분도 안 걸려 따 냄으로써 아슬아슬하게 직후에 달려온 이루다 일행에게 들키지 않을 수 있었다.

'뭐 하는 거예요?'

의아하게 묻는 우주인에게 루카스는 말했다. 상황을 지켜보려고.

'내 동생이 혼자서 얼마나 잘해 내는지 지켜보고 싶거든.'

그리고 루카스는 바로 뒤에 있던 모니터를 가리켰다.

학교에서 CCTV를 확인하고 통제할 수 있는 곳은 단 두 곳, 교장실과 경비실이었다. CCTV를 활용할 발상을 해낸 것은 루카스가 루다보다도 기계 조작에 능숙하기에 가능한 일이었다.

그로부터 약 두 시간가량, 그들은 모니터를 통해 이루다가 박살 낸 괴물들의 흔적과 작전을 통해 거미 여자를 잡는 모습을 전부 지켜보았다.

세 사람이 모두 학교를 빠져나간 것까지 확인한 루카스가 자리에서 일어나며 말했다.

"예상은 했지만 역시 도와줄 필요는 없었네. 하지만 생각이 좀 부족해. 애초에 CCTV를 생각했으면 발로 뛸 필요가 없었을 텐데. 그러게 기계 싫어하는 것 좀 고치라니까."

루카스의 태연한 평을 들은 우주인과 노아리의 안색이 안 좋아졌다. 무슨, 방금까지 본 게 현실이 아니라 게임 속

일인 것처럼 간단히 말하고 있어?

두 사람이 말이 없는 가운데, 루카스는 뿌듯한 표정을 지으며 고개를 끄덕였다.

"그래도 마지막 작전은 꽤 훌륭했다. 휴, 누구 동생이라 저렇게 똑똑할까."

그렇게 말하고 흐뭇하게 웃는 루카스의 뒤를 따르며 우주인이 중얼거렸다.

"그래서 우리는 대체 여기에 뭐 하러 온 거지……?"

이럴 줄 알았으면 그냥 오지 말걸. 그는 예상한 것과는 전혀 다른 이유로 이 세계에 온 것을 후회했다.

그의 옆에서 노아리가 울 것 같은 표정을 지었다.

노아리는 온통 불이 켜진, 도무지 괴담에는 나오지 않을 것 같은 학교의 환한 전경을 보며 중얼거렸다.

"이건 이제 더 이상 공포 소설이라고 할 수 없어. 이 소설은 망했어……."

그녀를 물끄러미 보던 우주인은 조심스레 손 내밀어 그녀의 등을 토닥여 주었다.

그러면서 그는 다시 한번 한숨을 폭 내쉬었다.

* * *

원래 세계로 돌아와 눈을 뜨자, 침대 위로 쏟아지는 햇살이 나를 반겼다.

으음, 햇빛이란 게 이렇게 기분 좋은 거구나. 오후의 고양이처럼 행복해하며 베개에 얼굴을 파묻던 나는, 이곳이 우리 집이 아니란 사실을 깨닫고 벌떡 몸을 일으켰다.

다행히 주위를 살펴보니 평범한 병실의 모습이었다.

하긴, 나는 고개를 주억거렸다. 다른 사람에게 우리는 축제 중에 갑자기 교실에서 쓰러진 채 발견된 학생들처럼 보였을 테니, 일단 병원에 데려왔겠지. 그러고도 한참이 지나도 깨어나지 않자 그제야 당황해서 이런저런 검사를 하기 시작했을 테고.

다행히 팔에 링거는 꽂혀 있지 않았다. 아프진 않지만, 그래도 바늘은 싫어. 맨 팔을 쓱쓱 쓸어 보던 나는 자리에서 일어났다.

병실은 2인용인 것 같았다. 남은 침대에 엄마와 아빠가 서로 팔베개를 하고 사이좋게 주무시고 계셨고, 내 침대 바로 옆 보조 침대에는 반여령이 누워 있었다.

곤히 잠든 반여령의 얼굴을 내려다보다가 이불을 곱게 덮어 준 나는 옷을 챙겨 화장실로 향했다.

물론 퇴원해도 된다는 의사의 허락도 없이 멋대로 옷을 갈아입는 건 안 될 일이었지만, 나 같은 경우에는 내가 쓰러졌던 이유를 명백히 알고 있으니 아무래도 괜찮을 것 같았다. 게다가 여긴 보나 마나 한울 병원이나 발해 병원, 둘 중 하나일 테고.

로비로 나가 본 나는 중얼거렸다. 거봐, 역시. 한울 그룹 소속의 병원이잖아.

그리고 나는 고개를 기웃했다.

“그럼 날 발견한 건 은지호인가?”

많이 놀랐겠다. 다시 보면 꼭 괜찮다고 말해 줘야지.

그런데 도대체 뭐라고 해야 내가 괜찮다는 사실을 믿을까?

거울 속 세계에 대해 설명하는 것이 가장 쉬운 방법이겠지만, 그걸 설명하기 위해서는 먼저 그것이 노아리의 공포 소설에서 나왔다는 것부터 알려야 했다.

하지만 노아리는 안 그래도 우리에게 미움받는 것 때문에 힘들어하고 있는데. 그녀가 애초에 거울 속 세계에 대해 내게 자세히 알리지 않은 것도, 내게 더한 미움을 살까 봐 두려워서가 아니었던가. 그런데 그걸 알고 있는 내가 그 사실에 대해 멋대로 말해 버리는 건 옳지 않았다.

흠, 어쩐담? 종합 안내도가 붙은 벽 앞에 기대 발을 까딱거리던 나는 좀 비켜 보란 누군가의 말에 고개를 꾸벅 숙이고 한쪽으로 빠졌다. 그러고 나서야 나는 문득 로비에 앉은 사람 중에 익숙한 사람이 있는 것을 발견하고 고개를 들었다.

검은 모자에 검은 마스크를 쓰고 있었고, 긴 다리는 의자 밑에 다 수납하지 못해 한참이나 밖으로 삐져나와 있었다.

지나가는 누군가 걸려 넘어지지 않을지 걱정될 정도였다.

얼굴도 제대로 보이지 않았는데도 마스크 위의 푸른 눈과 체격만으로 나는 그의 정체를 알아챘다.

아니, 하지만. 나는 눈을 비볐다. 걔가 여기에 있을 리가 없잖아? 얼마나 바쁜데. 게다가 온다는 말도 따로 안 했고.

핸드폰을 확인해 보려던 나는 내게 핸드폰이 없다는 사실을 깨달았다. 아마도 여전히 학교 수거함에 있거나 아니면 병실에 있거나 할 것이다.

나는 잠시 고민에 빠졌다. 어쩌지?

결심은 빨랐다. 뭐, 유천영이 아니라면 미친 사람 취급 좀 받고 말면 될 일이지.

성큼성큼 그의 앞으로 걸어간 나는 의아해하는 그의 시선을 받으며 천천히 입을 열었다.

"저기요, 혹시……."

그때 그의 푸른 눈에 이채가 떠올랐다. 느리게 손을 뻗어 나의 손을 잡고, 천천히 자기 얼굴 가까이에 가져가 제 뺨에 대는 그의 모습을 보며 나는 확신했다.

"너 유천영이야?"

그는 대답 대신 어리광 부리는 것처럼 내 손바닥에 얼굴을 파묻었다. 물론 그 모습을 본 나는 경악했다.

"뜨아악. 너 왜 여기 있어?"

그러자 눈을 가늘게 뜬 유천영이 낮은 목소리로 대답했다.

"네가 쓰러졌는데, 내가 안 올 거란 생각을 한다는 게 더 이상해."

"아."

나는 민망해서 뒷머리만 벅벅 긁다가, 황급히 주변을 둘러보고는 그의 손을 잡아 일으켰다.

"일단 사람 없는 곳으로 가자."

다행히 평일 오전이라 그런지 환자들은 대부분 노인 아니면 어린이들밖에 없어, 유천영의 정체를 알아챈 사람은 없는 것 같았다. 뭐, 유천영이 워낙 꽁꽁 싸매기도 했지만.

그는 순순히 나를 따라왔다. 그를 데리고 병원 비상계단에 도착한 나는 마침내 그의 손을 놓고 물었다.

"너 혼자 왔어?"

그가 고개를 내저었다.

"주차장에서 주완 형이 기다리고 있어."

"주완 형?"

"매니저."

잠시 짧은 침묵이 흘렀다.

이야, 너 출세했구나. 매니저도 다 생기고. 나는 그런 말을 하려다, 유천영의 심기가 불편해 보이는 것을 보고 그냥 입을 다물기로 했다.

나는 조용히 눈을 데굴데굴 굴렸다. 분위기가 이상하네. 어떻게 된 거지?

유천영은 공연히 시비만 안 거는 한 대부분의 어른들에게 공손한 편이고, 특히 매니저라면 그를 위해 일하는 사람인 만큼 감사한 마음마저 가지고 있을 텐데. 그의 얘기가 나온 것만으로 분위기가 이렇게 달라진다는 것이 이상했다.

내가 물었다.

"매니저님이랑 별로 안 맞아?"

"그냥, 좀."

모자를 벗고 머리칼을 헝클며 짧게 말한 유천영이 불쑥 화제를 돌렸다.

"쓰러진 건 어디가 아파서 쓰러졌던 거야?"

"어?"

"웬만한 검사는 1년 전에 전부 받았을 텐데."

유천영이 하는 말을 듣고 나는 깨달았다. 내가 반여령과 함께 납치당했을 때를 말하는 거구나. 그때 정말 난리도 아니었지.

확실히 그때 온갖 검사를 했는데도 아무것도 발견된 것이 없으니, 이제 와서 갑자기 쓰러진 게 이상하긴 할 터였다.

나는 웃으며 애써 얼버무렸다.

"음, 그냥 단순 피로였어."

"이루다와 다른 남자애도 같이 쓰러졌었다며?"

"……."

나를 꿰뚫듯 지그시 보던 유천영이 낮은 한숨과 함께 말했다.

"제발, 숨기지 좀 마."

"……."

"네가 뭔가를 숨기면, 내가 도와줘야 할 때 도와줄 수 없잖아. 게다가 이제는 더더욱 내가 네 곁에 있는 시간도 얼마 없는데."

나와 눈이 마주치자, 미간을 좁힌 그가 조곤조곤한 목소리로 말했다.

"네가 나 모르는 새 잘못될까 봐 걱정돼."

나는 그를 마주 보다가 조용히 눈을 내리깔았다.

확실히, 나도 유천영처럼 피치 못할 사정으로 이들과 떨어져 있어야 한다면, 적어도 그들의 곁에서 어떤 일이 일어나고 있는지 정도는 알아 두고 싶을 것이 분명했다. 그래야 도움이 필요한 일이 생길 때 재깍 달려올 수 있을 테니까.

그리고 고개를 든 내가 말했다.

"하지만 믿기 어려울 텐데."

"내가 네 말 안 믿은 적 있어?"

팔짱을 끼며 벽에 기댄 유천영이 망설임 없이 대답했다.

그의 눈치를 보던 내가 다시 말했다.

"별거 아닌 일이고."

"너는 그 형이랑 헤어졌던 일도 별거 아니라며."

"……."

그건 진짜 할 말이 없었다. 난처하게 머리를 헝클어 대던 나는 그의 말에 다시 고개를 들었다.

"네가 뭐라고 말하든 내가 널 미워할 일은 없어."

"으음……."

"단지 네가 나 모르는 곳에서 위험해지는 게 싫을 뿐이야."

고민 끝에 나는 결국 입을 열었다.

"그런 건 아니야. 이미 전부 해결된 일이니까. 하지만 이렇게 말해도 네가 마음에 걸려 할 것 같으니까 그냥 말할게. 그러니까 그게 어떻게 된 거냐면……."

유천영이 작게 고개를 끄덕였다.

"응."

"우리가 소설 주인공이라는 건 전에 들어서 알고 있지? 그런데 이 세계를 이루고 있는 소설은 한두 개가 아니야. 장르도 다양하고."

"응."

"그중에는 공포 소설도 있어. 아, 정말 어떻게 설명해야 할지 모르겠는데……."

내가 들어도 말이 안 되는 것 같은 내 얘기를 유천영은 용케 눈썹 한번 찡그리지 않고 전부 들었다.

마지막으로 거미 여자를 죽이고 이 세계로 빠져나온 것까지 말한 나는 고개를 들었다.

"……그렇게 된 거야."

"……."

내 얘기가 끝나자 유천영의 표정이 비로소 복잡해졌다. 뭔가를 곱씹는 듯한 그의 표정을 보고, 불안해진 내가 물었다.

"야, 너 설마 아니지?"

그러자 다시 고개를 든 그가 물었다.

"뭐가?"

"너 나 믿는다며? 네가 지금까지 나 안 믿은 적 있냐며."

유천영의 표정이 어이없다는 듯 변했다. 그가 고개를 돌리며 말했다.

"믿어. ……고민하고 있던 건 다른 거였어."

정말? 의심스럽게 눈을 흘기는 내게 그가 물었다.

"아무튼, 그럼 다시는 그쪽 세계에 끌려 들어갈 일 없다는 거지."

"응. 만약 끌려 들어간다고 해도 괴물들이 한 마리도 없을 테니까 그냥 빠져나오면 돼. 뭐, 시체랑 마주치면 좀 무섭긴 하겠다. 그런데 학교 건물에 불도 다 켜 뒀거든. 그러니까 아마 괜찮을걸."

"이루다 그 자식은 무슨 터무니없는……."

내 말을 듣던 유천영이 조용히 말했다. 나도 그것만은 반박할 수가 없어서 고개를 끄덕였다.

그러자 작게 한숨을 내쉰 유천영은 내 손을 잡으며 말했다.

"네가……."

그가 잡은 내 손을 무심코 내려다보던 나는 그가 뱉은 말에 다시 고개를 들었다.

"……나 없이도 잘 지내서 다행이다."

그리고 그는 잠시 그대로 말이 없었다. 나는 그를 뚫어져라 쳐다보았다.

내 시선을 느낀 그가 물었다.

"왜?"

"아니, 음……."

나는 잠시 고민해야 했다. 이거 혹시 반어법인가?

'나 없이도 네가 잘 지내? 어떻게 네가 나 없이 잘 지내?' 뭐 그런 뜻일까? 나 여기에서 '응! 그러니까 걱정하지 마!' 같은 대답 하면 눈새 되는 건가?

하지만 유천영의 잔잔한 눈빛을 보아 그런 것 같지는 않았다. 하긴, 게다가 그는 아마 반어법이 뭔 줄도 모를걸.

나는 유천영의 하나 남은 손도 붙잡으며 말했다.

"그야 그렇지. 애초에 평범한 고등학생 일상에 위험할 일이 있으면 뭐 얼마나 있다고."

그러자 유천영이 미미하게 미간을 좁히며 대답했다.

"나는 네가 이번 일을 통해 충분히 자기 체질에 대해 깨달은 줄 알았는데."

"아니, 내가 뭘 어쨌다고."

"하지 말란 건 좀 하지 마."

그가 한숨을 쉬며 내 볼을 꼬집자 나는 변명을 해 댔다. 아, 그런데 정말 그땐 기억이 안 났어. 깜깜한 교실에 갇혔는데 뭐가 생각이 났겠어? 게다가 응급 환자까지 있었다니까.

그러다 내가 문득 말했다.

"음, 그런데 있잖아."

유천영이 의아한 듯 나와 눈을 맞추었다.

나는 잠시 망설이다가 물었다.

"너는 안…… 서운해?"

"뭐가?"

그는 진심으로 이해 안 된다는 얼굴이었다.

나는 주저하며 말을 이었다.

"아니, 나는 옛날에…… 내가 좋아하는 사람이 나 없이 잘 못 지내기를 바란 적이 있었거든. 그래서 혹시 너는 그런 생각 안 드나 하는…… 그런 생각을 했는데."

그의 눈치를 살핀 나는 기어들어 가는 목소리로 덧붙였다. 아니야, 미안. 그냥 내가 쪼잔해서인가 봐.

그때 유천영이 입을 열었다. 그는 생각에 잠긴 듯한 표정으로 느릿느릿 말을 꺼냈다.

나는 비상계단 불빛에 빛나는 그의 검푸른 머리카락을 멍하니 쳐다보았다.

"글쎄. 애초에 누가 불행했으면 좋겠다는 생각은 해 본 적이 없어서……."

"아."

"사실 이 세상 사람들이 다들 필요 이상으로 불행하다는 생각은 가끔 해."

그의 말을 들으며 나는 살짝 아픈 표정을 지었다.

하긴, 모든 것을 가지고 태어난 그에게는 세상 모든 사람들이 지나치게 아등바등하며 살아가는 것처럼 느껴질 것이다. 나를 포함해서.

그때 유천영이 말을 이었다. 나는 흠칫하며 고개를 들었다.

"난 네가 내 곁에서 행복했으면 좋겠지만, 나 없는 곳에서도 행복했으면 좋겠어."

호수에 이는 파문처럼 잔잔히 전해 오는 그의 말을 들으며 나는 고개를 끄덕였다. 그의 말이 무엇보다 진심이란 것을 알 수 있어서 마음이 무거웠다.

내가 그를 잡은 손에 힘을 주는 그때, 나를 빤히 보던 유천영이 말을 이었다.

"내가 네 곁에 있는 것 때문에 네가 불행해진다면 난, 네 곁을 떠날 거야. 그럴 수밖에 없어."

"어……."

잠시 고민하던 내가 입을 열었다.

"그러고 보니까 나도 그런 생각 한 적 있어."

유천영의 의아한 눈빛을 받으며 나는 말을 이었다.

"나도 내가 만약 이 세계를 떠나더라도 너희가 나를 기억했으면 좋겠지만, 그것 때문에 불행해진다면 차라리 잊으면 좋겠다는 생각을 종종 했거든."

이토록 다른 그와 내가 한 번은 비슷한 생각을 했다는 사실이 신기해서 말한 건데, 그러자마자 유천영의 눈빛이 변하는 것을 보고 나는 주춤 물러섰다.

내가 황급히 말했다.

"뭐, 뭐야. 내가 무슨 말을 해도 날 미워할 일은 없다며? 화 안 낸다며?"

"그런 말은 예외지."

뭐야, 그런 게 어딨어? 내가 한 걸음 더 물러나던 그때, 유천영이 담담히 덧붙였다.

"돌아가려거든 날 데리고 돌아가든가 없애고 돌아가든가 해."

"아니, 그건 돌아가지 말란 소리잖아."

"알았으면 안 돌아가겠다고 말해."

유천영의 당당하기 짝이 없는 선언에 나는 숨이 턱 막혀 그를 바라보았다. 아니, 이건 선언 정도가 아니라 사실상 협박에 가까웠다.

그때 갑자기 미미하게 웃은 그가 고개를 숙여 나와 눈높이를 맞추었다.

"그렇게 말하면, 뭐든 해 줄게."

"……."

나는 그와 차마 눈을 맞추지 못하고 고개를 숙였다. 오랜만에 만나서 이런 말을 하는 건 반칙이란 생각밖에 들지 않았다.

몇 걸음 뒤로 물러난 나는 그제야 평정심을 되찾을 수 있었다. 내가 말했다.

"싫어. 말 안 할래."

내 대답에 유천영이 눈꼬리를 살짝 치켜올렸다.

"왜?"

"너 전에 진실 게임 때, 내가 몇 년 전인가에 티라미수 한 판 사 달라고 한 걸로 놀렸잖아!"

"아."

"어떻게 그걸 아직까지 기억할 수가 있어?"

유천영이 무슨 말을 하려던 그때, 갑자기 유천영의 주머니에 있던 핸드폰이 울렸다.

나는 비상계단에서 제법 크게 울리는 그 소리에 놀랐고, 유천영은 소음과는 다른 이유로 기분이 나쁜 듯 눈썹을 찡그리며 전화를 받았다.

"네."

[천영아. 너 지금 병원 갔다며?]

싸늘한 여자 목소리였다.

매니저님인가? 그렇게 생각하던 나는 문득 깨달았다. 아닌데, 매니저는 주완 형이란 사람이랬는데.

그럼 유천영네 회사 담당 팀장님? 그러나 그렇다기에는 전화 너머의 목소리가 너무 어리게 들렸다. 고작 우리 또래밖에 안 된 것 같은.

그때, 유천영이 내게 조용히 있으란 제스처를 취하더니 걸음을 옮겨 반 층 정도를 내려갔다.

그러고 나서야 그가 입을 열었다.

"친구가 쓰러져서."

나는 그의 통화에 귀를 기울였다. 남의 통화를 엿듣는 것이 안 될 일이란 건 알지만 아무래도 오가는 기류가 심상치 않았다.

그때 유천영의 미간이 살짝 좁아졌다. 다음 순간 그의 입에서 흘러나온 목소리에 나는 그대로 얼어붙었다.

"……끼어들지 마."

나는 그가 그토록 차가운 목소리로 말하는 것을 처음 들어 보았다. 본래 차가운 분위기를 타고났을지언정, 그는 우리와 있을 때는 그런 분위기를 덜어 내기 위해 나름의 노력을 해 왔었다.

그러나 방금의 냉기는 더하지도 거르지도 않은 본연의 것이었다.

그때 유천영이 다시 말했다.

"나는 방법이 없어서 너를 내버려 두는 게 아니야."

그러자 수화기 너머가 조용해졌다.

이윽고, 전화를 끊은 유천영이 내 쪽으로 걸어왔다. 그가 미간을 좁히며 말했다.

"가 봐야 할 것 같아."

나는 재빨리 두 손을 내저으며 말했다.

"아니야, 나도 오랜만에 얼굴 보고 좋았어."

그리고 내가 문득 물었다.

"그런데 너, 내가 안 나오면 어떻게 할 작정이었어?"

유천영은 애초에 나를 만날 거란 기대조차 하지 않고 왔다고 말했다. 그야말로 시간을 버릴 각오를 했다는 뜻이었다.

내가 다시 말했다.

"바보야, 나 말고 다른 핸드폰 있는 사람들한테 연락을 하지. 우리 부모님 번호도 알면서."

"어쨌든 만났잖아."

"못 만났으면 어떻게 할 뻔했어. 시간 아까워."

그러자 비상계단을 나가기 전, 짧게 나를 돌아본 유천영이 말했다.

"안 아까워."

그리고 그는 바람처럼 빠르게 문을 나가 사라져 버렸다. 그가 사라진 자리를 멍하니 바라보고 서 있던 나는 혹시 몰라 조금 더 시간을 때우다가 머뭇머뭇 비상계단을 나갔다.

엘리베이터를 타고 병실로 돌아가며, 나는 어쩌다 엿듣게 된 좀 전의 통화에 대해 생각했다.

'……끼어들지 마.'

'나는 방법이 없어서 너를 내버려 두는 게 아니야.'

"그거 아무래도 매니저님께 할 말은 아니잖아."

그리고 나는 내내 덮어 두고 있던, 한 가정을 간신히 떠올렸다. 설마, 협박당하고 있는 건가? 전에도 유천영을 둘러싼 일이 이상하게 돌아간다는 생각은 했었다.

그러다 나는 다시 고개를 내저었다. 아니, 하지만 유천영은 아무런 약점도 없잖아? 그러니 그에게 협박이란 게 가능할 수 있을 리가…….

그러다 그의 마지막 말을 떠올린 나는 숨을 삼켰다.

'난 네가 내 곁에서 행복했으면 좋겠지만, 나 없는 곳에서도 행복했으면 좋겠어.'

'내가 네 곁에 있는 것 때문에 네가 불행해진다면 난, 네 곁을 떠날 거야. 그럴 수밖에 없어.'

나는 꼼짝 없이 걸음을 멈춘 채 생각했다. 그의 유일한 약점이 있다면.

그건 다름 아닌 나일지도 모른다.

지체 없이 병실로 들어가려던 나는 병실 안이 시끄럽다는 것을 느끼고는 살짝 고개만 내밀었다.

내가 나올 때 분명히 닫고 나왔던 병실 문이 어째서인지 활짝 열려 있었다.

가장 먼저 들려온 것은 잔뜩 겁을 집어먹은 엄마의 다그침이었다.

“왜 정확히 말을 안 해? 왜 그래? 무슨 일인데? 단이가 지금 병실에 없으면, 어디 위험한 곳이라도 가 있다는 얘기니?”

“아니요, 그런 게 아니라요. 이모. 방금은 놀라서 말이 헛나왔어요.”

차분하게 엄마를 달래는 목소리는 다름 아닌 주인이의 것이었다.

뜻밖의 일에 나는 눈이 휘둥그레졌다. 다른 사람도 아니고 주인이가 이 시간에 왜 여기 있는 거지?

여전히 혼비백산하는 엄마에게 몇 마디를 더 건넨 주인이가 조심스럽게 물었다.

“그러고 보니 혹시, 화장실 문은 계속 닫힌 채였나요? 그러니까, 엄마, 아니, 단이가 깨어났을 때 화장실 문이 열려 있었는지…….”

"갑자기 그런 건 또 왜 물어보니? 아니, 아마도 닫혀 있었던 것 같은데, 왜? 애가 화장실에 숨어 있기라도 할까 봐?"

어리둥절하게 대답하는 엄마에게 주인이는 예의 바른 목소리로 '아무것도 아니에요. 알려 주셔서 감사합니다.' 하고 말했다. 지나치게 예의 바른 탓에 도리어 거리감이 느껴질 정도였다. 그가 우리 엄마에게 말할 수 없는 무언가를 숨기고 있음이 여실히 느껴지는.

나는 턱에 손을 짚은 채 주인이가 방금 던진 질문의 의미를 추측해 보았다.

만약 내가 깨어났을 때 화장실 문이 열려 있었다면? 그게 뭐 어때서?

화장실 문은 미닫이식으로, 휠체어를 탄 환자도 수용하기 위해 꽤 큰 데다가 출입구 바로 옆에 있어, 내가 복도로 나가기 위해서는 화장실 문 앞을 지나칠 수밖에 없었다. 그리고 화장실은 문을 열면 화장실 안에 있는 거울과 바로 마주친다.

그제야 나는 주인이가 그렇게 물은 의도를 깨닫고 얼굴을 굳혔다.

주인이는 아마도, 내가 밤에 혼자 거울과 마주친 상황을 염두에 두고 있을 터였다. 확실히, 밤늦게 잠들었을 부모님과 반여령으로서는 내가 깨어나서 침대를 나간 시각이 밤인지 새벽인지도 알 수 없을 테니까.

그때 또 다른 목소리가 들렸다.

새로운 목소리의 등장에 흠칫 놀란 나는, 그 정체가 다름 아닌 노아리임을 깨닫고 더더욱 놀랐다.

"저기, 너무 걱정하지 마세요. 단이 선배에게 사달이 났다면 진작 났을…… 아니, 이게 아니라 제 말은, 그러니까, 도움을 청하지 않고 조용히 빠져나간 걸 보면 거동에는 무리가 없다는 뜻이잖아요."

주인이가 거울에 대해 알고 있는 건 노아리가 알려 줘서구나. 고개를 끄덕이는 내게 엄마의 체념 섞인 목소리가 들려왔다.

"하긴, 그렇겠지……. 그런데 넌 누구니?"

"아, 소개가 늦었네요. 저는 노아리구요, 단이 언니 학교 후배예요. 단이 언니가 저를 자주 챙겨 주세요."

"아아, 네가 걔구나? 단이한테서 이름은 많이 들었는데."

분위기가 슬슬 평화로워지는 것을 느낀 나는 슬쩍 병실 안으로 발을 내디뎠다.

병실 안에 있는 사람은 내가 일어났을 때 봤던 대로 부모님과 반여령, 거기에 주인이와 노아리를 합쳐서 딱 다섯이었다.

그러다 눈에 안 띄는 구석에서 그림자에 녹아들 듯 서 있는 루카스를 발견한 나는 눈을 크게 떴다. 아니, 도대체 저 사람이 왜 여깄는 거야? 여기는 루다 병실도 아닌데.

그때, 나를 발견한 엄마와 반여령의 눈이 휘둥그레졌다. 다음으로 나와 등지고 있어서 나를 보지 못했던 주인이와 노아리가 크게 놀란 얼굴로 이쪽을 돌아보았다.

다섯 쌍의 잔뜩 커진 눈과 마주치자, 머릿속에서 몇 가지 변명들이 빠르게 휙휙 지나갔다.

좋은 아침이에요. 제가 갑자기 쓰러져서 많이 놀라셨죠? 별거 아니에요, 그냥 괴물들이 잔뜩 있는 세계로 영혼만 끌려갔다 오는 바람에…….

안 돼, 퇴원을 하기는커녕 도로 병원에 다시 처박힐 거야. 차라리 과를 바꿔서 조금 더 부드럽게 시작하는 게 낫지 않을까?

혹시 공포 소설 좋아하세요?

나는 그것도 곧 그만두고 말았다. 어떻게 말해도 이상해.

결국, 내 입에서 튀어 나간 것은 몹시 평범하고 무난한 인사였다. 그마저도 로봇처럼 뻣뻣한 어조였다.

"괘, 괜찮아요? 많이 놀랐죠?"

내 말에 잠시 침묵이 흘렀다.

주인이가 입술을 달싹이다 결국 아무 말도 없이 입을 닫았다. 그 옆에서 노아리가 나를 향해 몹시 이상한 시선을 보냈다.

이윽고 둘 사이를 비집고 달려온 엄마가 내 등짝을 때림으로써 침묵은 끝났다.

"우리가 놀라긴 왜 놀라! 한창 축제 중이었는데 눈 떠 보니 병원인 네가 더 놀라야지!"

"아, 엄마!"

"세상에 축제 때 쓰러질 정도로 몸이 안 좋았으면 재깍 쉰다고 해야지, 자기 몸 아픈 줄도 모르는 사람이 어디 있어?"

그로부터 나는 장장 몇십 분간 모두가 지켜보는 앞에서 엄마의 설교에 시달렸다. 구석에 서서 나를 동정 어린 눈으로 물끄러미 보던 루카스는 대뜸 몸을 움직이더니 인사도 없이 병실을 나가려 했다.

내내 그의 동향을 주시하던 내가 황급히 그를 붙잡았다.

"어! 잠시만요. 루카스."

"너 엄마 말 안 듣고 있는 거지?"

당장 불호령을 내리는 엄마에게 '엄마, 미안.' 하고 눈을 찡긋거린 나는 다시 루카스를 돌아보았다.

"루카스, 혹시 루다는 어떻게 됐어요? 깨어났어요?"

그러자 나를 물끄러미 보던 루카스가 의미 모를 미소를 짓더니 대답했다.

"응, 진작 깨어났어. 널 보러 오려고 난리 피우다가 그 전에 정밀 검사부터 하라는 제니랑 이안한테 발목 잡혀 있어. 난 네가 깨어났다는 소식을 루다에게 대신 전해 주려고 지금까지 여기서 기다리고 있던 거고."

담담히 말하던 루카스가 문득 떠오른 듯 덧붙였다.

"맞다, 그리고 이지한인가? 너희랑 같이 쓰러졌던 그 애도 깨어났어. 걔도 부모님이랑 친구들이 그쪽에 가 있는 모양이던데."

"그렇구나, 다행이다."

나는 안도의 한숨을 내쉬었다. 아무튼 모두 깨어난 것을 보니, 가장 우려했던 한 사람만이 그 세계에 남겨진다거나 하는 일은 일어나지 않은 것이 분명했다.

루카스가 병실을 나가고, 어쩐지 김이 샌 듯한 엄마는 마침내 설교를 마쳤다.

엄마가 내 검사 결과를 알아보고 오겠다며 아빠와 함께 밖으로 나가자마자, 반여령이 내 옆에 털썩 걸터앉았다.

그녀는 내가 하루가 아니라 한 달 동안 쓰러져 있기라도 한 것처럼 걱정스러운 표정으로 말했다.

"단아, 이제는 좀 괜찮아?"

"응, 잠깐만. 설명해 줄게. 이게 어떻게 된 거냐면……."

내가 무슨 말을 하기도 전에 반여령이 내 손을 잡아 올렸다. 그녀가 눈물이 그렁그렁해진 얼굴로 외쳤다.

"아니야! 나 다 알아. 네가 나랑 팔씨름을 해서, 그래서 그것 때문에 무리해서……."

"아니, 나 그때 힘준 적도 없거든. 그리고 결론적으로 네가 져 줬잖아."

도대체 반여령은 날 뭐라고 생각하는 걸까? 루다나 반여령 정도의 신체 능력을 갖고 있으면 나 같은 사람은 유리로 만들어진 인형처럼 보이기라도 하는 걸까?

그러다 여단 오빠에게 '유리구슬' 드립을 쳤다가 장렬히 실패한 기억을 떠올린 나는 착잡한 얼굴로 말했다.

"저기, 내가 정신을 잃었던 이유 말인데, 좀 어이없이 들릴 수도 있어. 그래도 괜찮으면 내 말 끝까지 믿고 들어 줄래?"

여령이는 뜻밖에도 차분한 태도로 고개를 끄덕였다.

"응, 알겠어. 그건 짐작하고 있었어."

그리고 내 어깨 너머로 시선을 던진 반여령이 덧붙였다.

"주인이가 저 애와 함께 이 병실에 나타났을 때부터."

내 등 뒤에서 노아리가 바짝 얼어붙는 것이 기척만으로 느껴졌다.

"으음……."

나는 침음을 삼키며 반여령의 얼굴에 떠오른 표정을 살폈다. 그녀는 스스로 말했듯, 이제 노아리에 대해 딱히 유감 같은 것은 남지 않은 모양이었다.

은형이를 좋아하는 마음을 자각한 것 때문에 혹시나 변화가 있으면 어쩌지 했는데, 아니라서 다행이네.

안도의 한숨을 내쉰 나는 그제야 말을 꺼냈다.

"이게 어떻게 된 거냐면……."

내가 말을 잇기도 전에 쾅 소리 나게 문이 열렸다.

아니, 누가 병원에서 이렇게 큰 소리를 내? 그렇게 생각하며 뒤를 돌아본 나는 횃불처럼 타오르는 은지호의 두 눈과 딱 마주쳤다.

아니, 저건…… 우리 학교 사대천왕의 우두머리이자, 이 병원의 재단인 한울 그룹의 후계자인 은지호잖아? 그렇다면 문을 박살 내지 않은 것을 차라리 다행으로 여겨야겠군!

잠시 내가 공포 소설의 등장인물이 아니라 인터넷 소설의 등장인물이란 것을 확실히 하기 위해 부연 설명을 해봤다.

그러는 사이, 성큼성큼 걸음을 옮겨 내 앞까지 다가온 은지호가 버럭 화를 냈다.

"야, 너는 정신이 들었으면 누구한테 알리거나 연락할 생각부터 해야지, 소리 소문도 없이 병실을 빠져나가?"

"와, 나 그 말 방금 엄마한테 한 시간 넘게 들었어."

"……."

은지호가 낭패라는 듯 이마를 구기며 한 손으로 거푸 머리카락을 쓸어 넘겼다. 그가 한숨 섞인 목소리로 말했다.

"하아, 이걸 이미 혼났다는데 또 혼낼 수도 없고."

"왜 못 혼내?"

그때 날아온 부드럽고 따뜻한 목소리에 나는 뻣뻣하게 고개를 돌렸다. 내 시선 끝에는 여느 때처럼 온화하게 웃고 있는 은형이가 서 있었다.

그가 웃는 얼굴 그대로 반복했다.

"왜 못 혼내?"

"어……."

"혼났는데 또 혼내면 왜 안 돼, 지호야? 왜 안 될까? 나는 그러면 안 된다는 얘기를 지금까지 들어 본 적이 없거든."

그의 어깨 뒤에서 뭉클뭉클 피어오르는 검은 연기를 보며 나는 침을 꼴깍 삼켰다.

저길 봐! 우리 학교 사대천왕 중 한 사람, 지금까지 한 번도 반장 자리를 놓쳐 본 적이 없다는, 항상 웃고 있어서 '젠틀맨'이나 '미소 천사' 라고 불리는 권은형이잖아? 그런데 저렇게 화를 내고 있다니, 그를 저렇게 만든 사람은 과연 누구일까?

윽, 안 돼. 더 이상 인터넷 소설의 인물처럼 말하는 건 그만두자. 아무리 원래 세계로 돌아온 게 기쁘더라도 더 했다가는…… 아니, 그보단 일단 당면한 위기부터 해결해야겠는데.

그때 다행히도 은형이가 우리 외에도 병실에 서 있던 한 사람을 발견했다. 그는 의외라는 듯 눈을 동그랗게 떴다가, 곧 평소의 유순한 표정을 지으며 말했다.

"아, 아리도 있었구나. 있는 줄 몰랐어. 안녕."

"네, 네……."

노아리는 귀신이라도 본 듯 창백한 얼굴로 입술만 달싹였다. 주인이가 옆에서 그런 노아리를 안타깝다는 듯, 또

한편으로는 당연하다는 듯, 괴이쩍은 눈빛으로 바라보고 있었다.

은지호도 노아리를 발견하고는 놀란 얼굴로 물었다.

"네가 왜 여기 있어? 설마……."

다시 내게로 고개를 돌린 그가 굳어진 얼굴로 말했다.

"설마, 이 일도 그 망할 놈의 '소설'과 관련된 일이야?"

"정확히 말하자면, 직접적인 연관은 없어. 아무튼 내가 설명할게."

나는 한숨을 내쉬면서 그렇게 말했다. 은지호의 표정이 범상치 않은 것이 아무래도 노아리에게 설명을 맡기는 것은 위험할 것 같았다.

노아리가 설명할 경우, 그는 까다로운 감시관처럼 굴며 트집을 잡을 가능성이 다분해 보였다. 자기가 소설 속 인물이었다는 것조차 안 지 얼마 안 된 그에게는 주변에서 일어나는 모든 황당한 일이 노아리 때문인 것처럼 보일지도 모른다.

사실 나는 원래부터 이 세계의 사람이었지만, 또 한편으로는 이 세계가 소설이라는 것을 몇 년 동안 나 혼자만 알고 있었던 탓에 둘 모두의 처지를 어느 정도는 공감하면서도 또 완전히 이해하지는 못하고 있었다. 둘이 대립하면 도대체 어떻게 해야 할지 전혀 감이 안 온단 말이야.

나는 루다와 이지한, 두 사람과 함께 거울 너머의 세계에 다녀온 일에 대해 유천영에게 했던 것처럼 털어놓았다.

다만, 들어가기까지의 과정을 상세히 얘기한 데 비해 들어가고 나서의 일은 의도적으로 얼버무렸다.

아무렴 나라고 이들의 앞에서 괴물이라거나 루다의 무력에 대한 얘기를 상세히 하고 싶은 마음은 없었다. 이들이 믿어 주는 것 이전에, 나도 잘 믿기지 않는다고.

이야기가 끝나자 병실 안은 죽은 듯이 고요해졌다. 나는 무릎 위에 올려 둔 두 손을 매만지며 다른 이들의 눈치를 살폈다.

내가 특히 유심히 보고 있는 것은 반여령과 은지호였는데, 반여령이 전처럼 '왜 하필 그런 이야기를 썼냐'며 노아리를 비난하는 것이 두려워서였다.

아니, 아무리 반여령이 성격이 급하다고 해도 그렇게까지 하진 않을 테지만. 게다가 노아리의 조언을 잊은 내 탓이란 걸 충분히 강조하기도 했고.

그때, 불쑥 다가온 손이 내 볼을 잡고 쭉 당겼다.

은지호가 어이없다는 표정을 하고 말했다.

"그래, 내가 너 귀신의 집에서 눈 안 뜰 때부터 알아봤다. 그래도 자기 교실에서 하는 건데 어디에 뭐가 있는지는 좀 알아 두지."

울컥한 내가 외쳤다.

"알고 있었어! 알고 있었다고. 그런데 사람이 죽어 간다고 생각하니까 그런 게 하나도 생각이 안 나는 걸 어떡해?"
나는 이마를 구긴 채로 말을 이었다.
"그리고 네가 그때 귀신의 집에서 나한테 뭐랬어! 네 뜻대로 돼서 좋다며! 그런데 이제 와서 그런 소리 하는 건……."
"그게 무슨 소리야?"
고드름처럼 뾰족한 반여령의 말에 나는 고개를 돌렸다. 어째서인지 반여령은 내 이세계(異世界) 체험담보다도 방금 그 말에 더 큰 충격을 받은 것 같았다.
반사적으로 몸을 뒤로 물리는 내게 반여령이 초점 없는 눈으로 물었다.
"둘만 귀신의 집에 다녀왔어? 언제? 어떻게? 왜?"
"아니……."
"언제? 어떻게? 왜?"
완전히 얼어붙은 나를 대신하여 은지호가 심드렁한 목소리로 대답했다.
"네가 이루다랑 무섭다고 안 간다고 한창 다투고 있을 때."
"그게 왜 네가 단이랑 단둘이 귀신의 집에 갈 이유가 되는데?"
설명 못 하면 잡아 죽일 기세인 반여령을 보며 은지호의 표정 또한 서서히 굳어졌다. 나 역시 다른 세계에 있을 때조차 단 한 번도 느껴 보지 못한 목숨의 위협을 지금 이 순간 느끼고 있었다.

그때, 시기적절하게 날아온 노크 소리가 긴장을 깼다. 팽팽하게 부푼 공기가 무너지고, 반여령이 문을 향해 고개를 돌렸다.

나는 일부러 최대한 밝은 목소리로 외쳤다.

"네! 들어오세요!"

문이 느린 속도로 열리며 그 사이로 검은 머리카락이 빼꼼 비쳤다.

"단이 너 괜찮아? 깨어났다는 말 듣기는 했는데, 그렇게 막 깨어나자마자 소리 질러도."

염려스러운 목소리로 그렇게 말한 김혜힐은 내 침대 주위에 우르르 몰려선 사대천왕과 반여령, 노아리를 보고 당혹스러운 듯 눈을 깜빡였다. 그것도 잠시, 그녀가 곧 '너희 또 이러고 있니?' 같은 표정을 지었다.

벌떡 자리에서 일어난 나는 한달음에 달려가 그녀의 두 손을 붙잡았다.

"혜힐아! 나 완전 괜찮아, 와 줘서 고마워. 그보다, 이지한 개도 깨어났다며? 걔는 괜찮아?"

그러자 금세 얼굴에서 당황을 지운 그녀가 옅은 미소와 함께 대꾸했다.

"아, 응. 방금 보고 오는 길이야. 완전 괜찮아. 옆에 누워 있던 이루다를 보면서 하필이면 옆이냐고 뭐라고 하긴 하던데. 아무튼 그런 것 빼고는 몸은 멀쩡해."

"휴, 다행이다."

안도의 한숨을 내쉰 나는 김혜힐의 등 뒤에서 천천히 다가오는 인영을 보고 눈을 동그랗게 떴다.

"어, 신서현. 너까지 왔어?"

"어제 김혜우랑 교대해서 밤까지 자리 지켰어. 계속 안 깨어나서 걱정했는데, 이제라도 일어나서 다행이네."

여느 때처럼 차분하지만, 한편으로 걱정이 묻어나는 그의 말에 나는 미미하게 웃었다. 그때, 김혜힐이 다른 애들 쪽을 돌아보더니 차분한 목소리로 물었다.

"저기, 너희가 단이 쓰러진 것 때문에 지금까지 마음 졸이면서 기다렸을 거 알아. 그런데 있지, 정말 미안한데, 잠시 자리 좀 비켜 줄 수 있을까?"

"엥?"

어리둥절해하는 내 반응에도 불구하고 김혜힐은 계속 말을 이었다.

"나랑 신서현, 단이, 이렇게 세 사람만 해야 할 이야기가 있어서. 아니면 우리가 단이를 잠깐 데려갈 수 있게 해 준다면 그걸로 좋아."

"병실은 환자를 위한 거니까, 나가려면 우리가 나가야지."

뜻밖에도 은지호가 그 말과 함께 흔쾌히 자리를 떴다. 그가 걸음을 옮기자 다른 이들도 이끌리듯 병실을 나섰다.

스르르 닫히는 병실 문을 물끄러미 보던 김혜힐이 다시

나를 돌아보았다.

"갑작스럽게 정말 미안해. 하지만 지금부터 할 얘기를 위해서는 어쩔 수 없었거든."

"지금부터 할 얘기라니?"

내가 어리둥절하게 물었다. 그 직후 흘러나온 그녀의 대답에 내 몸은 빳빳하게 굳어 버렸다.

"네가 방금 다녀온 곳에 대한 얘기도 있고. 그리고……."

힐끗 눈을 굴린 그녀가 아무렇지 않게 덧붙였다.

"너 혹시, 다른 세계 사람이야?"

침묵이 찾아왔다.

입을 살짝 벌리고 아무런 대답이 없는 내게 그녀가 다시 물었다.

"너는 어딘가 '다른 세계'에 다녀온 적이 있는 거지? 방금 네가 다녀온 거울 속 세계 외에도, 이곳이라 부를 수는 없는 세계. 그러면서도 이 세계와 완전히 다르다고도 할 수 없는 곳에 말이야."

"……."

나는 여전히 아무런 대답도 하지 않았지만, 김혜힐은 내 반응만으로 답을 알아차린 모양이었다.

정적이 계속되자, 나를 힐끗 본 그녀가 한숨과 함께 말했다.

"미안. 놀라게 할 생각은 아니었어. 추궁할 생각도 아니었고. 그런데 결과적으로는 그렇게 됐네."

"어떻게…… 알았어?"

나는 더듬거리며 조심스럽게 물었다.

은지호 때는 그래도 그가 날 의심하고 있다고 추측할 만한 어떤 단서라도 있었다. 내가 체육 대회 때 수첩을 잃어버리고 그걸 은지호가 발견했다거나, 그가 그 안의 내용을 봤다거나 등등.

게다가 은지호의 경우에는 이미 내가 다른 세계를 오간다는 것을 알고 있었기 때문에 상식의 한계를 조금 더 쉽게 뛰어넘을 수 있었을 것이다.

하지만 김혜힐은 아니었다.

도대체 나의 뭘 보고 이런 말을 하는 건지.

특유의 침착한 눈으로 나를 물끄러미 보던 그녀가 다시 입을 열었다.

"일단, 거울 속 세계에 대한 기억이 있는 건 맞지? 물론 지한이한테서 이미 얘기를 듣긴 했지만, 너한테도 확인을 해 봐야 할 것 같았어. 하지만 역시."

말을 잇던 김혜힐의 얼굴에 고통이 짧게 스쳤다.

"너도 기억하는구나."

"그러는 너는 거울 속 세계에 대해 도대체 어떻게 알고 있는 거야? 이지한의 말로는, 너희가 그 속에서……."

나는 그녀를 가리키며 고장 난 로봇처럼 뻣뻣하게 말했다. 하지만 마지막 한마디, '죽었다고.'는 도저히 내 입에서 흘러나가지 못했다.

뜻밖에도 여태껏 관계없는 사람처럼 팔짱을 끼고 한 발짝 떨어져 있던 신서현이 끼어들었다.

“우리는 이지한한테서 들었어. 중학교 담력 시험이 끝나고 얼마 안 돼서, 그러니까 다 같이 ‘그 세계’에 들어갔다 나오고 얼마 안 됐던 때에. 그때가 고등학교 들어오기 전 겨울 방학이었지.”

“너희 말고 또 누가 그 일을 알아?”

나는 혹시나 하는 생각에 물었다. 김혜힐과 신서현만 이 자리에 있는 걸 보면 내 예상이 틀릴 리는 없지만.

게다가 이지한이 거울 속 세계에서 보여 주었던 성격상, 그가 굳이 사람들의 기억을 되살리려 했을 것 같진 않았다. 애초에 우리에게서 괴로운 기억을 지워 주겠다며 마지막 생존자가 될 것을 자처하던 그였으니까.

김혜힐이 씁쓸한 얼굴로 대답했다.

“그 일에 대해 아는 건 우리랑 김혜우를 포함해서 단 셋뿐이야. 처음엔 신서현이 양궁 대회 때에, 집중이 극에 달한 순간에 기억을 떠올렸어. 환상처럼 한순간 스쳐 가는, 하지만 현실이 아니라기엔 너무 생생한 장면을. 그다음이 나였어.”

나는 숨도 쉬지 않고 얘기를 들었다. 잠시 말을 멈춘 김혜힐이 눈을 내리깔았다.

"내가 이지한에게 정체 모를 호감을 느끼기 시작한 게 그즈음이었거든. 아마도 내가 기억하지 못하는 일들이 내 감정에는 영향을 미친 거겠지."

"기억하지 못하는 일이, 감정에는 영향을 미쳤다고……."

나는 나도 모르게 그 말을 입속으로 되새겼다. 이제까지 다른 아이들의 머릿속에서 수없이 잊혀지면서도 한 번도 생각해 본 적 없는 문제였다.

김혜힐의 말이 계속되었다.

"나는 그때, 내가 영재반인 것처럼 양궁부에 속해서 반 애들과 별다른 교류를 할 시간도 없던 신서현이 갑자기 이지한과 친해진 걸 질투했어. 나도 그 방법을 알고 싶다고 생각했지. 그런 생각을 하면서 두 사람을 쫓아다니던 와중에, 우연히 들어 버린 거야. 사귀게 되고 나서 그 일에 대해 물어보자, 그제야 이지한은 나한테도 자세히 설명해 주었어."

"그걸 믿었어?"

나도 모르게 되묻자 김혜힐은 무겁게 고개를 끄덕였다.

"물론, 지한이는 그 세계에 대한 얘기를 자세히 하지 않으려고 했어. 들어 봐야 좋을 것도 없다고. 그런데 내가 자세히 말하라고 다그쳤어. 나한테 있었던 일이라면 내게도 알 권리가 있다며. 그렇게 얘기를 듣자, 눈앞에 떠오르는 장면이 있었어."

그러더니 무심히 시선을 비껴 내린 그녀가 덧붙였다.

"하지만 그런 일은 소설책을 읽을 때도 나타나니까. 완전히 믿게 된 건 그 얘기에 나온 사람들의 이름을 신문 기사에서 접하고, 그리고 또 만나서 직접 얘기를 들어 본 다음이었어."

그 무렵 또다시 어리둥절해진 내가 끼어들었다.

"잠깐, 그 이야기에 직접 나온 사람이라니? 난 그런 건 들어 본 적 없어. 그냥 괴담의 내용에 대해서만 들었을 뿐이야."

그러다 말고 뇌리에 퍼뜩 떠오르는 생각에 나는 흠칫했다.

컴퓨터에 남아 있던 '제목 없음'이라는 이름의 기록. 그 기록을 남긴 사람.

김혜힐이 담담한 어조로 말을 이었다.

"'한명선'이라는 사람이었어. 우리 학교 선배. 3년 내내 반장에 전교 회장을 역임할 만큼 인기도 좋았고, 공부도 잘했어. 지금도 우리 중학교 계단에 그 사람이 받은 트로피가 전시돼 있을 정도니까."

"그래서?"

"이지한의 말에 따르면 그 '한명선'이라는 사람은 그 세계 안에서 하반신이 거미 다리의 모습을 하고 있는 괴물이 되어 있다고 했어. 이름을 알 수 있었던 건, 그 괴물이 사람 모습을 하고 있을 때 교복 가슴팍에 달린 명찰을 보았기 때문이라며."

익숙한 묘사에 기겁하여 숨을 삼키는 내 앞에서, 그녀는 착잡한 표정으로 다시 눈을 내리깔았다.

"그 사람, 죽었어."

"뭐?"

"우리처럼 담력 체험을 하러 갔던 다음 날 아침 경비원에 의해 다 같이 쓰러진 채로 발견되었는데, 깨어나고 며칠 안 돼서 화장실에서 비명을 지르며 다시 쓰러졌어."

김혜힐의 말을 들으며 나는 마른침을 삼켰다. 그래, 그렇겠지.

이루다가 추측한 그 세계의 법칙상, 그 세계의 괴물들의 원본이 된 사람이 이 세계에 존재할 것이 분명했다. 실제로 윤정인을 닮은 괴물이 그 세계에 있었다고 이미 루다에게 듣기도 했으니까.

그런데도 거미 여자만은 그 기괴한 모습 때문인지, 원본이 된 사람이 있을 거라고는 생각지 못했던 것 같다. 지금 내가 이렇게 놀란 걸 보면.

할 말을 잃은 내게 김혜힐의 말이 이어졌다.

"죽은 듯이 누워 있다가 며칠 안 돼서 다시 깨어나더니, 가족들이 기뻐할 새도 없이 거울에 이마를 미친 듯이 부딪혔어. 그러더니…… 아무튼, 흔히 있는 일은 아니라 기사가 자세히 나온 게 있었거든. 그래서 찾기는 쉬웠어."

"아……."

말을 마친 김혜힐이 찝찝한 듯한 표정과 함께 입을 다물었다. 그녀의 말이 끝나자 나는 꽉 쥐고 있던 두 손에 더욱 힘을 주었다.

내가 얼마나 위험한 세계에 다녀왔는지, 이제야 실감이 나는 기분이었다. 만약 그 세계에 같이 간 사람들 중에 루다가 끼어 있지 않았다면 나도 지금쯤, 한명선처럼…….

그녀가 우수한 괴물이었던 것은 살아생전에도 우수한 사람이어서였을까?

아니, 이런 생각은 하고 싶지 않아.

내가 황급히 고개를 내젓던 그때, 갑자기 나를 돌아본 김혜힐이 또렷한 발음으로 말했다.

"아무튼, 나와 김혜우, 신서현이 거울 속 세계에 대해 알고 있는 건 이런 이유에서야. 내가 기사 찾는 걸 도와주는 과정에서 김혜우도 그 일에 대해 눈치채서, 결국 설명할 수밖에 없었거든. 뭐, 어차피 우리 사이에는 뭘 숨기는 게 거의 불가능하니까 그게 아니었더라도 어떻게든 알게 되었겠지만."

"그래……."

"한명선과 같이 담력 체험을 하러 갔던 사람들이 그 사건 이후에 경찰 조사를 받은 모양이라, 괴담 동아리 같은 데서 나온 척하고 조사하는 것도 어렵지 않았어. 그렇게 증거가 많은데 우리도 믿지 않고선 방법이 없었으니까.”

말없이 두 손만 매만지는 내게 김혜힐이 말을 이었다.

“내가 너에 대해 의심하게 된 건 그때의 기억이 있어서야.”

나는 의아하게 눈을 들었다.

김혜힐이 거울 속 세계에 대해 알게 된 경위는 이제 그럭저럭 납득했다. 하지만, 그렇다고 해도 그게 어떻게 내가 다른 세계 사람이란 것과 연결이 된다는 건지.

김혜힐이 말을 이었다.

“그런 의심을 하게 된 건 올해 겨울 방학이 끝날 무렵이었어. 그때 나는 분명히 네게 연락을 하려고 했는데, 어째선지 전혀 연락하지 않은 채 개학을 맞이했거든.”

“아…….”

나는 작게 탄성을 내뱉었다.

그러고 보면 개학 날 아침, 평범하게 등교한 나를 본 김쌍둥이의 태도가 석연치 않았다.

‘왔네?’라니, 마치 안 올 거라 기대한 사람이 와서 놀란 듯한 반응. 나는 개학 전에 이 세계에 없었으므로, 그들에게 어떠한 이변에 대한 소식도 전할 수 없었음에도 불구하고.

김혜힐의 말소리가 이어졌다.

“개학 날 아침, 너에 대한 것을 떠올리자마자 가장 먼저 지난 며칠 동안의 기억을 되짚어 봤어. 그동안 널 전혀 기억하지 못하는 것처럼 굴고 있었더라고. 나도, 우리 반 다른 애들도."

"……."

"이상하잖아? 한 사람도 아니고, 모든 사람에게서 너에 대한 기억이 사라진다는 게. 최면이든 뭐든, 그 어떤 방법을 써도 그런 일은 불가능하잖아. 당연히 내가 뭔가 착각한 거겠지, 아니, 하지만 이건 절대 착각이 아닌데. 두 생각 사이를 계속 오가던 차에 갑자기 떠올랐어. 이런 식으로 모두의 기억 속에서 어떤 일이 깨끗이 잊혀진 적이, 단 한 번 있었다는 거."

"그럼, 그게……."

잠자코 듣던 내가 입을 열었다.

김혜힐이 담담히 내 말을 받았다.

"그래. 다른 세계가 연관되었을 때."

나는 도무지 무슨 말을 해야 할지 몰라 잠시 멍해지고 말았다.

애초에 나는 내가 다른 세계를 오간다는 것을 가장 가까운 반여령과 사대천왕에게조차 몇 년 동안 숨기기에 급급했다. 그런데 아무것도 모를 줄 알았던 반 친구와 갑자기 그 주제로 얘길 하라니. 가능할 리 없었다.

나는 울상을 지었다. 아니, 그보다도…….

나는 분명히 내가 이 일에 대해 아무 말도 하지 않으면 아무도 눈치 못 챌 줄 알았는데, 주인이도 그렇고 은지호도 그렇고 김혜힐도 그렇고, 이 세계 사람들은 대체 뇌 구조가 어떻게 된 거야? 노아리, 너 아무리 소설 속이라고 해도 지능 너무 상향 평준화한 거 아니야?

급기야 내가 그런 생각과 함께 현실 도피에 빠지던 무렵, 혼란이 가득한 내 표정을 본 김혜힐이 작게 웃었다.

나는 흠칫 놀라서 그녀를 보았다.

그녀가 여전히 웃는 얼굴로 말했다.

"아까도 말했지만, 뭘 어쩌자고 이 얘기를 꺼낸 건 아니야. 그냥 나는 단지, 다른 세계와 기억에 얽힌 내 가설이 맞는지 확인하고 싶었을 뿐이야. 그리고 지한이에 대해서도."

김혜힐이 천천히 한 손을 들어 가슴께에 얹었다.

"너와 지한이가 가끔 비슷하게 느껴지는 이유를 알고 싶었거든."

"아……."

"아마도 그 이유는, 눈에 보이는 것만이 이 세계의 전부가 아니라는 걸 아는 데서 나오는 일종의 초연함 같은 거였겠지."

글쎄, 그보다는 자기 삶이 이미 평범해질 수 없음을 아는 데서 나오는 일종의 체념 아니었을까? 내가 하지 못할 말을 삼키며 하하 웃던 그때, 뒤에서 신서현이 다시 끼어들었다.

"그보다도 그 말이 안 되는 괴담 속 같은 세계가 한 개도 아니고 여러 개 있다니, 꽤 놀랐어."

나는 직후에 들려온 그의 다음 물음에 흠칫 놀랐다.

"네가 다녀오는 세계는 어떤 세계야? 이 세계보다 나은 세계야, 나쁜 세계야? 그 세계보다 끔찍한 세계가 아니면 좋겠는데."

그러나 그의 조심스러운 물음에 담긴 감정은 호기심이 아닌 나에 대한 염려라서, 나는 그제야 조금 웃을 수 있었다.

내가 오가는 세계가 이 세계보다 좋은 세계냐고, 나쁜 세계냐고? 눈을 내리깔고 손끝을 매만지며 고민하던 나는 다시 고개를 들었다.

"그렇게까지 나쁜 세계는 아니야. 이 세계랑 별로 다르지 않아. 괴물도 없고. 내가 알고 지내는 몇 사람이 없는 걸 제외하고는."

"아."

김혜힐이 안타깝다는 듯 눈썹을 찌푸렸다. 이윽고 그녀가 다시 고개를 들며 물었다.

"혹시 그 '없는 사람'에는 나도 포함이야?"

나는 망설이다가 고개를 끄덕였다. 김혜힐이 미간을 좁히고는 작게 중얼거렸다.

"그렇구나, 내게서 기억이 사라지는 건 그래서였구나."

그리고 그녀가 다시 말했다.

"그 세계를 들어오고 나가는 데도 어떤 조건 같은 게 있어? 괴담을 따라 해야 한다든가, 거울 앞이어야 한다든가 하는 그런.”

“아니, 그런 건 없어. 아마도 시작은 내가 그 세계를 간절히 원했고, 그러자 그 세계가 정말로 날 데려간 것뿐일 거야.”

나는 천천히 고개를 내저으며 대답했다. 그리고 다시 생각에 잠겼던 나는 천천히 눈을 내리깔았다.

“그리고 지금은 더 이상, 그 세계를 원하지 않아.”

“끌려가지 않을 방법은 있어?”

내 말을 들은 김혜힐이 걱정스런 얼굴로 물었다. 나는 다시 미소를 되찾고 당당하게 대답했다.

“응, 있어. 아마도 찾았다고 생각해. 내 예상이 맞다면, 나는 다시는 그 세계로 가는 일이 없을 거야. 너희가 날 잊어버리는 일도, 아마 없을 테고.”

“다행이다.”

“응. 그러니 걱정하지 마.”

대화를 마친 우리는 한동안 마주 보고 따뜻하게 웃었다.

처음엔 무척 당황스럽긴 했지만, 김혜힐이 내 비밀을 알았다고 생각하자 그녀가 부담스러워지긴커녕 오히려 고마워졌다. 게다가 그녀가 사실을 알고서 해 준 말들도 나를 감동시키긴 마찬가지였다.

방금까지의 대화를 곰곰이 되짚던 나는 다시 고개를 들며 말했다.

“저기, 혹시 괜찮으면 다른 애들한테도 이 얘기 해도 돼? 반여령이랑 사대천왕, 노아리한테만. 그 애들도 내가 다른 세계를 오간다는 걸 알고 있거든. 고등학교 입학 전부터.”

방금 내가 거울 속 세계에 다녀온 것도, 이미 내가 얘기해서 다 알고 있어. 내가 덧붙이자, 김혜힐이 고개를 기웃하며 대답했다.

“이미 알고 있다면 상관은 없지만, 애초에 우리가 걱정하는 건 이 얘기를 믿지 못하는 거지 새어 나갈까 봐 같은 이유가 아니니까. 그런데 왜?”

“방금 네가 했던 얘기 중에 되게 좋았던 부분이 있어서. 그 애들한테도 얘기해 주고 싶거든.”

“어떤 부분이?”

어리둥절해하던 김혜힐은 곧 내 대답을 짐작한 듯 옅게 웃었다. 나 또한 그녀를 향해 씩 웃어 보였다.

그러고도 그녀는 한동안 신서현과 함께 병실에 머물며 내가 쓰러지고 축제 때 무슨 일이 있었는지에 대해 얘기했다. 물론 그녀도 병실 앞을 지키느라 직접 본 것은 아니었고, 윤정인을 통해 전해 들은 것이었다.

윤정인의 각색을 통해 한껏 맛깔나진 이야기를 들으며 내가 열심히 웃던 가운데, 문득 시계를 본 김혜힐이 흠칫 놀라며 자리에서 일어났다.

"아, 미안. 가야겠다. 그 애들을 내보낸 걸 깜빡하고 있었네. 잠깐 비켜 달라고 했는데 이래선 도저히 잠깐이 아니야."

"아, 나야말로 미안. 처음에 축제 얘기 먼저 해 달라고 한 거 나였잖아."

급작스레 미안한 얼굴을 하는 내 앞에서 김혜힐이 고개를 내저으며 짐을 챙겼다.

병실을 나서려다 말고, 그녀가 문득 나를 돌아보더니 희미한 미소와 함께 불쑥 말을 꺼냈다.

"있잖아, 너랑 방금 얘기하면서 나도 다른 생각을 해 봤어."

"뭔데?"

의아해하며 대답을 기다리던 나는 생각지도 못한 그녀의 다음 말에 깜짝 놀랐다.

"어쩌면 너 외에도 다른 세계에서 왔던 사람들이 나와 잠시 만났다가 다시 떠났는데, 나는 그걸 기억하지 못하고 있을 뿐일지도 모른다는 생각."

순간 굳어 버린 내게 설핏 웃어 준 김혜힐이 가방끈을 당겨 메며 다시 말했다.

"충분히 가능한 일이잖아. 내 주변에 너와 지한이, 두 사람이나 그런 일을 겪은 걸로 봐서는 그리 드문 일도 아닌 것 같고."

"……."

"왜, 가끔 꿈에서 분명히 처음 보는 풍경인데도 그립다고 느끼는 일이 있잖아."

"응."

나는 홀린 듯 고개를 끄덕였다.

"꿈에서 가끔 모르는 사람과 만나 웃고 떠들다, 헤어질 때가 되면 울고 말 때가 있는데."

김혜힐이 끊어질 듯 희미한 목소리로 덧붙였다.

"그것도 다 그런 기억들의 잔상일까?"

"어쩌면……. 그럴지도 몰라."

자신 없이 말하는 나를 보며 희미하게 웃은 그녀가 한 걸음 내딛다 말고 다시 멈춰 서서 말했다. 있잖아.

"만약, 혹시라도 다른 세계로 떠날 일이 생기게 된다면, 그 전에 말해 줘."

그렇게 말하는 그녀의 목소리를 통해, 나는 그것이 김혜힐이 내게 찾아온 진짜 목적이었음을 깨달았다. 다른 세계에 대한 얘기를 먼저 꺼냈던 의도도, 어쩌면.

"꿈에서 말이야……. 그런 식으로 모르는 사람과 얘기하다가 헤어져서 울면서 깨어나면, 한동안 기분이 안 좋거든."

"응. 그럴게."

고개를 끄덕인 나는 흔쾌히 약속했다. 실은 꿈에서 언제 깨어날지 도저히 알 수 없는 것처럼, 이 세계에서 내가 언제 사라질지 또한 전혀 알 수 없는데도.

그러자 나를 향해 웃어 준 그녀가 다시금 돌아섰다. 신서현 또한 내게 눈인사를 건네고 병실을 나섰다. 나는 떠나는 두 사람의 등을 오랫동안 바라보았다.

내내 바깥에서 기다렸는지, 김혜힐과 신서현이 나가자마자 사대천왕과 반여령이 교대하듯 병실로 들어왔다. 노아리 또한 아직 자리를 지키고 있었다.

들어오기 전, 복도를 힐끗 본 은지호가 의아한 얼굴로 물었다.

"무슨 얘기를 그렇게 오래 하냐?"

"어, 그게 말이야. 놀라지 마."

나는 짜잔, 하고 과장된 제스처를 취한 다음에 대답했다.

"김혜힐이 나한테 다른 세계 사람 아니냐고 물어봤어."

"뭐?!"

은지호는 물론이고, 노아리와 주인이를 비롯한 다른 모두도 정체를 들킨 비밀 요원처럼 경악한 표정을 지었다.

나는 재빨리 손을 내저었다.

"아니, 너무 걱정하지 마. 이지한에게서 다른 세계에 대한 얘기를 들어서 존재 정도는 알고 있었고, 그리고 기억도 어느 정도 있다는 모양이고. 무엇보다 이 세계가 소설이라는 건 모르거든."

"휴."

그제야 노아리는 안도의 한숨을 내쉬며 가슴을 쓸어내렸

다. 그때, 노아리를 힐끗거리던 주인이가 불쑥 입을 열었다.

"왠지 자존심이 상하는데."

"뭐?"

은지호가 의아한 듯 물었다.

주인이가 부루퉁하게 입을 내밀며 대답했다.

"아니, 다들 몇 개 없는 단서 갖고 척척 추리해 내는데, 나만 엄마나 다른 사람한테 듣기 전에는 아무것도 몰랐으니까. 내가 머리가 생각보다 좋은 편이 아니란 걸 아니까 안심이 되는데, 한편으로는 좀 분해."

그 말을 들은 내가 다급히 말했다.

"아니야, 나에 대한 기억이 사라진다는 걸 가장 먼저 알아채 준 건 주인이 너였잖아."

나에 이어 은지호도 말했다.

"너 거기서 더 머리 좋아지면 정말로 인류를 벗어나니까 관둬라. 그리고 좋은 머리 낭비하는 건 반여령이 제일인데 왜 네가 그러고 있냐?"

"뭐라고?"

반여령이 눈에 쌍심지를 켜며 은지호를 돌아보았다. 결국, 여느 때처럼 정강이를 한 대 얻어맞은 은지호가 신음을 삼키며 고개를 숙였다. 그 익숙한 광경을 보며 나는 키득키득 웃었다.

내가 원래 있어야 할 곳으로 돌아왔다는 실감이, 그 어느 때보다도 강하게 들었다.

* * *

오후에 나온 내 검사 결과는 역시나 한 군데도 이상이 없었다. 내가 정말로 아픈 곳이 아무 데도 없다는 것이 증명되자, 그제야 엄마도 유해져서 퇴원을 허락했다.

작년에 납치당했을 때에 이어서 정말로 내장까지 까뒤집힌 느낌인데, 앞으로 한 5년 동안은 아무런 검사도 안 해도 괜찮지 않을까? 병원에서 짐을 챙기며 나는 그런 생각을 했다.

우리는 어쩌다 보니 노아리를 다 같이 데려다주게 되었다. 이래저래 할 얘기가 많아서 일단 우리 집으로 가기로 했는데, 어차피 이만한 인원을 수용하려면 은지호네 차를 탈 수밖에 없어서 이 판국에 한 사람쯤 더 태워다 주는 건 일도 아니었다.

은지호가 데려다주겠다고 먼저 꺼낸 말에 노아리는 우리와 함께 차를 타느냐, 나중에 데리러 올 노민찬 선생님의 차를 타느냐 하는, 이래도 저래도 불편한 선택의 기로에 놓였지만 결국 우리 쪽을 택했다. 그것을 보고 나는 내심 놀랐다.

아니, 아리한테는 우리보다도 노민찬 선생님 쪽이 더 꺼림칙하단 말이야? 정말 대단하다, 노민찬 선생님. 딱히 아리에게 뭘 잘못한 것도 없던 것 같은데, 도대체 무슨 이유에서지?

그런 생각을 하며 나는 집에 가는 내내 내 바로 옆에 앉은 노아리를 힐끗거렸다. 차에 탄 이후로 그녀는 아무 말 없이 팔꿈치를 창틀에 대고 창밖만 쳐다보고 있었다.

다른 애들은 그런 노아리를 전혀 개의치 않는 듯이 행동했는데, 무시해서가 아니라 그녀를 배려해서인 것 같았다.

그러다 문득 은형이가 노아리에게 말을 걸었다.

"주인이랑 아리, 아침부터 병원에 같이 왔었지?"

그러자 천천히 고개 돌려 그를 본 노아리가 대답했다.

"네."

그 모습을 보며 나는 흠칫 놀랐다. 그녀가 은형이를 돌아보기 전, 짧게 마주친 그녀의 눈은 마치 텅 빈 유리구슬 같았다.

사실 나는 담임 선생님인 노민찬 선생님께 얼굴을 보이고, 인사를 드린다는 핑계로 그녀와 단둘이 대화를 나눌 계획이었다. 주인이와 함께 나타나다니, 게다가 둘 사이에 흐르는 분위기도 썩 나쁘지 않고. 어쩌면 두 사람 화해를 한 걸까? 그런 생각을 하면서.

그러나 노아리의 눈빛은 오히려 사태가 터진 직후보다도 더 공허해져 있었다. 어째서? 내가 불안한 예감에 입술을 깨무는 가운데, 은형이가 다시 물었다.

"둘 다 단순히 일찍 일어났다기에는 안색이 안 좋은 것 같아서. 혹시 어디 다녀온 거야?"

그에 대답한 것은 노아리가 아니라, 불편한 표정의 주인이였다.

"……석봉 중학교가 있는 전주에 다녀왔어. 루카스 차를 얻어 타고."

전혀 예상치 못한 말에 은형이를 비롯한 우리 모두는 눈을 동그랗게 떴다.

내가 당황하며 되물었다.

"루카스네 차를? 왜?"

"루카스가 마침 루다의 상태를 보러 들렀었거든. 빠르게 가려면 가장 손쉬운 방법이었어."

주인이의 말이 끝나자마자 기다렸다는 듯이 이번엔 은지호가 물었다.

"석봉 중학교엔 왜 갔는데?"

"문제의 괴담을 그대로 따라 해야 엄마가 있는 세계로 가서 구해 올 수 있을 거 아니야."

주인이는 어째 말하기 싫은 듯, 미간을 찌푸리면서도 묻는 말에는 곧이곧대로 대답해 주었다. 그 대답을 들은 나는 다시금 창밖을 향한 노아리의 옆얼굴을 힐끗 보았다.

김혜힐과 신서현이 괴담에 대해 말했을 리는 없으니, 주인이에게 그에 대해 알려 준 사람이 있다면 당연히 노아리일 것이다. 다른 이들도 그렇게 생각한 듯, 은형이가 나직한 목소리로 말하는 것이 들렸다.

"아리야, 고마워. 단이를 위해 전주까지 다녀와 줘서. 아마 밤새워서 몹시 피곤할 텐데."

"……."

상당히 곤란한 듯, 대답 없이 미간만 좁히는 노아리에게 은형이가 덧붙였다.

"전에는 말 못 했지만, 은미를 낫게 해 준 것도 이참에 고맙다고 말하고 싶어. 그때는 너무, 정신이 없어서."

"감사 인사 같은 건……."

그때, 잠자코 듣던 노아리가 마침내 입을 열었다. 가뭄난 논두렁처럼 버석버석하게 갈라진 목소리에 나는 눈을 크게 떴다.

"감사 인사 같은 건 하지 않으셔도 돼요. 감사를 받으려고 한 일이 아니에요. 그냥, 하지 않으면 제가 뒷맛이 찝찝해서 했을 뿐이에요."

"그래도……."

"하나만 하세요."

노아리의 단호한 말이 은형이의 말을 잘랐다. 은형이의 회녹색 눈이 휘둥그레졌고, 그것은 우리 또한 마찬가지였다.

노아리가 느리고도 단호한 목소리로 말을 이었다.

"이번에도 이 일은 제가 아니었으면 일어나지 않았을 일이에요. 애초에 제가 그 세계를 만든 게 원인이라고요."

"하지만……."

"저를 작가로 대할 거라면, 철저히 소설 속 인물의 입장으로 대하세요. 애초에 여러분에게 일어나는 모든 일이 제가 원인이니, 그냥 절 미워하고 욕하세요. 같은 사람으로 대하지 마세요."

곤란한 듯 눈을 깜빡이다가, 결국 입을 다무는 은형이에게 그녀가 못 박았다.

"저를 사람 대하는 것처럼, 사람 대 사람의 관계인 것처럼. 그렇게 굴지 마세요. 저도 헷갈리니까."

"……."

정적이 찾아온 가운데, 나는 어째선지 은형이가 아니라 노아리와 조금 떨어진 곳에 앉아 있던 주인이의 얼굴이 생생하게 일그러지는 것을 보았다.

나는 생각했다. 어쩌면, 노아리의 방금 그 말은 은형이에게 던지는 말이 아니었는지도 몰라.

침묵 속에서 차가 미끄러지듯 멈추었다. 그제야 나는 운전기사님의 존재를 깨달았다. 소설 속 이야기 같은 걸로 생각하시고 그럭저럭 납득해 주시지 않을까? 이미 해선 안 될 말을 다 해 버린 지금은 그것에 희망을 걸어 볼 수밖에 없었다.

노아리가 차 문을 열며 말했다.

"데려다주셔서 감사합니다."

"잘 가."

조금 불편한 침묵 뒤에 은지호가 대꾸했다. 나는 노아리도 상당히 보통이 아니란 생각을 했다.

은형이든 주인이든, 은지호든, 저렇게 동요하게 만든 사람을 나는 최근에 본 적이 없는데. 하긴, 그 이유는 우리의 특수한 관계와 관련이 있기도 하겠지만.

그 가운데, 노아리가 아직 닫히지 않은 차 문 사이로 불쑥 고개를 내밀었다.

"언니, 노민찬한테 인사한다고 하셨죠?"

이제는 모두가 보는 앞에서도 대놓고 호칭조차 붙이지 않았다.

"선생님도 아니고, 그냥 노민찬……?"

반여령이 얼이 빠진 듯 중얼거리는 가운데, 나는 허둥지둥 차 바깥으로 나와서 문을 닫았다.

"잠시만 기다려! 정말로 얼굴 뵙고 인사만 드리고 나올게."

그렇게 외친 나는 노아리와 함께 노민찬 선생님이 사는 오피스텔로 향했다.

이미 한 번 와 본 곳이지만 밤이라 느낌이 확연히 달랐다.

오피스텔 입구로 향하는 언덕을 올라가다 문득, '주인이는 여기에 와 본 적이 있을까?' 하는 생각이 들었다. 한때 나보다도 노아리와 가깝게 지낸 그이니, 틀림없이 있지 않을까?

어느새 시간은 저녁이 다 되어, 환히 밝혀진 가로등에 나방이 의미 없이 부딪히고 있었다. 간혹 나방 떨어지는 소리만이 투둑투둑 들려오는 가운데, 어색함을 이기지 못한 내가 말을 꺼냈다.

"어, 저기."

아까 차 안에서의 대화로, 주인이의 얘기를 꺼내는 건 피해야 한다는 것만은 잘 알고 있었다.

나는 아까 하지 못한 말부터 조심스럽게 꺼냈다.

"나는 사람 대 사람이니까 감사 인사는 해도 괜찮지? 음, 밤잠도 줄이고 전주까지 다녀와 줘서 고마워. 축제 때문에 더 피곤했을 텐데."

그러자 어둠 속에서 노아리의 반질반질한 검은 눈이 나를 향했다. 이윽고 그녀의 얼굴에 처음으로 미소라고 부를 만한 표정이 떠올랐다.

"별거 아니에요."

"그래도."

"오히려 제가 죄송해요. 저 때문에 그렇게나 고생하셨는데. 제가 만든 것들, 끔찍했죠."

그렇게 말하는 노아리의 시선이 내 등 뒤의 허공을 더듬었다. 인형처럼 아무 표정 없는 그녀의 얼굴을 보던 내 머릿속에 문득, 김혜힐이 했던 얘기가 떠올랐다.

한명선.

'우리 학교 선배. 3년 내내 반장을 하다가 전교 회장을 역임할 만큼 인기도 좋았고, 공부도 잘했어. 지금도 우리 중학교 계단에 그 사람이 받은 트로피가 전시돼 있을 정도니까.'

'그 사람, 죽었어. 죽은 듯이 누워 있다가 며칠 안 돼서 다시 깨어나더니, 가족들이 기뻐할 새도 없이 거울에 이마를 미친 듯이 부딪혔어. 그러더니…….'

나는 슬며시 입술을 깨물었다.

김혜힐에게서 들은 한명선의 삶과 죽음이 실제로 있었던 인물처럼, 아니, 실제로 있었던 인물이니만큼 구체적이라는 것과 그 모든 비극이 지금 내 옆에서 걷고 있는 노아리에게서 탄생했다는 것. 그 간극이 나를 섬뜩하게 했다.

그때, 노아리가 내 마음을 읽은 것처럼 입을 열어 말했다.

"예전에는 그런 끔찍한 것들을 만들고 끔찍한 세계를 만들면."

나는 흠칫하며 고개를 들었다.

노아리가 여전히 기괴할 정도의 무표정으로 말을 이었다.

"현실이 그보다 나쁠 수도 있었는데, 그러지 않았다는 생각에 안도했어요. 그 느낌이 좋아서, 힘들 때마다 그런 얘기를 썼어요."

"……."

"하지만 그것들이 실존하는 이 세계에서는, 그것들을 만든 저야말로 가장 끔찍한 존재일 거예요. 한명선에게나, 이지한에게나."

그렇게 말하는 노아리는 뜻밖에도 담담한 얼굴이었다. 다시 허공에 시선을 부딪친 그녀가 뜻밖에도 웃었다.

"아, 이런 세계 정말이지 저도 못 견디겠어요. 얼른 돌아가야지. 얼른."

"……."

"이 세계에서 나가면, 그때야말로 정말로 행복한 이야기만 써야겠어요. 이렇게 톡톡히 대가를 치르면서 그 정도도 학습하지 못한다면 원숭이나 다름없겠죠. 하지만……."

그녀가 다시 시선을 내리깔았다. 그녀가 꺼질 듯한 목소리로 중얼거리는 말이 내 귀에 닿았다.

"모두가 행복한 세계라니, 그런 게 존재하기나 할까."

나는 다만 말없이 고개를 숙였다. 어쩌면 노아리의 방금 그 말이야말로, 사람들이 아주 오랫동안 고민해 온 문제나 다름없기에. 그리고 나 역시도 의심하는 것 중의 하나였기에.

그때 갑자기 시야가 밝아졌다. 고개를 든 나는 우리가 어느새 로비에 도착했음을 발견하고 엘리베이터 버튼을 눌렀다.

엘리베이터가 1층까지 내려오는 동안의 짧은 침묵도 견디기 어려웠다. 결국, 엄지로 팔을 쓸던 나는 다시 노아리를 향해 말을 꺼냈다.

"그러고 보니, 노민찬 선생님은 좀 어떠셔? 우리가 쓰러지고 나서 많이 놀라셨을 것 같은데."

"네. 언니가 깨어났다고 전화로 듣긴 들었지만, 직접 보면 더 안심할 거예요. 그리고."

여전히 존대를 생략한 노아리가 또 한참 허공을 바라보더니 툭 뱉었다.

"노민찬은 사실 제 다른 소설 남자 주인공이에요."

그야말로 느닷없고, 갑작스러운 말에 나는 어찌할 줄을 몰랐다. 내가 눈만 깜빡이는 사이, 노아리가 거침없이 말을 이었다.

"그 소설 여주인공은 '대리자'라는 이름의 여학생이에요. 아마 이 세계에 있겠지요."

"자, 잠깐. '대리자'라고? 그 사람이 노민찬 선생님 운명의 상대란 말이야?"

나는 화들짝 놀라 되물었다. 몹시 유감스럽게도 대리자는 나와도 적잖은 인연이 있었다.

크게 굽이치며 허리까지 내려오는 짙은 붉은색 머리카락에 눈이 개운할 만큼 시원한 이목구비를 가진, 유명 중화권 배우를 닮은 그녀는 과연 노민찬 선생님과 비교해도 전혀 손색이 없는 인물이긴 했다. 하지만…….

잠시 노민찬의 옆에 대리자를 붙여 본 나는 살짝 고개를 내저었다. 음, 잘 어울리고 안 어울리고를 떠나서 도저히 상상이 안 가.

그리고 내가 다시 물었다.

“저기, 그치만 대리자는 아직 학생인데? 그럼 그런 거야? ‘불량 학생 그녀, 선생을 휘어잡다’, 뭐 그런 종류?”

“아니요, 그거랑은 다른 설정이에요.”

태연히 눈을 깜빡인 노아리가 폭탄 발언을 던졌다.

“대리자는 사실 서열전을 통제하기 위해 경찰 측에서 보낸 잠입 수사관이에요.”

“뭐……?”

“사실 대리자는 오래전부터 고등학교 3학년에 멈춰 있어요. 아마 주변에 그녀의 진짜 나이를 아는 사람은 아무도 없을걸요? 한번 물어보세요.”

“아니…….”

그런 황당한 설정, 이 세계에서는 통하는 거냐고. 내가 멍하니 중얼거리기 무섭게 다시 노아리의 말이 들려왔다.

“사실 대리자는 강한의 이복 여동생이 아니라 친누나예요. 본명을 쓰면 직업과 나이를 들킬 테니까, 일부러 그런 말도 안 되는 이름에 그런 설정을 쓴 거죠.”

“허.”

허망하게 중얼거리던 나는 재빨리 정신을 차렸다.

내가 다급히 물었다.

“어, 그런데 말이야, 이거 혹시 우리한테 앞으로 일어날 일이랑 관련 있어? 그래서 하는 얘기야? 이번처럼 내가 이걸 모르는 바람에 큰 사건에 휘말릴까 봐.”

노아리는 가볍게 고개를 내저었다.

“아니요, 그냥 말한 거예요.”

“…….”

노아리와 함께 엘리베이터에 올라타서 나란히 선 나는 생각했다. 진정한 tmi(too much information)가 이런 거구나……. 아니, 그보다 정말로 갑자기 이런 얘기는 왜 한 건데?

그때 노아리가 말했다.

“스스로를 다잡는 일이 필요했어요.”

“뭐?”

“요즘, 자꾸만 중요한 걸 잊어버려서.”

“…….”

나는 복잡한 눈으로 노아리를 바라보았다. 이윽고 엘리베이터 문이 열리고, 우리는 마침내 노아리와 노민찬 선생님이 함께 사는 오피스텔로 들어갈 수 있었다.

노민찬 선생님은 다행히도 일찍 퇴근해서 집에 계셨다. 나와 노민찬 선생님이 단둘이 현관에서 얘기하도록 두고, 노아리는 다녀왔다는 한마디 인사도 없이 방으로 쌩 들어가고 말았다.

덕분에 멋쩍어진 나는 간단히 인사만 하고 집을 나왔다. 노민찬 선생님이 아쉬운 내색을 하시긴 했지만, 어차피 학교에서 볼 테니까.

그보다도, 노민찬 선생님과 노아리 사이의 관계는 여전히 변함이 없구나. 나는 한숨을 내쉬었다.

혼자가 되어 오피스텔을 나오며 나는 노아리가 엘리베이터에서 했던 말을 떠올렸다.

"도대체 뭘 다짐한다는 걸까?"

아마도 그건 틀림없이, 그녀가 내게 대리자와 노민찬에 관한 불필요한 얘기를 했던 것과 관련이 있겠지.

흐음, 나는 턱을 매만졌다. 지금 생각나는 거라고 해 봐야 단 하나뿐이었다.

"노민찬에 대한 금단의 사랑에 빠진 건……."

그런 다음 잠시 조용히 서 있던 나는 이윽고 내 머리를 콱콱 때렸다.

아오, 드라마 좀 그만 보자. 죽다 살아났으니 이번에야말로 기필코 드라마 끊는다. 그렇게 다짐하며 나는 씩씩하게 걸음을 옮겼다.

그 직후, 사대천왕과 반여령과 함께 곧장 집으로 향한 나는 뜻밖에 대단한 것을 보게 되었다. '축제 때 없었어도 있던 것처럼 기억하게 만들어 주겠다'고 호언장담을 하길래 뭔가 했더니, 은지호가 저녁 공연과 불꽃놀이를 전부 녹화

한 영상을 갖고 있었다.

우리는 우리 집 거실에 도란도란 모여 앉아 텔레비전에 영상을 틀어 놓고 그것을 구경했다. 온 집 안의 불을 끄자, 텔레비전 화면 안에서 터지는 폭죽이 눈앞에 있는 것처럼 선명하게 보였다.

"도대체 이런 건 어디서 구했어?"

혀를 내두르며 묻는 내게 은지호가 의기양양하게 '방법이 있지.' 하고 답하는데, 혀를 쏙 내민 주인이가 냉큼 말했다.

"엄마, 이거 엄마네 반장이 지호한테 전해 달라고 한 거야."

"윤정인이?"

뜻밖의 이름에 어리둥절해하면서도 무심코 웃는 내게 주인이가 생글거리며 말했다.

"응. 그리고 덤으로 전해 달래. '체육 대회 때도 무대 하나도 못 본 게 불쌍해서 녹화했다.'고."

"아, 그런 것까진 전해 줄 필요 없는데."

내가 미간을 좁히자 이번에는 주인이 쪽에서 키득대며 소리 내어 웃었다. 그러더니 주인이는 나와 반여령 사이로 비집고 들어와 내 어깨에 머리를 기대었다.

나는 내 어깨 위에 부스스하게 흩어진 황갈색 머리카락을 바라보았다. 이 각도에서는 주인이의 표정은 볼 수 없었고, 내리깐 속눈썹 끝에 폭죽 불빛이 반사되어 희미하게 반짝이는 것만 보였다. 아마도 적잖이 심사가 복잡한 거겠지.

정말 우리 중에는 쉬운 사랑을 하는 사람이 한 사람도 없구나. 그런 생각을 하며 주인이의 머리카락을 쓰다듬던 내 귀에 은지호의 목소리가 들려왔다.

"나도 기대도 돼?"

"아니."

"아, 그래."

은지호가 그닥지 않게 불퉁하게 말하며 고개를 휙 돌렸다.

키득대며 웃던 나는 대신 내 쪽에서 그에게 기댔다. 덕분에 주인이의 체중까지 그에게 실리자, 은지호가 기겁하며 말했다.

"야, 사람 죽일 일 있냐? 여기서 잘못 미끄러지면 나는 두 사람한테 깔리는 거라고."

"그래서, 싫어?"

내가 이죽대며 물은 말에 은지호는 잠시 할 말을 잃은 듯 두 눈을 깜빡이더니, 기가 차다는 표정으로 천장을 올려다보았다. 흔치 않은 그 모습에 나와 주인이는 눈을 마주치고 소리 내어 웃었다.

이윽고 은지호가 내 머리를 끌어당겨 어깨에 기대게 하더니 말했다.

"왜 갈수록 이상한 게 느냐. 그래, 기대라 기대. 한 번 죽지 두 번 죽냐."

예상했던 그대로의 반응에 키득대는 것도 잠시, 나는 눈썹 끝을 추켜올리며 대답했다.

"뭐야, 주인이가 있기는 해도, 나 그렇게 안 무겁거든?"

은지호가 동요 없이 대답했다.

"거짓말도 늘었고."

"야!"

내가 버럭 외치던 그때, 내 외침에 이쪽을 돌아본 반여령이 너희끼리만 재밌는 거 하냐며 냉큼 주인이에게 머리를 기댔다. 덕분에 내가 휘청하자, 은지호가 기겁해서 소리를 높였다. 야, 나 진짜 이러다 깔려!

다행히 이쪽을 돌아본 은형이가 재빨리 여령이를 낚아채서 망정이었지, 아니면 정말로 단체로 은지호의 위에 넘어지는 대참사가 일어날 뻔했다.

제대로 앉으란 은형이의 불호령에 재빨리 자세를 가다듬은 나는 헝클어진 머리칼을 매만졌다.

그리고 나는 고개를 돌렸다. 아까의 장난 때문인지, 분위기는 어수선해지기는커녕 오히려 부드럽게 풀려 있었다.

그때 은지호가 내 어깨를 툭툭 건드렸다.

"야, 저기 봐. 저 폭죽이 이 중에 제일 볼만한 거거든."

"너 이제는 폭죽 순서 같은 것도 외우냐."

어이없어서 그렇게 말하다 말고 나는 문득 웃음을 터트렸다. 그리고 내가 말했다.

"얘들아. 나 할 말 있는데."

잔잔한 수면 같던 밤공기 위로 내 말이 파문처럼 번졌다. 이윽고 아이들이 하나둘, 선잠에서 깬 것처럼 나를 돌아보았다.

"원래는 아까 병실에서 하려던 말인데, 까먹었어. 이것 때문에 김혜힐이 다른 세계에 대해 알고 있다는 걸 너희한테 얘기한 건데."

은지호가 의아한 듯 물었다.

"뭔데?"

"음, 그러니까. 김혜힐 남자 친구 있는 건 너희도 알지? 이지한이라고, 4반에 있는."

그러자마자 '몰랐는데 이번에 알았어.' 하고 주저 없이 대답하는 은지호에 이어, '원래 알고 있었어!' 하는 주인이의 목소리가 들렸다.

반면 반여령과 은형이는 조용히 고개만 내저었다. 하긴, 너희는 이런 화제에는 별 관심이 없었지.

내가 쑥스럽게 웃으며 말했다.

"내가 들은 건데 말이야, 김혜힐이 이지한이랑 사귀게 된 이유가 다른 세계에서의 일 때문이었대. 그런데 신기한 게, 김혜힐은 정작 다른 세계에 대한 기억이 없었는데 그 뒤에 이지한에게 이유 모를 호감을 가지게 되었다는 거야. 그걸 계기로 지금의 관계로 발전한 거고."

잠시 정적이 흐르는 가운데, 나는 천천히 말을 이었다.

"김혜힐이 그러는데, 기억이 사라지더라도 감정에는 영향을 미치는 것 같대. 그걸 바꿔 생각하면, 우리도 그런 일이 가능하지 않을까?"

그리고 나는 잠시 숨을 골랐다.

"……그러니까 만약, 정말 만약에 말이야, 내가 이 세계에 다시 돌아왔는데 너희의 기억이 되살아나지 않는다고 해도. 그래서 처음부터 다시 시작해야 하더라도 우리는 다시 지금처럼 친해질 수 있지 않을까?"

"……."

"나는 그 얘길 듣고 그런 생각을 했는데, 음."

너희는 어때? 내가 분위기를 살피며 조심스럽게 덧붙이자, 그제야 멈췄던 시간이 풀렸다.

가장 먼저 입을 연 것은 은형이였다.

"단아, 우리가 처음에 친해졌을 때도 우리 사이에는 아무것도 없었어. 다시 시작해도 달라질 건 없어."

이성적인 그의 대답이, 그렇기 때문에 더욱더 위안이 되었다. 활짝 웃던 나는 갑자기 반여령이 달려들어 내 목을 끌어안는 바람에 깜짝 놀랐다.

"당연하지, 단아! 그래도 난, 안 잊어버릴래. 잊으면 안 돼."

씩씩하던 반여령의 목소리는 갑자기 끝에 가서 떨리기 시작했다. 나는 그녀를 의아하게 쳐다보았다.

"왜냐하면, 난 너랑 어렸을 때부터 지금까지 계속 친구로 지낸 게 너무 좋단 말이야. 이걸 다 잊으라니, 내 기억의 반 이상이란 말이야. 절대 안 돼."

"하하, 당연하지. 네 기억의 반 이상이 나인 것처럼, 나도 내 기억의 반 이상이 너인 건 마찬가지인걸. 이걸 다 잊으라니, 말도 안 되지."

그렇게 말하며 반여령의 등을 껴안고 토닥이는 내 맞은편에서 턱을 괸 주인이가 여유롭게 웃었다.

"난 절대 안 잊어버린다니까, 엄마. 전에도 내가 결국 기억해 냈잖아. 나 못 믿어?"

병원에서 자신은 아무것도 추리해 내지 못했다며 의기소침해하던 모습은 어디로 가고, 의기양양한 그를 보며 나는 너털웃음을 터트렸다.

내가 웃으며 고개를 내젓던 그때, 마지막으로 은지호가 말했다.

"나는 조금 다른데. 안 잊는 게 아니라, 못 잊을 것 같아."

그리고 그가 새카만 눈으로 나를 내려다보며 웃었지만, 나는 따라 웃을 수가 없었다. 잠시 숨을 멈췄다가, 이윽고 한숨처럼 내쉬며 시선을 떨구는 내 귓가에 주인이의 투덜거림이 들렸다.

"아, 뭐야. 은지호. 네가 그렇게 말하면 방금 안 잊는다고 한 내가 뭐가 돼?"

"뭐긴, 이게 진심의 차이란 거다."

그의 뻔뻔한 대답에 그제야 나는 다시 웃을 수 있었다. 그러다 말고, 내가 문득 입을 열었다.

"아, 나 얘기할 거 하나 더 있어."

"뭔데?"

"나, 병원에서 아침에 잠깐 유천영 만났었거든. 잠깐 나갔다가 우연히 로비에서 마주쳤어. 그런데 있잖아, 그 애 좀 이상해."

내 말에 순식간에 분위기가 바뀌었다. 은형이의 경직된 얼굴을 보고, 나는 유천영이 은형이와도 제대로 연락이 안 되는 상태임을 알 수 있었다.

그리고 심호흡한 내가 조심스레 물었다.

"걔 말인데, 혹시 협박당하고 있는 거 아닐까?"

"무슨 말도 안 되는 소리야?"

가장 먼저 은지호가 보인 반응이었다. 그 옆을 돌아보자, 여령이가 말은 안 했지만 표정만으로 내 말이 말도 안 된다는 것을 여실히 드러내고 있었다.

다음으로 은형이와 주인이를 돌아본 나는 한숨을 내쉬었다. 역시나, 앞의 둘과 딱히 다르지 않은 반응이었다.

하긴, 나라도 이 중의 누군가가 나한테 '유천영이 협박당하고 있어. 네 도움이 필요해.' 같은 얘기를 하면 '뭐? 무슨 루다가 납치당하는 소리 같은 걸 하고 있어?'라고 대꾸했을 것이다.

하지만 나도 이번만큼은 무척 진지했다. 내가 억울한 표정을 지으며 말했다.

"아니, 정말이야. 나랑 얘기하고 있을 때 누가 걔한테 전화를 했거든? 그런데 매니저가 아니었어. 매니저는 남자랬는데, 여자 목소리였다고."

"다른 회사 사람 아니야?"

"아니야, 유천영이 반말을 썼어."

은지호의 반문에 내가 냉큼 대답하자 그의 눈에 어린 확신이 조금 흐려졌다. 그러나 그는 여전히 유천영이 협박당할 가능성 따위는 염두에도 두지 않는 눈치였다.

"그럼 뭐, 친구인가 보지."

"아니야, 유천영이 그런 말을 했단 말이야. '끼어들지 마. 나는 방법이 없어서 너를 내버려 두는 게 아니야.'라고."

"……."

내 말에 비로소 이들의 표정이 변했다. 잠시 침묵이 찾아온 가운데, 내가 다시 물었다.

"이런 말을 친구한테 하진 않잖아?"

"걔가 정말로 그런 말을 했다고?"

"그렇다니까."

은지호와 내가 여전히 진실을 가지고 싸워 대는데, 조용히 턱을 매만지던 은형이가 불쑥 말했다.

"그러고 보니…… 좀 이상하긴 했어. 그래서 나도 의심스러워서 무슨 일 있냐고 물어볼까 생각한 적은 있는데."

그 말에 나와 은지호의 고개가 동시에 그쪽을 향했다.

은지호에게 입 모양으로 '거봐, 내 말 맞지!' 하고 당당하게 외친 내가 은형이를 보며 물었다.

"그랬는데?"

"응, 그랬더니 걔가 어떤 점이 이상하냐고 담담하게 되묻는데, 거기에 대고 '네가 성실한 게 이상하다' ……고 대답할 수는 없지 않겠어."

"……."

말을 마친 은형이가 쑥스러운 얼굴로 입을 다물었다.

착잡한 분위기가 흐르는 것도 잠시, 우리는 모두 일제히 동의했다. 그건 그렇지. 나도 그렇게는 절대 말 못 해.

나는 구석에서 조용히 머리를 쥐어뜯었다. 윽…… 어쩌자고 유천영은 평소에 그렇게 게을러서! 다른 애들로 하여금 '그러게, 너무 성실해서 이상하다는 말은 아무래도 눈 마주치면서는 못하겠지?' 하는 둥의 얘기가 나오게 만드는 건데!

하여간 이대로는 별수 없었다. 이미 내가 유천영의 통화 내용을 언급하며 간신히 조성했던 긴장감은 전부 사라지고 말았다. 이런 분위기에서 내가 계속 진지하게 말한다고 해도 아무도 제대로 들어 주지 않을 게 분명했다.

내가 울상을 짓는 가운데, 여전히 느긋한 표정의 은지호가 나를 향해 말했다.

"솔직히, 세상에서 유천영 걱정이 제일 쓸데없는 걱정이라는 건 너도 알 거 아니야?"

"그건…… 그렇지."

확실히 저들에게서 나오는 평소 유천영에 대한 얘기를 듣고 있자니, 나도 내 걱정이 기우인 것 같긴 했다.

나는 울상을 지으며 대꾸했다.

"그래도…… 유천영이 협박당하는 것만큼이나 유천영이 다른 누구를 협박하는 것도 말이 안 되잖아? 그런데 유천영의 그 말은, 분명한 협박이었어. 더 끼어들면 가만 안 두겠다는."

"그건 그렇긴 한데."

"유천영이 누가 자기를 건드리지 않는 한 먼저 그렇게 대할 사람이야?"

내 물음에 잠시 생각에 잠겼던 은지호가 작게 한숨을 내쉬었다. 그가 말했다.

"뭐, 알았어. 그렇게까지 신경 쓰인다면, 유천영이 들어간 회사나 주변 사람에 대해 알 만한 사람을 한번 찾아볼게."

"와, 정말?"

"그래. 그렇지만 솔직히 우리가 안 나서도, 걔네 형들 쪽에서 어지간히 알아서 신경 쓰고 있을 텐데……."

은지호의 불만스러운 말을 듣고서야, 나도 유천영의 범상치 않은 형들에 대해 생각이 미쳤다.

그러게, 확실히 전에 파티에서 보았던 유건이나, 우리 여행에 따라왔던 유신이나 둘 다 보통내기가 아니긴 했지. 특히 유건의 경우에는 무려 루다와 막상막하로 싸운 걸 봐서 결코 만만한 성격이 아닐 테고.

그들이 끔찍하게 아끼는 막냇동생이 험한 일을 당하도록 그냥 내버려 둘 거란 생각은 들지 않는다.

역시 괜한 걱정인 걸까? 나는 끙 소리를 내며 턱을 괴었다.

하지만 한 번 의심이 싹튼 이상, 확실히 확인해 두는 것이 좋을 것 같았다. 파헤쳐 봤는데 아무 일도 아니라면, 그게 오히려 더 잘된 일이지.

그때 은지호의 물음이 다시 들렸다. 나는 고개를 돌렸다.

"그래서, 뭘 중심으로 찾아볼까? 어쨌든 맨땅에 헤딩 하듯 찾아볼 수는 없잖아. 유천영이 속하게 된 데는 꽤 큰 회사고."

"어, 음."

"뭔가 짚이는 데 없어?"

그 순간, 내 머릿속에 합동 체육 대회 때 찾아왔던 예린의 모습이 스쳐 지나갔다.

나를 발견하고 손을 흔들던 유천영. 이어 나를 발견한 예린이 그를 향해 고개를 숙이고 무슨 말인가를 속삭이던 모습.

그때 예린의 말을 들은 유천영의 얼굴은 별다른 변화가 없었다.

표정은 나름대로 솔직한 그라서, 예린이 그때 무슨 의도가 담긴 말을 했다면 틀림없이 내가 알아챘을 것이다. 그러므로 가능성이 높은 것은 아니다. 하지만…….

나는 곰곰이 생각하다 말했다.

"예린."

다른 이들이 조금 놀란 것 같은 얼굴로 나를 보는 가운데, 은지호가 별문제 될 것도 없다는 듯이 대수롭잖게 말했다.

"예린? 알았어."

그제야 좁히고 있던 미간을 푼 나는 다른 이들을 향해 미미하게 웃어 보였다. 반면 움켜쥔 손에는 더욱 힘을 주며, 내가 중얼거렸다.

정말로 기우였으면 좋겠는데 말이야.

* * *

"아리야, 제발 얘기 좀 하자."

"싫어, 피곤해."

"아리야!"

노민찬이 마침내 언성을 높이며 손을 뻗었다. 그러나 그는 차마 노아리의 손목을 잡지는 못한 채, 입술을 깨물며 자신의 손을 물렸다.

남매 사이에는 지극히 사소한 접촉일 뿐임에도, 그것조차 지금의 노아리는 경기를 일으키며 피할 것이다. 그런 예감이 들었다. 아니, 사실상 예감이 아니라 확신이었다.

도대체 어쩌다가 이렇게 된 걸까?

분명히 함단이가 그들 앞에 나타났을 때만 해도 분위기는 썩 나쁘지 않았다.

함단이가 자신이 노아리의 친구임을 밝혔을 때, 노아리는 드물게도 노민찬의 팔짱을 끼었다. 그리고 그녀는 몸을 숨기기라도 하듯 자신의 등에 철썩 달라붙기까지 했다……. 숨겨?

그제야 노민찬은 놓치고 있던 가능성 하나를 발견했다.

노민찬에게 있어 함단이는 자신이 담당하고 있는 학생이었고, 학기 초에 학급 분위기가 안 좋을 때조차 수업에 성실하게 임해 주었기 때문에 좋은 인상으로 남아 있었다.

그렇기 때문에 그녀가 노민찬에게 그런 말을 했을 때, 노민찬은 당연히 그녀의 말을 있는 그대로 믿을 수밖에 없었다.

그런데 그게 사실이 아니었다면?

심장 한구석이 까맣게 타들어 가는 듯한 느낌이었다. 아픈 듯 얼굴을 일그러트린 노민찬이 말했다.

"아리야, 어젯밤부터 오늘 아침까지 하루 종일 사라져 있었잖니. 어디에 다녀왔는지 정도는 말을 해 주렴. 하마터면 실종 신고를 할 뻔했어."

"……아무 일도 없었어."

"아무 일도 없었다는 게 중요한 게 아니라, 아리야!"

석상처럼 한 자세로 굳어져서 우두커니 바닥만 보는 노아리를 노민찬이 안타까운 목소리로 다시 불렀다.

"아리야…… 혹시 네가 어제 다녀온 일, 단이와 관련된 일이니?"

노아리는 아무런 대답도 하지 않았다. 하지만 놀란 듯 크게 들썩이는 어깨를 보고, 노민찬은 확신을 얻었다.

"맞구나."

"……."

"아리야, 너랑 단이는 도대체 무슨 사이인 거니? 처음에 단이는 네가 친구라고 했지만, 처음 단이를 만났을 때 넌 분명 떨고 있었어. 아니니?"

여전히 대답 없이 주먹만 꽉 쥐고 있는 노아리를 보며, 노민찬은 굳어졌던 표정을 풀었다.

그가 용기 내어 간신히 한 발 다가서던 그때였다.

"무슨, 상관이에요?"

"뭐?"

느닷없이 돌아온 존대였다. 터울이 상당한 것치고는 사

이가 가까웠던 노아리는 노민찬에게 결코 존대 같은 것은 써 본 적이 없었다.

아니, 정확히는 한 번 있긴 했다…… 몇 년 전쯤에 한 번. '웬 존대야?'라고 당황하며 묻자 그 즉시 존대는 자취를 감췄었고.

그런데 왜 그게 갑자기? 당황하며 눈을 깜빡이던 노민찬에게 노아리가 거침없이 말을 이었다.

"그런 걸 왜 물어봐요? 그쪽이 나한테…… 그런 걸 물어볼 권리가 있다고 생각해요?"

"아리야, 지금 무슨 말을 하는 거야? 나는 네 오빠야."

노민찬은 당황하며, 또 한편으로는 가슴을 찔린 듯한 통증을 느끼며 대답했다.

"네가 나한테 그런 얘기를 안 하면 누구한테 얘기하겠다는 거니? 아, 물론…… 가족 사이라는 게 항상 가까울 수는 없어. 네게 나보다 더 가깝고, 비밀을 털어놓을 만한 사람이 생겼다고 해도 이해해. 하지만 아리야."

얼굴을 일그러뜨린 그가 끝내 애걸하듯 말했다.

"그래도 가족이잖아. 우리, 가족 아니니……."

"……."

"아리야, 제발. 혹시나 오빠가 너한테 무슨 잘못을 했다면 얘기를 해 주렴. 그렇게 일방적으로 문을 닫아 버리지 말고. 네가 말도 없이 갑자기 그러면, 오빠는 정말, 어떻게 해야 할지를 모르겠어."

여전히 대답 없는 노아리의 앞에 다가간 노민찬이 서서히 한쪽 무릎을 꿇어 눈높이를 맞추었다.

전등 아래로 흔들리는 노아리의 눈빛이 기억하는 것보다도 훨씬 깊어져 있어서, 노민찬은 새삼 놀랐다. 도대체 어느새 이렇게 자라 버린 걸까, 너는. 내가 모르는 새에.

하지만, 아무리 단기간에 달라진 것처럼 느껴진다고는 해도 그녀는 여전히 자신의 동생이었다.

그렇게 믿으며 노민찬은 천천히 얘기를 꺼냈다.

"……네가 나를 따라 소현 고등학교에 시험을 쳤을 때, 사실 나는 너무 기뻤어. 만에 하나라는 게 있고, 또 너무 기대하는 티를 내면 네가 부담스러워할까 봐 말은 안 했지만…… 나는 사실, 네가 앞으로 혼자 지내게 될 나를 걱정해서 소현 고등학교에 시험을 치르는 거라고 생각했어. 조금 부끄럽지만."

"……"

"네가 소현 고등학교 입학시험을 치르는 이유에 틀림없이 나도, 없지는 않을 거라고…… 그런 생각을 했다."

그렇게 말하며 노민찬은 천천히 노아리의 한 손을 두 손으로 감싸 쥐었다. 그리고 그는 그녀를 올려다보았다.

반쯤 음영이 진 노아리의 얼굴은 여전히 담담하기만 했다.

"아리야, 나는 네가 이 타지까지 나를 따라와 줘서 얼마나 기쁜지 몰라. 네 덕분에 내가 얼마나 힘을 얻는지. 그리고 나는 너도 그랬으면 좋겠다."

"……"

"그러니까 아리야, 너도 나한테 조금만 의지를 해 주면 안 되겠……."

"나한테."

칼날처럼 차가운 목소리가 그의 말을 끊었다.

노민찬이 눈을 둥그렇게 뜨는 가운데, 노아리가 한 자 한 자 씹어뱉듯 말했다. 간격을 두고 날아오는 것은 말이 아니라 대못 같았다.

"당신은, 아무런 관계없는 타인이에요."

"아리야, 내가 도대체 뭘 잘못……."

"아니요! 당신은 아무것도 잘못한 거 없어요."

자신의 손을 붙들고 있던 노민찬의 두 손을 홱 뿌리친 노아리가 성큼성큼 걸음을 옮겨 방으로 향했다.

방으로 들어가기 직전, 뒤돌아선 노아리가 다른 사람처럼 웃었다.

노민찬은 맹세컨대 그녀의 그런 얼굴은 태어나서 한 번도 본 적이 없었다. 귀신에라도 씐 것 같았다.

노아리가 차가운 조소와 함께 대꾸했다.

"굳이 잘못이 있다면 한 가지 있기야 하겠죠."

"……."

"당신, 어떻게 여동생이 바뀐 것도 몰라봐요?"

그 말을 마지막으로 노아리는 문을 쾅 하고 닫았다. 멍하니 정신을 놓고 있던 노민찬은 이윽고 문 앞으로 다가가 외쳤다.

"아리야, 그게 무슨 소리니? 아리야!"

문밖에서 되울리는 소리를 들으며 노아리는 침대 위로 기어올라 가 이불로 몸을 감쌌다. 얻어맞는 사람처럼 잔뜩 웅크려 엎드린 그녀가 베개로 두 귀를 막고 중얼거렸다.

"저건, 저들은 다…… 소설 속 인물일 뿐이야. 바깥사람인 나와 달리. 우리는 사는 세계가 달라."

아리야! 제발……. 이불 너머에서 텁텁하게 울리는 소리를 들으며 노아리는 눈을 질끈 감았다.

"나는 돌아갈 거야. 반드시, 돌아갈 거야. 그리고 그렇게 되면 노민찬도 우주인도 전부, 나에 대해선 잊어버릴 거야."

그리고 그렇게 되면, 지금 문밖에서 애처롭게 울부짖고 있는 저 사람은 이 방에 누가 살았는지조차 기억 못 할 것이다.

이불을 쥐고 있던 손에 힘을 주며 노아리가 되뇌었다.

"잊어버릴 거야. 어차피 다 잊어버릴 거잖아. 그런데 왜."

아리야. 바깥에서 울리는 소리에 화답이라도 하듯이 노아리는 힘주어 말했다.

"사람도…… 진짜 사람도 아니면서! 그러면서 왜……."

이윽고 고개를 내저은 그녀는 다시금 베개에 얼굴을 파묻었다.

나는 돌아갈 거야, 돌아갈 거라고.

주문처럼 읊조리는 말이 노민찬의 외침과 섞여 흩어졌다.

제62조. 우리가 이별을 받아들이는 자세

우리가 이별을 받아들이는 자세

퇴원한 그 주 일요일, 나는 모처럼 일찍 일어나 빠르게 씻고 옷을 갈아입었다.

약속 장소인 역 앞으로 나가자, 이미 나 빼고는 모두 모여 있었다.

나란히 서서 조곤조곤한 목소리로 뭔가 얘기를 주고받는 김혜힐과 이지한을 보며 나는 잠시 신기하다는 표정을 지었다.

이때까지 나는 이지한과 김혜힐을 한자리에서 본 적이 없기 때문에, 둘이 같이 있을 때 어떤 모습인지에 대해 아는 바가 없었다.

두 사람은 오랫동안 사귀어 와서 그런지, 연인보다는 친구 같은 느낌이 강했다. 그러면서도 계속 놓지 않고, 단단히 맞잡고 있는 두 손이 두 사람의 단단한 애정을 증명하는 것 같아 나는 조금 웃었다.

그들에게서 2미터쯤 떨어진 곳에서 전혀 상관없는 사람인 척, 팔짱을 끼고 서 있던 루다가 내 시선을 느낀 듯 퍼뜩 고개를 들었다. 내가 주춤하는 찰나, 나를 발견한 루다가 크게 외쳤다.

"단아!"

그러더니 그는 잽싸게 달려와 내 어깨를 잡아채고 이곳저곳 둘러보다가, 문제가 없다는 것을 확인하고는 안도의 한숨을 내쉬며 말했다.

"아, 젠장. 병원에서 눈 뜨자마자 확인하러 오고 싶었는데, 제니와 루카스가 안 된다고, 다른 검사들도 모조리 하고 가라며 호통을 치는 바람에."

고개를 끄덕인 내가 얼떨떨하게 대답했다.

"아, 응. 루카스한테 얘기는 들었어."

"그 인간들, 틀림없이 내가 걱정돼서 그런 게 아니라 단순히 내가 안달복달하는 모습을 보는 게 즐거워서 그런 게 분명해. 내 목도 걸 수 있다니까."

글쎄, 그건 너무 부정적인 해석이 아닐까? 우리가 깨어나게 된 경위를 대강 알고 있는 루카스라면 또 모르겠지만 말이야.

어색하게 웃던 나는 나를 발견하고 이쪽으로 다가오는

김혜힐과 이지한을 향해 인사를 건넸다.

"안녕, 혜힐아. 그리고…… '이쪽 세계'에서는 처음 보는 거지? 이지한."

"우와, 그런 말 웃으면서 하지 마라. 헛것으로 치부하고 싶은데 그럴 수가 없어서 쫄리잖냐."

반쯤은 투덜대고, 또 반쯤은 심드렁한 말투로 말한 이지한이 나를 향해 손을 내밀었다.

그 손을 맞잡아 흔들며 나는 작게 웃었다.

"하하, 하지만 이제는 다 끝난 일이잖아. 그러니까 조금 웃으면서 말해도 되지 않아?"

"그건 그렇다만."

심드렁히 대꾸한 이지한이 내 옆으로 시선을 옮겼다.

"음, 그리고……."

"뭐야? 감사 인사라면 됐어."

이지한과 눈이 마주친 루다가 눈썹 끝을 추켜올리며 그렇게 말했다.

아니, 정말이지 저런 당당한 태도는 배우고 싶다니까.

내가 또 한 번 감탄하던 찰나, 진지한 표정으로 우리 뒤쪽에 난 길을 가리킨 이지한이 말했다.

"음, 그런 게 아니라. 혹시 괜찮다면 우리 이쯤에서 헤어지는 건 어떨까? 너희는 저쪽, 우리는 이쪽."

"뭐라고?"

"굳이 이렇게 같이 다닐 필요가 있을까? 주말이라 카페에도 식당에도 자리가 별로 없을 텐데……."

"지한아."

김혜힐이 옆에서 뾰족한 목소리로 끼어들자, 그제야 이지한은 입을 다물었다.

그러더니 잠깐 우리 사이에 흐르는 분위기를 살핀 그가 덧붙였다.

"하하, 농담이야. 당연히 농담이지."

하지만 나는 그게 농담이 아니란 것을 알 수 있었다. 루다 또한 그것을 직감했는지 표정이 굳어졌다.

"저 자식, 밖에 나가면 다시는 보지 말자고 하던 거 진심이었어……."

그렇게 중얼거리는 루다의 얼굴이 왜인지 충격으로 물들어 있었다. 그 딴에는 나름대로 선행을 했는데 이런 박대로 돌아올 줄 몰랐던 걸까?

루다의 어깨를 토닥여 준 나는 다시 이지한을 돌아보았다. 그는 어느새 김혜힐에게 연신 팔을 꼬집히고 있었다.

"아, 알았어. 당연히 농담……. 아야."

"내가 너 거짓말하는 걸 모를까 봐? 분위기 못 가리는 농담도 싫지만, 거짓말은 더 나빠."

김혜힐이 차가운 목소리로 하는 말에 나는 살짝 어깨를 떨었다. 혜힐이 너, 남자 친구한테도 봐주고 뭐고 그런 거 없구나.

김혜힐의 말에 할 말을 잃은 이지한이 끙 소리와 함께 다시 우리 쪽으로 고개를 돌렸다.

“알았어. 진심으로 그런 말을 해서 미안하고, 아무튼 내가 신세 진 것도 있으니까, 음…….”

“오늘은 다 우리가 살게. 영화, 밥, 카페, 전부.”

김혜힐이 이지한의 말을 가로채며 비장하게 하는 말에, 나와 루다는 잠시 서로를 돌아보고는 작게 웃었다.

물론 단순히 돈 굳었다는 생각 때문에 웃은 것은 아니고, 그보다는 우리가 비로소 그 세계에서 무사히 살아 나와 이곳에 다 함께 있다는 것이 실감 나서였다.

나와 김혜힐이 팔짱을 끼며 걷는 뒤에서, 루다와 이지한 또한 나란히 걷기 시작했다.

그러나 좋은 분위기는 딱 영화관에 가기 전까지였다.

예매한 영화를 확인하자마자 안색이 창백해진 루다가 말했다.

“뭐야? 도대체 누가…… 〈러블리 돌〉 따위의 제목을 공포 영화에 붙여? 그런 정신 나간 작자가 누구야?”

상영관 앞에 못 박히듯 선 루다를 태연히 지나치며 김혜힐이 중얼거렸다.

“원래 귀신은 예쁜 인형에 깃드는 법이지.”

멍하니 풀려 있던 루다의 얼굴이 다음으로 날아온 이지

한의 말에 굳었다.

“인형이든 괴물이든 때려잡으면 그만인데 왜 그러실까.”

“야! 너 내가 이럴 줄 알고 이 영화로 예매한 거지!”

이지한이 능청스레 어깨를 으쓱이며 대꾸했다.

“아니? 설마 괴물도 때려잡는 사람이 인형을 무서워할 거라고 내가 알았을 리가? 네가 귀신의 집 안 가겠다며 반여령이랑 말싸움했다는 걸 내가 들었을 리가?”

“들었구만!”

버럭 외치는 루다의 팔을 내가 간신히 붙잡았다. 일요일이라 안 그래도 사람이 북적대는데, 이런 데서 싸우는 건 좀……! 행동 때문에든 외모 때문에든 이미 시선은 우리에게 몰릴 대로 몰려 있었다.

내가 말했다.

“루, 루다야. 그럼 영화 바꿀까? 아니면 취소하고 카페라도 가 있을까?”

그러자 루다가 나를 휙 돌아보았다. 그의 팔을 잡고 있는 나를 본 그의 눈이 수면처럼 일렁이기 시작했다.

한참 멍하니 서 있던 그가 떠듬거리듯 말했다.

“……너는.”

“응?”

“너는 어쩌고…… 싶어?”

그가 턱짓으로 예고편이 상영 중인 화면을 가리키며 말

했다.

"너는…… 보고 싶어? 저 영화?"

나는 그의 턱짓을 따라 고개를 돌렸다.

아무도 손대지 않았는데 스스로 목이 떨어진 인형과, 어둠 속에서 비명 지르는 아이들이 번갈아 비치는 화면을 보던 나는 천천히 고개를 내저었다.

루다의 얼굴이 불 켠 것처럼 환해졌다.

"그래? 그럼 우리 저거 말고……."

"아, 그런데……."

내가 다시 그를 돌아보며 꺼낸 말에 그의 표정이 다시 멍해졌다.

"나 너랑 같이 보면, 괜찮을 것 같기도 한데. 음."

너랑 같이 보면 별로 안 무서울 것 같아. 내가 진심을 담아 꺼낸 말에, 루다는 잠시 고장 난 로봇처럼 아무런 움직임이 없었다.

그러다 내가 조심스레 '루다야?' 하고 부르자, 뻣뻣하게 돌아선 그가 우리를 기다리고 있던 김혜힐과 이지한에게로 다가가 말했다.

"표, 벌써 환불했냐?"

잠시 후, 루다는 내 손을 두 손으로 깍지 껴 잡고 생명줄처럼 붙든 채 좌석에 고개를 처박고 있었다.

그 모습을 옆에서 지켜보던 내가 조심스럽게 말했다.

"음, 루다야. 우리 나갈까?"

그러자 그는 여전히 내 손에 매달린 채로 고개만 내저었다.

"너 떨고 있는데."

"해, 핸드폰 진동이야."

"……."

아닌 것 같은데. 그렇게 말하면 그는 자존심이 상할까? 여기에서는 모르는 척해 줘야 센스 있는 사람인 걸까? 이러다 기절하면 어쩌지?

그러다 나는 루다의 옆 좌석에서 루다를 내려다보고 있는 이지한과 눈이 마주쳤다. 대놓고 어이없다는 표정을 짓고 있는 그에게 내가 입 모양으로 대꾸했다.

'사람마다 무서워하는 게 다를 수도 있지.'

'귀신이나 괴물이나.'

'그러는 자기는 사람인 루다를 제일 무서워하면서.'

'…….'

이지한이 한 방 먹었다는 듯한 표정으로 고개를 돌렸다. 나는 스크린을 향해 고개를 돌리고는 목 없는 인형에 쫓기는 아이들을 감흥 없이 쳐다보았다.

음, 역시, 이럴 줄은 알았지만 전혀 무섭지 않은걸.

소설 속에서의 경험이 대체 나를 어떤 인간으로 만들고 있는 걸까? 이 소설이 끝날 때쯤에는 나도, 반여령한테 농담으로라도 이상하다는 말은 못 하는 그런 사람이 돼 버리는 게 아닐까?

그런 생각에 휩싸이는 바람에, 나는 이지한이 중얼대는 말을 듣지 못했다.

"한 놈은 괴물도 때려잡으면서 무서워서 눈도 안 뜨지, 다른 애는 공포 영화를 보면서 슬픈 표정을 짓고 있지……. 다시 봐도 정말 이상한 애들이야."

"내 친구들한테 그게 무슨 말이야."

김혜힐이 그렇게 말하며 이지한의 목덜미에 손날을 날렸다.

* * *

결국 루다가 떠는 것을 그냥 두고 볼 수 없어진 나는 한 시간 만에 영화관을 나왔다.

마침 우리가 나오자마자 객석에서 동시다발적인 비명이 터져 나오기에, 타이밍을 잘 맞췄다고 생각했다. 거기에 더 있었으면 정말로 루다를 내가 업고 나와야 했을걸.

상영관을 황급히 빠져나오며 루다는 심각한 얼굴로 중얼거렸다.

"인형인데 도대체 어떻게 맨손으로 문을 부술 수가 있지? 인형 몸 안에는 힘줄도 근육도 없잖아?"

"아니, 루다야……. 공포 영화인데 그런 걸 따질 필요는 없지 않을까?"

"하지만 원리를 알아야 쓰러뜨릴 수가 있는데……."

"아니, 뭘 보면 쓰러뜨릴 생각만 하지 말고, 좀."

"하지만 귀신 들린 인형들이 있는 세계가 어딘가에 또 있을지 모르잖아."

잠시 멀거니 서 있던 나는 겨우겨우 고개를 끄덕이며 수긍했다. 그건 그러네……. 괴물들이 살아 움직이는 학교도 있는데, 인형들이 살아 움직이는 세계가 없으란 법은 없지. 나는 언젠가 노아리에게 기회가 생기면 그런 소설은 쓰지 않았냐고 물어봐야겠다고 다짐했다.

결국, 우리는 영화관 옆에 딸린 카페에서 시간을 죽이며 귀신 들린 인형의 신체 구조와 약점에 대해 토론했다.

김혜힐과 이지한이 나온 것은 그로부터 30분 정도가 지나서였다. 이지한이 나오자마자 자리에서 일어난 루다가 노발대발해서 외쳤다.

"야! 너 이 자식, 영화 보면서 하는 말 다 들었어. 뭐? 나랑 단이가 이상해?"

"아니, 핸드폰 진동처럼 떨면서 그건 어떻게 들었는데? 너 진짜 이상하다!"

"말 다 했냐……."

일제히 다투기 시작하는 두 사람을 무시하고 김혜힐이 나에게만 물었다.

"자리 옮길까? 카페나 가자."

"어, 그런데 나 아직 이거 덜 마셨는데."

투명한 컵에 반쯤 찬 에이드를 흔들어 보인 내가 말했다. 얼음이 든 음료라서, 10월 중순인 지금 돌아다니며 마시기에는 적절치 않았다.

루다가 다투던 것을 멈추고 이쪽을 돌아보며 물었다.

"굳이 다른 데로 갈 필요가 있어? 여기도 카페인데 그냥 여기에서 얘기하지."

"아니, 이런 데서 할 얘기는 아니라서."

김혜힐이 차분히 내뱉은 말에 나는 잠시 숨을 멈추었다.

루다와 잠시 시선을 교환한 나는 주위를 둘러보았다. 확실히 이 카페는 영화관과 이어진 탓에 사방이 뚫린 개방적인 구조로 되어 있어, 비밀 얘기를 하기에는 적합하지 않았다.

아마 김혜힐이 할 얘기라면, '거울 속 세계'에 대한 것밖에 없겠지. 나는 짐작했다. 나야 깨어난 직후 김혜힐과 신서현에게 이야기를 들었지만, 루다는 다른 검사에 시달리느라 그렇지 못했으니까.

그때 루다가 어리둥절한 얼굴로 나를 향해 물었다.

"비밀 얘기? 그게 무슨 말이야? 너는 알아?"

나는 조심스럽게 고개를 끄덕였다.

"중요한 얘기야?"

내가 망설이다가 다시 고개를 끄덕이자, 루다는 하는 수 없다는 표정을 지으며 우리를 따라 이동했다.

골목에 숨은 인적 드문 카페로 자리를 옮긴 우리는 한명선에 얽힌 이야기를 루다에게 털어놓았다. 루다 또한 그 세계가 그토록 잔혹할 거라고는 예상 못 한 듯, 조금은 당황한 표정이었다.

거울 속 세계에서도 한 번도 보지 못한 그 표정에 내가 웃어야 할지 울어야 할지 몰라 하는 동안, 김혜힐이 천천히 말했다.

"그러니까 지한이는 너한테 정말 말로 할 수 없을 만큼 큰 빚을 진 거야. 사실 이렇게 오늘 하루 돈을 내는 것 따위로는 갚을 수도 없을 만큼. 너한테는 쉬웠던 일이라고는 하지만, 그래도 나는 감사하고 싶어. 자리를 옮기자고 한 건 진지하게 이 말을 하고 싶어서야."

"어……."

루다는 생각지도 못한 감사 인사에 또 한 번 놀란 표정을 지었다.

이윽고. 그가 객쩍을 때 나오는 특유의 토라진 듯한 표정을 지으며 대꾸했다.

"뭐, 그럼 밥이나 많이 사든가."

그에 주저 없이 고개를 끄덕인 김혜힐이 대답했다.

"첫 월급을 반 떼어 주면 될까?"

"아니, 그렇게까지 하라곤 안 했거든? 누굴 깡패 만들일 있나.”

루다가 당황해서 대답하는 가운데, 나는 입을 틀어막으며 고개를 돌렸다. 크윽, 김혜힐. 너무 멋있어. 그러다 문득 맞은편을 보니, 이지한이 나와 마찬가지로 ‘내 여자 친구가 너무 멋있어서 죽을 것 같다’ 하는 표정을 지으며 자기 입을 틀어막고 있었다.

그러는 사이 옆에서는 김혜힐과 이루다의 대화가 도란도란 이어졌다.

“야, 그런데 생각해 보니까 네가 첫 월급 받을 때까지 저 녀석이랑 사귄다는 보장이 없잖아.”

“그러네. 그럼 그때는 네가 첫 월급 반을 나 주는 걸로 하자.”

“잠깐, 그런 게 어디 있어?”

“그래야 공평하지 않겠어? 물론 헤어질 예정 같은 건 전혀 없으니까 걱정하지 마.”

그들의 대화를 듣던 이지한이 다시 한번 테이블에 주먹을 쾅 내리쳤다.

“젠장, 내 여친 진짜 너무 멋있다…….”

“야, 너는 네 여친이 지금 내 월급 반을 강탈하겠다고 하는데 그런 말이 나오냐?”

황당하다는 얼굴로 말하는 루다를 은은히 웃으며 보던 내가 불쑥 입을 열었다.

"아, 그러고 보니 나도 할 말 있는데."

"뭐?"

세 사람이 의아하게 나를 보는 가운데, 나는 김혜힐에게 이지한을 눈짓으로 가리켜 보였다.

"쟤도 알아?"

그러자 의아해하던 김혜힐의 눈빛이 이윽고 가라앉았다.

"아니."

그녀가 그 말과 함께 고개를 천천히 내젓자, 한숨을 깊이 내쉰 내가 이지한을 향해 부탁했다. 잠시만 자리 좀 비켜 줄래?

분위기가 심각한 것을 알아선지, 이지한은 군말 없이 자리를 떠났다.

그러고서야 나는 루다를 돌아보았다. 루다의 얼굴도 따라서 진지해져 있었다.

"루다야."

"응."

"내가 지금까지 너한테 숨기고 있던 사실이 있어."

나를 향하는 그의 시선을 느끼며, 나는 깍지 낀 손에 힘을 주었다. 내가 덧붙였다.

"아니, 너뿐만이 아니라, 세상 모든 사람들한테. 왜냐하면 절대 믿지 못할 얘기니까."

"……."

"그런데 지금은 너랑 같이 그런 일을 겪었고, 그래서 이제는 말해도 네가 믿어 줄 거란 생각이 들어. 그래서……."

"아니, 잠깐만."

루다가 단호하게 내 말을 끊었다. 나는 의아해서 고개를 들었다.

"왜?"

고개를 들어 바라본 그는 뜻밖에도 전혀 아무렇지 않은 얼굴이었다. 그가 태연하게 물었다.

"숨기고 있던 게 뭐 어때서? 숨긴 게 아니라, 단순히 말하지 않은 것뿐이잖아? 나도 너한테 나에 대해 말하지 않은 사실은 100개쯤 있어. 말하지 않아도 될 정도로 쓸모없는 사실까지 포함해서."

"어, 어……."

"내 말은, 무슨 그걸 죄지은 것처럼 말하지 말란 거야."

멍하니 그를 보던 나는 그의 다음 말에 손끝을 흠칫 떨며, 잠에서 깨어나듯 정신을 차렸다.

그가 무서울 정도로 올곧은 눈으로 나를 보며 물었다.

"그래서 너는 그 얘기, 나한테 말하고 싶어? 죄책감에 등 떠밀린 것도, 압박감에 시달린 것도 아니라 정말로 네가 말하고 싶어서, 나한테 털어놓고 싶어서. 그래서 말하는 거야?"

"……아니."

나는 한참 만에 고개를 내저었다.

물론 예전이라면 루다에게 이 사실, 내가 다른 세계를 오간다는 것을 털어놓고 위안을 얻으려 했을지도 모르겠다.

하지만 그 사실을 토대로 이 세계가 소설 속 세계임을 알아낸 전례가 있는 이상, 나는 루다에게 그에 대해 털어놓고 싶지 않았다.

나와 가까운 사람 중에, 그에 대해 모르는 사람은 이제 루다밖에 남지 않았다.

오히려 그 사실 때문에, 루다와 만날 때마다 나는 다른 의미로 마음이 편해졌다. 마치 폭우 속에서 잠시 비를 피할 수 있는 피난처를 만난 듯한 느낌, 사막에서 그늘을 만난 듯한 느낌이 그와 있을 때마다 들었다.

하지만 그가 내게 아무것도 묻지 않고 무한한 신뢰를 보낼수록, 죄책감이 커져 가는 것 역시 사실이었다.

그래서 이 기회를 통해 말하려고 한 건데. 그리고 그가 원하는 대로 하도록, 심판을 기다리는 죄수처럼, 그러려고 한 건데.

루다가 흔들림 없는 목소리로 말했다.

"그럼 말하지 마."

"……정말 괜찮아?"

나는 떨리는 목소리로 더듬더듬 말을 이었다.

"만약에, 네가 나에 대해 모르는 사실을, 다른 사람들만 알고 있다고 해도? 그래도 정말로, 괜찮……."

"네가 아까 그러고 싶다며."

"……."

"그리고 사실은, 나도 너한테 말 안 한 거 있어."

눈을 내리깔고 테이블 위를 쳐다보던 루다가 던진 말에 나는 퍼뜩 놀라서 고개를 들었다.

그가 여전히 내 눈을 마주치지 않은 채 말을 이었다.

"미안해. 사실, 네가 1학년 초에 잠깐 나쁜 소문 때문에 고생했을 때. 그때 난 소문을 퍼뜨리진 않았지만, 막지도 않았어."

"1학년 때라면……."

머릿속으로 곰곰이 시기를 반추하던 내가 이윽고 눈을 크게 떴다.

맙소사, 그때라면 다름 아닌 내가 최유리 때문에 고생했던 때잖아? 그때는 그 일이 이렇게 희미해질 거라고는 상상도 못 했는데.

새삼 시간의 흐름을 느끼던 내게, 루다가 입술을 지그시 깨물며 말을 이었다.

"우주인 그 녀석이 부탁해서 나중에는 손을 보태긴 했지만…… 그때는 정말로 널 도울 생각 없었어. 아니, 오히려 소문이 더 퍼지길 바랐어."

내 옆에서 김혜힐마저 놀란 표정을 짓는 가운데, 눈을 깜빡이던 내가 되물었다.

"왜?"

"네 주변에 의지할 다른 사람이 없어지면 나한테 의지할까 해서."

그렇게 말하는 루다의 눈빛은 씁쓸했다. 그것을 본 내 머릿속에 그가 처음 만났을 때 가끔 지어 보이곤 하던 비정한 표정이 스쳤다.

그때 루다가 다시 말했다.

"물론 지금은 그런 생각 안 해. 그때는 그랬다는 거야."

"……."

"네가 그때, 나를 찾으러 Reed사 건물로 루카스와 함께 와 줬을 때."

나는 미미하게 고개만 끄덕였다.

"네가 내 손을 잡고 제니한테 그렇게 말했지. 나는 제니가 말하는 그런 사람이 아니라고, 설령 그런 사람이 맞다고 하더라도, 나는 앞으로 내가 원하는 대로 바뀔 수 있다고."

나는 잠시 놀랐다. 내가 저런 말을 했단 말이야? 다른 누구도 아니고 이제니의 면전에서? 루다의 입에서 나왔기 때문인지, 내 입에서 나왔다고는 믿을 수 없을 정도로 멋지게 들렸다.

뭐, 루다가 적당히 각색했겠지. 내가 고개를 끄덕이자, 루다가 다시 말했다.

"그러니까 사실 너는 내가 어떤 사람인지에 대해 전혀 몰랐던 건데. 루카스의 일을 제외하고서라도 내가 그때 무슨 생각을 하고, 또 무슨 일을 꾸몄는지. 그런데도 너는 나를 믿었어."

"……."

대답 없는 내 앞에서 눈을 내리깐 루다가 무겁게 덧붙였다.

"아마 네가 그때 날 믿어 주지 않았다면, 난 지금 이 자리에 없었겠지. 또, 지금의 나와 같은 사람도 아니었을 테고."

"응……."

다시 고개를 든 루다가 진지한 목소리로 말했다.

"그러니까, 나도 너를 믿어. 말하기 싫은 비밀 같은 건 말 안 해도 돼."

그리고 그는 어쩐지 보는 사람마저 간지러워지게 웃었다.

"나를 근거 없이 다른 사람을 믿을 수 있는 사람으로 바꾼 건, 너야."

그 순간, 나는 그대로 굳고 말았다. 그 찰나 은지호의 목소리가 환청처럼 내 귓가를 스쳤다.

'알아서 바뀐 게 아니라, 네가 바꾼 거지.'

'네가 바꾼 거잖아, 네 노력으로.'

잠시 눈을 크게 떴던 나는, 이윽고 한숨 쉬듯 눈매를 누그러트리며 고개를 끄덕일 수밖에 없었다.

루다가 아무 걱정 말라는 듯 내 손등 위에 손을 겹쳐 올렸을 때, 다시 내 귓가에 스친 것은 언젠가 들었던 유천영의 말이었다.

'도대체 나한테 영향 끼치는 걸 왜 그렇게 무서워해.'

'넌 이미 날 바꿨어. 나한테 이미 영향을 줬다고. 그런데 어째서.'

나는 입속으로만 대답했다.

그러게, 나는 이미 너한테, 너희한테 이렇게나 많은 영향을 줬어.

그러니까 이제는 정말로, 계속 함께할 수밖에 없어. 그렇게 생각하며 나는 루다와 맞잡은 손에 힘을 주었다.

* * *

카페에서 나온 우리는 잠시 어디로 갈지 방황하다가 오락실에서 그 답을 찾았다.

태어나서 처음 해 본다는 게임도 사람답지 않은 실력으로 재패하는 루다를 보며, 나는 돈 주고도 못할 구경이란 이런 거구나 하는 생각을 했다.

거침없이 화면 속 좀비를 총으로 갈겨 죽이는 루다의 옆에서 이지한이 안 좋은 추억을 떠올린 듯, 창백한 표정을 짓는 것만 빼면 모두가 즐거운 시간을 보냈다.

신경 쓰이는 장면을 마주친 것은 오락실에서 나온 우리가 이지한과 헤어지고 나와 김혜힐과 이루다, 셋이서 걸음을 옮길 무렵이었다.

2학년 8반 애들과 인근 레스토랑에서 만나기 위해서였다. 그렇다, 우리는 기어이 학년 1위를 강탈해 내는 데 성공했다.

체육 대회도 그렇고 축제까지, 요즘은 운이 좋은걸. 흐뭇하게 웃던 나는 문득 떠오른 생각에 핸드폰을 꺼냈다.

아리한테 귀신 들린 인형이 나오는 세계도 있냐고 한번 물어봐야지. 지금 안 물어보면 까먹을 것 같아.

그런 생각을 하던 찰나, 익숙한 인영이 내 시야에 들어왔다.

"어?"

나는 대로변 벤치에 우두커니 걸터앉아 있는 노아리를 놀란 눈으로 보았다.

쟤가 왜 저기에 있지? 여기는 심지어 노아리의 집 근처도 아닌데. 나는 그녀가 넋을 놓고 멍하니 쳐다보고 있는 건물을 향해 시선을 옮겼다.

이곳에서 얼마 떨어지지 않은 곳에 우뚝 솟아 있는 건물은 우리 학교였다. 하지만, 설마 학생이 일요일에 자기가 다니는 학교를 보러 온 건 아닐 테고 말이야. 나는 애써 머리를 굴리기 시작했다.

노민찬 선생님을 기다리는 건가? 확실히 레스토랑이 바로 이 앞이니까, 그럴 가능성도 있지만…….

하지만, 분명히 마지막으로 봤을 때 노아리는 노민찬에게 최소한의 존칭조차 붙이지 않았는데. 그건 노민찬을 완전히 같은 사람으로 보고 있지 않은 태도였다.

그럼 뭐지? 내가 의문에 빠지던 그때, 김혜힐이 물었다.

"뭐 해?"

"어, 아니, 저기 아는 사람이 있어서……."

"어? 정말이네, 우리 담임 선생님 동생이잖아?"

노아리를 발견하고 마찬가지로 놀란 표정을 짓는 김혜힐의 뒤로 한참 앞서 걷던 루다가 다가왔다.

그가 고개를 불쑥 내밀며 말했다.

"뭔데 그래?"

"어, 저기 아는 사람이……."

"그런데 우리 지금 여섯 시 삼 분인데."

"뭐?! 진짜?!"

나와 김혜힐은 고개를 휙 들고 서로를 쳐다보았다. 어떡해, 언제 이렇게 시간이 많이 간 거야?! 전혀 모르고 있었잖아.

이러다간 우리 때문에 다른 30명이 기다리게 생겼어! 반 단체 약속이 아니었더라면 어떻게든 해 보았을 테지만, 그게 아니니 하는 수 없었다.

약속 시간보다 10분쯤 늦게 레스토랑 문을 통과하자, 윤정인이 지각생들을 향해 뜨거운 박수를 퍼부어 주었다. 나는 속으로 잔뜩 구시렁대며 빈자리에 앉았다.

그 뒤에는 평범하게 즐거운 시간이 흘러갔다. 체육 대회와 축제를 거치면서 확실히 단합도 더 좋아진 편이라 테이블끼리 몇 번이나 사람이 오갔고, 나도 이 무리 저 무리에 계속 끼어 가며 놀았다.

그러는 한편 나는 나도 모르게 계속 노민찬 선생님이 계신 곳을 살폈지만, 그는 평소와 다름없이 쾌활하기만 했다. 그럼에도 불구하고, 나는 계속 목에 가시 같은 게 걸린 기분이었다.

뭐지? 뭘까? 결국 자리에 앉은 지 한 시간 반이 지났을 즈음, 나는 빈 접시를 밀어 두고 자리에서 몰래 일어났다. 나는 윤정인이 있는 테이블로 살짝 다가가 말했다.

"야, 나 잠깐 밖에 갔다 올게. 이 근처에 아는 사람 지나간대서."

그러자 윤정인이 새삼스럽다는 얼굴로 대꾸했다.

"어, 뭐. 먹을 거 다 먹었으면 가도 돼. 벌써 몇 명이나 갔는데. 어차피 우리 반에서 번 돈으로 계산하는 거, 뭘 그걸 보고까지 하고 앉아 있냐? 우리가 네 거 빼고 계산할까 봐?"

"아니, 뭐 그런 건 아닌데."

뻘쭘하게 대답하는 내 뒤로 '함단이 이름으로 달아 놓자!', '외상!' 하는 헛소리가 들려왔다. 그들을 향해 눈을 흘긴 나는 코트를 챙겨 바깥으로 나왔다.

어느새 11월에 가까워진 걸까, 허공에 하얗게 흩날리는 입김을 새삼스레 보던 나는 노아리를 돌아보았다.

그녀는 여전히 그 자리에 있었다. 별로 두껍지도 않은 차림에 심지어 신발은 슬리퍼라서 추워 보였다. 실제로 그녀에게 행인들의 걱정 어린 시선이 꽂히고 있었다. 마치 어디에서 도망이라도 나온 듯한 모양새였다.

하지만 대체 무엇으로부터 도망쳐 나온 걸까? 지금은 집에 노민찬도 없을 텐데. 그렇게 생각하며 나는 천천히 그쪽으로 다가갔다.

인기척을 느낀 노아리가 고개를 들었다. 여전히 유리구슬 같은 눈에는 초점이 없었다.

눈을 깜빡인 그녀가 천천히 내뱉었다.

"언니."

아까 영화에서 보았던 인형도 이보다는 자연스럽게 웃고 말할 거란 생각이 머릿속에 스치고 지나갔다.

순간 스스로의 생각에 놀라 머리를 흔든 내가 물었다.

"응, 아리야. 너 왜 여기 있어? 집도 먼데."

나를 표정 없이 물끄러미 보던 노아리가 대답했다.

"학교……."

"오늘 일요일인데?"

"네, 알아요."

"안다고?"

노아리가 다시 학교 쪽을 돌아보았다. 이제 학교 건물은 어둠에 파묻혀 그 모습이 잘 보이지도 않았다.

시선 끝으로 어둠 속을 더듬던 그녀가 천천히 말했다.

"확인하러 왔어요."

"뭘?"

의아하게 되묻다 말고 나는 깨달았다. 그러고 보면, 전에 헤어지기 직전에도 노아리는 그런 얘기를 했다.

'스스로 다짐하는 일이 필요했어요.'

'요즘 자꾸만, 중요한 걸 잊어버려서.'

회상에 잠기는 내 앞에서 노아리가 표정 없이 다시 말했다.

"중요한 걸 잊어버리지 않기 위해서."

"그 중요한 거란 게……."

내 말을 끊고 노아리가 갑자기 말했다.

"언니, 이제 더는 저한테 이렇게 신경 써 주실 필요 없어요."

나는 놀라서 퍼뜩 고개를 들었다.

"어? 아니, 하지만 아는 애가 이러고 있는데 어떻게 신경이 안 쓰여. 그리고 잠깐 지나가다가 보여서 인사하러 온……."

"아까 지나가시다가 저 보는 거 다 봤어요."

차분한 그녀의 말에 내 입이 다물렸다. 나는 불안한 눈으로 그녀를 힐끗거렸다. 도대체 무슨 생각으로 이런 말을 하는 걸까?

노아리가 다시 말했다.

"급하게 가시던데, 저녁 약속 가시던 거겠죠. 친구들 없이 있으신 걸 보니 저 때문에 먼저 보내고 오셨거나, 아니면 도중에 나오셨겠죠. 아닌가요?"

"그건…… 맞기는 한데."

한참 고민하던 나는 이런 걸로 거짓말을 하는 것도 좀 우습고 해서 사실대로 털어놓고 말았다.

그러자 노아리가 다시 말했다.

"그럴 줄 알았어요. 이제 저한테 더는 관심 갖지 마세요. 챙기려고 하지도 마시고요."

"이유를…… 말해 줄 수 있어?"

작게 숨을 들이마신 노아리가 나를 돌아보았다. 어쩐지 결연한 눈빛이었다.

"언니, 솔직히 말씀드릴게요. 죄책감을 느낀다는 말 같은 건 다 거짓말이에요."

"뭐?"

"어떻게 해도 그것들이 '진짜' 사람처럼 느껴지지 않아요. 제가 그것들에게 했던 짓은 작가로서 당연히 할 수 있었던 일처럼 느껴져요. 그러니 죄책감 같은 게 느껴질 리 없죠."

"……."

나는 뒤통수를 한 대 얻어맞은 듯한 충격과 함께 정신이 멍해졌다.

아니, 하지만 나는 분명 노아리의 얼굴에 스치고 지나가던 여러 표정들을 보았다. 그건 분명히 우리를 '진짜' 사람으로 여기지 않고서는 보일 수 없을 만큼 민감한 표정이었다. 그런데 왜 갑자기 저런 말을? 내가 잘못 봤던 걸까?

혼란에 사로잡힌 내게 그녀가 말을 꺼냈다.

"아시겠어요? 저는 언니를 사람으로 여기지만, 언니 외의 모든 사람들은 사람으로 느껴지지 않아요."

"난…… 그게 왜 내가 널 떠나야 하는 이유가 되는지 모르겠어."

나는 더듬거리며 말했다.

"그러니까 더욱더, 너는 네가 필요하지 않아?"

나는 다시 기억을 되짚었다.

분명히 마지막 만났을 때만 해도 노아리는 내 말에 옅게나마 웃었다. 그게 그날 그녀가 처음으로 보인 미소였다. 그 모습을 보며 나는 생각했다.

노아리가 마음 편히 대할 수 있는 사람은 나뿐이야.

그러니까 노아리에게는 내가 필요할 거야. 내가 조금 더 잘해 줘야지.

그런 생각을 했다.

동정심이 아예 없었냐고 묻는다면, 그렇진 않다고 대답하겠다. 하지만 그보다는 일종의 동병상련이었다.

나도 한때 비슷한 입장에 처했기 때문에 그 상황이 얼마나 힘든지 어느 정도는 안다. 물론, 그녀와 나의 역할이 작가와 소설 속 엑스트라 A로서 너무 다르기는 했지만.

그런데 유일하게 그녀와 공감할 수 있는 나조차 내친다고? 어째서? 내가 없으면 그녀에게 진심으로 대할 수 있는 사람은 아무도 안 남을 텐데.

그때, 내 귓가에 노아리의 목소리가 날아와 꽂혔다.

"그건 그래요. 하지만, 생각해 보세요. 언니한테 지금 소중한 사람들은 다들 저한테는 고작 문자의 집합이고, 허상일 뿐이에요."

그녀의 입에서 처음으로 튀어나온 적나라한 표현에 나는 침을 삼켰다.

노아리가 처음과 같이 감흥 없는 얼굴로 못을 박았다.

"언니의 소중한 사람들에 대해 그렇게밖에 생각하지 못하는 저에게, 언니가 한결같이 진심으로 대할 수 있을 거라고 생각하세요? 저는 그럴 것 같지 않아요."

"……."

"사람이 인내심이 그렇게까지 좋을 수는 없어요. 서로를 위해서라도 저희는 여기까지만 하는 게 최선이에요."

"하지만……."

내가 그렇게 말했을 때, 이미 노아리는 자리에서 일어나고 있었다. 점퍼 주머니에 두 손을 쑤셔 넣은 노아리가 말했다.

"제가 쓴 다른 소설에 대해 궁금하신 게 있으시다면 대답해 드릴게요. 그 외의 일로는 연락하지 마세요."

그녀의 태도에서 나는 정말로 이번이 마지막이라는 것을 느꼈다. 내가 여기에서 이 상황을 타개할 무슨 말을 하지 않으면 우리는 정말 여기에서 끝날 것이다.

아니, 하지만 이 상황을 뒤집을 말 따위 애초에 있을 리가.

미련을 못 버리고 머뭇거리는 나를 보며 노아리가 고개를 기울였다. 늘 그렇듯 양 갈래로 동여맨 머리카락이 스륵 흘러내렸다.

"물어보실 게 있으신가요?"

"아, 그게. 별건 아니고, 오늘 영화에서 본 건데."

나는 결국 이런 헛소리나 할 수밖에 없었다.

"혹시, 귀신 들린 인형이 나오는 소설을 쓴 적이 있나 해서."

그러자 노아리는 작게 웃었다. 어깨를 잘게 떨며 키득키득 웃더니, 시원스럽기까지 한 말투로 그녀가 대답했다.

"그런 적은 없어요."

"아, 그래. 그럼……. 음……."

"그럼 안녕히 계세요."

내가 무슨 말을 하기도 더 전에 노아리가 걸음을 옮겨 내게서 멀어졌다.

"그동안 고마웠어요."

그녀가 남긴 마지막 말이 내 귀에 닿았다가 흩어지듯 사라졌다.

나는 불빛과 인파 속에서 점점 작아지는 노아리의 등을 우두커니 바라보았다.

* * *

그 뒤로 노아리와는 정말로 아무런 연락도 할 수 없었다. 유천영을 둘러싼 사건들에 대해서도 별다른 정보가 밝혀지지 않는 와중에 시간은 쏜살같이 흘러갔다.

10월 말과 11월은 모의고사 때문에 정신이 없었다. 물론 우리보다 더한 것은 고등학교 3학년들로, 신경이 날카로워진 그들과 우리 학년 학생들이 급식실이나 복도에서 맞부딪히는 일이 몇 번 있었다.

사실 별것도 아닌 일에 어처구니없을 만큼 어이없는 태도를 보인 것은 3학년 쪽이었기에 하마터면 학년 간의 싸움으로 번질 뻔했지만, 고3이 되면 우리는 안 저러겠냐는 생각에 간신히 참았다. 그 광경을 보며 나는 입시 제도가 이래서 안 좋은 거구나 하는 생각을 했다.

수능 날에는 현실감이 없었다. 모의고사니 뭐니 하며 내내 고3을 방불케 하는 생활을 하다가 평일인데도 학교를 안 가서 그런지도 몰랐다.

오후 한 시쯤 느지막이 눈을 뜬 나는 겨울용 이불 속에 몸을 파묻고 생각에 잠겼다. 아, 왜 이렇게 춥지?

오늘도 수능 날 한파는 변함없이 찾아온 모양이었다. 어쩌면 전국 고3의 원한들이 이런 한파를 만들어 낸 걸지도 몰라. 그렇게 생각하며 나는 살짝 커튼을 걷어 보았다. 아니나 다를까 눈이 휘날리고 있었다.

수능 날이라 더 그런지, 오가는 사람 하나 없이 휑한 아파트 단지를 내려다보며 나는 다시 생각에 잠겼다. 여단 오빠는 지금쯤 수능 시험장에 있겠지? 여령이는 여단 오빠 데려다줬으려나? 그러겠다고 말은 하던데, 왠지 그냥 자고 있을 것 같기도 하고.

옷을 챙겨 입고 옆집 문을 두드리자 이불로 몸을 돌돌 말고 있는 여령이가 나왔다.

그녀의 집 안으로 들어가며 내가 물었다.

“여단 오빠 수능 응원은? 다녀왔어? 어차피 너는 주말에도 일찍 일어나는 편이니까 깨어 있었을 거 아니야.”

“아니, 안 갔어.”

“왜?”

"귀찮아서."

"……."

어차피 여단 오빠야 응원 같은 게 없어도 잘하긴 하겠지만, 그래도 어쩐지 내가 다 착잡한 기분인걸. 나는 식탁 위로 팔꿈치를 대고 턱을 괴며 생각했다. 우리의 점심은 라면이었다.

쟁반 위에 귤을 잔뜩 꺼내 놓고 소파에 늘어지게 누워 영화를 세 편쯤 연달아 보고 있을 무렵, 갑자기 반여령네 집 문이 벌컥 열렸다.

"애들아, 우리 왔어."

현관에서 날아오는 여령이 어머니 목소리를 들으며 나는 벌떡 몸을 일으켰다. 아니, 벌써? 경악하며 시계를 돌아본 나는 고개를 기웃했다. 아직 다섯 시 반밖에 안 됐는데?

아무튼 아무리 어렸을 때부터 본 사이라고 해도 소파에 누워 인사를 드릴 수는 없었다. 헐레벌떡 일어나 옷매무새를 가다듬은 나는 당연히 혼자이실 줄 알았던 여령이네 어머니 뒤로 보이는 인영에 얼어붙고 말았다.

여령이네 어머니가 두 손을 들어 올리며 외쳤다.

"애들아, 너희 오빠 수능 끝났단다! 이제 고3 신분에서 해방이야! 축하해 주렴."

"오빠, 수고했어."

웬일로 순순히 그렇게 말한 여령이가 여단 오빠에게서

가방을 빼어 품에 안았다. 여령이의 극진한 대접에 잠시 당황한 듯 멀뚱히 서 있던 여단 오빠의 시선이 이윽고 나를 향했다.

나는 주먹 가득 쥐고 있던 귤껍질을 잽싸게 쟁반에 던지고는 노랗게 물든 두 손을 뒤로 숨기며 하하 웃었다.

"오빠, 수능 끝난 거 축하해."

의미 모를 시선으로 나를 빤히 보던 그가 이윽고 표정 없이 말했다.

"고마워."

그리고 그는 코트에 엉겨 붙은 눈을 털어 내기 시작했다.

나는 왜인지 몹시 낯설게 느껴지는 여단 오빠를 뚫어져라 쳐다보았다. 나도 아니고 여단 오빠의 수능이 끝났을 뿐인데, 왜 이렇게 이상한 기분이 드는 걸까.

한참이나 멀찍이 서 있던 나는 그에게 다가가 코트를 터는 것을 돕기 시작했다. 그러자 나를 힐끗 본 그가 미미하게 웃었다.

그때, 다시 현관문이 열리며 이번에는 여령이네 아버지가 들어오셨다. 그도 퇴근 시간이 아닐 텐데, 아마도 여단 오빠 수능 때문에 퇴근 시간을 맞추신 모양이었다.

하긴, 자식이 수능이라고 하면 회사 입장에서도 못 맞춰줄 건 없을 것 같긴 해. 고개를 주억거리던 내게 쾌활한 목소리가 들려왔다.

"여단아, 수능 끝난 거 축하한다. 합격 발표까지 두고 봐야 하긴 하겠지만 그래도 한 짐 덜었다."

"네."

"뭐 먹고 싶어? 맛있는 거 먹어야지."

그렇게 말씀하시던 여령이네 아버지는 여단 오빠에게 가려지다시피 했던 나를 발견하고는 웃으시며 말했다.

"맞아, 단이도 있었지? 여령이랑 우리 집에 있다는 건 들었다. 단이는 뭐 먹고 싶니?"

"아니요, 네 분이서 다녀오세요. 이런 건 가족끼리 가야죠."

손을 내저으며 뒤로 물러나던 나를 여령이네 어머니가 붙잡았다.

"단이 너는 이미 우리 가족인데. 그리고 너희 부모님 오늘 늦게 오신댔어."

"그래도……."

눈을 데굴데굴 굴리던 나는 여단 오빠와 문득 눈이 마주쳤다.

그가 작게 웃으며 고개를 끄덕이는 것을 본 나는 결국 집으로 가서 옷을 갈아입고 오겠다고 말했다. 어차피 여령이도 나 못지않게 엉망이라, 준비까지는 상당한 시간이 필요할 터였다.

잽싸게 기어들어 가 귤 때문에 노란색으로 물든 손을 벅벅 힘주어 씻고, 스웨터와 바지를 대충 걸쳤다. 다시 밖으로 나온 나는 여령이네 가족들과 어울려 레스토랑으로 향했다.

며칠 전에 예약한 것이 분명한 레스토랑에서, 나는 말마따나 가족들이나 다름없는 사람들과 함께인데도 식사에 집중하지 못했다.

내가 퍼뜩 정신을 차렸을 때는 그나마 여단 오빠의 대학에 대한 얘기가 흘러나왔을 때였다.

스테이크를 입에 욱여넣다 말고 여령이가 불쑥 물었다.

"오빠, 대학 어디에 무슨 전형으로 넣었다고 했더라? 학교장 추천인가?"

여단 오빠가 다니는 남계 고등학교도 우리 같은 사립 고등학교이기 때문에 내신으로는 답이 없어서, 학교장 추천 외에는 대부분 정시를 쓰는 것이 보통이었다. 물론, 여단 오빠는 수시도 쓸 수 있을 정도의 내신을 갖고 있긴 할 테지만.

고개를 내저은 여단 오빠가 대답했다.

"아니. 그냥 일반 정시."

그 말을 들은 내가 어리둥절해하며 물었다.

"전교 1등은 학교장 추천 써 주는 게 보통 아니야? 나는 그렇다고 알고 있는데."

"그건 다른 학생한테 양보했어. 어차피 나는 정시로도 붙을 수 있을 거라며."

여단 오빠의 담담한 대답을 들으며 나는 미간을 찌푸렸다. 아무래도 그거, 학교에서 지나치게 욕심을 부린 거 아닌가?

학교장 추천은 여단 오빠의 당연한 권리였는데, 막상 여단 오빠가 모의고사 성적이 너무 좋은 나머지 수시 아니고서도 합격할 수 있을 것 같자 합격자 늘리려고 수 써서 권리를 뺏은 거 아니야?

나는 그런 생각을 했지만 불쾌해하는 것은 나뿐으로, 여령이나 여령이네 부모님 모두 '그래? 양보 좋지.' 하는 반응이었다. 하긴, 공부 하나도 안 해도 전국 1, 2등 하는 자식들을 둔 부모의 마음을 내가 어찌 헤아리겠어.

그리고 내가 다시 물었다.

"한국 대학교였지?"

"응."

한국 대학교라면 서울에서는 제일 높은 대학교로, 모든 대학생의 꿈이라고 해도 틀린 말은 아니었다.

그리고 내 주변에는 한국 대학교에 입학 가능한 성적인 사람이 거의 열 사람은 넘게 포진해 있다 보니, 내 목표 역시 자연스레 한국 대학교가 될 수밖에 없었다.

평범한 삶을 추구하던 내가 지금은 대한민국 최고의 대학교를 목표한다는 게 바로 인생의 아이러니일까. 잠깐 복잡한 표정을 짓던 나는 퍼뜩 다시 물었다.

"그러고 보니까, 한국 대학교 여기에서 지하철로 한 시간 정도 걸리지 않아?"

"응."

"합격하면 등하교 어떻게 할 거야? 사실 그렇게 먼 거리 아니긴 한데."

두 시간 거리도 통학하는 사람들 종종 보곤 했으니까. 그렇게 생각하던 내게 여령이네 부모님이 대답했다.

"친구랑 자취하겠다고 여단이가 먼저 말하더라. 1학년 때 한번 살아 보고 더 살지 말지 결정하겠다고."

"정말요?"

나는 눈을 크게 뜨고 여단 오빠를 휙 돌아보았다.

"나는 지금까지 계속 집에서 살았으니까, 자취 생활이 궁금해서."

"아."

"그것도 그렇고, 같이 살자고 계속 조르는 녀석이 있어서……."

그렇게 말하는 여단 오빠의 얼굴이 문득 흐려졌다. 나는 의아하게 물었다.

"누군데?"

"김선우라고."

잔뜩 인상을 찡그린 채 내뱉는 그에게 부모님이 타박하셨다.

"여단아, 친구 이름 말하는데 표정이 그게 뭐니. 누가 보면 원수 이름 말하는 줄 알겠다."

한편, 그 이름을 들은 나는 기억을 한참이나 되짚었다.

어디서 들었더라? 도대체 어디에서?

그러다 마침내 컴컴한 망각 속에 파묻힌 이름을 발굴한 나는 아, 하고 감탄사를 내뱉었다.

우리를 속여서 소개팅에 내보낸!

하마터면 그렇게 말할 뻔한 나는 황급히 입을 다물었다.

잽싸게 두 손으로 입을 틀어막자 내 심장이 세게 얻어맞은 것처럼 쿵쾅거렸다.

맙소사, 나 지금 여단 오빠네 부모님 앞에서 무슨 말을 할 뻔한 거야? 하마터면 우리가 예전에 사귀었던 계기를 내 입으로 밝힐 뻔했어. 그것도 이미 사귀었다 헤어진 이 시점에서!

여단 오빠도 일촉즉발의 위기가 지나간 것을 눈치챘는지, 조금 조마조마한 눈으로 나를 보았다.

여령이네 부모님이 차를 가지러 가신 동안, 식당 앞에 셋만 남자 떠드는 것은 나와 여령이뿐이었다. 여단 오빠는 평소처럼 우리가 하는 양을 조용히 지켜볼 뿐이었다.

그러다 문득, 그의 눈빛이 부담스러워진 내가 입을 열었다.

"음, 여단 오빠."

"응?"

"수능 끝난 거 다시 한번 축하해."

그러자 그가 나를 뚫어져라 쳐다보더니 웃었다. 먼젓번에 보았던 것보다도 훨씬 편안해 보이고, 그래서 일말의 그리움마저 느껴지는 미소였다.

"고마워."

그의 말이 단순히 방금 내가 한 말에 대한 감사 인사가 아니라, 지금까지 있었던 모든 일에 대한 대답인 것처럼 느껴졌다.

그런 아득한 기분에 사로잡혀 시간 감각을 잊던 내게, 그가 덧붙였다.

"그동안, 단이 너랑 가까이 지내서 좋았어."

"응."

나는 흐려진 눈을 잠시 깜빡이다 고개를 끄덕였다. 역시, 아까의 그 느낌은 내 착각이 아니었던 거겠지.

그리고 내가 다시 말했다.

"오빠는 멀리 가도 잘 지낼 거야."

"단이 너도."

우리는 마주 보며 작게 웃었다. 그런 우리의 위에서는 눈이 소록소록 내리고 있었다.

마치 우리의 끝과 새로운 시작을 축복하는 것처럼.

도로에서 빵 하고 경적이 날아왔다.

"가요!"

그렇게 외친 여령이가 우리보다 한발 앞서 달려 나갔다.

여단 오빠와 함께 걸음을 옮기며, 나는 언젠가 그와 베란다에 나란히 앉아 했던 생각을 떠올렸다.

우리는 완전히 같은 하루를 두 번 다시 살 수 없지만.

기억 속에 있는 것만큼 아름다운 순간들을 새롭게 다가오는 시간 속에서도 찾을 수 있겠지. 나도, 여단 오빠도.

그렇게 생각하며 나는 다시 한번 읊조렸다.

그러니까, 이제는 정말로 안녕.

앞서 걷는 여단 오빠의 등을 보며, 나는 혼자만의 작별 인사를 건넸다.

〈끝나지 않은 '인소의 법칙'들! 14권에서도 계속됩니다.〉

인소의 법칙 13

1판 1쇄 발행 2020년 3월 27일
1판 4쇄 발행 2023년 2월 24일

지은이 유한려
펴낸이 신현호
편집장 예숙영
편집 최은지
편집디자인 한방울
영업 김민원
물류 이순우 박찬수

펴낸곳 ㈜디앤씨미디어
출판등록 2002년 5월 1일 제117-90-51792호
주소 서울시 구로구 디지털로 26길 111 JnK디지털타워 503호
대표전화 (02)333-2513 팩스 (02)333-2514
전자우편 dncbooks@dncmedia.co.kr
디앤씨북스 블로그 http://blog.naver.com/dncbooks

ISBN 978-89-267-0690-9 04810
ISBN 978-89-267-1819-3 (SET)